HEYNE<

PIERRE GRIMBERT

DIE MAGIER

KRIEGER DER DÄMMERUNG

ROMAN

Aus dem Französischen
von Sonja Finck

WILHELM HEYNE VERLAG
MÜNCHEN

Titel der französischen Originalausgabe
Le Secret de Ji: Le serment orphelin

Deutsche Übersetzung von Sonja Finck

Verlagsgruppe Random House FSC-DEU-0100
Das für dieses Buch FSC-zertifizierte Papier *Holmen Book Cream*
liefert Holmen Paper, Hallstavik, Schweden.

Deutsche Erstausgabe 07/08
Redaktion: Catherine Beck
Copyright © 1999 by Pierre Grimbert
Copyright © 2008 der deutschsprachigen Ausgabe by
Wilhelm Heyne Verlag, München,
in der Verlagsgruppe Random Hose GmbH
Printed in Germany 2008
Umschlaggestaltung: Nele Schütz Design, München
Umschlagillustration: Paolo Barbieri
Karte: Andreas Hancock
Satz: Buch-Werkstatt GmbH, Bad Aibling
Druck und Bindung: GGP Media GmbH, Pößneck

ISBN: 978-3-453-52420-0

www.heyne.de

Meinem Klan.
Ihr kommt zwar nicht in der Geschichte vor,
aber ihr wart immer in ihr …

Gelobt sei Eurydis, möge ihre Lehre Euch erhellen. Im Morgengrauen meines ersten Tages auf der Welt bekam ich vor den Göttern einen Namen: Lana von Lioner aus Ith, Tochter der Cerille und des Lioner.

Welch großer Name für etwas so Kleines, sagte Maz Rôl immer, wenn er mich necken wollte. Trotzdem vererbte er mir seinen Titel und machte meinen Namen damit sogar noch länger.

Zum Glück nennen mich die meisten nur Maz Lana. Wenn Gläubige den von Menschen ersonnenen Titel aussprechen, schwingt in ihrer Stimme eine Achtung und Bewunderung mit, deren ich nicht würdig bin. Nur die Götter verdienen eine solche Ehrerbietung.

Doch nicht das ist es, was mich beunruhigt. Diese Frage kann ich immer noch mit meinen Schülern erörtern, sollte ich jemals wieder unterrichten.

Ich bin eine der Nachfahren Maz Achems von Algonde aus Ith, der in den Jahren 760 bis 771 unseres Kalenders dem Großen Tempel von Ith als Botschafter in Goran diente. Obwohl das ein angesehenes Amt ist, bei dem man gute Aussichten auf den Titel eines Emaz hat, wird in meiner Familie fast nie über ihn gesprochen.

Wenn meine Eltern von anderen Vorfahren erzählen, sind sie stets voller Lob, Stolz und Hochachtung. In unserer Familie gibt es mehrere Maz und selbst einige Emaz, die die Geschichte der Heiligen Stadt prägten. Auch über grausame Heerführer, Krieger und Eroberer aus einer ebenso fernen wie unrühmlichen Vergangenheit wurde immer mit Respekt gesprochen. Der von ihnen eingeschlagene Weg, so falsch er auch gewesen sein mag, entsprach den Sitten ihrer Zeit.

Nur mein Urgroßvater Maz Achem gilt nicht als wichtiges Glied in der Kette, die die ruhmreichen Ahnen und die nachfolgenden Generationen aneinanderreiht. Am liebsten hätten meine Eltern ihn einfach aus ihr entfernt. Nie erwähnten sie sein Leben und seine Taten, kein Wort von der Spur, die er in der Welt und im universellen Streben nach Moral hinterließ.

Als Kind fand ich daran nichts Ungewöhnliches. Doch als ich älter wurde, weckte das Schweigen meine Neugier, und eines Tages begann ich, meinen Eltern Fragen zu stellen.

Obwohl ich noch jung war, spürte ich, dass mein Nachfragen sie in Verlegenheit brachte, doch das stachelte mein Interesse nur noch an. Ich war es gewohnt, auf alles eine Antwort zu erhalten. In meiner Familie gab es keine Tabuthemen, ein Grundsatz, den ich stets zu schätzen wusste und den ich noch heute bei meinen Schülern anwende.

Nach einigem Zögern antwortete mein Vater. Er wählte seine Worte mit Bedacht, damit sie nicht respektlos und verächtlich klangen, und doch taten sie genau das. Er erzählte mir folgende Geschichte: Obgleich Maz Achem einen Großteil seines Lebens damit zugebracht hatte, die Moral der Göttin zu studieren und zu verkünden, machte er im hohen Alter eine unerwartete Veränderung durch und wurde ein Abtrünniger, der Schande über sich und seine Familie brachte.

Als Erstes gab er seinen Posten als Botschafter in Goran auf und tat seine Entscheidung weder dem Tempel kund, noch erklärte er sie.

Nach seiner Rückkehr sorgte er in mehreren Versammlungen der Emaz für Aufruhr und ging sogar so weit, die Hohepriester in ihren Privatgemächern zu belästigen. Es hätte nicht mehr gebraucht, um ihn in Verruf zu bringen, aber das, was ihn zu diesen Taten trieb, war noch viel schlimmer. Es war ein Frevel.

Er beharrte darauf, dass man ihn anhörte. Doch die Emaz hatten bereits genug vernommen.

Achem forderte nicht weniger, als die Grundfesten der eurydischen Moral zu überdenken. Er gab zu, kein überzeugendes Argument nennen zu können, und sollte er Gründe für seine Forderung gehabt haben, so sind sie nicht überliefert.

Verständlicherweise widersetzten sich die Emaz seinem Wunsch und rieten ihm, sich wieder der Lehre des Tempels zu unterwerfen. Achem gab jedoch nicht auf, sondern begann seine Thesen, die die Weisesten der Weisen als Verstoß gegen die Moral werteten, öffentlich vorzutragen.

Daraufhin waren die Emaz gezwungen, ihn zum Ketzer zu erklären und ihm seinen Maz abzuerkennen, was in der Geschichte Iths erst ganze vier Mal vorgekommen war. Diese Strafen hatten die erwünschte Wirkung: Achem gab seinen unheilvollen Kampf auf, verließ das Land und reiste nach Mestebien. Dort starb er einige Jahre später, ohne einen weiteren Versuch unternommen zu haben, die eurydische Lehre anzugreifen.

Mit diesen Worten endete mein Vater. Er fragte mich, ob ich aus der Geschichte etwas gelernt habe, ganz so, als hätte er mir ein religiöses Gleichnis erzählt. Ich nickte und schwor, die Moral niemals zu verraten, so wie es von mir erwartet wurde. Aber ich war verwirrt.

Alles, was ich bisher gelernt hatte, beruhte auf drei Werten: Wissen, Toleranz und Frieden. Die drei Tugenden der Weisen. Drei Stufen, die es zu erklimmen galt, um die Moral zu erlangen.

Hatten die Emaz zu Zeiten meines Urahnen nicht gegen eine dieser Tugenden verstoßen? Waren es die Thesen eines Maz und hohen Würdenträgers des Tempels etwa nicht wert, angehört zu werden?

Sogleich bereute ich diesen frevelhaften Gedanken und bemühte mich, Achem zu vergessen. Vergebens.

Wenn ich meiner Neugier nachging, störte ich den Frieden. Aber wenn ich die Augen vor meinen Zweifeln verschloss, beleidigte ich das Wissen und die Toleranz.

Warum war Maz Achem zum Schweigen gebracht worden?

Ich beschloss, es herauszufinden.

Vor der lorelischen Küste, nur wenige Meilen von einem verschlafenen Städtchen entfernt, lag eine kleine unbewohnte Insel.

Eine Insel wie so viele entlang der Küste des Mittenmeers: einsame Strände, karge Felsen, ein von der tosenden Brandung zerklüftetes Ufer. Nur sehr verschrobene und penible Kartografen trugen sie überhaupt in ihre Land- und Seekarten ein, und so war sie nur ein winziger Punkt auf ein paar wenigen Pergamenten, der nach einigen Jahren meist für einen Schmutzfleck gehalten wurde.

Die Insel, der eigentlich niemand Beachtung schenkte, schlug einige wenige Menschen in ihren Bann. Einer von ihnen war Judikator Zamerine, geistiges Oberhaupt der Boten Zuïas in Lorelien und heimlicher Anführer aller Züu der Oberen Königreiche.

»Wie lange noch?«, fragte er den Mann am Steuer.

Der alte Fischer zuckte zusammen. Zum ersten Mal richtete der Anführer das Wort an ihn. Bislang hatte nur der jüngere Mann gesprochen, vermutlich der Diener. Dem Fischer war das nur recht gewesen, denn der Anführer wirkte nicht gerade umgänglich. Es gelang ihm nicht, seinem kalten, verächtlichen Blick standzuhalten. »Vielleicht zwei Dezimen«, antwortete er zaghaft. »Der Wind bläst von vorne, da dauert es ein wenig länger.«

»Das ist zu lang.«

Der Fischer wusste nicht, was er sagen sollte. Er konnte doch nichts dafür! Die verdammte Insel würde schon nicht weglaufen – sie würde auch in hundert Jahren noch da sein!

Natürlich behielt er diese Gedanken für sich, denn der Fremde hatte für die Überfahrt nach Ji bezahlt – und zwar nicht zu knapp. Ganz zu schweigen davon, dass er eine Heidenangst vor seinen beiden Passagieren hatte.

Der Anführer starrte unverwandt auf das Felsriff, auf das sie zusteuerten. Sein Gesicht zeigte keinerlei Regung. Der jüngere Mann wiederum ließ den Fischer nicht aus den Augen, als wollte er verhindern, dass er sie hinterrücks überfiel. Oder als wollte er *ihn* jeden Moment hinterrücks überfallen.

Rasch schob der Fischer diesen Gedanken beiseite und sah einem Schwarm Dynastenschwänen nach, der dicht über das Wasser hinwegflog. Er beschloss, seinen Passagieren nicht mehr in die Augen zu sehen – andernfalls würde er sich noch ins Meer stürzen.

Ich weiß nicht mehr, was zuerst da war, aber mit der Neugier auf meine Vorfahren erwachte auch mein Interesse an der Geschichte Iths.

Gemeinsam mit Maz Rôl, meinem Lehrer, studierte ich die Chroniken der Heiligen Stadt, doch meine Nachforschungen über Maz Achem führte ich allein und im Geheimen durch. Zum ersten Mal in meinem Leben belog ich meine Eltern. Ich hätte Reue empfinden sollen, aber das tat ich nicht. Dazu waren meine Entdeckungen viel zu faszinierend.

Die zeitgenössischen Chroniken beschrieben Achem als Inbegriff der Tugend, jedenfalls bis zum Jahr 771. Danach fand er nur noch als Ketzer Erwähnung.

Ich suchte nach einem Vorfall, der seine plötzliche Wandlung erklärte, denn sie konnte nur auf ein einschneidendes Erlebnis zurückzuführen sein.

Bei meinen Nachforschungen stieß ich auf ein weiteres Rätsel: Aus den Chroniken ging hervor, dass Maz Achems seltsames Verhalten nach seiner Rückkehr von einer diplomatischen Mission nach Lorelien begann. Er war fast fünf Dekaden fort gewesen, doch die Schriften blieben vage, was den Zweck der Reise anging.

Trotz großer Anstrengungen fand ich nichts über die Mission und ihre Teilnehmer heraus, und meine Suche schien zu Ende, bevor sie überhaupt begonnen hatte. Doch Eurydis erhörte meine Gebete, denn einige Jahre später, als ich die Hoffnung schon fast aufgegeben hatte, stieß ich auf neue Hinweise.

Während einer Unterrichtsstunde bei Maz Rôl, in der es um die Uborre-Dynastie in Goran ging, erfuhr ich, dass Kaiser Mazrel bei einer geheimnisvollen Expedition zu einer kleinen lorelischen Insel einen Sohn verloren hatte.

Das Datum der Expedition stimmte genau mit dem von Achems Reise überein.

Mit neu erwachter Hoffnung stellte ich weitere Nachforschungen an, diesmal in den Archiven Gorans. Ich musste all meinen Mut zusammennehmen, um das vertraute Ith zu verlassen und mich in die Hauptstadt des Großen Kaiserreichs zu begeben, aber die Sache war es wert.

Dort entdeckte ich schließlich einen Teil der Wahrheit. Auf Drängen eines Mannes namens Nol der Seltsame waren Diplomaten aus mehreren Ländern der bekannten Welt in Lorelia zusammengekommen. Zwei von ihnen waren Maz Achem und der goronische Prinz Vanamel.

Die Diplomaten verschwanden unter rätselhaften Umständen und tauchten erst zwei Monde später wieder auf, ohne Erinnerung an das, was geschehen war. So konnten sie auch nicht sagen, was mit jenen passiert war, die nicht zurückgekehrt waren. Da niemand außer Königen und Herrschern von der Reise wusste, geriet sie nach dem Tod der Diplomaten immer mehr in Vergessenheit.

Meine Neugier war noch lange nicht gestillt, denn die Beschreibung reichte nicht aus, um Maz Achems Wandlung zu erklären.

Daher beschloss ich, die Sache anders anzugehen.

Ich würde seine verbotenen Gedanken studieren.

Zamerine spazierte voller Ehrfurcht über die Insel, als wandele er über die heilige Erde des Lus'an. Nur wenige Züu hatten Ji bisher betreten dürfen, und dieses Privileg verstärkte sein Hochgefühl.

Seit einigen Monden richtete sich alle Aufmerksamkeit der Judikatoren auf diese Insel. Nie zuvor in der Geschichte ihrer Religion waren so viele Boten zugleich ausgesandt worden, um ein Urteil Zuïas zu vollstrecken.

Er war froh, an diesem Akt der Gerechtigkeit teilzuhaben, und stolz, etwas zum Großen Werk beizutragen. Zu seinem Glück fehlte ihm nur noch das befriedigende Gefühl des Erfolgs.

Die Männer, die er nach Ji geschickt hatte, um den Auftrag zu Ende zu bringen, waren nicht zurückgekehrt, und auch keiner der jämmerlichen Schurken, die sie begleitet hatten.

Doch das berührte ihn kaum.

Seine Boten waren im Dienst der Göttin gestorben. Sie waren für die Ewigkeit ins Lus'an eingegangen, und ein besseres Schicksal gab es nicht.

Auch den Verlust der Gildenbrüder konnte er verschmerzen. Niemand würde sie vermissen. Diejenigen, die mit dem Leben davongekommen waren, hatten keine Anstalten gemacht, die Leichen ihrer Gefährten zu bergen. Zamerine hatte nichts als Verachtung für sie übrig.

Er kehrte an die Seite seines Gehilfen Dyree zurück. Die Gildenbrüder, die seit dem Vorabend mit ihren zerstörten Schiffen auf der Insel festsaßen, wären vor ihm im Staub gekrochen, wenn er es von ihnen verlangt hätte. Doch als er ihnen verkündet hatte, dass er nicht beabsichtige, sie mit zurück aufs Festland zu nehmen, weil sie versagt hatten, waren sie vor ihm zurückgewichen. Die Männer beeilten sich, ihm ewige Treue zu schwören, was immer recht nützlich war. Dank seiner Drohung beschrieben sie ihm die Vorfälle während der Nacht der Eule, ohne dass er sie mit Gewalt dazu hätte zwingen müssen. So sparte er wertvolle Zeit.

Gleich nach ihrer Ankunft hatte sein Gehilfe ihm mitgeteilt, dass die Dolche der Toten unauffindbar seien. Es war ein Frevel, einen Hati in den Händen von Ungläubigen zu lassen, weshalb Zamerine eine letzte Bedingung für die Rettung der Gildenbrüder gestellt hatte: die Herausgabe der heiligen Dolche.

Leider war anfangs keiner der Schurken bereit gewesen, den Schuldigen zu verraten, weshalb Zamerine einen kleinen Spaziergang über die Insel gemacht hatte. Doch nun durfte er nicht noch mehr Zeit verlieren.

»Töte sie«, befahl er.

Dyree stürzte sich auf die Männer, und zwei Brüder gingen zu Boden, bevor sie sich auch nur rühren konnten.

»Wartet!«, schrie einer der Männer. »Micaeir hat sie! Micaeir hat die Dolche!«

Der Beschuldigte floh, ohne den Kampf zu suchen, kam aber gerade einmal acht Schritte weit, bevor er zusammenbrach, davon zwei mit einem Hati in der Lunge.

Den Verräter tötete Zamerine eigenhändig, als Strafe dafür, dass er so spät mit der Sprache herausgerückt war. Bei den anderen ließ er Gnade walten.

Dyree nahm die Dolche an sich, und die beiden Männer stiegen wieder in das Boot. Der alte Fischer war nun bleich wie der Mond und endgültig verstummt. Zamerine fragte sich, ob er auch ihn töten würde, schob diese belanglose Frage aber schnell beiseite. Auf ihn warteten wichtigere Aufgaben.

Zunächst hatte er die unangenehme Pflicht, dem Ankläger zu berichten, dass das Urteil noch nicht vollstreckt war.

Dann musste er das Problem aus der Welt schaffen. Er freute sich auf die Treibjagd, denn so etwas war ihm schon seit Jahren nicht mehr vergönnt gewesen.

Er hoffte nur, dass die Jagd nicht zu schnell vorbei sein würde.

Achem hatte zahlreiche Schriften, Abhandlungen und Traktate verfasst, dessen war ich sicher. Sie würden jedoch nur schwer auffindbar sein, vor allem, da ich unauffällig vorgehen musste.

Die Bibliothek der Heiligen Stadt kennt keine Zensur, selbst nicht bei Schriften, die wegen Verstößen gegen die Moral geächtet sind. Die Priester sind der Ansicht, auch ein Studium von ketzerischen Theorien führe den Novizen zu den drei Tugenden. Sie halten es für ratsam, junge Leute unter Anleitung eines erfahrenen Maz mit solchen Gedanken in Berührung zu bringen, statt sie damit allein zu lassen.

Das gilt allerdings nicht für Schriften, deren Verfasser dem Tempel angehört hatte. Solche Manuskripte gelten als gefährlich. Die wenigen Abschriften, die ich schließlich fand, stammten aus Privatarchiven, zu denen ich ohne Maz Rôl – der glücklicherweise in dem Ruf stand, ein tugendhafter Lehrer zu sein – keinen Zugang gehabt hätte.

Begierig begann ich die Schriften meines Urgroßvaters zu lesen. Aus ihnen ging hervor, dass Maz Achem alles andere als verrückt gewesen war. Er hatte gewusst, was er tat, und seine Worte zeugten von Klugheit, Scharfsinn und tiefem Wissen. Er musste ein bedeutender Maz gewesen sein.

Nur was er schrieb, verwirrte mich.

In Ith herrschte zu Maz Achems Zeiten seit mehr als acht Jahrhunderten Frieden. Obwohl die Geschichte der

Stadt untrennbar mit der Eurydisverehrung verbunden war, gab es in Ith auch andere Religionen, und der Große Tempel ließ ihnen freie Hand.

Hin und wieder kam es zu kleineren Streitigkeiten zwischen hitzköpfigen Novizen, doch diese blieben stets folgenlos.

Dennoch stritt Achem für eine weniger friedliche und tolerante Religion, denn in seinen Augen war das universelle Streben nach Moral weit davon entfernt, sich durchzusetzen. Er wollte, dass die Maz den Prozess beschleunigten und Andersgläubige mit allen Mitteln bekehrten.

Am wichtigsten war ihm ein Verbot aller dämonistischen Religionen. Das friedliche, tolerante Ith sollte den Anhängern K'lurs, Phrias' und Yoos' den Krieg erklären, ebenso wie den Boten Zuïas, den Töchtern Soltans und den Valiponden.

Damals wurde keine dieser Religionen in der Heiligen Stadt praktiziert. Doch Achem war der Meinung, Ith solle Schiffe bauen, Soldaten anwerben und eine Armee aufstellen. »Der Krieg liegt unserem Volk im Blute«, schrieb er.

Der Maz forderte nichts anderes als einen Kreuzzug gegen das Böse. Er rief zu den Waffen, auch wenn er die traurigen Folgen des Krieges bedauerte. Doch für ihn hatte die Moral ihren Preis, und der Kampf duldete keinen Aufschub.

Was war auf Ji geschehen? Was hatte er dort gesehen, das seine Weltsicht so sehr veränderte?

Ein Schicksalsschlag hielt mich für eine Weile von weiteren Nachforschungen ab. Im Abstand von wenigen Tagen erkrankten sowohl meine Mutter als auch mein Vater. Drei Dekaden lang rangen sie mit dem Tod.

Ich verbrachte die meiste Zeit an ihrem Krankenbett und möchte nicht von diesen entsetzlichen Tagen sprechen, in denen meine Gedanken um alles andere als um meinen Urgroßvater kreisten. Doch ein Vorfall verband das Schicksal meiner Eltern mit den Geschehnissen des vorigen Jahrhunderts.

Auf dem Sterbebett diktierte mir mein Vater seinen letzten Willen. Ich sollte einige unerledigte Aufgaben zu Ende bringen, die belanglos erscheinen mochten, ihm aber wichtig waren. Er wollte keine offenen Rechnungen hinterlassen, wenn er von dieser Welt ging.

Unter anderem nahm er mir das Versprechen ab, Maz Achems Tagebuch zu verbrennen, sollte es mir je in die Hände fallen.

Seine Worte verschlugen mir den Atem. Maz Achems Tagebuch! Mein Vorfahr hatte Tagebuch geführt!

Als Vater geendet hatte, nickte ich, fasste aber sogleich den Entschluss, die Aufzeichnungen vor ihrer Zerstörung zu lesen. So würde ich Wort halten können. Dann befragte ich meinen Vater zu dem Tagebuch.

Wie ich erfuhr, wusste er nicht einmal, ob es überhaupt noch existierte. In unserer Familie erzählte man sich folgende Geschichte: Nachdem es Achem nicht gelungen war, die Emaz von seinen Ideen zu überzeugen, gab er einem der Hohepriester einige Passagen aus seinem Tagebuch zu lesen. Diese Schriften waren der Grund für seine Entlassung aus dem Tempel.

Obgleich die neue Spur verheißungsvoll war, verlor ich in den Dekaden nach dem Tod meiner Eltern jedes Interesse an der Sache.

Einige Zeit später erhielt ich einen Brief von einem gewissen Xan aus Partacle. Er hatte die traurige Nachricht vom Tod meiner Eltern erhalten und sprach mir sein Beileid aus. Außerdem lud er mich zu einer Art Feier ein, zu der die Nachfahren jener Abgesandten zusammenkamen, die vor einem Jahrhundert die seltsame Reise auf die Insel Ji unternommen hatten.

Da ich immer noch um meine Eltern trauerte, schrieb ich ihm nur einen kurzen Dankesbrief, in dem ich die Einladung höflich ablehnte. Meine Leidenschaft für diese alte Geschichte war erloschen. Außerdem hatte ich schreckliche Angst davor, Ith zu verlassen und Fremden zu begegnen.

Doch jetzt ist alles anders.

Irgendjemand hat mir die Züu auf den Hals gehetzt. Ich musste Ith verlassen und mich in einem kleinen Tempel in der Nähe von Mestebien verstecken. Die Reise dorthin dauerte eine ganze Dekade.

Ich habe mir das Haus angesehen, in dem mein Vorfahr kurz vor seinem Tod lebte. Es gehört immer noch einem Zweig meiner Familie, entfernten Verwandten, die ich nie kennengelernt habe. Die Züu hatten sie ermordet.

Das Tagebuch war nicht dort. Oder es war nicht mehr dort. Oder aber es existiert nicht mehr.

Es gibt nur eine Möglichkeit, die Wahrheit herauszufinden.

ERSTES BUCH

ZUÏAS URTEIL

Der Regen trommelte ohrenbetäubend auf das marode Schieferdach. Es war der neunte Dekant, und es war stockfinster. Man hätte meinen können, dass eine Horde Kobolde auf dem Dach einen wilden Tanz aufführte und es jeden Moment unter dem Gewicht eines zu dick geratenen Exemplars zusammenbrechen würde.

Zwei Männer standen unter dem Vordach eines kleinen Hofs einige Meilen von der reichen Stadt Lorelia entfernt und unterhielten sich. Der eine war klein, buckelig und musste aus unerfindlichen Gründen Gefallen an seinem stinkenden Atem finden – jeder andere hätte sich den Mund mehrmals mit Rosenwasser aus Manive ausgespült, bevor er sich unter Menschen begeben hätte.

Der andere Mann war jung, mittelgroß, von gefälligem Aussehen, und er konnte seine Freunde an den Fingern einer Hand abzählen.

Sein Gegenüber gehörte offenbar nicht zu diesen Freunden, denn der Tonfall des Gesprächs wurde immer schärfer.

»Das ist doch nicht zu viel verlangt. Zwei Nächte. Nur zwei Nächte in deinem Lager. Du musst dich überhaupt nicht um uns kümmern! Was macht es für einen Unterschied, ob da unten Menschen oder Waren lagern?«

»Das ist ein himmelweiter Unterschied«, antwortete der kleine Mann, der vergeblich nach schlagkräftigen Argumenten suchte. »Es ist viel zu gefährlich. Außerdem habe ich so etwas noch nie gemacht. Das ist mein letztes Wort!«

»Ich weiß nicht, was daran gefährlicher sein soll, als

direkt vor den Toren von Lorelia auf einem Haufen Schmuggelware zu sitzen«, sagte der Jüngere.

Der andere bedeutete ihm hastig, die Stimme zu senken, als könnten ihn die königlichen Steuereintreiber hören.

Der jüngere Mann verzog belustigt das Gesicht. »Wein aus Junin!«, rief er in die Dunkelheit hinaus. »Bier aus Cyr! Purpurne Gewürze! Jerusnische Statuen! Stoffe aus Far!«

»Halt den Mund«, fiel ihm der kleine Mann zugleich ängstlich und verärgert ins Wort.

»Ezomine! Öl aus Crek! Goronische Schwerter! Schmuck und Edelsteine! Raji der Tunnelwärter kauft Euch alles ab! Ihr müsst dem König nie wieder Steuern zahlen! Kein einziger Tick für König Bondrian! O ja, Raji hilft jedem, nur seinen Freunden nicht«, sagte er mit plötzlichem Ernst.

»Hör auf, ich bitte dich. Das ist kein Scherz. Du bringst uns noch in Schwierigkeiten.«

»Dann zeig mir doch mal, wo sich hier ein Steuereintreiber versteckt.«

Raji starrte in die Dunkelheit hinaus. Sein Blick fiel auf die Begleiter des Spaßvogels. Sie waren nicht von ihren Pferden abgestiegen, hielten sich im Hintergrund und machten keine Anstalten, sich einzumischen. Der Regen schien ihre geringste Sorge zu sein. Sie waren ohnehin bis auf die Knochen durchnässt.

Der kleine Mann fuhr sich mehrmals mit der Hand durch die fettigen Haare, ohne dass es ihm gelang, sie zu glätten. Dona schien heute Abend nicht auf seiner Seite zu stehen, und er verfluchte die Göttin der Händler. »Was habt ihr eigentlich angestellt?«, fragte er zögernd. »Habt ihr jemanden umgebracht?«

»Richtig geraten. Den Grafen von Kolimine.«

»Was?«, rief Raji und riss die Augen auf.

»Und seinen Hund. Es tut mir aufrichtig leid. Für den Hund.«

Der Schmuggler beäugte den jungen Mann eine Weile misstrauisch. Er wusste nicht, was er glauben sollte, denn er hatte ihn schon oft zum Narren gehalten.

Einer der Reiter löste sich aus der Gruppe und kam näher. Raji versteifte sich und legte eine Hand auf den Griff des Dolchs, den er am Gürtel trug. Dann erst sah er verblüfft, dass der Reiter eine Reiterin war.

»Meister Raji«, sagte sie ruhig, »wir haben nicht die Absicht, Euch in Schwierigkeiten zu bringen. Wir suchen nur nach einem Ort, an dem wir warten können, bis der Regen aufhört. Einer unserer Gefährten ist krank und muss sich dringend ausruhen. Solltet Ihr uns Gastfreundschaft gewähren, stünden wir tief in Eurer Schuld.«

Verlegen trat Raji von einem Fuß auf den anderen. Seine Kunden waren selten so höflich, aber die Sache gefiel ihm immer noch nicht. Diese Leute steckten offenkundig in der Klemme, doch er fand einfach nicht die richtigen Worte, um sie abzuweisen. »Na gut. Eine Nacht, mehr nicht. Und Ihr spaziert nicht in der Gegend herum. Pferde, Männer, Frauen, Kinder, Ihr alle bleibt bis zum Morgen im Versteck. Und nun werde ich versuchen, noch etwas Schlaf zu bekommen, wenn Ihr erlaubt. Rey, du kennst den Weg«, sagte er statt einer Verabschiedung.

Rey fragte sich, wie Raji schlafen konnte bei dem Getrommel des Regens auf dem Schieferdach. Er sah dem Schmuggler nach, als dieser ins Haus ging und die Tür hinter sich zuzog. Dann wandte er sich der Reiterin zu.

»Corenn, Euer Eingreifen hat mich zutiefst gekränkt.« Er

grinste schelmisch. »Ich dachte, wir lassen uns noch etwas Zeit, bevor ich Euch meinen Bekannten vorstelle.«

Drei der vier anderen Reiter saßen von ihren Pferden ab. Ein Mann in einer schwarzen Lederkluft, der mehrere Waffen trug, herrschte Rey an: »Was sollte denn das mit den Steuereintreibern? Könnt Ihr Euch denn nicht ein Mal normal verhalten?«

»Normal? Was soll das sein, Grigán?«

»Hört endlich auf mit dem Unsinn. Wo ist nun dieses Lager?«

»Nicht weit von hier. Folgt mir.«

»Bowbaq ist im Sattel eingeschlafen«, sagte eine junge Frau mit dunklen Haaren.

»Das arme Pferd. Weck ihn auf, Léti«, bat Corenn.

Das Mädchen rüttelte den Riesen am Arm, erst sachte, dann immer fester. Bowbaq murmelte etwas Unverständliches und rieb sich die Augen. Dann stieg er vom Pferd, indem er den Fuß, der ohnehin knapp über dem Boden baumelte, auf die Erde setzte.

Ein junger Kaulaner überholte die anderen und kam an Reys Seite. Yan, dessen Gesichtsausdruck für gewöhnlich arglos und aufrichtig war, hatte eine so verschwörerische Miene aufgesetzt, dass der Schauspieler lachen musste, noch bevor er die Frage hörte.

»Du warst Schmuggler?«

»Hin und wieder, ja. Wie alle, die viel in der Welt herumkommen, nehme ich an. Man kauft hier etwas und verkauft es dort wieder. Das tut niemandem weh. Stimmt's, Grigán?«

»Vielleicht. Hin und wieder. Aber ich brauchte nie ein Lager. Ich hatte keinen Plan und handelte nie mit großen Mengen.«

Rey antwortete nicht. Ihm stand nicht der Sinn danach, diesen Teil seiner Vergangenheit vor seinen Gefährten auszubreiten. Er führte sie zu einem Holzschuppen, der wie ein Stall aussah, und trat hinein. Grigán hielt die Tür auf, bis seine Gefährten eine Öllampe angezündet hatten. Sie verbreitete das bleiche Licht eines schwindsüchtigen Monds. Dann unternahm der Krieger einen Kontrollgang, eine wahre Manie von ihm.

»Groß ist es nicht gerade«, beschied Bowbaq verschlafen. »Und es regnet überall herein.«

»Wir müssen uns eine Weile ausruhen«, sagte Corenn. »Deine Wunde braucht Zeit zum Heilen.«

»Ich spüre sie eigentlich gar nicht mehr«, erwiderte Bowbaq und strich sich sacht über den Bauch.

Er erstarrte mitten in der Bewegung, beugte sich vor und verzog vor Schmerzen das Gesicht, sodass Grigán und Yan herbeisprangen, um ihn zu stützen. Der Ritt hatte seinen Zustand nicht gerade verbessert.

»Keine Sorge, wir schlafen nicht im Stall«, sagte Rey. »Das Lager ist unter unseren Füßen.« Mit diesen Worten öffnete er eine große Falltür, die unter einem Haufen fauligen Strohs verborgen gewesen war.

Léti starrte in das finstere Loch. »Da drin sollen wir die Nacht verbringen?«

»Ich habe schon ein paarmal dort unten geschlafen«, sagte Rey. »Es ist viel bequemer, als es aussieht.«

»Die Sache gefällt mir nicht«, murmelte Grigán. »Dieser Raji macht mir keinen besonders vertrauenswürdigen Eindruck. Was, wenn er uns da unten einsperrt?«

»Keine Angst. In dem Keller beginnt ein Tunnel, der direkt nach Lorelia führt. Raji trägt nicht ohne Grund den Spitznamen ›Tunnelwärter‹.«

Der Krieger knurrte vor sich hin und stieg die grobe Holztreppe hinab, um sich einen Eindruck zu verschaffen. Bowbaq bewunderte seinen Mut.

»Da unten ist bestimmt alles voller Krabbeltiere«, sagte Léti angeekelt.

»Bowbaq kann sie ja überreden, dich in Ruhe zu lassen«, scherzte Rey.

Der Riese schwieg. Es schien Rey einfach nicht in den Kopf zu wollen, dass er als Erjak nur mit Säugetieren sprechen konnte. Er war nicht in der Lage, den Geist einer Kakerlake, Schlange oder eines ähnlichen Tiers zu erreichen, und selbst mit einem Nagetier war die Verständigung schwer.

Geduldig warteten alle auf Grigáns Rückkehr. Er ließ sich Zeit, aber schließlich tauchte sein Kopf in der Luke auf.

»Und?«, fragte Rey.

»Es wird schon gehen«, sagte der Krieger widerwillig.

»Sag ich doch. Es ist sauber, luftig und trocken. Schließlich würde niemand Waren, die ein Vermögen wert sind, in einem modrigen Loch verrotten lassen.«

Sie beschlossen, in dem Keller zu bleiben, sattelten die Pferde ab, fütterten sie und brachten ihr Gepäck in das Versteck. Als alle unten waren, schloss Grigán mit grimmiger Miene die Falltür. Dann lief er eine Weile auf und ab und strich sich über den Schnurrbart. Er würde erst wieder Ruhe finden, wenn sie weiterzogen.

Yans Neugier trieb ihn dazu, den Keller zu erkunden. Er war weitläufig und mit Bedacht eingerichtet. Obwohl sich die Wände an einigen Stellen krümmten, waren die drei Lagerräume rechteckig, und ihre Grundfläche maß zusammen nicht weniger als vierzig mal fünfundzwanzig Schritt.

Der größte und einfachste Raum lag direkt unter der Falltür. Die Wände waren mit groben Brettern verkleidet, der Boden mit feinem Sand bedeckt und die Decke mit mehreren Balken und Querstreben abgestützt. Der Raum wirkte zwar alles andere als gemütlich, doch zumindest war es hier trocken und warm. Der Regen klang nur noch wie ein entferntes Murmeln.

An der Wand waren in regelmäßigen Abständen Fackeln angebracht, die Grigán entzündet hatte. So war es nun hell genug, um Einzelheiten zu erkennen.

Unzählige Bündel, Kisten jeder Größe, Truhen, Körbe und Fässer lagerten auf grob gezimmerten Regalen, in Wandnischen oder ganz einfach in Stapeln auf dem Boden. Eine erkennbare Ordnung gab es nicht.

Eine Bretterwand trennte den ersten Raum vom zweiten. Dieser war besser ausgebaut: Die Wände bestanden aus Ziegelsteinen, und auf dem Boden hatte jemand Holzdielen verlegt. Die Decke war verputzt und weiß getüncht. Es war trocken und kühl, weshalb hier die verderblichen Waren lagerten. Rey schlug vor, dort ihr Lager aufzuschlagen.

In dem Raum lagerte hauptsächlich exotisches Obst und Gemüse, was Yan sehr viel weniger interessant fand als die Waren im ersten Keller.

Eine schwere Eichentür mit einem eindrucksvollen Schloss führte zu einem dritten Raum. Die Tür war abgeschlossen.

»Weißt du, was hinter dieser Tür ist?«, fragte Yan Rey.

»Gewiss. Bei einem meiner letzten Besuche habe ich sie geöffnet. Der Raum ist sehr klein. Raji bewahrt dort alle wertvollen Waren und seine eigenen Reichtümer auf. Deshalb ist sie zugesperrt.«

Yan nickte und murmelte einen Dank. Er wollte lieber nicht wissen, was Rey mit »bei einem meiner letzten Besuche habe ich sie geöffnet« genau meinte.

Schließlich war da noch der Eingang zu dem Tunnel, der nach Lorelia führte. Normalerweise war er mit einem Holzbrett und einem Stützbalken verschlossen, aber Grigán hatte beides entfernt, um ihnen einen Fluchtweg zu öffnen.

Der Tunnel war so breit, dass drei Männer bequem nebeneinander gehen konnten, doch es war nicht erkennbar, ob das für die gesamte Länge galt. Yan lief zehn Schritte weit in den Tunnel hinein, bevor Grigán ihn zurückrief. Natürlich nahm Léti dies zum Anlass, ihrerseits in den Tunnel zu gehen. Als ihr jedoch eine fette Ratte über den Weg lief, machte sie auf dem Absatz kehrt und bestand darauf, den Eingang wieder zu verschließen.

Bowbaq war bereits eingeschlafen. Corenn und Léti trennten eine Ecke des Raums mit einem Tuch ab und verschwanden hinter dem improvisierten Vorhang, nachdem sie allen eine gute Nacht gewünscht hatten. Grigán überprüfte jeden Winkel, bevor auch er sich dazu bewegen ließ, sich auszuruhen. Rey holte eine Flasche juneeischem Wein aus dem ersten Keller und bot Yan davon an. Als dieser höflich ablehnte, machte sich Rey daran, sie allein zu leeren. Kurz darauf schlief auch er ein.

Yan drehte die Öllampe herunter und streckte sich auf seiner Decke aus. Während er auf den Schlaf wartete, ließ er seine Gedanken schweifen.

Vor fast zwei Dekaden hatte er sein kleines Heimatdorf Eza verlassen. Seither hatte man ihn beleidigt, niedergeschlagen, ausgeraubt, ihm Folter und sogar den Tod angedroht. Er war bei mehreren Kämpfen dabei gewesen und hatte Menschen sterben sehen. Er selbst hatte einen Feind bezwungen, indem er ihm einen Stein ins Gesicht warf. Mehrmals war er dem Tod nur knapp entronnen. *Sehr knapp sogar,* dachte er, als ihm einfiel, wie Léti vierzig Schritte über dem Meer an einem Felsvorsprung gehangen hatte. Ihr angstverzerrtes Gesicht …

Die Erinnerung wühlte ihn auf. Er hatte das Gefühl, alles noch einmal zu durchleben. Die Verzweiflung, die Hilflosigkeit, dann die plötzliche Wut und den unbändigen Drang, sie zu retten, so als gäbe es nichts anderes mehr auf der Welt. Und er hatte es geschafft.

Es lag keine neun Dekanten zurück, weniger als einen Tag, und der Wille war immer noch spürbar. Verborgen, unterschwellig, aber stark. Yan wusste, dass er von nun an immer da sein würde. Auch wenn er keine Ahnung hatte, was dieser Wille überhaupt war, beschloss er, sich an ihn zu erfreuen.

Corenn hatte gesagt, in ihm sei etwas entfesselt worden. Sie würden bald ein langes Gespräch führen, und sie würde ihm helfen, alles zu verstehen. Er konnte es kaum erwarten.

Seit gestern hatten sie noch keine Zeit dafür gefunden, denn nachdem sie der Falle entkommen waren, die die Züu ihnen auf der Insel Ji gestellt hatten, waren sie in die Nähe von Berce zurückgekehrt, um ihre Pferde zu holen. Grigán hatte zwei Männer in die Flucht geschlagen, die die Züu als Wache zurückgelassen hatten, und das, ohne auch nur einen Pfeil abzuschießen. Bowbaq und Rey, die bis dahin zu Fuß unterwegs gewesen waren, übernahmen die Pferde der Schurken. Dann hatten sie Berce so schnell wie möglich hinter sich gelassen, denn dort war es nun viel zu gefährlich für sie.

Sie beratschlagten lange, wohin sie sich als Nächstes wenden sollten. Nur widerwillig stimmte Grigán dem Vorschlag zu, vorübergehend bei einem Freund von Rey Unterschlupf zu suchen, den der Schauspieler als vertrauenswürdigen, großzügigen und zutiefst ehrlichen Mann beschrieb. Anschließend diskutierten Grigán und Corenn jedoch endlos darüber, was ihr nächstes Ziel sein würde.

Und wieder hatte Rey eine Idee gehabt. Lorelia war seine Heimatstadt, und er kannte jede ihrer Eigenarten. Der Markt des Kleinen Palasts war eine davon.

Auf diesem Markt unterlag der Handel keiner Kontrolle, jedenfalls nicht, solange er die Herrschaft des Königs nicht bedrohte und die Krone hohe Abgaben auf alle Geschäfte kassieren konnte.

Dort konnten sie sich mit den Züu treffen – auf neutralem Boden. Vielleicht konnten sie sie bestechen, damit sie die Erben davonkommen ließen.

Als erfahrene Diplomatin wollte Corenn nichts unversucht lassen. Grigán weigerte sich nach wie vor hartnäckig, mit den Mördern zu verhandeln. Er hielt die Idee für vollkommen verrückt und sagte, es sei ungefährlicher, sich eigenhändig ein Krummschwert in den Bauch zu rammen.

Zur Abwechslung mischte sich Rey nicht in das Gespräch der beiden Anführer ein. Corenn hatte wie immer das letzte Wort gehabt, und der Krieger war den Rest des Tages beleidigt. Grigán hatte keine Ahnung, wie die Ratsfrau es immer wieder schaffte, ihren Willen durchzusetzen, ohne auch nur die Stimme zu heben.

Es war also beschlossene Sache: Die Erben würden sich mit den Züu treffen. Kurz bevor er einschlief, fragte sich Yan, ob das wirklich eine gute Idee war.

Léti öffnete langsam die Augen und stutzte, als sie kein Tageslicht sah, bevor ihr einfiel, dass sie sich in einem Keller befand. Es war beinahe stockfinster – die Öllampe, ihre einzige Lichtquelle, wurde von dem Vorhang verdeckt. Trotzdem spürte sie, dass die Sonne bereits aufgegangen war.

Sie stand auf und streckte sich. Corenn schlief noch. Léti stieg über ihre Tante hinweg, zog ihre Stiefel an und schob den Vorhang beiseite.

Sie hatte keine vier Schritte gemacht, als Grigán sich abrupt aufrichtete, ein Messer in der Hand. Sie beruhigte ihn mit einem Handzeichen, und mit einem grimmigen Knurren legte er sich wieder hin.

Sie bewegte sich so lautlos wie möglich auf Yan zu. Auch er schlief noch. Ihr fiel ein, wie schlecht es ihm ergangen war, nachdem er die übermenschliche Anstrengung unternommen hatte, sie zu retten. Er hatte sich den Schlaf mehr als verdient.

Sie setzte sich neben ihn und betrachtete ihn voller Zuneigung. Yan hatte nicht um ihre Hand angehalten, also liebte er sie wohl nicht. Aber er war ihr Freund seit Kindertagen, und er hatte ihr das Leben gerettet. Selbst wenn sie nun mit jemand anderem den Bund schließen musste – Rey kam ihr flüchtig in den Sinn –, war und blieb Yan ihr bester Freund. Vorsichtig streckte sie sich neben ihm aus und gab sich Träumen von einer glücklichen Zukunft hin. Sie und Rey, Yan und eine Frau, die er auserwählt hatte, plauderten fröhlich und stolz über ihre Kinder. Auch sie würden Erben sein.

Dieser Gedanke wirkte wie eine Ohrfeige. Die Züu wollten ihr diese Zukunft rauben. Sie hatten ihren Freunden, den anderen Erben und ihr selbst bereits so vieles genommen. Unwillkürlich ballte sie die Fäuste. Das würde sie nicht zulassen. Nie wieder.

Sie schlief mit dem Gedanken an die drei Schurken ein, die sie auf der Insel verspottet und bedroht hatten. Einer der Männer hatte eine Hand verloren, einer ein Auge und der dritte war mit ihr in den Abgrund gestürzt.

Im Vergleich zur Wirklichkeit waren ihre Albträume beinahe angenehm.

Raji der Tunnelwärter verbrachte eine schlaflose Nacht. Als die Müdigkeit endlich siegte und er einnickte, war die Sonne längst aufgegangen, und es hatte aufgehört zu regnen. Er erwachte erst mitten im dritten Dekant. Das war zu spät, viel zu spät.

Er eilte zu seinem Lager, ohne sich auch nur anzuziehen. Dass die Pferde der Fremden immer noch da waren, konnte ihn nicht beruhigen. Jeder Dieb würde sein Pferd zurücklassen, wenn er dafür mit seinem Schatz durch den Tunnel nach Lorelia verschwinden konnte!

Er fegte den Rest des fauligen Strohs beiseite und zog an dem Ring in der Falltür. Sie bewegte sich keinen Zoll.

Er versuchte es erneut und zog diesmal mit beiden Händen, doch seine Bemühungen waren vergeblich. Er kniete nieder, hämmerte mit der Faust gegen das Holz und rief lauthals nach Rey, obwohl er längst davon überzeugt war, dass niemand mehr da war.

Wider Erwarten ertönte ein Klopfen als Antwort, und jemand schob die Falltür auf. Raji stürzte so flink die Treppe hinunter wie ein Stehschläfer auf der Flucht vor einem Jäger. »Warum habt Ihr die Falltür verschlossen?«, herrschte er Rey an.

Jemand hielt ihm eine Klinge an den Hals, packte mit eisernem Griff seinen Arm und drehte ihn auf den Rücken. Der Schmuggler rührte sich nicht mehr und warf Rey einen furchtsamen Blick zu.

Der setzte eine gelangweilte Miene auf und musterte den Mann, der sich hinter Raji geschlichen hatte. »Grigán, was soll unser Gastgeber denn nur von uns denken? Dass wir Diebe sind? Nun gut, ich habe mir ein paar Flaschen ausgeliehen, aber nur, weil ich sonst verdurstet wäre. Raji wird uns das doch nicht übel nehmen, oder?«

»Nein, natürlich nicht«, beeilte sich der Schmuggler zu versichern.

»Hört auf mit dem Unfug«, befahl Grigán. »Seht oben nach, ob alles in Ordnung ist.«

Rey erklomm die Treppe und grinste über Rajis Aufzug. Der Schmuggler hatte sich ein Tuch von zweifelhafter Sauberkeit um die Hüften geschlungen, doch angesichts der kalten Klinge an seinem Hals war das seine geringste Sorge.

»Grigán, lasst ihn bloß nicht los«, rief Rey nach unten. »Wir sind von einer Horde bis an die Zähne bewaffneter Enten umzingelt.«

Der Krieger seufzte resigniert und gab Raji frei, der sich sogleich in die entfernteste Ecke verzog. Die anderen Fremden beobachteten ihn von der Tür zum zweiten Keller her. Auch die beiden Frauen. Raji hatte sich noch nie so sehr geschämt.

»Das Wetter ist wunderbar«, verkündete Rey, als er von seinem Erkundungsgang zurückkehrte. »Es wird ein schöner Tag.«

»Umso besser«, murmelte Raji. »Das erleichtert Euch die Reise.«

35

»Komm schon, alter Freund, du willst uns doch wohl nicht schon vor die Tür setzen!« Rey legte Raji einen Arm um die Schulter. »Unser Freund dort drüben ist verletzt und muss sich ausruhen.«

»Aua«, sagte Bowbaq halbherzig und tat so, als habe er große Schmerzen.

Im nächsten Augenblick krümmte er sich, als der Schmerz tatsächlich mit voller Wucht zurückkehrte. Corenn führte ihn zu seinem Schlafplatz.

»Das würde allen Bruderschaftsgesetzen der Gilde widersprechen«, sagte Rey.

»Das ist es ja gerade. Irgendwie habe ich das Gefühl, dass die Gilde nicht gut auf Euch zu sprechen ist«, murmelte Raji.

»Wie bitte? Du hast doch wohl keine Angst vor diesen Armleuchtern? Ein gerissener Betrüger wie du?«

Rey packte ihn an seinem Tuch und zerrte daran, als seien sie alte Weggefährten. Raji versuchte mehr schlecht als recht, sein einziges Kleidungsstück nicht ausgerechnet vor den Augen der jungen Frau zu verlieren, die die Szene amüsiert beobachtete.

»Na schön!«, stieß er schließlich wütend hervor. »Bleibt, so lange Ihr wollt, mir ist das einerlei! Aber ich berechne Euch fünf Terzen pro Person und Tag. Und dass Ihr mir nicht in den Waren herumwühlt!«

»Fünf Terzen! Davon könnten wir uns ja eine königliche Herberge leisten.«

»Wir werden die Summe zahlen«, verkündete Grigán. »Und wir werden Euch keine Schwierigkeiten bereiten. Jedenfalls nicht, solange Ihr uns keine bereitet.«

Raji musterte das ernste Gesicht des ramgrithischen Kriegers, nickte und stieg so würdevoll wie möglich die

Treppe hinauf. Er nahm sich vor, Dona zur Strafe für die Unannehmlichkeiten in den nächsten Dekaden kein Opfer zu bringen.

Der Markt des kleinen Palasts fand an jedem Septim statt, und es war erst der Quint der Dekade des Vogels. Bis zu ihrem Treffen mit den Züu waren es noch zwei Tage. Trotzdem wollte Grigán, »da ihr alle fest entschlossen scheint, diesen Wahnsinn zu Ende zu bringen«, den Ort erkunden, bevor er vor Menschen überquoll. Ein Ausflug nach Lorelia stand auf dem Plan.

Natürlich würden sie nicht alle gehen. Bowbaq musste sich ausruhen und durfte nicht aufstehen, und obwohl Grigán der Einzige war, der etwas von Heilkunde verstand, würde Corenn bei dem Riesen bleiben. Sie bat Yan, ebenfalls bei ihnen auszuharren. Ihm dämmerte, dass sie nun ihr »wichtiges Gespräch« führen würden. Er nickte und fragte sich, warum ihm plötzlich so flau im Magen war.

Ursprünglich hatte Grigán allein gehen wollen, um das Leben seiner Gefährten nicht aufs Spiel zu setzen, doch Léti und Rey protestierten lauthals und überschütteten ihn mit einem Schwall nicht gerade überzeugender Argumente. Schließlich gab er nach, da Rey ihn durch die größte Stadt der bekannten Welt führen konnte. Obwohl er wenig Gefallen an seiner Gesellschaft fand, würde Rey ihm von Nutzen sein. Außerdem war Rey rebellisch genug, um ihn auch gegen seinen Willen zu begleiten.

Bei Léti hingegen wollte Grigán nicht klein beigeben, und sie waren kurz davor, ernsthaft in Streit zu geraten. Schließlich zog sich der Krieger mit dem Versprechen aus der Schlinge, ihr bald eine erste Lektion im Kämpfen zu erteilen. Léti tat so, als müsste sie über das Angebot nachzudenken, bevor sie es eilig annahm. Grigán wich Corenns missbilligendem Blick aus und begann mit den Vorbereitungen für den Ausflug nach Lorelia.

Sie konnten nicht in ihren normalen Kleidern in der Stadt herumspazieren. Grigán wollte sich einfach einen großen Umhang aus leichtem Stoff überziehen, natürlich in Schwarz. Rey hatte vor, sich richtig zu verkleiden, und verschwand mit seinem Bündel hinter dem Vorhang, den Corenn und Léti angebracht hatten.

Er zog sich immer noch um, als Raji erneut in dem Keller kam. Diesmal war der kleine Mann anständig gekleidet und trug ein echtes goronisches Schwert am Gürtel.

Grigán sah sogleich, dass der Schmuggler nicht gewohnt war, eine Waffe zu tragen. Das Schwert behinderte ihn beim Gehen, und er rückte es ständig zurecht. Schließlich schaffte er es sogar, darüber zu stolpern, und konnte sich gerade noch an einem Korb mit Birnen aus Wastilien festhalten.

Der kleine Mann ignorierte die Fremden und ging daran, die Waren zusammenzustellen, die an diesem Tag den Tunnel passieren sollten. Nachdem er einige fleckige Listen zu Rate gezogen hatte, die er sorgfältig aufbewahrte, häufte er Körbe, Kisten, Fässer und andere Behältnisse in der Mitte des ersten Kellers auf. Als er damit fertig war, ging er hoch in den Stall und kehrte kurz darauf mit einem Esel zurück, den er an einem Strick die Treppe hinunterzog. Obwohl das arme Tier den Weg schon hundertmal gegangen sein musste, traute es sich kaum die steilen Stufen hinab.

Genau diesen Moment suchte Rey sich aus, um ihnen seine Verkleidung vorzuführen. Jedenfalls musste es sich um Rey handeln, schließlich war er kaum eine Dezime zuvor hinter dem Vorhang verschwunden. Doch selbst seine Gefährten zögerten den Bruchteil einer Dezille. Grigáns Reflexe waren schneller als sein Verstand, und er ging in Kampfhaltung.

Rey hatte sich als Zü verkleidet. Er trug eine vorne offene Novizenkutte über einem scharlachroten Gewand, einen Gürtel aus grobem Seil und Schnürstiefel. An seiner Seite hing der vergiftete Dolch, der »Hati«, in einem purpurroten Samtfutteral.

Zwar hatten die Züü, denen sie bislang begegnet waren, kahl geschorene Schädel gehabt, doch Rey stand nicht der Sinn danach, es mit seiner Verkleidung zu übertreiben. Daher hatte er sich das lange blonde Haar straff zurückgebunden und die Kapuze der Kutte über den Kopf gezogen, sodass sein Gesicht im Schatten lag.

Der Anblick war furchteinflößend. Allein das Gewand löste in Léti den wilden Drang aus, in zu verletzen.

»Wo habt Ihr das denn her?«, fragte Corenn.

»Von einem Zü. Genauer gesagt, von dem, der mir bei Mess auflauerte. Natürlich musste ich ihn ein bisschen töten, bevor er es mir überließ.«

Jemand stieß einen Entsetzensschrei aus, und die Erben fuhren zu Raji herum. Er versuchte zu fliehen, doch dazu musste er sich an dem Esel vorbeizwängen, der ihm den Weg nach draußen versperrte. Dem armen Tier blieb nichts anderes übrig, als die Treppe in großen Sätzen hinunterzuspringen, sonst wäre es gestürzt.

Raji war bald außer Sicht. Nur seine angsterfüllten Schreie erklangen noch in der Ferne. Grigán seufzte und

39

nahm die Verfolgung auf, geschmeidig wie eine Katze, die eine Maus jagt.

Er machte seinem Ärger mit ein paar kräftigen Flüchen Luft. Yan hätte um nichts in der Welt mit dem Schmuggler tauschen mögen.

Angespannt warteten sie.

Rey versuchte vergeblich, die anderen zum Lachen zu bringen, indem er finstere Grimassen zog. Schließlich änderte er seine Taktik, und es gelang ihm, Léti ein Grinsen zu entlocken, indem er einen Zü mimte, der dumm aus der Wäsche schaute und wie ein Säugling sabberte.

Kurz darauf kehrte Grigán zurück. Mit der einen Hand stieß er Raji vor sich her, in der anderen hielt er dessen Schwert. Der Schmuggler war so blass, dass man meinte, seine Zunge durch die Wangen durchscheinen zu sehen.

»Ich schlage vor, wir sperren ihn ein und machen uns auf den Weg«, knurrte Grigán. »Mir reicht's.«

»Warum verschwindet Ihr nicht einfach?«, murmelte Raji.

»Auf keinen Fall nehmen wir unseren Gastgeber gefangen«, sagte Corenn mit fester Stimme. »Meister Raji hat sich nur wegen Reyans Verkleidung erschreckt, nicht wahr?«

»Nun ja, die Züu sind ziemlich nachtragend, oder? Ich will nicht, dass sie hier aufkreuzen.«

»Das wird nicht geschehen«, sagte Grigán und gab ihm sein Schwert zurück. »Falls Ihr den Mund haltet.«

»Das ist wahr«, pflichtete Corenn ihm bei. »Wenn sie von uns erfahren, werden sie Euch gewiss für unseren Komplizen halten.«

»Du meine Güte …« Raji fasste sich an den Kopf und

stolperte ein paar Schritte durch den Keller. Die kleine, heile Welt, die er sich mühsam aufgebaut hatte, stürzte in sich zusammen.

»Wir werden noch vor dem Okt fort sein. Ihr habt uns das Leben gerettet, Meister Raji.«

Der Schmuggler warf Corenn einen mürrischen Blick zu, zuckte mit den Schultern und begann, seine Waren auf den Esel zu laden.

Yan bewunderte Corenn dafür, wie sie sich Rajis Loyalität gesichert hatte. Die hohe Kunst der Diplomatie war oftmals wirkungsvoller als der Einsatz von Gewalt – er selbst war schon lange von dieser Weisheit überzeugt, freute sich aber immer wieder über einen Beweis für ihre Richtigkeit.

Nun wandten sich alle wieder Rey zu. Er hatte sich einen Haufen Argumente zurechtgelegt, um Grigán davon zu überzeugen, dass seine Verkleidung sinnvoll war, doch er konnte sich die Mühe sparen. Der Krieger schwieg, denn der Ausflug nach Lorelia, wo ihre Feinde auf sie warteten, war ohnehin gefährlich. Wenn das Kostüm dazu beitragen konnte, ihnen Neugierige vom Leib zu halten, war ihm das nur recht.

Sie würden so oder so in der Klemme stecken, sollten sie auf echte Züu stoßen, denn eine solche Begegnung würde unweigerlich zu einem Kampf führen.

Raji protestierte nur schwach, als er begriff, dass die Fremden vorhatten, ihn zu begleiten. Er trat in den Tunnel und zog den Esel hinter sich her, während er mürrisch den Kopf schüttelte und leise vor sich hin jammerte. Rey ergriff eine Fackel und folgte ihm, Grigán bildete die Nachhut.

Rey spürte, wie der vergiftete Dolch bei jedem Schritt

gegen seinen Schenkel schlug. Bei jeder noch so kleinen Bewegung raschelte das rote Gewand, und unter der schweren Novizenkutte brach ihm der Schweiß aus. Er sah wie ein Zü aus und würde vielleicht schon bald einem der Mörder gegenüberstehen.

Ein auf ein Gesicht aufgemalter Totenkopf kam ihm in den Sinn und erinnerte ihn an den Schlag gegen seinen Kehlkopf, der ihn fast getötet hätte. Er hatte sein Leben nur einer glücklichen Fügung zu verdanken.

Trotz seines großspurigen Auftretens hatte er Angst. Während Yan den Tunnel hinter ihnen verschloss, fragte sich Rey, ob es Grigán dem Unfehlbaren ähnlich erging, oder ob der Krieger vielleicht schon zu verrückt war, um sich noch vor irgendetwas zu fürchten.

Bowbaq wollte aufstehen, um sich von seinen Freunden zu verabschieden, doch der Schmerz hinderte ihn daran. Er konnte gerade noch einen Aufschrei unterdrücken.

Noch schlimmer als der Schmerz war allerdings die Frage, ob er überleben würde.

Sicher, er hatte sich einen Dolch eingefangen. Doch er hatte schon schwere Verletzungen überstanden, die er sich etwa bei seinen mitunter etwas rauen Spielen mit Mir zugezogen hatte. Einmal hatte der Löwe ihm das Handgelenk und zwei Finger gebrochen und bei einer anderen Gelegenheit im Eifer des Gefechts sogar fast die Kehle aufgerissen.

Doch diese Wunde stammte von einer vergifteten Klinge. Obwohl Corenn fest an seine Heilung glaubte, ahnte Bowbaq, dass er es nicht schaffen würde.

Er grübelte über die Gründe nach, die ihn an diesen Ort

geführt hatten, fern von seinen Kindern, fern von Ispen, seiner geliebten Frau. Die Züu hatten es auch auf Ispen, Prad und Iulane abgesehen, ebenso wie auf ihn und seine Freunde. Niemand wusste, warum, geschweige denn, wie man sie aufzuhalten konnte.

Am Abend zuvor hatte er in einer Höhle auf einer kleinen Insel im Mittenmeer gestanden und das Tor zu einer anderen Welt gesehen. Eine magische Pforte. Das Geheimnis von Ji.

In der Nacht hatte er das Geheimnis im Schlaf gewälzt.

Erstmals kam ihm der Gedanke, dass er vermutlich als Einziger der Gefährten eine Vorstellung davon hatte, was die andere Welt war.

Vergeblich versuchte er, den düsteren Gedanken beiseitezuschieben.

Sollte er die Verletzung überleben, würde nichts mehr sein wie zuvor. Es hatte ein Leben vor der Insel Ji gegeben, doch alles, was er von nun an erlebte, würde zu seinem Leben nach der Insel Ji gehören.

Seine Wunde pochte, und er glaubte nicht, dass er Schlaf finden würde. Sein Körper brauchte Ruhe, doch sein Geist war viel zu aufgewühlt. Auch er wollte besänftigt werden.

Plötzlich hatte er das Bedürfnis, mit jemandem zu reden.

Er hatte das Bedürfnis, über den Tod zu sprechen, seine Familie, sein Leben. Über die Züu, ihren Feind und das Geheimnis der Insel. Er hatte das Bedürfnis, sich jemandem anzuvertrauen. Einem seiner Freunde. Einem anderen Erben.

Er schlug die Augen auf und sah das tanzende Licht der

Fackeln, die den Keller erhellten. Léti saß neben ihm und lächelte ihm aufmunternd zu. Der Riese seufzte erleichtert, räusperte sich und begann zu erzählen.

Sobald Grigán und Rey fort waren, sah Corenn Yan mit einem Funkeln in den Augen an. Dem jungen Mann war unbehaglich zumute, und er fühlte sich eingeschüchtert.

In seiner Kindheit war die Ratsfrau, einfach nur eine der wenigen Verwandten Létis gewesen, die hin und wieder zu Besuch gekommen war. Später erfuhr er, dass Corenn in Wahrheit nicht die Tante des Mädchens war, sondern eine Cousine ihrer Mutter Norine. Als er alt genug war, um das Regierungssystem des Matriarchats zu begreifen, erfuhr er, dass Corenn eine der wichtigsten Frauen im Land war.

Er erinnerte sich kaum noch daran, wie er sie vorher wahrgenommen hatte. Fortan kam sie ihm jedenfalls strenger, ernsthafter und verantwortungsvoller vor als irgendjemand sonst.

Bei ihren Besuchen war er ihr stets aus dem Weg gegangen, und Corenn blieb ohnehin immer nur kurz in Eza. Alle drei Jahre nahm sie Norine und Léti für ein paar Tage mit nach Lorelien. Yan hatte nie gefragt, was sie dort taten, denn Léti hütete ihre Geheimnisse argwöhnisch.

Mittlerweile musste er es.

In den letzten beiden Dekaden hatte er Corenn kennen und schätzen gelernt. Wie alle anderen empfand er tiefe Zuneigung zu ihr, und das nicht nur wegen ihres scharfen Verstandes. Wenn man Yan gefragt hätte, wer am besten geeignet war, die Gruppe zu führen, hätte er ohne Zögern Corenn genannt. Trotz seiner langen Reisen und seiner Kampferfahrung war Grigán einfach viel zu stur und verschlossen.

Yan hatte geglaubt, alles über Corenn zu wissen, doch das Mitglied im Ständigen Rat von Kaul warf ihm schon den ganzen Tag über verschwörerische Blicke zu, bei denen es ihm kalt den Rücken hinunterlief.

Auf dem Rückweg von der Insel Ji hatte die Ratsfrau angekündigt, sie habe ihm etwas Wichtiges zu sagen, und ohne dass Corenn auch nur ein Wort verlor, wusste Yan, dass dieser Moment nun gekommen war.

Unwillkürlich sah er sich um, als hätte er etwas vergessen. Dann zuckte er mit den Schultern und folgte Corenn hoch in den Stall.

Er war fast so aufgewühlt wie am Vortag, als sie durch die Pforte geblickt hatten.

Die Erinnerung an das grüne, sonnenbeschienene Tal machte ihn traurig. Es war die gleiche Traurigkeit, die er empfunden hatte, als sich die Pforte schloss und ihnen ihr Geheimnis nicht preisgab. Ihm dämmerte, dass er nicht mehr derselbe alte Yan war …

»Was ist mit Bowbaq?«, stammelte er verlegen, als spräche er mit einer Fremden.

»Es geht ihm gut. Léti ist bei ihm. Ich habe vorhin den Verband gewechselt, und die Wunde hat sich nicht entzündet. Ich glaube, das Gift kann ihm nun nichts mehr anhaben.«

Yan entspannte sich ein wenig, aber die Unruhe kehrte zurück, als er Corenns nachdenkliches Gesicht sah.

Sie traten aus dem Stall und gingen schweigend ein paar Schritte. Die Sonne stand hoch am Himmel, und die lorelische Landschaft erstrahlte in voller Pracht.

Überall zwitscherten Waulen und Räuberamseln. In der

Ferne ertönte der raue Schrei eines Meeresfasans, und ein Wildschwein grunzte wie zur Antwort. Die Tiere spürten die Jahreszeit der Erde nahen und genossen die warmen Sonnenstrahlen.

Yan dachte belustigt, dass Raji tot umfallen würde, wenn er wüsste, dass sie am helllichten Tag draußen herumspazierten, wo jeder zufällige Besucher sie sehen konnte. Der kleine Mann tat ihm leid, aber er wusste, dass Grigán lieber sterben würde, als das Leben eines Unschuldigen in Gefahr zu bringen. Außerdem würde Raji großzügig entschädigt werden.

Corenn schwieg noch immer, und so nahm Yan all seinen Mut zusammen. »Hat das, worüber Ihr mit mir sprechen wollt, etwas mit der Insel oder mit mir zu tun?«

Die Ratsfrau schmunzelte und sah ihn von der Seite an. Sie erreichten den Waldrand. »Yan der Fischer, dumm seid Ihr nicht«, sagte sie pompös. »Es hat etwas mir dir zu tun«, fügte sie nach einem Augenblick hinzu.

Yan spürte, wie sich ihm die Nackenhaare sträubten. Er hatte mit nichts anderem gerechnet, aber er hätte sich lieber geirrt.

Corenn holte tief Luft. »Nach dem, was gestern geschehen ist, wird dir meine Frage vielleicht nicht mehr ganz so seltsam vorkommen. Yan, glaubst du an das Unmögliche?«

»Ja, natürlich«, sagte er, ohne zu zögern. Dann hatte er das Gefühl, seine etwas naiv klingende Antwort erklären zu müssen. »Schließlich habe ich es mit eigenen Augen gesehen, nicht wahr? Wir alle haben es gesehen. Erzählen kann man viel, das beweist noch gar nichts. Aber gestern ... Gestern habe ich es selbst erlebt. Ich habe die Pforte gesehen. Und die andere Welt. Wenn es sie gibt, dann kann es auch andere scheinbar unmögliche Dinge geben.«

Corenn blieb stehen, streckte sich und ließ den Blick über die Bäume schweifen. Eine solche Antwort hatte sie erhofft. »Schön! Dann wird es so einfach, wie ich vermutet habe. Setzen wir uns. Ich möchte dir etwas zeigen.«

Neugierig kauerte sich der Kaulaner in das taunasse Gras. Corenn breitete eine Decke aus, ließ sich darauf nieder und lehnte sich mit dem Rücken an den Stamm einer jungen Lubilie. Gemächlich nahm sie eine Münze aus ihrem Geldbeutel und reichte sie Yan.

»Stell sie auf den Boden, auf die schmale Seite. Wohin du willst, aber nah genug, dass ich sie sehen kann.«

Yan gehorchte und fragte sich, was Corenn vorhatte. Wenn Rey so etwas von ihm verlangt hätte, dann hätte er sich geweigert, aus Furcht, auf den Arm genommen zu werden.

»Jetzt rühr dich nicht. Sieh dir die Münze genau an.«

Verständnislos musterte Yan das Geldstück. Es handelte sich um eine Drei-Königinnen-Münze aus dem Matriarchat, matt vom Alter und ohne besondere Merkmale. Gerade genug Geld, um einen Laib Brot zu kaufen.

Während er die Münze beobachtete, taumelte sie und fiel auf die Seite. Yan streckte die Hand aus und stellte sie wieder auf. Erneut starrte er sie an.

»Hast du es gesehen?«, fragte Corenn.

Er warf ihr einen verwirrten Blick zu. Er hatte nichts gesehen, nichts verstanden.

»Nun gut. Noch einmal von vorn. Sieh genauer hin«, sagte Corenn mit einem Grinsen.

Yan kniete sich vor die Münze und ließ sie nicht aus den Augen, doch er sah nichts.

Das Geldstück erbebte, als würde es von einem Windhauch erfasst. Yan nahm an, dass es wieder umkippen würde, doch diesmal blieb es stehen.

Die Münze begann sich wie ein Kreisel zu drehen, erst langsam, dann immer schneller. Anfangs glaubte er noch an einen verrückten Zufall – einen heftigen Windstoß oder dergleichen –, doch nach einigen Augenblicken besann er sich eines Besseren. Yan sah etwas Unmögliches. Und während andere die Flucht ergriffen oder vor Angst und Wut geschrien hätten, wurde er von einer sonderbaren Freude erfüllt.

Er sah Corenn mit einem breiten Lächeln an, von dem er nicht wusste, wie es auf sein Gesicht gekommen war. Er bemühte sich um eine ernste Miene. Die Ratsfrau wirkte hochkonzentriert; sie ließ die Münze nicht aus den Augen. Yan begriff, dass Corenn selbst diese Wunder hervorrief. Corenn war eine Magierin.

Er sah wieder zu der kleinen Drei-Königinnen-Münze. Sie drehte sich nun so schnell, dass man sie für eine Metallkugel hätte halten können. Und diese Kugel erhob sich in die Luft.

Yan blieb der Mund offen stehen. Die Kugel schwebte zwei Fuß über dem Boden, fast auf Augenhöhe. Er musterte sie von allen Seiten und konnte nicht widerstehen, mit der Hand unter ihr hindurchzufahren. Seine Finger trafen auf keinerlei Widerstand, und der Bann wurde nicht gebrochen.

Schließlich umfing er die Münze mit beiden Händen. Das Kreisen wurde langsamer, und schließlich landete die Münze sanft in seiner linken Handfläche. Yan betrachtete sie, als hätte er noch nie ein Geldstück gesehen.

Corenn legte sich eine Hand an die Stirn und schloss

kurz die Augen. Sie wirkte plötzlich zutiefst erschöpft, lehnte den Kopf gegen den Stamm und sah Yan schmunzelnd an. »Diesmal hast du also etwas gesehen.«

»Ich habe gar nichts gesehen«, sagte Yan und schnitt eine Grimasse. »Nur eine alte Münze, die sich in der Luft dreht, sonst nichts.«

Sie brachen in helles Gelächter aus, und keiner von ihnen hätte den Heiterkeitsausbruch erklären oder zu lachen aufhören können, obwohl sie sonst so vernünftige Menschen waren. Als sie am Ende ihrer Kräfte waren, schwiegen sie eine Weile und lauschten den Geräuschen des Waldes.

Yans Blick wanderte zwischen Corenn und der Münze hin und her. Er wusste nicht, welche von beiden ihn als Nächstes in Erstaunen versetzen würde.

»Nun, Yan der Fischer. Glaubst du an Magie?«

»Ja«, erwiderte er ernst.

»Schön. Willst du lernen, sie zu gebrauchen?«

Grigán gelang es einfach nicht, sich an den Tunnel zu gewöhnen. Es störte ihn gar nicht, unter der Erde zu sein, das hatte er schon mehrmals erlebt, zuletzt in den Höhlen von Ji. Nein, es lag an der Größe des Tunnels.

Auch wenn der Gang selbst an den schmalsten Stellen so breit war, dass zwei Erwachsene nebeneinander hergehen konnten, fühlte er sich beengt, denn auf so knappem Raum würde er große Mühe haben, sein vier Fuß langes Schwert zu benutzen. Vielleicht wäre der Dolch die bessere Wahl, doch er hatte kein Vertrauen in die Waffe, weil sie bei einer Übermacht an Gegnern nutzlos und vielleicht sogar gefährlich war.

Gäbe es im Tunnel Licht, wäre sein Bogen die geeignetste Waffe gewesen. Doch sie hatten nur ihre Fackeln. Falls sich jemand in der Dunkelheit versteckt hielt, würden sie ihn viel zu spät bemerken. Schlimmer noch, sie wären ein leichtes Ziel. Daher behielt Grigán immer die Wand im Rücken.

Außerdem hasste er es, sich von einem Fremden führen zu lassen. Es war entsetzlich, einem Mann vertrauen zu müssen, der keinen Grund hatte, ihnen zu helfen. Denn der Gang verband nicht nur Rajis Hof mit Lorelia, sondern war Teil eines weitläufigen unterirdischen Tunnelsystems, das sich vermutlich über zwanzig oder dreißig Meilen erstreckte.

Sie waren bereits an sechs Abzweigungen vorbeigekommen, deren Öffnungen allerdings zugemauert waren. So hatten sie bislang immer gewusst, welchem Weg sie folgen mussten. Aber wer sagte, dass dies für die gesamte Länge des Tunnels galt?

Grigán schob sich an dem Lastesel vorbei und schloss zu dem Schmuggler auf. Raji ignorierte ihn, doch die Angst stand ihm ins Gesicht geschrieben.

»Wie alt ist der Gang?«

Raji warf ihm einen schiefen Blick zu, als wollte er sich vergewissern, dass auf die Worte keine Prügel folgten. Grigáns reglose Miene schien ihn zu beruhigen.

»Keine Ahnung. Mein Großvater benutzte ihn schon vor über fünfzig Jahren. Als ich vor einigen Jahren den dritten Keller aushob, fand ich eine romische Speerspitze. Vielleicht stammten einige der Tunnel noch aus der Zeit der Zwei Reiche.«

»Das ist mehr als acht Äonen her«, mischte sich Rey ein. »Eine lange Zeit …«

»Arbeitet Eure Familie schon immer als Schmuggler?«, fragte Grigán verwundert.

»Seit der Zeit meines Großvaters«, antwortete Raji stolz, da er die Frage falsch deutete. »Aber niemand hat es so weit gebracht wie ich!«

»Eines Tages werdet Ihr auffliegen«, sagte Grigán ungerührt. »Irgendwann werdet Ihr leichtsinnig.«

»Raji gibt dem Steuereintreiber etwas von seinem Gewinn ab. Es heißt, er sei nicht knauserig.«

»Du musst es ja nicht gleich in der Welt herumposaunen«, zischte Raji.

»Wo führen die anderen Gänge hin?«

»Nach Lorelia, wie dieser, oder in die Umgebung. Was spielt das für eine Rolle? Die meisten sind unpassierbar, weil die Decke eingestürzt ist, oder aber jeder kennt sie, selbst die Miliz. Mein Großvater grub sechs Jahre lang an diesem hier. Vor Jahren schon habe ich alle Seitengänge zugemauert. Ich hatte noch nie Schwierigkeiten. Jedenfalls nicht, bis Ihr aufgetaucht seid.«

»Jemand könnte eine der Mauern einreißen und Euer Lager plündern.«

Raji runzelte die Stirn. Die Ideen dieses Grigán gefielen ihm ganz und gar nicht.

»Man kann niemandem vertrauen«, brummte er.

Rey begann zu lachen und prustete eine ganze Weile vor sich hin. Grigán fand es beklemmend, wie sein spöttisches Gelächter in dem dunkeln Gang widerhallte. Mittlerweile bereute er, Rey mitgenommen zu haben.

»Rey sagte mir, der Tunnel ende im Keller einer Herberge. Gehört sie Euch?«

»Ich glaube nicht, dass mir der Sinn danach steht, Eure Fragen zu beantworten. Ihr übernachtet bei mir, Ihr begleitet mich gegen meinen Willen nach Lorelia, aber Ihr könnt mich nicht zwingen, für Eure Unterhaltung zu sorgen.«

Raji hatte all seinen Mut für diese Tirade zusammengenommen. Er legte sich in Gedanken bereits ein paar saftige Flüche zurecht, die er Grigán an den Kopf werfen wollte, sobald dieser sich auf ihn stürzte.

Rey wurde von einem weiteren Lachkrampf geschüttelt. *Diese Leute sind völlig von Sinnen*, dachte Raji.

Grigán hatte große Lust, dem kleinen Mann mit dem stinkenden Atem sein Messer an den Hals zu halten, um eine Antwort zu erzwingen. Er hielt sich nur aus Rücksicht auf Corenn zurück. »Ich wüsste nur gern«, sagte er mit einer Selbstbeherrschung, deren er sich nicht für fähig gehalten hätte, »ob wir mitten in eine Zusammenkunft von Brüdern hereinplatzen, die gleich losrennen und uns die Gilde auf den Hals hetzen.«

»Brüder gibt es da schon«, sagte Raji mit einem frechen Grinsen. Als er Grigáns kalten Blick sah, setzte er hastig hinzu: »Aber nur meinen Partner und seine beiden Gehilfen. Das sind gute Leute. Seid unbesorgt, Meister Grigán.«

Der Krieger fixierte den kleinen Mann schweigend.

In seinem geschwächten Zustand und angesichts der komplizierten Gefühle, über die er sprechen wollte, fand Bowbaq manchmal im Itharischen nicht die richtigen Worte. All seine Gefährten beherrschten die Sprache der eurydischen Religion besser als er. Bis heute war das nie ein Problem gewesen.

Wenn er über ein Wort stolperte oder nach einer Wendung suchte, wartete Léti geduldig, bis er seine Gedanken geordnet oder den Satz umformuliert hatte. Sie verstand auch so, was er sagen wollte. Seit die Züu sie und ihre Tante auf einem einsamen Weg im Osten Kauls umzingelt hatten, kannte sie dieses Gefühl.

Bowbaq hatte Angst vor dem Tod oder vielmehr davor, ermordet zu werden und durch die Hand unbekannter Krieger zu sterben, fremder Männer, denen er nichts zuleide getan hatte. Er fürchtete sich davor, die Welt auf eine so sinnlose Weise zu verlassen, und war verzweifelt.

»Tiere sind zivilisierter als Menschen«, sagte er und starrte an die Decke. »Sie töten nur, um sich zu ernähren, sich zu verteidigen und ihr Territorium oder ihre Jungen zu schützen. Mein Löwe Mir würde niemals einen Unbekannten angreifen, nur weil ich es ihm befehle, auch nicht, wenn ich ihm eine Belohnung dafür verspräche. Tiere haben eine höhere Moral.«

»Früher hast du das anders gesehen!«

»Stimmt«, sagte er seufzend. »Die Erjaks Arkariens glauben, der Mensch sei die Krone der Schöpfung. Weil er Dinge herstellen kann und Ideen hat … äh … die seine Handlungen lenken …«

»Ideale?«

»Ideale, genau. Und damals glaubte ich, was man mir sagte. Aber jetzt bin ich der Meinung, dass sich die Erjaks irren.«

»Tiere verteidigen ihr Leben«, stimmte Léti ihm mit einem Funkeln in den Augen zu. »Sie kämpfen gegen ihre Feinde, auch wenn der Kampf aussichtslos ist. Das sollte uns eine Lehre sein.«

Bowbaq ließ sich mit der Antwort Zeit. »Ich weiß nicht«, murmelte er schließlich. »Die Erjaks glauben, der Mensch sei dem Tier überlegen, weil er sich in vielen Fällen ohne Gewalt zu behelfen weiß. Vielleicht ist das wahr.«

»Aber die Züu töten uns! Ohne zu zögern! Sollen wir das einfach so hinnehmen?«

»Ich weiß nicht«, sagte der Riese abermals.

Léti war entsetzt. Für sie lag die Antwort auf der Hand. »Dein Löwe Mir würde nicht eine Dezille zögern. Er würde seinen Feind zu Boden werfen und ihm ohne Bedenken die Eingeweide herausreißen.«

Bowbaq schloss die Augen und sah die drei Leichen im Schnee liegen, so klar und deutlich, als wäre alles gerade erst geschehen. Drei Männer waren seinetwegen gestorben, ohne dass er verstand, warum. Drei junge Menschen. In kaum zehn Jahren wäre sein Sohn Prad so alt wie sie. »Ich gebe zu, dass man sein Leben verteidigen muss«, sagte er schließlich. »Aber ich will niemanden töten. Ich *kann* keinen Menschen töten.«

»Ich schon«, sagte Léti entschlossen. »Ich würde es tun. Ohne zu zögern. Und hoffentlich schon bald.«

Betretenes Schweigen machte sich im Keller breit. Beiden war klar, dass sie diese Frage künftig würden meiden müssen. Bowbaq beschloss, das Thema zu wechseln. »Ich denke die ganze Zeit an das, was wir gestern gesehen haben. Die Pforte … Du auch?«

Léti nickte stumm, als sie sich erinnerte, was sie beim Anblick des Wunders empfunden hatte: erst schreckliche Angst, dann Begeisterung und schließlich tiefe Trauer.

Nur dieses Gefühl war ihr geblieben. Alle Gefährten litten unter einer sonderbaren Schwermut, einem Kratzer in der glatten Oberfläche ihres Seelenfriedens. Er war zwar nicht tief, würde aber nie mehr verheilen.

Niemand klagte, und niemand bereute, die Pforte gesehen zu haben. Doch die andere Welt ließ ihnen keine Ruhe.

»Was glaubst du?«, fragte Léti. »Was liegt hinter der Pforte?«

Der Riese dachte eine Weile nach. Er hatte von Anfang an auf diese Frage hinausgewollt, doch nun scheute er sich, die Antwort auszusprechen. »Im Glauben meines Klans gibt es mehrere Legenden, die uns eine Erklärung liefern könnten«, begann er vorsichtig.

»Tante Corenn sagt, es sei vielleicht eine Art Paradies. Ein Ort, an dem die Seelen der Toten weilen.«

»Als Kind erzählte man mir eine ähnliche Geschichte. Ich hoffe, deine Tante hat recht.«

Léti konnte den Gesichtsausdruck ihres Freundes nicht deuten. Irgendetwas beunruhigte ihn. Etwas Bedeutungsvolles. »Bowbaq, was ist die andere Welt deiner Meinung nach?«

Er setzte sich auf und lehnte sich mit schmerzverzerrtem Gesicht an die Wand. Er wollte nicht mehr liegen. Dann sah er Léti an, und seine schwarzen Augen waren unergründlich. Diesmal hatte er keine Mühe, die richtigen Worte zu finden. »Seit gestern habe ich das Gefühl, die andere Welt schon einmal gesehen zu haben, sie zu kennen. Heute Nacht träumte ich davon, wie sie mir jemand als Kind beschrieben hatte.

Dieser Jemand war kein Erbe, sondern ein Maz auf der Durchreise, ein Diener Yoos', der bei meinem Klan überwinterte. Ich war noch ein kleiner Junge. Er war ein begnadeter Erzähler und kannte eine Menge Geschichten. Vielleicht erfand er sie auch nur. Jedenfalls gab es eine, die mich in Angst und Schrecken versetzte: die Geschichte von den Dämonen. Besser gesagt, vom Land der Dämonen. Einem Ort, ebenso schön und friedlich, wie seine Bewohner grausam und mächtig waren. Ein sonnenbeschienenes Tal mit Obstbäumen und zahmen Tieren. Aber von diesem Tal aus schleudern die schwarzen Götter ihre Flüche auf die Welt und die Menschen.

Ich bin froh, dass wir die Pforte nicht durchschreiten konnten«, sagte Bowbaq ernst.

Yan starrte Corenn an. Wenn er die Münze nicht mit eigenen Augen in der Luft hätte schweben sehen, hätte er ihre Worte für einen Scherz gehalten. Und selbst jetzt schloss er nicht ganz aus, dass sie ihn auf den Arm nehmen wollte.

Sie schlug vor, ihm Unterricht in Magie zu geben!

Sie hatte ihm soeben bewiesen, dass es Magie gab. Allein der Anblick der schwebenden Münze hatte ihn in Begeisterung versetzt, und er konnte kaum fassen, dass Corenn zu jenen außergewöhnlichen Menschen gehörte, die unsichtbare und geheimnisvolle Kräfte lenken konnten. Dass sie ihm nun auch noch vorschlug, ihr Wissen mit ihm zu teilen, war mehr, als er an einem Tag verkraften konnte.

Corenn wartete auf seine Antwort, belustigt von der Wirkung ihrer Frage. Yan öffnete den Mund, bewegte die Lippen, bekam aber kein Wort heraus. Er räusperte sich und nickte dann langsam, um ihr zu bedeuten, dass er das Angebot annahm.

»Schön«, sagte sie, als hätte er soeben entschieden, was er zu Abend essen wollte. »Dann haben wir einiges zu besprechen.«

Yan ließ sich ins feuchte Gras plumpsen, ohne sich an

der Nässe zu stören. Seine ganze Aufmerksamkeit war auf Corenn gerichtet. Es wollte ihm einfach nicht in den Kopf, dass die Ratsfrau ihm tatsächlich Unterricht in Magie erteilen wollte. Er fragte sich, wann er aus diesem Traum erwachen und Corenn ihm lachend gestehen würde, das alles sei nur ein schlechter Scherz gewesen. Doch der Traum ging weiter. Er war genauso aufgeregt wie am Vortag, als er vor der großen Pforte von Ji gestanden hatte.

»Aber ich muss dich warnen. Es ist keinesfalls sicher, dass ich dir überhaupt etwas beibringen kann. Nur wenige Menschen haben die Gabe der Magie, und noch weniger können sie kontrollieren. Möglicherweise besitzt du sie, kannst sie aber nicht gebrauchen. Es kann auch sein, dass du überhaupt keine magischen Fähigkeiten hast, so wie die allermeisten Menschen. Mach dich also auf eine Enttäuschung gefasst.«

Yan nickte, doch ihre Worte konnten seine Freude nicht trüben. Noch nie hatte er so viel Interesse für eine Sache aufgebracht, bei keinem seiner Meister. Er war schon jetzt Corenns eifrigster Schüler, und das so sicher, wie die Sonne jeden Morgen aufging. Bisher war er bei einem Schmied, einem Tischler, einem Bauern und einem Fischer in die Lehre gegangen, stets aus Langeweile oder Notwendigkeit. Die Magie hingegen würde er aus Leidenschaft lernen, so viel stand fest.

»Weißt du, warum ich dich unterrichten will?«, fragte Corenn.

Yan musste nicht lange nachdenken. Seine Gedanken überschlugen sich, und der Nebel, der über einigen seltsamen Geschehnissen der vergangenen Nacht lag, lichtete sich. Die Antwort lag auf der Hand. »Wegen dem, was auf der Klippe passiert ist. Léti zu retten war unmöglich. Und doch habe ich es geschafft. Ich meine – sie lebt noch«, verbesserte er sich bescheiden.

»Du bist schlau, Yan«, sagte sie und sah ihn prüfend an. »Sehr schlau. Ich habe eine Weile gebraucht, bis ich begriffen habe, was du da getan hast. Und du hast ein großes Herz.«

Yan errötete bis in die Haarspitzen. Er war es nicht gewohnt, Komplimente zu bekommen. Schade, dass Léti Corenns Worte nicht gehörte hatte. Und erst Grigán …

»Leider ist das noch kein Beweis dafür, dass du die Gabe besitzt. Wir nennen sie den *Willen*. Es hat nichts damit zu tun, ob man klug oder dumm ist, gebildet oder ungebildet, jung oder alt, ehrlich oder verlogen. Natürlich auch nicht damit, ob man eine Frau oder ein Mann ist. Man hat sie, oder man hat sie nicht. So ist das. Man kann es nicht ändern. Verstehst du?«

»Ihr meint, man muss sich nicht schämen, wenn man die Gabe nicht hat.«

»Mutter Eurydis, wenn alle, die ich bisher der Prüfung unterzog, so hellsichtig wie du gewesen wären, hätte mir das viel Kummer erspart.«

»Eine Prüfung«, wiederholte Yan. »Worin besteht sie?«

Er zitterte vor Ungeduld. Corenns Warnung hatte ihre Wirkung nicht verfehlt: Er machte sich auf eine Enttäuschung gefasst, und gerade deshalb wollte er so schnell wie möglich Gewissheit haben.

»Ich kann nicht spüren, ob du die Gabe hast oder nicht, falls du das glaubst. Die einzige Möglichkeit, herauszufinden, ob du einen magischen Willen hast, besteht darin, ihn zu gebrauchen.«

Corenn beugte sich vor, nahm Yan die Drei-Königinnen-Münze aus der Hand und stellte sie mit der schmalen Seite auf den Boden. Yan fürchtete sich vor dem, was nun kommen musste.

»Du bist dran«, sagte sie. »Versuch, die Münze umzustoßen.«

Rey konnte sich nicht mehr entsinnen, warum er Grigán unbedingt hatte begleiten wollen. Es lag nicht daran, dass er sich fürchtete, obwohl er mehr Angst hatte, als er je zugeben würde. Doch weder schien der Krieger seine Hilfe zu brauchen, noch gab er sich Mühe, ein angenehmer Begleiter zu sein.

Da ist ja sogar Rajis Esel gesprächiger, dachte er.

Glücklicherweise konnte es nicht mehr weit sein. Lorelia war nur etwa anderthalb Meilen von Rajis Hof entfernt, aber Rey kam es vor, als hätten sie schon mindestens drei Meilen zurückgelegt. Die Novizenkutte hatte er längst abgelegt, weil ihm der Schweiß in Strömen hinuntergelaufen war, sehr zu Rajis Entsetzen, den das Gewand der Züu, das Rey darunter trug, nervös machte.

Raji war an zwei Stellen, an denen der Gang einzustürzen drohte, stehen geblieben, um die Decke abzustützen. Grigán protestierte gegen die Verzögerung, doch nichts konnte Raji von seinem Vorhaben abbringen. Auf jeden Einwand hatte er nur genickt und dabei immer weiter Löcher gegraben, Pfosten gesetzt und Bretter festgenagelt. Das Baumaterial transportierte er auf dem Rücken seines Esels. Um die Sache zu beschleunigen, ging Grigán ihm fluchend zur Hand. Unter dem Vorwand, seine Verkleidung nicht schmutzig machen zu wollen, rührte Rey keinen Finger.

Nun marschierten sie weiter schweigend durch den Gang, bis Raji verkündete, sie seien nun bald am Ziel.

Rey gestand sich ein, dass er nur hatte mitkommen wollen, weil er nichts Besseres zu tun hatte. Er hatte bereits erwogen, sich von der Gruppe zu trennen und sein Glück auf eigene Faust zu versuchen, im Alten Land oder anderswo. Doch die Erben waren seine ersten wahren Freunde seit Langem, und was sie auf Ji erlebt hatten, verband sie für die Ewigkeit. Das war ein seltsam verstörendes Gefühl. Noch nie war Rey irgendwem oder irgendetwas verbunden gewesen.

Tief in Gedanken versunken bemerkte er erst nach mehreren hundert Schritten, dass der Weg nun aufwärts führte. Sie näherten sich dem Ausgang. Widerstrebend zog er sich wieder die Novizenkutte über.

Kurz darauf standen die drei Männer vor einem schweren Tor aus Blattbaumholz ohne Schloss, das genauso aussah wie das Brett am anderen Ende des Tunnels.

»Und jetzt?«, fragte Grigán.

»Wir warten, bis das Tor durchsichtig wird, und gehen dann einfach hindurch«, sagte Rey in Anspielung auf die Pforte der Insel.

Grigán warf ihm einen warnenden Blick zu. Rey dämmerte, dass er vielleicht zu weit gegangen war. Er hatte geschworen, das Geheimnis der Insel zu wahren, und war entschlossen, seinen Schwur zu halten, koste es, was es wolle. Er machte eine entschuldigende Geste. Zum ersten Mal in seinem Leben hatte er das Bedürfnis, jemanden um Verzeihung zu bitten.

Raji hatte von all dem nichts mitbekommen. Er war damit beschäftigt, ruckartig an einem Seil zu ziehen, das über die Decke lief und neben dem Tor in der Wand verschwand.

»Was ist das?«, fragte Grigán misstrauisch.

»Ich läute eine Glocke«, erklärte Raji hastig. »Dann kommt mein Partner herunter und macht uns auf. Das ist die Wahrheit, Ehrenwort!«

Grigán musterte ihn abschätzig. Wie durch Zauberei erschien plötzlich ein Dolch in seiner Hand. Falls das eine Falle war, würde Raji es als Erster bereuen.

Auch Rey zückte sein Messer und machte sich auf einen Angriff gefasst. Kurz kam ihm der Gedanke, den Hati der Züu zu benutzen, doch er besann sich eines Besseren. Trotz seiner etwas eigenwilligen Moralvorstellungen würde er niemanden mit einem vergifteten Dolch bedrohen.

Ein Astloch wurde aus dem Tor entfernt, und ein Lichtstrahl fiel in den Gang. Dann verdeckte ein Auge das Licht. »Raji«, rief eine beunruhigte Stimme. »Was ist los? Wer sind diese Kerle?«

»Freunde«, antwortete Grigán gelassen. »Wir sind unbewaffnet.« Er hielt seinen Dolch auf dem Rücken versteckt.

Rey bewunderte seine schauspielerische Leistung mit Kennermiene. »Wie geht's, Bellec?«, rief er unbekümmert.

Abermals erschien das Auge in der Öffnung und wanderte von Rey zu Grigán und zurück. »Kennen wir uns?«

»Wir hatten schon einmal das Vergnügen«, sagte Rey. »Raji machte uns miteinander bekannt. Erinnert Ihr Euch an den Hundertjährigen Likör, den Ihr für mich verkauft habt?«

Der Mann hinter der Tür schwieg. Nichts bewies ihm, dass die Fremden die Wahrheit sprachen. Diese Einzelheit konnten sie schließlich aus Raji herausgepresst haben.

»Bellec, mach die Tür auf, komm schon«, stöhnte Raji. »Es ist alles in Ordnung.«

61

Wieder blieb eine Antwort aus. Doch dann ließ sich der Wirt erweichen und öffnete das Tor. Die drei Männer und der Esel zwängten sich hindurch, während Bellec sie nicht aus den Augen ließ.

Er hatte das Äußere eines erfolgreichen lorelischen Geschäftsmannes: klein, rundlich und die Haut braun gebrannt von der Sonne, die im Süden der Oberen Königreiche häufig schien. Seine Kleidung war elegant und gepflegt, so wie es sich für einen Herbergswirt oder Kaufmann gehörte. Man sah ihm an, dass er noch nie Armut gelitten hatte. Vor allem aber war er ein ungehobelter Klotz, dessen Gedanken um nichts als Geld kreisten.

Mein Landsmann, dachte Rey belustigt.

Nachdem er sie einander vorgestellt hatte, schloss Bellec eilig die Tür zum Gang, als bestünde die Gefahr, dass noch mehr Fremde in seinen Keller einfielen. Der Raum war kleiner als Rajis Lager, aber ebenso sorgfältig eingerichtet. Die beiden Schmuggler begannen, die Waren auf die Regale zu stapeln, was sie auf andere Gedanken brachte. Grigán beschloss zu warten.

»Ich hoffe, du vertraust deinen Freunden, Raji«, sagte Bellec. »Ich habe unseren Tunnel noch nie Fremden gezeigt.«

»*Meinen* Tunnel«, verbesserte ihn Raji.

»Der in *meinem* Keller endet. Versuch, dich künftig daran zu erinnern. Und sieh zu, dass so etwas nicht noch mal vorkommt.«

Raji wollte widersprechen und sagen, er habe keine Wahl gehabt, aber ihm hörte ohnehin niemand zu.

Als alles verstaut war, gingen die Männer in den Nebenraum, den eigentlichen Keller der Herberge. Bellec verdeckte die Tür zu dem Geheimversteck durch ein großes Regal, während Raji seinen Esel mit dem Strick an einem Ring festband.

»Das ist das erste Mal, dass ich eine Herberge durch den Keller betrete«, sagte Rey.

»Sehr lustig«, knurrte Bellec. »Es wird auch das letzte Mal sein. Ich handle mit Waren, nicht mit Flüchtlingen.«

»Wer sagt, dass wir welche sind?«, fragte Grigán.

»Warum habt Ihr Lorelia nicht durch eines der Stadttore betreten?«, erwiderte Bellec.

»Nicht dumm. Aber seid versichert, dass wir uns nichts vorzuwerfen haben.«

»Natürlich nicht. Es ist mir auch völlig schnurz, was Ihr angestellt habt. Ich will Euch nie wieder in meinem Keller sehen.«

»Und was ist mit dem Rückweg?«

»Nicht mein Problem. Wenn Ihr wollt, öffne ich jetzt gleich den Tunnel, und Ihr verschwindet wieder. Meine Herberge ist schließlich keine Durchgangsstraße.«

Raji beobachtete Grigán mit ängstlichem Gesicht. Gleich würde er sich auf sie stürzen, so viel war sicher. Doch es war Rey, der zum Angriff überging.

»Wir können auch hier herausspazieren und einen netten Plausch mit den Steuereintreibern halten«, sagte er drohend. »Mit dem König haben wir keinen Ärger.«

Hasserfüllt musterte Bellec den jungen Mann.

»Nun habt Euch doch nicht so«, sagte Rey etwas freundlicher. »Wir wollen doch nur zurück durch den Tunnel.«

Bellec schwieg und begnügte sich damit, Raji einen vorwurfsvollen Blick zuzuwerfen. Dem Wirt blieb keine Wahl.

»Wo sind Eure Männer?«, fragte Grigán, während sie die Treppe hochstiegen.

»Wer?«

»Werb und Micaeir«, sprang Raji ihm bei, der ebenfalls neugierig war.

»Die Gilde bot ihnen eine Arbeit in einem Dorf an der Küste an«, erklärte Bellec seinem Komplizen. »Es geht das Gerücht, sie seien tot. Ich hoffe, das stimmt. Sie haben mich einfach sitzen lassen!«

Rey und Grigán wechselten einen verschwörerischen Blick und stiegen hinter den Schmugglern die Treppe hinauf.

Bowbaq war endlich eingeschlafen. Er und Léti hatten noch lange geredet, und seine Worte hatten einige Überzeugungen der jungen Frau ins Wanken gebracht.

Sie lauschte dem regelmäßigen Atem des Riesen und beschloss, etwas frische Luft zu schnappen. Corenn und Yan waren schon lange fort, und nach dem Gespräch mit Bowbaq hatte sie das Bedürfnis nach Gesellschaft.

Doch selbst im strahlenden Sonnenschein gelang es ihr nicht, ihre Angst zu bezwingen oder sie zumindest für eine Weile zu vergessen. Die Zukunft war ungewiss, und auf die Vergangenheit war kein Verlass.

Yan und Corenn, die gerade auf dem Rückweg zum Stall waren, kamen ihr entgegen. Ihr Freund machte ein seltsames Gesicht, so wie sie selbst, wenn eine neue Leidenschaft in ihr aufflammte. Er konnte seine Gefühle nicht vor ihr verbergen, dazu kannte sie ihn einfach zu gut.

Yan lächelte ihr zu, sobald er sie sah, und ihr Magen

machte einen Hüpfer. Wieder bedauerte sie, dass er sie nicht um ihre Hand gebeten hatte.

Sie verbannte den Gedanken aus ihrem Kopf. Yan liebte sie nun einmal nicht. Doch das war nur eine Sorge unter vielen.

»Wie geht es Bowbaq?«, fragte Corenn, sobald sie in Hörweite waren.

»Gut. Er hatte Schwierigkeiten mit dem Einschlafen, aber jetzt schnarcht er friedlich vor sich hin.«

»Hat er noch Schmerzen?«

»Er verzieht das Gesicht, wenn er sich bewegt. Aber er beschwert sich nicht.«

»Gut. Ich glaube, das Gift kann ihm nichts mehr anhaben. Er ist außer Gefahr.«

Die drei Kaulaner standen einander gegenüber und suchten nach einem Gesprächsthema.

»Ihr wart lange spazieren«, sagte Léti schließlich.

Yan senkte den Blick und interessierte sich plötzlich ungemein für seine Schuhe.

»Ja«, antwortete Corenn nur. »Im Wald ist es schön. Ich gehe mal runter und sehe nach, ob ich in Meister Rajis Waren nicht etwas finde, aus dem ich uns etwas zu essen machen kann. Bei fünf Terzen am Tag ist die Verpflegung ja wohl im Preis inbegriffen!«

Sie stiegen wieder in den Keller hinunter. Léti hatte das unbehagliche Gefühl, dass die beiden etwas vor ihr verheimlichten. Ihre Tante tat dies für gewöhnlich nur, wenn sie sie vor schlechten Nachrichten schützen wollte.

Léti hatte vorgehabt, mit ihr über Bowbaqs Land der Dämonen zu sprechen, doch jetzt hatte sie der Mut verlassen.

Den ersten halben Dekant in Lorelia überwachte Rey den Eingang des *Romischen Schweins,* Bellecs Herberge. Grigán, der neben ihm stand, schien die Sprache verloren zu haben. Dass der Krieger dem Wirt misstraute, war verständlich. Was das anging, war Rey ganz seiner Meinung. Aber dass Grigán ihn zwang, sich in der brütenden Sonne des Mit-Tags einen halben Dekant lang die Beine in den Bauch zu stehen, passte ihm überhaupt nicht. In seinem Kostüm schwitzte er selbst wie ein romisches Schwein.

Nach einem letzten Versuch, den Ramgrith zur Vernunft zu bringen, beschloss Rey, auf eigene Faust loszuziehen und stapfte mit entschlossenen Schritten Richtung Altstadt davon.

Grigán holte ihn ein, noch bevor er die Straßenecke erreicht hatte. »Ihr habt es zu eilig«, sagte er. »Ihr denkt nicht nach, bevor Ihr handelt. Wenn Ihr so weitermacht, werdet Ihr nicht alt.«

»Ich bin sowieso lieber jung.« Rey grinste spöttisch.

Er bog in eine schmale Gasse ein, überquerte einen Platz mit jahrhundertealten Pflastersteinen und lief eine enge Straße hoch, in der Fuhrleute und Maultiertreiber sich die Kehle aus dem Hals schrien, um durchgelassen zu werden. Grigán gab sich alle Mühe, Rey nicht aus den Augen zu verlieren und zugleich die Umgebung im Blick zu behalten. Die Menschenmenge machte ihn nervös.

Einen einzigen Trumpf hatten sie in der Hand: Lorelia war einer der letzten Orte der bekannten Welt, wo die Züü sie erwarten würden. Doch sobald sie den Mördern begegneten, wäre dieser Vorteil dahin. Grigán konnte immer noch nicht fassen, dass er sich dazu hatte überreden lassen, die Mörder im roten Gewand auf ein Gespräch unter vier Augen zu treffen. Aber gegen Corenns Entschlossenheit war er einfach machtlos.

Sie verließ sich darauf, dass er sie alle beschützte. Natürlich würde er sein Bestes geben – aber wenn das Treffen scheiterte, konnte sie nur noch unglaubliches Glück retten.

Wieder bog Rey in eine Seitenstraße ab. An der nächsten Ecke blieb er stehen. »Zum Haus der Kercyans geht es da lang«, sagte er und zeigte auf eine Gasse, über die sich ein Torbogen spannte.

Grigán wartete, dass er weitersprach, und machte sich innerlich auf einen erbitterten Streit gefasst, bei dem er ihm verbieten würde, sie alle aus einer Laune heraus in Gefahr zu bringen. Doch Rey ging wortlos weiter. Der Krieger musste ihm ihre Lage nicht erklären. Außerdem hatte er die Bruchbude, in der seine Familie wie im Exil gelebt hatte, ohnehin nie gemocht. Wahrscheinlich hatten sich dort längst ein paar Landstreicher eingenistet. Er hatte keine Lust, das Haus je wiederzusehen, geschweige denn, es zu betreten.

In dem Viertel, in dem sich Rey früher herumgetrieben hatte, erhöhte Grigán seine Wachsamkeit. Bald ließ Rey Anzeichen von Ungeduld erkennen, weil sein Gefährte die Straßen in scheinbarem Müßiggang entlangschlenderte. Obwohl sie auf dem Weg durch die Stadt immer wieder aneinandergerieten, gelangten sie schließlich ans Ziel.

Der Winterpalast des königlichen Handelskommissars, im Volksmund auch der Kleine Palast genannt, erstreckte sich über die gesamte Ostseite des Platzes der Reiter. An jedem Septim fand auf diesem Platz der größte Markt Lorelias statt, und gleichzeitig war der Kleine Palast Umschlagplatz für illegale Waren aller Art. Dieser Markt stand jedem offen, der nicht von den Wachen abgewiesen würde und sich den Eintrittspreis leisten konnte.

»Ich weiß nicht, ob ich es bereits erwähnte«, sagte Rey, während sie auf das Gebäude zugingen. »Aber der Eintritt ist wirklich sehr, sehr teuer.«

»Sagt einfach, wie hoch er ist«, brummte Grigán.

»Fünfhundert Terzen pro Person und keinen Tick weniger. Egal, ob man etwas kaufen will oder nicht.«

Grigáns Miene verdüsterte sich noch mehr. Das würde ein großes Loch in ihren Geldbeutel reißen – zwanzig Goldterzen pro Person. Und das, um sich mit den Züü zu treffen! Er stieß einen tiefen Seufzer aus und schüttelte den Kopf, während er sich umsah.

Wenn man alle Aufenthalte Grigáns in Lorelia zusammenzählte, kam man gut und gern auf über zehn Dekaden. Er hatte den Platz der Reiter bestimmt schon fünfzig Mal überquert und war ebenso oft am Kleinen Palast vorbeigekommen. Doch heute hatte das Gebäude für ihn eine ganz andere Bedeutung, und er prägte sich jede Einzelheit ein.

Seinen Spitznamen musste der Kleine Palast einem Witzbold verdanken, denn klein war er nur im Vergleich zum Königspalast. Er bestand aus fünf Stockwerken, und das, obwohl die meisten lorelischen Häuser nicht einmal vier hatten. In jedem Geschoss zählte Grigán nicht weniger als elf große Fenster. In dem Gebäude hätte man spielend zwanzig Familien unterbringen können.

Die Architektur war unverkennbar lorelisch: Säulenreihen mit Halbreliefs, ein Kranzgesims, hohe, schmale Fenster, kleine Balkone und Natursteine aus den Steinbrüchen von Cyr. Der Kleine Palast war über sechshundert Jahre alt, schien aber erst vor einem Jahrzehnt vollendet worden zu sein.

Obwohl immer noch einige Gemächer für ihn hergerichtet waren, logierte der königliche Handelskommissar schon lange nicht mehr in dem Palast. Der Großteil des Gebäudes beherbergte seit zwei Jahrhunderten die Amtsstuben der königlichen Beamten, all jener Sekretäre, Archivare, Amtsschreiber, Kopisten, Advokaten, Verwalter und Buchhalter, die für die Sicherheit und den Reichtum der Handelsnation unverzichtbar waren.

Hunderte von Kaufleuten gingen täglich im Palast ein und aus, um Papiere einzureichen oder sich eine Unterschrift abzuholen. Aus diesem Grund gab es üblicherweise keine Eingangskontrollen, außer am Septim jeder Dekade. An diesem Tag durften nur königliche Beamte und Marktbesucher den Palast betreten.

Grigán stieg ohne Eile die zahlreichen Stufen hoch und folgte Rey in den Säulengang. Ein einziger dösender Soldat überwachte das Kommen und Gehen.

»Am Markttag«, flüsterte Rey Grigán ins Ohr, »wird der Eingang von sechs Jelenis bewacht. Das sind die Leibwächter und Hundeführer des Königs, und sie haben ihre bissigsten Doggen bei sich. Hier kommt niemand mit Gewalt hinein oder hinaus.«

Der schmale Gang mündete in eine prunkvolle Halle aus Marmor. Sie kamen an einer Schreibstube vorbei, in der ein Beamter Dienst tat. Er hob nicht einmal den Kopf.

»Hier bezahlt man das Eintrittsgeld und gibt seine Waffen ab«, erklärte Rey und zeigte auf den Schreiber.

»Was?«

»Ich kann mir vorstellen, wie schwer Euch das fallen

wird«, sagte Rey grinsend. »Aber wenigstens trifft die Züu das gleiche Los!«

Zu beiden Seiten der Halle führte eine geschwungene Treppe in die oberen Stockwerke. Rey zog Grigán unter einen der Aufgänge und trat durch einen Torbogen mit prächtigen Ornamenten. Nun standen sie in einem Säulengang, der um den großen Innenhof herumführte.

Im Grunde war es kein Hof, sondern ein Garten, fast schon ein kleiner Park. Die Bäume, Sträucher, Efeuranken, Blumen und Rasenflächen durften nicht wachsen, wie es der Natur gefiel – alle waren beschnitten, in eine bestimmte Form gezwängt und dem menschlichen Geschmack angepasst.

Ein Weg schlängelte sich von einer Marmorbank zur nächsten, als hätten die Besucher es nötig, sich alle fünfzehn Schritte auszuruhen. Mit Bedacht angeordnete dichte Sedahecken würden Käufer und Verkäufer vor neugierigen Blicken abschirmen, und hinter manchen verbargen sich kleine Freiluftpavillons mit Tischen, Bänken und Springbrunnen.

»Da wären wir. Hier findet der Markt statt. Die Händler können herumlaufen oder sich hinsetzen, wo sie wollen. Es ist verboten, seine Waren laut auszurufen oder Schilder aufzustellen, aber ich glaube, darauf können wir verzichten, oder?«

»Ich dachte, Ihr wärt noch nie hier gewesen. Ihr scheint Euch gut auszukennen.«

»Vergesst nicht, dass ich in Lorelia geboren bin. Wen wundert es da, wenn ich mich in der Stadt auskenne?«

Grigán nickte nur und sah sich um. »Jeder kann eine Waffe hereinschmuggeln. Hier sind wir unseres Lebens nicht sicher.«

»Am Markttag patrouillieren Bogenschützen auf der Galerie über dem Säulengang. Sie haben den Befehl, auf jeden zu schießen, der eine Waffe zieht. Ich glaube, so etwas ist in drei Jahrhunderten ganze zweimal vorgekommen. Außerdem dürften wir uns hier eigentlich gar nicht aufhalten. Ich wundere mich, dass man uns noch nicht vor die Tür gesetzt hat.«

Der Krieger ließ ein letztes Mal den Blick über den Innenhof schweifen, schätzte Entfernungen ab und prägte sich den Grundriss ein. Es gab nicht mehr als zwei Ausgänge, einen unter jedem Treppenaufgang. Falls die Züu bereit waren, ihr Leben zu opfern, um die Erben zu töten – was Grigán bezweifelte –, waren sie in ernsthafter Gefahr, aber eben nur dann.

»Ich habe genug gesehen. Lasst uns gehen, bevor wir einer Wache in die Arme laufen. Wir sehen uns noch kurz die umliegenden Straßen an, dann kehren wir zu den anderen zurück.«

Zum ersten Mal in seinem Leben verschwieg Yan Léti etwas. Die Lüge hinterließ einen schalen Geschmack in seinem Mund, den selbst die Freude über Corenns Worte nicht mildern konnte.

Zum Glück würde sein Verrat nur von kurzer Dauer sein. Corenn hatte ihm das Versprechen abgenommen, ihr Gespräch vorerst geheim zu halten. Er nahm an, das galt bis zu dem Augenblick, in dem er die Prüfung bestand.

Er hatte mit seinen Gefährten zu Mit-Tag gegessen, und sobald die Höflichkeit es zuließ, war er aufgestanden, um in den Wald zurückkehren. Nun lag er bäuchlings auf

71

dem Boden, presste sich die Finger an die Schläfen und starrte konzentriert auf eine Drei-Königinnen-Münze, die vom Alter schwarz gefärbt war.

Am Morgen hatte er seinen ersten Versuch bald aufgegeben. Corenn hatte ihm ein paar Ratschläge gegeben und dann entschieden, dass es an der Zeit war, in den Keller zurückzukehren. Er musste die Prüfung allein ablegen. Vermutlich würde es mehrere Dekaden dauern. Mehrere Monde. Vielleicht sogar mehrere Jahre.

Yan hatte nicht vor, die Münze so lange anzustarren. Wenn Corenn es geschafft hatte, sie zu bewegen, dann war es möglich. Rätselhaft, gewiss, schwierig – vielleicht, aber nicht undenkbar. Corenn hatte es selbst gesagt: Man musste nur fest genug daran glauben.

Allerdings hatte er keine Ahnung, wie er die Sache angehen sollte. Er wusste keinen Rat, als die Münze anzustarren und sich mit aller Kraft zu wünschen, sie fiele um. Einstweilen begnügte er sich damit.

Nach einer Weile stellte sich ein weiteres Gefühl ein: Er kam sich lächerlich vor. Jeder Beobachter hätte ihn für geisteskrank gehalten. Doch er riss sich zusammen. Corenn hatte gesagt, dieses Gefühl sei normal, und nur wer es nicht habe, sei wahrhaft verrückt.

Er konzentrierte sich wieder auf das Geldstück. Er kannte es bereits in- und auswendig und hätte es unter hundert anderen wieder gefunden können. Ein Drittel der Münze war abgenutzt, und an zwei Stellen wies die schmale Seite Kerben auf. Er fragte sich, ob ihm diese Einzelheiten halfen oder ob sie ihn ablenkten.

Abermals wurde ihm bewusst, dass er einfach nicht wusste, wie er die Sache angehen sollte. Wie funktionierte Magie?

Corenn hatte gesagt, seine Gabe sei wie ein geistiger Muskel, der noch nie beansprucht worden und deshalb erschlafft sei. Wenn er nur wüsste, wo sich dieser »Muskel« befand!

Auch hatte sie mehrmals vom »Willen« gesprochen, doch ihm war unklar, was sie damit meinte. Yan wollte, dass die Münze auf die Seite fiel. Er wollte es unbedingt. *Jetzt!*

Doch die abgenutzte Drei-Königinnen-Münze mit ihrem unebenen Rand rührte sich nicht. Sie stand einfach nur da und schien sich über ihn lustig zu machen

Er verfluchte sie, fuchtelte mit den Armen und beschimpfte sie laut. Dann stand er auf, hob das verhasste Ding auf und machte sich auf den Rückweg.

Er hatte beinahe einen Dekant seines Lebens damit verschwendet, das Metallstück anzustarren, und war kläglich gescheitert.

So bald wie möglich würde er es erneut versuchen.

An der Stalltür traf er auf Raji. Der Schmuggler machte ein mürrisches Gesicht, weil er in Lorelia viel länger auf Rey und Grigán hatte warten müssen als geplant. Yan nickte ihm grüßend zu und schob sich rasch an ihm vorbei.

Als er in den Keller kam, waren seine Gefährten bereits in ein ernstes Gespräch vertieft. Sie saßen um Bowbaqs Bett herum und hielten Kriegsrat. Grigán erzählte in knappen Worten von ihrem Ausflug nach Lorelia.

»Solange wir im Kleinen Palast sind«, sagte er, »hält sich die Gefahr in Grenzen. Aber sobald wir wieder auf der Straße stehen, sieht die Sache anders aus. Die Wachen sind nur dazu da, die Besucher einzeln herauszulassen. Das reicht nicht, wenn man es mit einer Organisation wie den Züu zu tun hat. Ganz zu schweigen von der Großen Gilde.«

»Aber die Züu rechnen nicht mit unserem Besuch«, wandte Corenn ein. »Ich glaube kaum, dass sie uns in einen Hinterhalt locken werden, sei es im Palast oder draußen. Es sei denn, sie legen sich an jedem Markttag auf die Lauer. Aber warum sollten sie?«

»Es kann aber auch sein, dass uns jemand verpfiffen hat«, sagte Grigán. »Die Gilde hat zwei Männer, die für Rajis Komplizen arbeiten, nach Berce geschickt. Vielleicht sind sie auf der Insel gestorben, vielleicht aber auch nicht. Wir könnten ihnen beim nächsten Mal direkt in die Arme laufen.«

»Mit zwei Kerlen werden wir ohne Weiteres fertig«, warf Léti ein.

Corenn riss entsetzt die Augen auf, doch Grigán kam ihrer Strafpredigt zuvor.

»Das glaubst du! Ein Kampf ist nie im Voraus gewonnen. *Nie.* Außerdem kann es sein, dass wir die Männer nicht wiedererkennen. Sie könnten uns die Gilde auf den Hals hetzen, sobald wir ihnen den Rücken zukehren.«

Léti schwieg. Grigán hatte versprochen, ihr Unterricht im Kämpfen zu erteilen, und sie würde ihm vorerst nicht widersprechen.

Die beiden Anführer nahmen das Gespräch wieder auf. Grigán seufzte und sah Corenn flehentlich an. »Glaubt Ihr wirklich, dass es die Sache wert ist? Die Züu werden uns nicht anhören. Es wäre leichter, mit einer giftigen Daï zu reden als mit diesen Irren. Sobald sie uns sehen, werden sie nur noch daran denken, wie sie uns am schnellsten ihren Dolch ins Herz stoßen können.«

»Ich weiß, Grigán. Aber wir haben keine Wahl. An unseren Feind kommen wir nicht heran, denn wir wissen nicht, wer er ist. Daher müssen wir seinen Vollstreckern Einhalt gebieten.«

Grigán musterte alle der Reihe nach. Er wusste, was es hieß, ein Gejagter und Flüchtling zu sein. Dieses Schicksal wünschte er niemandem, und er glaubte nicht, dass seine Freunde es lange überleben würden, nicht mal unter seinem Schutz.

Er nickte schweigend, konnte sich aber eine Grimasse nicht verkneifen.

Dabei wäre es geblieben, wenn Bowbaq nicht das Schweigen gebrochen hätte. »Und was geschieht, wenn sich die Züu weigern, uns anzuhören? Wenn sie uns weiterhin jagen? Ich meine, was machen wir dann?«

Die Fragen spukten allen im Kopf herum, doch niemand wusste eine Antwort.

»Vermutlich wird es dann das Beste sein, in die Fürstentümer zu reisen«, sagte Corenn betrübt. »Nach Junin, zu Königin Séhane. Sie ist die einzige andere Erbin, von der wir sicher wissen, dass sie noch lebt. Leider liegt das nicht gerade auf deinem Heimweg …«

Bowbaq starrte gedankenverloren an die Decke. Vor drei Dekaden hatte Wos ihn mit seinem aufgeregten Wiehern geweckt, und jetzt lag er im Keller eines lorelischen Schmugglers und hatte eine Stichwunde am Bauch. Bald würde er vielleicht in die Fürstentümer reisen. Seit über zwei Monden hatte er seine Frau, seinen Sohn und seine Tochter nicht gesehen. Er wusste nicht einmal, ob sie noch lebten.

»Einverstanden«, sagte er widerstrebend. »Wenn es uns weiterhilft, reisen wir nach Junin.«

Rey tätschelte ihm unbeholfen die Schulter. Der melancholische Blick des sanftmütigen Mannes bedrückte sie alle.

Léti gönnte Grigán keine lange Ruhepause. Kaum hatte er etwas gegessen, erinnerte sie ihn an sein Versprechen. Die erste Lektion sollte sofort stattfinden.

Wie all seine Landsleute und sämtliche Bewohner der Unteren Königreiche pflegte Grigán sein Wort zu halten. Zwar verbot ihm seine Erziehung, einer Frau eine Waffe in die Hand zu geben, doch sein Ehrgefühl, das ihm noch heiliger war, hinderte ihn daran, ein Versprechen zu brechen. Außerdem hielt er nach zwanzig Jahren des Nomadenlebens nicht mehr ganz so starr an den ramgrithischen Traditionen fest. Er war auf seinen Reisen durch die bekannte Welt zahlreichen Kämpferinnen und Kriegerinnen begegnet.

»Gut«, sagte er zu Léti, deren Gesicht sich erhellte. »Lass uns nach draußen gehen.«

Sie rannte beinahe zur Treppe und blieb nur kurz stehen, um sich zu vergewissern, dass er ihr folgte. Doch Corenn hatte sich ihm in den Weg gestellt. Missmutig erklomm Léti die Stufen, denn sie war sicher, dass ihre Tante versuchen würde, Grigán von seinem Vorhaben abzubringen.

»Ich will nicht, dass sie sich in den Kopf setzt, gegen die Züü zu kämpfen«, sagte Corenn. »Bitte bestärkt sie nicht in dieser Idee. Sie soll nicht glauben, sie könnte einen solchen Kampf gewinnen.«

Grigán sah sie an, als hätte sie seine Ahnen beleidigt und seine Nachkommen verflucht. Nie zuvor hatte Corenn ihn so tief gekränkt. Sie tat gerade so, als sei er ein verantwortungsloser Draufgänger.

Er beschloss, ihre Worte auf die Angst zu schieben, die alle Gefährten umtrieb. In den letzten Tagen hatte er sich mehrmals der übertriebenen Vorsicht bezichtigen lassen müssen. Diesmal würde er seine Wut im Zaum halten.

»Macht Euch keine Sorgen«, sagte er und folgte Léti, die vor dem Stall auf ihn wartete.

Er hatte eigentlich damit gerechnet, dass alle der ersten Übungsstunde zusehen würden, doch nur Rey gesellte sich zu ihnen. Er machte es sich mit einer Flasche Grünwein, die er aus Rajis Lager stibitzt hatte, auf einem Heuhaufen bequem. Grigán ärgerte sich schon jetzt über die spöttischen Bemerkungen, die Rey gewiss von sich geben würde. Er beschloss, den Spaßvogel zu ignorieren und sich auf Léti zu konzentrieren.

Das Mädchen schien ungeduldig darauf zu warten, dass Grigán ihr irgendein dunkles Geheimnis verriet. Er hatte noch nie Unterricht erteilt, egal auf welchem Gebiet, und hatte keinen blassen Schimmer, was er tun oder sagen sollte.

»Vielleicht solltet Ihr Léti eine Waffe geben?«, schlug Rey vor, als könne er Gedanken lesen.

Dass ausgerechnet Rey sein Zögern bemerkt hatte, machte Grigán, dessen Nerven ohnehin blank lagen, wütend. Mit einer schnellen Bewegung, der man die jahrelange Erfahrung ansah, zog er sein Krummschwert und wirbelte es gekonnt durch die Luft. Er bereute es sofort. Solche Manöver waren nichts als nutzlose Prahlerei, und er beherrschte sie nur, weil er mit dem Schwert in der Hand aufgewachsen war.

Er hatte nur demonstrieren wollen, dass er keine Ratschläge brauchte, doch nun war Létis Faszination für den Umgang mit der Waffe noch gewachsen.

Sie hatte seine Vorführung mit großen Augen verfolgt. Natürlich würde sie bei der erstbesten Gelegenheit versuchen, ihn nachzuahmen. Verflucht!

»Gut. Was willst du lernen?«, fragte er. Plötzlich hatte er es eilig, das Ganze hinter sich zu bringen.

»Alles. Ich möchte so kämpfen können wie Ihr. Ich will lernen, wie man angreift und pariert und so weiter.«

»Das kann man niemandem beibringen. Es ist eine Frage der Erfahrung.«

»Dann übt mit mir.«

Grigán überlegte. »Wir fangen mit dem Bogen an«, verkündete er.

»Nein. Schießen kann ich schon. Ich möchte den Umgang mit dem Schwert lernen.«

Er schüttelte fassungslos den Kopf. Wäre er nicht an sein Versprechen gebunden, hätte er dieses leichtsinnige junge Ding einfach stehen lassen. Er schwor sich, dass es keine zweite Unterrichtsstunde geben würde.

Dennoch überlegte er pflichtschuldig, was er ihr raten konnte. Mit dem Krummschwert in der Hand dachte er an die zahllosen Kämpfe, die er bestritten hatte. Er war froh, als ihm etwas einfiel, das Léti entmutigen würde. »Als Erstes musst du deine Angst überwinden«, sagte er ernst. »Die Angst vor Verletzungen. Vor Narben im Gesicht und am ganzen Körper. Die meisten Verletzungen heilen nie ganz. Im Kampf zieht man sich Kratzer, Schnitte und Prellungen zu, aber auch tiefe Wunden und Knochenbrüche. Man kann Gliedmaßen verlieren. Man geht nie unversehrt aus einem Kampf hervor. Niemals.«

»Ich weiß. Was noch?«

Diese Erfahrung hatte Léti bereits am Vortag gemacht. Sie spürte die Schmerzen immer noch. Wenn Grigán sie hatte abschrecken wollen, war ihm das nicht geglückt.

»Du verstehst mich nicht richtig. Ich will nicht sagen, dass du Gefahr läufst, verletzt zu werden. Ich hoffe, das weißt du! Aber wenn du Angst vor dem Angriff des Gegners hast, verausgabst du dich bis zur Erschöpfung, um zum Beispiel einen Schnitt am Bein zu vermeiden. Dann hast du den Kampf schon verloren. So einfach ist das.«

»Und?«

»Wenn du lernen willst, dich zu verteidigen – und ich sage mit Absicht verteidigen –, musst du das Wichtigste im Blick behalten: dein Überleben, sonst nichts. Anders gesagt: Wenn du dir keine Narbe wie meine zuziehen willst, gib lieber jetzt gleich auf und lass andere für deinen Schutz sorgen.«

»Auf keinen Fall. Lasst mich gegen Euch antreten. Ihr werdet schon sehen.«

Léti erwischte ihn auf dem falschen Fuß. Grigán hatte gehofft, seine Worte würden ihr Angst einjagen, doch im Inneren des Mädchens loderte ein Feuer, das er nur allzu gut kannte. Er wusste genau, was da in ihr aufflammte. Er nannte es »den Zorn des Kriegers«. Ein gefährliches Gefühl.

Na schön, sie wollte also gegen ihn antreten. Eine ordentliche Lektion würde ihr die Flausen schon austreiben.

»Gut«, sagte er und wirbelte abermals das Schwert durch die Luft. »Greif mich an.«

Zum ersten Mal war Léti überrascht. »Einfach so? Womit?«

»Mit nichts. Ich habe ein Schwert, und du hast keine Angst.«

Das Mädchen machte ein finsteres Gesicht. So hatte sie sich das nicht vorgestellt. Aber gut, sie würde sich seiner Entscheidung beugen.

Sie versuchte auf verschiedene Arten, ihm auf den Leib zu rücken, doch Grigán hielt sie mit seiner Klinge auf Abstand. Dann bemühte sie sich, ihn zu überrumpeln – vergeblich. Grigán sah jede ihrer Bewegungen voraus und verschanzte sich hinter seinem Krummschwert.

Létis Versuche wurden immer aggressiver. Sie stürzte sich auf ihn, ohne sich um die scharf geschliffene Klinge zu scheren, denn schließlich war das der Zweck der Übung. Doch Grigán wich ihr jedes Mal aus, indem er zwei schnelle Schritte zur Seite machte und wegen ihrer Unvorsichtigkeit einen unterdrückten Fluch ausstieß.

Rey feuerte sie lautstark an, doch Léti konnte nicht die Oberhand gewinnen. Grigán wollte sie lehren, eine Niederlage zu verschmerzen.

Wut stieg in ihr auf. Sie hatte sich geschworen, nie mehr zurückzuweichen. Plötzlich griff Léti mit der rechten Hand nach der Klinge und packte zu.

Grigán hatte genug Erfahrung, um das Schwert nicht zurückzuziehen. Trotzdem färbte sich die Klinge rot. Blut schoss aus einem tiefen Schnitt in Létis Fingern.

Die junge Frau streckte die freie Hand aus und berührte leicht das Herz des Kriegers. »Touché«, sagte sie mit zitternden Stimme.

Corenn konnte sich nicht entscheiden, ob sie Léti beim Unterricht zusehen wollte oder nicht. Sie machte sich

Sorgen und war zugleich neugierig, was zwischen Grigán und ihrer Nichte geschehen würde. Jedoch wollte sie das Vorhaben nicht durch ihre Anwesenheit unterstützen.

Schließlich nahm Yan ihr die Entscheidung ab. Der junge Mann hatte sich den ganzen Tag mit der magischen Prüfung abgemüht und war wie erwartet gescheitert. Als Léti, Grigán und Rey den Stall verlassen hatten, schlug er vor, ihr Gespräch über Magie fortzusetzen. Er hatte eine Menge Fragen.

Corenn nahm den Vorschlag mit Freude an. Auch wenn sie eher Ratsfrau als Magierin war, unterhielt sie sich gern über den magischen Willen, denn selbst mit einem Novizen wie Yan war das Thema immer interessant.

Nachdem Grigán ihm einen Schlaftrunk gebraut hatte, war Bowbaq wieder eingenickt.

Trotzdem setzten sie sich in den hintersten Winkel des Kellers, damit niemand sie hörte. Corenn legte großen Wert darauf, das Geheimnis zu hüten, zumindest, bis Yan die Prüfung bestand.

Der Grund lag auf der Hand. Wenn alle Bescheid wüssten, würde es dem Jungen nicht gelingen, die Aufgabe zu lösen. Er wäre zu großem Druck ausgesetzt und hätte mit verwirrenden Gefühlen zu kämpfen – dabei musste er sich voll und ganz auf seinen Willen konzentrieren.

Sie war bereit, all seine Fragen zu beantworten, und er hatte so einiges auf dem Herzen.

»Ich weiß einfach nicht, wie ich die Sache angehen soll«, gestand er. »Ich nehme an, es reicht nicht, einfach abzuwarten, stimmt's?«

»Richtig. Womit genau hast du Schwierigkeiten?«

»Ich habe das Gefühl, als fehlte etwas … Als müsste ich irgendetwas tun … Aber ich habe keine Ahnung, was es ist. Als würde beim Angeln ein Fisch anbeißen, und es gelänge mir nicht, ihn an Land zu ziehen.«

»Das kommt der Wahrheit ziemlich nahe«, sagte Corenn. »Du darfst es nicht krampfhaft erzwingen. Du musst deinen Willen anschwellen lassen und ihn im richtigen Moment auf dein Ziel richten.«

Yan wartete auf weitere Erklärungen. Für die Magierin mochten die Worte klar und deutlich sein, doch für ihn klangen sie so rätselhaft wie das romische Alphabet.

»Du wirst es verstehen, wenn es dir gelungen ist«, sagte sie. »Im Moment musst du dich damit nicht belasten.«

Er nickte zaghaft. Für seinen Geschmack ließ sie das Thema viel zu schnell fallen. Doch er hatte noch weitere Fragen. »Die Münze. Ich habe sie jetzt so lange angestarrt, dass ich sie ständig vor mir sehe. Wenn ich versuche, mich auf sie zu konzentrieren, ist ein Teil von mir immer damit beschäftigt, alle Einzelheiten zu mustern.«

»Dann konzentriere dich auf eine dieser Einzelheiten. Da es dir nur darum geht, die Münze zu Fall zu bringen, kannst du deinen Willen auf jeden Punkt der Oberfläche anwenden. Wo, ist völlig gleich.«

Yan dachte eine Weile über ihre Worte nach. Corenn wusste, dass sie ihrem Schüler viel abverlangte. Bis zum Vortag hatte der Junge noch nicht einmal gewusst, dass es so etwas wie Magie überhaupt gab, und nun überhäufte sie ihn mit neuen Ideen. Damit brach sie die Regeln, die sie bislang in ihrem Unterricht angewandt hatte.

Ihre anderen Schülerinnen hatte sie erst in die Prinzipien des Willens eingeweiht, nachdem diese die Prüfung bestanden hatten.

Doch mittlerweile hatte sie erkannt, dass die Prinzipien ohnehin nur jenen halfen, die die Prüfung zu meistern vermochten. Für alle anderen waren sie nichts als falsche Fährten.

Yan hatte noch mehr auf dem Herzen. »Muss man … Das klingt vielleicht etwas seltsam … Muss man eine Bewegung oder so machen? Etwas Bestimmtes sagen?«

»Nicht unbedingt. Aber einer meiner Schülerinnen hat es sehr geholfen. Wenn du also das Bedürfnis verspürst, etwas zu sagen oder zu tun, dann zögere nicht. Allerdings ist es schwierig, sich so etwas später wieder abzugewöhnen. Die Entscheidung kann ich dir nicht abnehmen.«

Corenn hätte ihm gern genauere Antworten geben, doch das ging nicht. Alles hing davon ab, wie Yan mit der Prüfung klarkam. Die kommenden Dekaden würden den Ausschlag geben.

Corenn beantwortete alle Fragen des Jungen mit Geduld und Wohlwollen, und Yan sog ihre Worte begierig auf. Er vertraute ihr vollkommen. Das machte es der Magierin noch schwerer, ihn anzulügen.

Yan würde die Prüfung nicht bestehen. Jedenfalls nicht so, wie er sich das vorstellte.

Ziel der Prüfung war nicht, die Münze mit Magie umzustoßen – Ziel der Prüfung war einzig und allein, es so lange wie möglich zu versuchen.

Falls Yan nach einigen Dekaden immer noch so eifrig bei der Sache war, würde Corenn ihn lehren, seinen Willen zu gebrauchen. Falls er aufgab, würde er ganz einfach glauben, die Gabe nicht zu besitzen. Sollte er scheitern, würde er das allein sich selbst zuzuschreiben haben.

Sie hatte ihn belogen. Jeder besaß die Gabe. Jeder konnte ein Magier sein. Doch nur jenen, die genug Geduld und Beharrlichkeit zeigten, gelang es, ihren magischen Willen zu verstehen, zu entwickeln und zu beherrschen. Die

Prüfung bestand im Sieg über die eigene Willensschwäche.

Doch selbst wenn man sie besiegte, war man noch längst nicht am Ziel. Jeder konnte zeichnen, töpfern oder singen, aber nur wenige wurden Maler, Bildhauer oder Sänger, und das Gleiche galt für die Magie. Jeder hatte die Gabe, so mancher hatte die Geduld, ihren Gebrauch zu lernen, doch nur wenige waren große Künstler.

Yan hatte bereits bewiesen, dass er zu großer Kunst fähig war, als er Léti davor bewahrte, von der Klippe zu stürzen.

Corenn hoffte inständig, er würde genug Geduld haben.

Yan und Corenn verstummten, als sie Schritte auf der Treppe hörten. Sie wunderten sich, dass Létis Unterricht schon vorbei war. Niemand sagte ein Wort. Es musste etwas passiert sein.

Unwillkürlich eilte Corenn ihren Freunden entgegen. Ihr Blick fiel auf das rot gefärbte Stück Stoff, das sich ihre Nichte um die rechte Hand geschlungen hatte. Und dann geschah etwas, womit niemand gerechnet hatte: Sie wurde wütend. »Großartig! Das musste ja so kommen! Seid ihr nun zufrieden?«

Ihr Vorwurf richtete sich vor allem gegen Grigán. Er wich ihrem Blick aus und schwieg, denn er verstand sie. Dies war ihr erster Streit, und er, der sich stets bemühte, unverwundbar zu erscheinen, war tief getroffen.

»Alles in Ordnung, es ist nichts Schlimmes«, sagte Léti gelassen.

Corenns Wut verrauchte sogleich. Sie führte sich auf,

als wäre Léti ein Kind, das zu Unrecht verletzt worden war und das man beschützen und trösten musste. Das erwachsene Verhalten ihrer Nichte brachte sie einen Moment lang aus der Fassung.

»Ich hoffe, das wird euch eine Lehre sein«, sagte sie schwach.

Weder Léti noch Grigán antworteten.

Zaghaft warf sich Rey für sie in die Bresche. »Es war ein Unfall, Corenn. Außerdem müsstet Ihr doch froh sein, wenn Léti lernt, sich zu verteidigen.«

»Ein Unfall! Und was ist, wenn sie beim nächsten Mal ein Auge verliert? Wie nennt ihr das dann? Ein Missgeschick?«

Léti konnte ihren Unmut nicht länger zügeln. »Und wenn die Züü mir einen Dolch in den Bauch stoßen und ich mich nicht wehren kann? Wäre das dann eine bedauerliche Tragödie?«

Corenn verschlug es die Sprache.

»Ich habe die Nase voll davon, mich auf andere Leute zu verlassen«, sagte Léti etwas ruhiger. »Ich will die Chance haben, einen Angriff zu überleben, auch wenn niemand da ist, um mich zu beschützen. Deshalb werde ich, sollte es wieder zu einem Angriff kommen, Grigán und Rey und allen anderen, die für mich kämpfen, zur Seite stehen. Wenn es sein muss, lerne ich eben im Kampf, mich zu verteidigen.«

Corenn suchte Grigáns Augen. Sie selbst wusste nicht mehr, was sie sagen sollte.

»Mir hat sie draußen den gleichen Vortrag gehalten«, brummte er.

Corenn ging ein paar Schritte auf und ab. Im Rat des Matriarchats traf sie Entscheidungen, die ganze Völker betrafen. Warum gelang es ihr nicht, ihre eigene Nichte zur Vernunft zu bringen? Ironie des Schicksals!

»Du hast also beschlossen, dass du kämpfen wirst – egal, was geschieht, und egal, was ich sage?«

»Ja.«

»In diesem Fall ist es wohl das Beste, wenn Grigán dir ein paar Ratschläge gibt. Natürlich nur, wenn er einverstanden ist.«

»Ich werde sehen, was ich tun kann«, sagte er, erleichtert, so leicht davongekommen zu sein.

»Gleichwohl möchte ich dich um einen Gefallen bitten, Léti. Halt dich aus allen Kämpfen heraus, bis Grigán sagt, dass du bereit bist.«

Das Mädchen tat, als müsste es über den Vorschlag nachdenken. Dann gab Léti Corenn ihr Wort, um sie zu besänftigen und den Streit zu beenden. Endlich einmal hatte sie in einer Diskussion mit ihrer Tante die Oberhand behalten.

Sie sah nicht, wie Corenn und Grigán einen verschwörerischen Blick wechselten.

Einer von Rajis Lieferanten stattete ihm kurz vor Sonnenuntergang einen Besuch ab. Er zog drei Pferde hinter sich her, die mit Stoffen aus Far beladen waren. Der kleine Mann beeilte sich, das Vermögen nach unten ins Lager zu bringen, und hoffte von ganzem Herzen, seine Gäste würden in ihrem Versteck bleiben.

Doch er hatte die Rechnung ohne Grigáns krankhaftes Misstrauen gemacht. Der Krieger baute sich vor dem Neuankömmling auf und beäugte ihn argwöhnisch. Die Botschaft war klar. Der Lieferant, der aus den Fürstentümern stammte, sagte kein Wort und verließ Hals über Kopf den Hof. Was diese Leute, die sich bei Raji versteckten, auch angestellt hatten, er legte sich lieber nicht mit ihnen an.

»Erst zwingt Ihr mich, Euch Unterschlupf zu gewähren«, knurrte der Lorelier, »und jetzt verderbt ihr mir auch noch das Geschäft!«

Raji schien mit sich selbst zu reden, weshalb ihn Grigán ignorierte. Der jammernde Schmuggler war ihm zuwider. Aber im Grunde waren ihm alle Lorelier mehr oder minder zuwider, dachte er, als ihm Rey einfiel.

Er versperrte die Falltür zum Stall von innen. Die Erben würden ihre zweite Nacht in dem Keller verbringen. Und am Morgen der dritten Nacht würden sie nach Lorelia gehen und die Züu treffen.

Sie hatten draußen zu Abend gegessen, vor Rajis Haus, trotz der Proteste und der hartnäckigen Weigerung des kleinen Mannes, sich ihnen anzuschließen. Mittlerweile waren die Gefährten in den Keller zurückgekehrt.

Obgleich ihnen die Nacht auf der Insel Ji, in der sie kein Auge zugetan hatten, immer noch in den Knochen steckte, stand niemandem der Sinn danach, schlafen zu gehen, vor allem Bowbaq nicht, der den ganzen Tag nichts anderes getan hatte. Er fühlte sich wieder vollkommen gesund, auch wenn er bisweilen noch vor Schmerzen das Gesicht verzog.

Die Gefährten spürten den Drang, miteinander zu sprechen, denn jeder hatte etwas zu erzählen oder wollte die anderen nach ihrer Meinung fragen. Alle trieben die gleichen Fragen um: das Treffen mit den Züu, ihre ungewisse Zukunft, ihr namenloser Feind und vor allem das Geheimnis der Insel.

Zum ersten Mal, seit sie vor der Pforte gestanden und die andere Welt gesehen hatten, waren alle beisammen, um ihre Eindrücke auszutauschen. Sie waren ausgeschlafen, befanden sich nicht auf der Flucht und niemand lauerte ihnen auf.

In stillschweigendem Einvernehmen setzten sie sich im Halbkreis um Corenn. Grigán gesellte sich als Letzter dazu.

»Ich nehme an, niemand hat Lust, eine Partie Stern zu spielen«, sagte Rey. »Schade, sechs Spieler wären genau richtig.«

»Ich mag keine Würfelspiele«, knurrte der Krieger.

»Das darf man nicht sagen, selbst wenn es stimmt«, sagte Bowbaq. »Es bringt Unglück, die Würfel zu beleidigen.«

»Etwas mehr oder weniger Unglück. Als ob das noch einen Unterschied machen würde …«

Alle schwiegen betreten. Léti nutzte die Gelegenheit, um den anderen ihr Herz auszuschütten.

»Bowbaq kennt eine Legende, die vielleicht von der anderen Welt handelt«, sagte sie.

Alle Blicke richteten sich auf den Riesen, was ihn sogleich einschüchterte. Stotternd begann er zu erzählen.

»Ich erinnere mich kaum noch … Ich war gerade erst zehn Jahre alt. Ein Maz fand Unterschlupf bei meinem Klan. Er kannte eine Menge Geschichten, und diese war nur eine von vielen. Aber heute Nacht kam sie mir wieder in den Sinn, und die Ähnlichkeiten mit dem, was wir gesehen haben, sind verblüffend.«

»Erinnerst du dich an genug, um sie uns zu erzählen?«, fragte Corenn.

»Also … Die Geschichte handelte von einem alten

Krieger, der sich in den Bergen des Rideau verlaufen hatte. Mehrere Dekaden lang irrte er umher, bis er auf ein von hohen Bergen umgebenes Tal stieß. Süße Früchte wuchsen an den Bäumen, und es gab dort reichlich Wild und klares Wasser. Da er seit Langem keinen so fruchtbaren Fleck Erde mehr gesehen hatte, beschloss er zu bleiben.

Das Tal war besiedelt, und die Bewohner waren noch sehr jung und empfingen ihn mit offenen Armen. Der Krieger lebte mehrere Dekaden lang unter ihnen. Er war glücklich, an so einem friedlichen Ort zur Ruhe kommen zu können.

Doch der Schein trog. Seine neuen Freunde waren keine Menschen. Es waren Dämonen.«

»Natürlich«, fiel ihm Rey ins Wort. »Dämonen. Warum bin ich nicht gleich darauf gekommen? Mit roten Hörnern und Pferdefüßen. Gewiss.«

»Lass ihn die Geschichte zu Ende erzählen«, bat Corenn. »Wir können später darüber reden.«

»Sie ist fast zu Ende«, sagte Bowbaq. »Am liebsten hörten die Dämonen zu, wenn der Krieger aus seinem Leben erzählte. Sie raubten ihm seine Erinnerungen, und jeder Name, den er nannte, vergrößerte ihren Einfluss auf die Welt. Die Dämonen konnten das Tal nicht verlassen, aber alles, was sie über die Außenwelt erfuhren, nutzten sie, um Böses zu tun.«

»Wie kam der Krieger da wieder raus?«, fragte Yan.

»Er schaffte es nicht. Als er die Sache durchschaute, erkaufte er sich seine Freiheit, indem er den Dämonen versprach, ihnen Menschen mit vielen Erinnerungen zu schicken. Aber er brach sein Versprechen, und so schickten die Dämonen ihm Unglück und Leid, bis er starb. Er hatte nicht bedacht, dass es ihnen noch leichter fiel, ihn zu quälen als andere Menschen.«

»Nicht gerade eine Gutenachtgeschichte für Kinder«, bemerkte Rey. »Was war das denn für ein Maz? Ein Diener Valiponds?«

»Nein, ein Priester Yoos'. Das ist ein guter Gott. Aber die Legende stammte nicht aus seiner Religion. Er erzählte sie uns nur, weil Kinder Geschichten mögen, die ihnen Angst machen.«

»Ich hoffe nur, du verschonst deine eigenen Kinder mit solchem Unsinn. Stellt euch Bowbaq vor, wie er als blutrünstiger Bär verkleidet zur Belustigung von Iulane und Prad – so heißen sie doch, oder? – in ihr Zimmer platzt. Was für ein Auftritt!«

Alle mussten lachen, vor allem Léti. Erneut erlag sie Reys Charme und Lebensfreude.

»Ich höre diese Legende zum ersten Mal«, sagte Corenn, als sich alle etwas beruhigt hatten. »Im Vergleich zu denen, die die Erben seit zwei Jahrhunderten gesammelt haben, ist sie sehr düster, aber sie weist zahlreiche Ähnlichkeiten auf.«

»Zum Beispiel?«

»Der Rideau. In mehreren Geschichten kommt ein wunderschönes Tal vor, das sich irgendwo in dem Gebirge befindet soll.«

»Täler sind zwangsläufig von Bergen umgeben«, wandte Rey ein. »Da liegt es auf der Hand, dass Dichter behaupten, die Täler in ihren Geschichten lägen im Rideau. Das Gebirge ist zu einem großen Teil unzugänglich. Ganz zu schweigen davon, dass sich kaum jemand in den östlichen Teil vorwagt. Niemand kann hingehen und nachsehen, ob stimmt, was sie behaupten!«

Während er den anderen zuhörte, kam Yan ein Gedanke, der bald zur Gewissheit wurde. Er wusste, wo sich das Tal befand. »Erinnert ihr euch? Hinter der Pforte brach der Morgen an«, sagte er.

Corenn lächelte ihm aufmunternd zu, und Grigán bedachte ihn mit einem knappen Nicken. Die anderen sahen ihn mit großen Augen an.

»Hinter den Bergen dämmerte es bereits, während auf Ji noch Nacht war. Die Sonne geht hinter den Bergen im Osten auf. Das Tal *muss* also irgendwo im Rideau liegen!«

Die Worte verfehlten ihre Wirkung nicht. Alle außer Corenn und Grigán mussten die Nachricht erst einmal verdauen.

»Irgendwo im Rideau, du bist lustig«, sagte Rey. »Das Gebirge ist dreimal so groß wie das Matriarchat und äußerst unwegsam.«

»Leider stimmt das. Man kann nicht darauf hoffen, durch Zufall auf das Tal zu stoßen. Kein Erbe hat sich je an dieses Abenteuer herangewagt. Zumal es auch eine falsche Fährte sein kann, falls das Tal doch in einer anderen Welt liegt«, sagte Corenn.

»Wir sind also genauso schlau wie vorher.«

»Tante Corenn. Was hältst du von Bowbaqs Geschichte? Kann es sein, dass sich hinter der Pforte das Land der Dämonen befindet?«

Vergeblich suchte die Ratsfrau nach tröstenden Worten, die keine Lüge wären. »Alles ist möglich, Léti. Alles.«

Corenn ging durch den Kopf, dass die Suche nach der Wahrheit vielleicht noch größere Gefahren barg als ihre Flucht vor den Züu. Doch diesen Gedanken sprach sie lieber nicht aus.

Als Yan sich hinlegte, hatte er eine Münze vor Augen und wirre Ideen im Kopf. Beides raubte ihm den Schlaf.

Corenn und Grigán hatten ihnen von den Legenden erzählt, die die Erben zusammengetragen hatten. Sie handelten von Pforten, die der auf der Insel Ji ähnelten, und von geheimnisumwobenen Ländern und Dörfern, in denen nur Kinder wohnten. Die meisten klangen, als wären sie frei erfunden und stammten eher von Dichtern als von Priestern oder Reisenden. Manche waren allerdings einer näheren Betrachtung wert. Yan rief sie sich ins Gedächtnis und versuchte, ihr Geheimnis zu ergründen.

Einer Legende zufolge würde eines Tages ein Heer unbesiegbarer Krieger aus dem Großen Sohonnischen Bogen heraustreten – einem arkischen Bauwerk, das der Pforte von Ji ähnelte – und die Kinder des Weißen Landes vor einer dunklen Bedrohung retten. Selbst Bowbaq, der aus Arkarien stammte, hatte noch nie davon gehört.

Eine weitere Legende, vermutlich religiösen Ursprungs, handelte von einem wunderschönen Land, in dem die Geister der Weisen in Gestalt von Kindern wiedergeboren werden. Es war die zuversichtlichste Geschichte, aber auch die rätselhafteste.

Daraufhin erinnerte sich Rey an eine Legende, der zufolge treue Anhänger einer Religion an der Seite ihrer Göttin wiedergeboren wurden, um ihr bei ihrem Großen Werk zur Hand zu gehen.

Als die anderen nachhakten, gab er den Namen des Paradieses und der Göttin preis: Lus'an und Zuïa. Seine Freunde fanden den Scherz geschmacklos, vor allem, weil das rätselhafte Tal vielleicht tatsächlich das Lus'an der Mörder im roten Gewand war.

In einer Legende war von Pforten die Rede, mit denen

man die Zeit überwinden konnte. Wer hindurchging, wurde unsterblich, zog aber den Zorn der Götter auf sich und war für die Ewigkeit verflucht.

Eine weitere handelte von einem märchenhaften Königreich, dessen Eingang von Kindern bewacht wurde. Nur wer diese Wächter bezwang, konnte das Reich betreten. Die Geschichte sagte allerdings nicht, was so furchterregend an diesen Kindern war.

So viele Legenden …

Ihre Gemeinsamkeiten – Kinder, Pforten, Täler, Götter, großes Unglück – waren erschreckend. Andererseits gab es bei der Fülle an Geschichten, die in jedem Winkel der bekannten Welt kursierten, zwangsläufig wiederkehrende Motive.

Die Urheber dieser Geschichten hatten vielleicht einen Teil der Wahrheit gekannt, anderes hatten sie dazu erfunden. Wie sollten die Gefährten Wahrheit und Dichtung unterscheiden? Und vielleicht war das, was sie auf der Insel gesehen hatten, doch etwas ganz anders?

Am nächsten Morgen fühlte sich Yan wie gerädert. Die Fragen hatten ihn die ganze Nacht beschäftigt und ihn bis in den Schlaf hinein verfolgt. Im Traum vermischte sich seine Erinnerung an die Pforte auf Ji mit Legenden von Tälern und Dämonen, die Münzen durch die Luft schweben ließen.

Er war enttäuscht, Léti nirgends zu sehen. In der Nacht zuvor hatte sie sich eine Weile neben ihm ausgestreckt, und er hatte gehofft, dass sie das wieder tun würde. Schon das kleinste Zeichen ihrer Zuneigung machte ihn glücklich. Zwar hatten sie sich gestritten, er hatte den Tag der

Versprechen verstreichen lassen, und Rey war, ohne etwas davon zu ahnen, ein gefährlicher Konkurrent, doch so schnell gab Yan nicht auf.

Die anderen waren bereits aufgestanden, und Yan war allein im Keller. Rasch zog er sich an und fragte sich, welcher Dekant es wohl war. Dann ging er nach oben.

Es war bereits helllichter Tag. Die Erben waren vor dem Stall zusammengekommen, um Létis zweiter Kampfstunde beizuwohnen. Sie wirkten überhaupt nicht verschlafen, so als wären sie schon lange wach.

Die Stimmung war sehr viel ausgelassener als am Vortag, und selbst Corenn schien sich zu amüsieren, obwohl sie immer noch Bedenken hegte.

Alle begrüßten Yan, und der Unterricht ging weiter. Léti und Grigán standen einander gegenüber. Die junge Frau war mit einem Ast bewaffnet, Grigáns Hände waren leer. Der Krieger versuchte, Létis Holzschwert auszuweichen und sie irgendwo am Körper zu berühren. Corenn, Bowbaq und Rey feuerten die beiden abwechselnd an oder buhten sie aus.

»Habe ich viel verpasst?«, fragte Yan und rieb sich die Augen.

»Sie haben gerade erst angefangen.« Corenn lächelte. »Sie haben sich darüber gestritten, ob Léti mit einem echten Schwert üben darf. Wie du siehst, hat sich Grigán durchgesetzt, aber leicht hat sie es ihm nicht gemacht.«

»Schade, dass hätte ich gerne miterlebt. Ich habe schlecht geschlafen. Ich habe die ganze Nacht Münzen gesehen.«

»Das ist normal«, sagte die Magierin mit gesenkter Stimme. »Stell dir vor, du trainiertest einen erschlafften Muskel. Eine Zeit lang wirst du eine Art ›Muskelkater‹ im Kopf haben. Das ist ein gutes Zeichen.«

Yan nickte und versuchte, sich darüber zu freuen. Das war ja alles schön und gut, aber auf den hämmernden Kopfschmerz konnte er gut verzichten.

Er nahm sich von dem Zwieback, den Rey aus Rajis Lager stibitzt hatte, und machte es sich auf einem Strohhaufen gemütlich, um das Spektakel zu genießen.

Léti war hochkonzentriert. Diese Übung war das Gegenteil der gestrigen: Grigán griff an, und sie verteidigte sich. Die Umstände erinnerten sie an ihren Kampf gegen die drei Schurken auf der Insel. Die Kerle hätten sie mit Vergnügen getötet. Beim nächsten Mal würde alles anders sein.

Grigán vermied jede unnötige Bewegung, schlich geschmeidig um Léti herum und täuschte hin und wieder einen Angriff vor.

Vier Mal gelang es ihm, sie in die Irre zu führen, indem er einen Schritt nach links machte und dann von rechts angriff. Die junge Frau hielt ihn mit dem Ast auf Abstand. Beim fünften Mal machte Grigán einen Schritt nach links, tat abermals so, als wollte er von rechts angreifen, und näherte sich ihr dann in einer doppelten Finte von links. Er schnellte vor und tippte der überrumpelten Léti auf die Schulter.

»Gleichstand«, sagte er mit Genugtuung.

»Pfui! Grigán schummelt!«, rief Rey, der alles andere als unparteiisch war.

»Gib ihr einen längeren Ast!«, schlug Bowbaq vor.

»Du hast dich tapfer geschlagen«, lobte Grigán.

Léti lächelte, trat einen Schritt zurück und wirbelte ihr Holzschwert durch die Luft. Ihre Freunde applaudierten.

»Sagt an, Meister Grigán«, rief sie und imitierte Corenns Tonfall. »Was lerne ich heute?«

Grigán musste sich aus dem Stegreif etwas ausdenken. Er war es nicht gewohnt, seine Handlungen zu erklären. *»Ein rascher Schritt zur Seite kann zum Sieg führen«*, verkündete er schließlich stolz. »Kunststücke kosten nur Kraft, sind gefährlich und erhitzen das Gemüt. Versuch, immer ruhig und gelassen zu bleiben.«

»Ein Kunststück kann den Gegner überraschen«, wandte Rey ein.

»Sie muss erst lernen, sich nicht aus dem Gleichgewicht bringen zu lassen. Euch steht es frei, Kapriolen zu schlagen.«

»Ich würde gern sehen, wie du dich schlägst, Rey«, sagte Yan schelmisch.

Rey zwinkerte seinem Freund zu und warf Grigán einen fragenden Blick zu. Der Krieger bedeutete ihm mit einem Kopfnicken, zu ihm zu kommen. Grigán lächelte, doch wegen seiner Narbe sah es eher so aus, als grinste er sadistisch. Vielleicht lag es aber auch nicht an der Narbe …

»Und was ist mit mir?«, fragte Léti, als sie Rey ihren Ast gab.

»Beobachte genau, was er tut«, sagte Grigán und hob seinerseits einen Stock auf. »Du wirst sehen, welche Fehler unbedingt zu vermeiden sind.«

»Ha, ha. Sehr witzig. Wenn Ihr mich reizt, werde ich Euch sämtliche Äste des Waldes in den Körper rammen«, spottete Rey.

Die beiden Männer gingen in Position und setzten so ernste Mienen auf, wie es ihnen die Holzschwerter erlaubten.

Rey lancierte einige Angriffe, die Grigán mit Leichtigkeit abwehrte. Dann versuchte er sich an einer komplizierten Schlagfolge, doch so etwas funktionierte nur mit den schweren Langschwertern der lorelischen Edelleute, nicht aber mit einem Ast.

»Grigán, warum greift Ihr nicht an?«, fragte Léti ernst. Aufmerksam beobachtete sie die Bewegungen der beiden.

»Das tue ich doch«, antwortete er, obwohl er nur auswich und parierte.

Bald begriff Rey, dass er so nicht die Oberhand gewinnen würde. Er wirbelte seinen Ast durch die Luft, als wollte er seinen Worten Nachdruck verleihen und zugleich die Niederlage in eine schauspielerische Glanzleistung verwandeln. Er drehte Pirouetten, rollte über den Boden, kämpfte auf den Knien und sogar in Bauchlage und verzog das Gesicht zu immer dramatischeren Grimassen. Alle lachten, und Grigán, der bereits zwanzigmal hätte siegen können, ließ sich auf das Spiel ein und zog den Kampf in die Länge. Schließlich stieß sich Rey den eigenen Ast in den Bauch und brach mit einem schaurigen Todesröcheln zu Létis Füßen zusammen.

Unter allgemeinem Gelächter blieb er am Boden liegen, bis sie ihm die Hand hinstreckte und ihn hochzog.

»Rächt mich«, stöhnte er und gab ihr den Ast zurück.

Natürlich war es nur Spaß, doch Reys Blick war furchteinflößend. Er war ein hervorragender Schauspieler.

Mit einem Lächeln trat Léti Grigán abermals gegenüber, doch innerlich war sie zutiefst aufgewühlt.

Rey hatte sie soeben daran erinnert, dass sie alle jederzeit sterben konnte.

Sie widmete sich dem Unterricht mit doppeltem Eifer.

Der Rest des Tages verlief ohne Zwischenfälle. Genauso wie sie auf den Tag der Eule gewartet hatten, warteten die Erben nun auf den Septim der Dekade, an dem sie die Züu treffen konnten. Morgen würde es so weit sein, und sie sahen dem Augenblick, in dem sich ihr Schicksal entscheiden würde, mit Ungeduld entgegen.

Alle schlugen die Zeit auf ihre Weise tot. Yan verschwand für längere Zeit im Wald und klagte nach seiner Rückkehr über Kopfschmerzen.

Dadurch versäumte er, wie Bowbaq anhand von Rajis Esel eine Kostprobe seiner Erjak-Fähigkeiten gab. Als das Tier die erste Angst überwunden hatte, gewöhnte es sich an den Eindringling in seinen Gedanken und führte willfährig ein paar Tricks vor. Allerdings musste der Riese es mit Leckerbissen bestechen.

Rey weigerte sich zu glauben, dass der Esel auf Bitte des Riesen hin den Kopf hob und senkte oder mit einem Vorderhuf auf den Boden stampfte. Er gab zu, dass Bowbaq ein außerordentlich geschickter Dompteur war, schimpfte ihn aber auch einen unverbesserlichen Schwindler und blieb skeptisch.

Grigán, der seine Pflichten stets sorgfältig erfüllte, überlegte, wie er Léti unterrichten könnte. Er wollte sich die Übungen nicht länger aus dem Stegreif ausdenken, sondern sie vorbereiten und jedes Mal etwas Neues behandeln, das auf dem Vorherigen aufbaute.

Er sprach fünf Sprachen fließend, konnte aber weder lesen noch schreiben. Deshalb bereitete er den Unterricht in Gedanken vor, während er die Pferde striegelte. Hin und wieder verließ er den Stall, führte unter den neugierigen Blicken seiner Freunde probeweise eine Bewegung mit dem Krummschwert aus und ging dann zurück an die

Arbeit. Der Gedanke, jemanden das Kämpfen zu lehren, eine Kunst, die er besser beherrschte als all seine Freunde zusammen, gefiel ihm mehr und mehr, auch wenn er das nie zugegeben hätte.

Corenn füllte mehrere Seiten des Tagebuchs, das sie seit ihrer Abreise aus dem Matriarchat führte. Es fiel ihr schwer, ihre Aufgaben im Ständigen Rat zu vergessen, auch wenn sie Kaul bereits vor über zwei Dekaden verlassen hatte. Sie hatte über sämtliche Stationen ihrer Reise Buch geführt. Sollte ihnen etwas zustoßen, würde das Tagebuch dem Finder einige Erklärungen liefern. Nicht viele, denn ihr Schwur zwang Corenn, das Wunder der Insel Ji zu verschweigen. Deshalb waren ihre Schilderungen manchmal schwer verständlich oder sogar wirr. Doch das Schreiben half ihr beim Nachdenken.

Rey gelang es endlich, seine Freunde zu einem Würfelspiel zu überreden. Bowbaq, Léti und Yan erklärten sich bereit, unter seiner Anleitung eine Runde mit seinen itharischen Würfeln zu spielen, in die Symbole geschnitzt waren. Rey, der ein begnadeter Spieler war, entschied sich für die Regel der Zwei Brüder, eine der einfachsten. Bowbaq fiel es dennoch schwer, die Bilder für die verschiedenen Elemente auseinanderzuhalten, und Yan war mit den Gedanken woanders. Beide gaben ziemlich schnell auf. Léti gestand, dass sie Würfelspiele eigentlich noch nie sonderlich gemocht hatte.

Daraufhin forderte der Schauspieler Raji zu einer Partie heraus. Der Schmuggler hatte seine Gäste seit dem Morgen geflissentlich ignoriert und sich auf dem Hof zu schaffen gemacht. Trotz seines Missmuts nahm er das Angebot an, denn auch er war ein leidenschaftlicher Spieler.

Nach einigen Runden ohne Einsatz gingen die beiden

Männer dazu über, Ticks zu setzen und bald auch Terzen. Rey gewann den Preis für seine Übernachtung auf dem Hof, bevor Raji das Handtuch warf.

Endlich ging die Sonne unter, und die Erben verbrachten die dritte Nacht in dem Keller. Ihre Gedanken kreisten um das, was der Morgen bringen würde.

Bellec staunte nicht schlecht, als Raji nicht wie beim ersten Mal mit zwei Störenfrieden, sondern gleich mit vier bei ihm im Keller aufkreuzte – und zu allem Überfluss zwei Frauen. In den Augen des Wirts waren Frauen unfähig, ein Geheimnis zu wahren. Das war , das sei das Ende seines lukrativen Geschäfts.

Raji zuckte hilflos mit den Achseln. *Er* konnte nichts dafür. *Er* wäre nicht einmal nach Lorelia gekommen, wenn er nicht seine aufdringlichen Gäste hätte im Auge behalten müssen.

Grigán überging die Proteste des Wirts und führte seine Freunde aus der Herberge heraus. Seine Laune war auch ohne das Jammern und Wehklagen des Loreliers schon schlecht genug.

Nur er und Corenn würden die Züü im Kleinen Palast aufsuchen. Rey hatte eingesehen, dass es besser war, wenn er dem Treffen fernblieb. Die Gefahr, dass ihn irgendjemand auf dem Markt erkannte, war einfach zu groß. Trotzdem hatte er darauf bestanden, sie nach Lorelia zu begleiten, und Grigán hatte das Angebot bereitwillig angenommen. Eine Verstärkung außerhalb des Palasts konnte eine große Hilfe sein.

Léti war nicht davon abzubringen, sich der Expedition anzuschließen. Corenn bot all ihre Überredungskunst auf, um sie zum Bleiben zu bewegen – ohne Erfolg. Irgendwann begrub Grigán jede Hoffnung, dass irgendwer auf ihn hörte. Er hob die Arme zum Himmel und sagte, wenn es weitere Selbstmordkandidaten gebe, könnten sie sich ihnen gerne anschließen.

Yan warf Léti einen neidischen Blick zu, doch er wollte Bowbaq nicht allein lassen. Dem Riesen ging es zwar besser, und er brauchte eigentlich niemanden mehr, der an seinem Krankenbett wachte, doch die kaulanische Höflichkeit gebot Yan zu bleiben. Außerdem würde er sich zu beschäftigen wissen. Corenn wusste, dass der Junge den Tag damit verbringen würde, seinen Willen zu trainieren.

Diesmal führte Grigán Rey, Corenn und Léti zum Kleinen Palast, und zwar auf kürzestem Weg und ohne sich alles in Ruhe anzusehen. Er sorgte sich um ihre Sicherheit, und wie immer in solchen Momenten war er wortkarg, verschlossen und mürrisch.

Bald kam das Gebäude in Sicht. Der Platz der Reiter, der ihm zwei Tage zuvor so groß vorgekommen war, wirkte jetzt, da er mit Marktbuden und Ständen in allen Größen zugestellt war, sehr viel kleiner. Als sie sich durch die Menge drängten, raffte Rey die Novizenkutte, die er wieder über dem Gewand der Züü trug.

In einiger Entfernung vom Palast trennten sie sich. Wenn sie zusammen gesehen wurden, wäre die verstärkung durch Rey und Léti kein Geheimnis mehr, weshalb nur Corenn und Grigán das prachtvolle lorelische Bauwerk betraten, während die anderen beiden im Marktgetümmel zurückblieben.

Léti ging auf, dass sie ihre Tante vielleicht zum letzten Mal sah. Die Erben hatten in der letzten Zeit so viel gemeinsam durchgestanden, dass ihnen jede Trennung schwerfiel, umso mehr, da ihr Leben bedroht war.

»Was für ein Palast!«, sagte sie, um ihre Angst zu überspielen.

»Warst du noch nie in Lorelia?«

»Nur im Hafen. Sonst nahmen wir von Benelia aus die Fähre und reisten direkt weiter nach Berce. Im Stadtzentrum bin ich zum ersten Mal.«

»Und umgekehrt sehen die Lorelier dich zum ersten Mal. Sie sind die eigentlichen Glückspilze.«

Léti dankte ihm das Kompliment mit einem Lächeln. Sie ließ ihren Blick über den Markt schweifen, während Rey den Eingang zum Kleinen Palast beobachtete. Ein Großteil der Waren, die auf dem Markt feilgeboten wurden, waren ihr völlig unbekannt, und die Händler und Käufer wirkten nicht minder fremd.

Auf dem Platz der Reiter waren alle Völker der bekannten Welt vertreten. An den Ständen drängten sich nicht nur Lorelier, sondern auch Goroner, Itharer, Rominer aus allen fünf Provinzen, Arkarier, Kaulaner, Jez, Guori, Yérim, Juneer und natürlich Vertreter der elf wichtigsten Stämme der Unteren Königreiche.

Dann waren da noch die Bewohner des Ostens. Von den Völkern von der anderen Seite des Rideau wusste man nicht viel, außer dass sie gegen Goran Krieg führten.

Und auch einige Züü waren zu sehen.

Die schiere Größe und Mannigfaltigkeit der Welt überwältigten Léti. Ein ganzes Leben würde nicht ausreichen, um auch nur einen Bruchteil davon kennenzulernen. In den beiden vergangenen Dekaden hatte sie nicht mehr als den Süden des Königreichs Lorelien gesehen, und das, obwohl sie zu Pferd unterwegs gewesen war.

Nun begriff sie, was Yan ihr immer hatte erklären wollen, damals, in einem früheren Leben. Er wollte fremde Menschen treffen, unbekannte Orte besuchen, neue Erfahrungen sammeln. Bislang hatte sie seine Neugier nie ernst genommen, sie sogar immer etwas sonderbar gefunden. Doch jetzt verstand sie ihn endlich.

Yan liebte das Leben.

Aber mich liebt er nicht. Der Gedanke versetzte ihr einen Stich. Er hatte nicht um ihre Hand angehalten und, tat nichts, um Rey Einhalt zu gebieten, wenn dieser mit ihr herumtändelte. Und er verbrachte seine Zeit lieber allein als in ihrer Gesellschaft – seit zwei Tagen verschwand er immer wieder im Wald.

Sie schob diesen schmerzhaften Gedanken beiseite. *Die Vergangenheit ist tot, die Zukunft liegt im Sterben,* sagte das Sprichwort. Allein die Gegenwart zählte.

»Siehst du etwas?«, fragte sie Rey.

»Nichts. Mittlerweile müssten sie drin sein. Das ist doch ein gutes Zeichen, oder? Vielleicht leeren sie gerade einen Becher mit den Züu und stoßen auf den geschlossenen Frieden an.«

Léti lachte über den Scherz, auch wenn ihr eher zum Weinen zumute war. Warum war sie nicht mit Yan in ihrem Haus in Eza, so wie früher?

Der Jelenis, der vor dem Eingang Wache hielt, musterte Grigán von oben bis unten. Sollte er diesen bis an die Zähne bewaffneten Ramgrith mit dem wilden Aussehen und dem finsteren Blick wirklich hereinlassen?

Grigán gab sich keine Mühe, dem lorelischen Soldaten zu gefallen. Er wartete einfach ab. Unter anderen Umständen hätte er sich nicht aufhalten lassen – er hätte Gewalt angewendet, das schon, aber er hätte sich nicht aufhalten lassen.

Der Jelenis gab seiner Dogge etwas mehr Kette. Das Tier wartete nur auf die Gelegenheit, dem Krieger an die Kehle zu springen. Grigán rührte sich keinen Zoll, selbst dann nicht, als der Hund ihm nah genug kam, um auf seine schwarze Lederkluft zu geifern.

Corenn zog den Krieger zurück und trat einen Schritt vor. So kamen sie nicht weiter. Sie hielt dem Wachsoldaten eine Goldterz hin. Sogleich pfiff dieser seinen Hund zurück, der wie wild an der Kette riss, und gab den Weg frei.

Corenn ging den schmalen Gang entlang, dicht gefolgt von Grigán. Sie mussten sich zwischen Soldaten der Elitetruppe und überzüchteten Doggen hindurchdrängen, die den Eingang kontrollierten.

Grigán fühlte sich in die Enge getrieben, und seine Nerven lagen blank. Mit einer gewissen Erleichterung betrat er die geräumige Eingangshalle, die nicht minder gut bewacht war. Zumindest gab es hier genug Platz, um einen Angriff abzuwehren, sollte es dazu kommen.

»Versucht, etwas entspannter zu wirken«, raunte Corenn ihm ins Ohr. »Man könnte meinen, Ihr legt es auf eine Prügelei an. Ihr macht die Wachen nervös, und mich auch.«

»Dreißig Schritte von hier befinden sich mehrere Züu«, antwortete er. »Ich werde keine Ruhe finden, bis wir nicht mindestens dreißig *Meilen* von ihnen fort sind.«

Corenn schüttelte den Kopf und bewegte sich auf die Amtsstube zu, in der ein Schreiber saß, der sich als Kassierer betätigte. Unter den wachsamen Blicken dreier Jelenis, die den Besuchern ihre Waffen abnahmen, hatte sich eine kurze Warteschlange gebildet. Unter den Wartenden war kein Zü, aber die Mörder im roten Gewand konnten genauso gut einen Gehilfen haben, der die Anmeldeprozedur für sie erledigte.

Corenn trug keine Waffe, und die Wachen hielten sich nicht lange mit ihr auf. Bei Grigán war das anders. Der Krieger überreichte ihnen einen Dolch, ein Messer und ein goronisches Schwert, das er anstelle seines Krummschwerts mitgenommen hatte. Die Jelenis verdächtigten ihn, weitere Waffen am Körper zu verbergen, und Grigán musste sich durchsuchen lassen, um sie vom Gegenteil zu überzeugen. Widerwillig ließen die Wachsoldaten von ihm ab, denn sie waren enttäuscht, ihn bei keinem Regelverstoß zu erwischen.

Der Schreiber und Kassierer hatte es nicht eilig, daher dauerte es eine ganze Weile, bis sie endlich vor dem Pult standen.

»Namen?«, fragte er gelangweilt.

»Adnera aus Mestebien und Bahlin aus Far«, antwortete Corenn.

Der Schreiber trug die Namen umständlich in ein ellenlanges Register ein. Er ließ sich jedes Wort buchstabieren, selbst die Namen der beiden allseits bekannten Städte.

»Kommt Ihr zum ersten Mal in den Kleinen Palast?«, fragte er, nachdem er eine mehr als dreißig Seiten lange Liste durchgesehen hatte.

»Ja.«

»Was ist der Zweck Eures Besuchs?«

»Wir möchten die Priester Zuïas aufsuchen, um ihrem Tempel ein Opfer zu bringen«, sagte Corenn ruhig.

105

Der Schreiber und die beiden Jelenis, die links und rechts von ihnen standen, starrten sie verblüfft an. Nur selten war jemand so offen. Die meisten Besucher behaupteten einfach, sich etwas umsehen zu wollen. Der Lorelier beschloss plötzlich, sich nicht länger mit diesen Fremden aufzuhalten, die verrückt oder eitel genug waren, ihm auf die Nase zu binden, dass sie gemeinsame Sache mit den Züü machten.

»Schön«, sagte er ungeahnt geschäftsmäßig, »die Regeln des Hauses sind einfach, und Ihr seid verpflichtet, Euch gewissenhaft an sie zu halten. Erstens: Es ist verboten, Waren laut auszurufen. Alle Geschäfte müssen so diskret getätigt werden, wie es dieser würdevolle Ort gebietet. Zweitens: Jede Art von Gewalt, sei sie körperlicher oder verbaler Natur, führt zur sofortigen Entfernung aus dem Palast. Drittens und letztens: Wer ein Geschäft abwickelt, das dem König, seinen Interessen oder denen des Königreichs schadet, oder auch nur erwägt, ein solches abzuwickeln, wird mit dem Strick bestraft. Noch Fragen?«

»Nein.«

»Schön. Möge Dona Euch gnädig sein.« So lautete der Gruß der lorelischen Kaufleute. Der Schreiber war froh, die lästigen Besucher loszuwerden.

»Müssen wir nicht noch bezahlen?«, fragte Corenn süffisant.

Der Schreiber errötete und erging sich in Entschuldigungen, während die Jelenis und die anderen Wartenden feixten. Vierzig Goldterzen wechselten den Besitzer, und der Lorelier schrieb ihnen hastig eine Quittung.

»Ich würde es vorziehen, wenn wir uns etwas unauffälliger verhielten«, flüsterte der Krieger, während sie auf den Innenhof zugingen.

»Ihr seid ohnehin nie zufrieden«, stichelte Corenn, die noch immer über die Szene in der Schreibstube lächelte.

Sie gingen unter einem Torbogen mit prachtvollen Verzierungen hindurch und gelangten in den Garten des Kleinen Palasts. Obwohl sie anderes im Kopf hatte, erinnerte der Torbogen sie unwillkürlich an die rätselhafte Pforte auf Ji.

Yan schloss die Augen, vertrieb jeden störenden Gedanken und konzentrierte sich auf die Münze. Ihm fiel beim besten Willen nicht ein, was er noch versuchen sollte, um die verflixte Prüfung zu bestehen. Bislang hatte nichts den erwünschten Erfolg gebracht. Diese Methode konnte auch nicht schlechter sein als andere.

Er sah das Geldstück deutlich vor seinem geistigen Auge. Er kannte jede Unebenheit, jeden Makel, jede Farbschattierung, einfach jeden Punkt der Oberfläche. Selbst als Greis würde er sich noch an alle Einzelheiten erinnern. In den letzten Tagen hatte er mehr Zeit mit der Münze verbracht als mit seinen Freunden.

Allmählich hasste er sie zutiefst.

Er sah sie vor sich, wie sie auf der Kante stand, ein Schandmal, ein Sinnbild seines Scheiterns. Er richtete all seine Gedanken, all seinen Willen, all seine Geisteskraft auf ein einziges Bild: das der Münze, die umfiel.

Er wusste nicht, wie viel Zeit vergangen war, als er die Augen wieder aufschlug, erschöpft von diesem geistigen Kraftakt. Er fühlte sich wie nach einer Nacht voller Albträume.

Die Münze stand immer noch aufrecht da und schien sich über ihn lustig zu machen.

Yan streckte einen Finger aus, strich über die Kante und brachte sie zu Fall. So wie er es sich schon tausendmal vorgestellt hatte.

Es war so einfach … Warum gelang es ihm nicht?

»Lass uns eine Runde drehen«, flüsterte Rey Léti ins Ohr. »Es ist viel zu auffällig, so lange vor dem Palast herumzulungern.«

Léti beäugte das Gewand der Züu, das der Schauspieler unter der Novizenkutte trug, und dachte, dass sie schwerlich noch mehr auffallen könnten. Auch wenn niemand es wagte, sie anzusprechen, zogen sie sämtliche Blicke auf sich, sobald ein Stück des roten Stoffs unter der Kutte hervorschien.

»Ich hätte mir eine itharische Maske besorgen sollen«, sagte Rey, während sie zwischen den Marktbuden hindurchgingen. »Die Kapuze verdeckt mein Gesicht nur zur Hälfte. Irgendwer wird mich erkennen.«

»Du hörst dich schon an wie Grigán!«, sagte Léti kichernd. »Mach dir keine Sorgen; niemand traut sich, dir ins Gesicht zu sehen.«

»Auch die Frauen nicht? Wenn das so ist, ziehe ich diese Verkleidung sofort aus!«, scherzte er.

Sie schlenderten ziellos über den Markt und ließen den Eingang nicht aus den Augen. Léti dachte, dass es unter anderen Umständen sehr angenehm gewesen wäre, sich von Rey die Stadt, ihre Sehenswürdigkeiten und Eigenarten zeigen zu lassen. Da gab es zum Beispiel einen Mann, der von drei bärenstarken Kerlen eskortiert von Stand zu Stand schlenderte und mindestens zehn pralle Geldbörsen am Gürtel trug.

»Ist das ein Steuereintreiber?«

»Niemals! Ein Steuereintreiber würde sich nicht mit einer so kleinen Eskorte in die Stadt trauen. Das ist ein Geldwechsler. Er kauft oder verkauft Terzen im Tausch gegen andere Währungen.«

»Das ist ein Beruf?«, fragte sie verblüfft.

»Gewiss. Ein recht einträglicher sogar, wenn auch ein gefährlicher. Geldwechsler haben mit allen Schererereien: mit den Steuereintreibern, der Gilde, den Kaufleuten und natürlich mit ihren Kunden.«

»Ich verstehe nicht, wie man auf diese Art sein Geld verdienen kann.«

»Ich auch nicht. Ich habe es eine Weile versucht, aber bald die Flinte ins Korn geworfen.« Rey grinste. »Goronische Kronen, itharische Rupien, Dukaten aus den Fürstentümern, kaulanische Mondköniginnen, Taler aus den Unteren Königreichen, romische Monarchen und dann noch sämtliche Untereinheiten. Ich habe ständig alles durcheinandergeworfen. Einmal bot mir sogar jemand wallattische und thalittische Münzen an, die ich noch nie zuvor gesehen hatte! Ich beschloss, den Beruf an den Nagel zu hängen, bevor ich völlig pleite war.«

»Du hast ja schon einiges hinter dir«, sagte Léti grinsend. »Schmuggler, Geldwechsler, Schauspieler …«

»Kellner, Messerwerfer, Stadtschreiber, und eine knappe Dekade lang heuerte ich sogar als Matrose an«, ergänzte Rey. »Die schlimmste Zeit meines Lebens. Acht Tage auf einem Schiff und keine Frau an Bord!«

Mit gespieltem Tadel boxte Léti ihn gegen die Schulter. Doch in Wahrheit war sie ihm dankbar. Er hatte ihre Angst verjagt.

Sie fühlte sich wohl in seiner Gegenwart. Er war zehn

Jahre älter als sie, und das verlieh ihm eine Selbstsicherheit, die ihr guttat. Sie hatte ihn von Anfang an charmant gefunden. Vielleicht konnte sie durch ihn Yan vergessen.

Rey ließ ihr keine Zeit, weiter über diese Frage nachzugrübeln, sondern zog sie mit einem schelmischen Grinsen mit. »Komm. Ich zeige dir etwas, das es nur in Lorelia gibt. Den einzigen Beruf, in dem ich es je zu etwas gebracht habe.«

Grigán und Corenn waren nicht die Ersten im Garten des Kleinen Palasts. An die zwanzig Händler und Besucher schlenderten die Wege entlang, und mindestens noch einmal so viele verbargen sich hinter den Sedahecken.

Wie Rey vorhergesagt hatte, patrouillierten Jelenis in dem Säulengang, der den Garten umgab, und auf der oberen Galerie hielten Bogenschützen nach unerlaubten Waffen Ausschau. Diese Vorsichtsmaßnahmen hätten den Krieger eigentlich in Sicherheit wiegen müssen, doch sie versetzten ihn stattdessen in helle Aufregung. Bei seinen Vorbereitungen hatte er eine furchtbare Möglichkeit übersehen: Was, wenn sich ein Zü in die Reihen der lorelischen Wachen eingeschlichen oder einen der Soldaten bestochen hatte?

»Wartet hier auf mich, Corenn. Ich bin gleich zurück. Bleibt zwischen den Säulen.«

Sie nickte, während Grigán langsam in die Mitte des Gartens schlenderte und nach möglichen Angreifern Ausschau hielt. Wenn er an anderen Besuchern vorbeikam, unterbrachen diese ihre Gespräche, bis er außer Hörweite war. Vermutlich hielten sie ihn für einen königlichen Spion.

Der Innenhof des Kleinen Palasts hatte sich im Verlauf der Jahre zum Umschlagplatz für illegale Waren aller Art entwickelt. Sämtliche Erzeugnisse und Dienste, die im Rest des Königreichs verboten waren, wurden hier ungestraft feilgeboten. Man konnte Söldner, Gildenbrüder oder Züu anwerben, es wurde mit Sklaven, Drogen und aus Tempeln gestohlenen Kunstwerken gehandelt, und man schmiedete geheime Abkommen, spann Intrigen oder verhandelte auf neutralem Boden. Der Markt im Kleinen Palast war für den König nicht nur eine unerschöpfliche Einnahmequelle, sondern auch der beste Ort, um alles über seine Untertanen herauszufinden.

Als Grigán weit genug von Corenn entfernt war, machte er auf dem Absatz kehrt. Da ihn kein Pfeil getroffen hatte, konnten sie davon ausgehen, dass sich kein Zü unter den Bogenschützen verbarg. So hatten sie zumindest eine Sorge weniger.

»Die Moralvorstellungen an diesem Ort sind wirklich erschütternd«, sagte Corenn, als Grigán wieder neben ihr stand. »Ich habe zufällig ein paar Gespräche belauscht. Der Mann dort drüben versucht, eine Schiffsladung Salz zu verkaufen, die er durch einen Piratenangriff erbeutet hat. Der Mann daneben ist der Vorbesitzer. Er will das Schiff und die Ladung von dem Räuber zurückkaufen! Sie einigen sich gerade auf einen Preis. Ist das nicht seltsam?«

»Seltsam wäre es, wenn sich die Züu bereit erklärten, uns auch nur anzuhören«, brummte der Krieger. »Bringen wir es rasch hinter uns, Dame Corenn, ich bitte Euch.«

Sie betraten einen Weg zwischen den Hecken und kamen an mehreren Händlern und Besuchern vorbei, die in Gruppen beisammenstanden und miteinander verhandelten. Ungefähr die Hälfte waren Lorelier, die anderen Goroner, Rominer oder Jez.

Nacheinander wurde ihnen eine angebliche Reliquie Yoos' angeboten, Daï-Schlangeneier und ein Grundriss des Palasts von Kolimine, auf dem natürlich auch die Schatzkammer eingezeichnet war. Ein stämmiger Kerl, der das Wappen Soltans trug, bot ihnen sogar ein Fass Menschenblut an. Corenn versuchte, nicht darüber nachzudenken, woher er es hatte und wozu man so etwas gebrauchen konnte. Als Nächstes bestand ein Yérim mit verschlagenem Blick darauf, Grigán eine Sklavin in heiratsfähigem Alter zu verkaufen, die er wortreich als sehr gehorsam beschrieb. Der Krieger warf ihm einen finsteren Blick zu, und Corenn schickte den Mann mit scharfen Worten fort.

An einer Wegkreuzung blieben sie stehen. Sie hatten zwei Boten Zuïas erblickt.

Die Züü saßen auf einer Marmorbank abseits der anderen Händler. Sie taten nichts. Nichts als warten.

Als die Erben näher kamen, erhoben sie sich. Sie hatten Corenn und Grigán erkannt.

Yan unterbrach seine Bemühungen, die Prüfung zu bestehen, um ein wenig mit Bowbaq zu plaudern. Auf Bitte des jungen Mannes erzählte der Riese von früheren Zusammenkünften der Erben und gab einige Anekdoten über die Gefährten und Létis Kindheit zum Besten.

Als Bowbaq schilderte, wie Rey fünfzehn Jahre zuvor ein Zelt angezündet hatte, mussten beide lachen. Yan sagte kichernd, der Schauspieler habe sich damals wohl zum ersten und letzten Mal in seinem Leben erwischen lassen.

Dann ging Bowbaq in den Stall, um die Pferde zu striegeln und ihnen etwas Bewegung zu verschaffen. Er ertrug es nicht länger, tatenlos herumzuliegen, und die Arbeit half ihm, nicht allzu sehr über ihr Abenteuer nachzugrübeln. Er hatte sich in den letzten Tagen genug Sorgen gemacht.

Yan kehrte in den Wald zurück, legte sich wieder auf den Bauch und stellte die Münze vor sich auf. Verdrossen zählte er die Dekanten, die er bereits auf diese Übung verwendet hatte, gab die Rechnung aber rasch wieder auf, weil ihn das Ergebnis erschreckte. Er musste sich einfach noch mehr Mühe geben und sich noch besser konzentrieren.

Lange Zeit bot er all seine Kräfte auf. Er versuchte es nicht zu erzwingen, sondern seinen Willen auf die Münze zu richten, so wie Corenn es ihm geraten hatte. Doch für ihn waren das nichts als leere Worte und abstrakte Begriffe. Er hatte keine Ahnung, wie er die Sache angehen sollte, und kam sich so hilflos vor wie ein Vogeljunges, das fliegen sollte, bevor ihm Flügel gewachsen waren.

Gleichwohl erschöpfte ihn die Übung. Nach jedem Versuch war sein Kopf leer und sein Körper geschwächt. Er gab tatsächlich alles und erzielte auch *irgendetwas*, aber es reichte nicht aus.

Er näherte sein Gesicht der Münze. Vergeblich. Obwohl er Corenn nicht danach gefragt hatte, war Yan inzwischen klar, dass der Abstand zwischen dem Magier und seinem Ziel bedeutungslos war, solange er es nur sehen konnte.

Er war es leid, die Münze anzustarren. Ein Drittel der Oberfläche war abgenutzt, und sie hatte zwei Kerben im Rand. Sie machte ihn rasend. Noch nie hatte er irgendetwas so sehr gehasst, und dieses Gefühl war nicht gerade hilfreich.

Er überlegte, ob er eine andere Münze nehmen sollte, verwarf die Idee jedoch gleich wieder, da er sie bald ebenso hassen würde. Mit dieser Münze konnte er jedenfalls nicht weiter üben. Er wusste, dass er keine Fortschritte machen würde, bis er das Problem nicht gelöst hatte.

Plötzlich fiel ihm die kleine blaue Mondkönigin ein, die er um den Hals trug. Létis Geschenk. Ihrer würde er nicht überdrüssig werden.

Vorsichtig löste er die Muschel von dem Lederriemen und stellte sie statt der Münze vor sich auf den Boden. Die Übung war nun noch schwieriger, da die Mondkönigin breiter war und deshalb nicht so schnell umfallen würde. Andererseits hatte Yan nun neuen Mut geschöpft.

Wieder konzentrierte er sich und dachte an Léti.

Léti folgte Rey durch das Labyrinth der Marktbuden. Sie war neugierig, wo er sie hinführen würde. Er strahlte wie ein kleines Kind und nahm Léti bei der Hand, damit sie sich in dem Getümmel nicht verloren. Sie errötete, ließ es aber zu.

Sie verließen den Platz der Reiter und traten in eine schmale Gasse, die nicht minder belebt war. An ihrem Ende bog Rey in eine Straße, die von mehreren Karren verstopft war.

»Sollten wir nicht in der Nähe des Palasts bleiben?«, fragte Léti schüchtern.

»Es ist nicht mehr weit. Die nächste Straße links.«

Bald waren sie am Ziel. Es handelte sich eher um einen lang gezogenen Platz als um eine Straße, und die Leute schienen länger dort zu verweilen und nicht nur vorbeizuhasten. Sie saßen auf Bänken und Stühlen vor einem der zahlreichen Wirtshäuser oder an kleinen Tischen, die in der Mitte der Straße aufgestellt waren.

»Die Promenade der Spieler«, verkündete Rey stolz. »Hier werden itharische Würfelspiele gespielt, aber auch Tarot, Stratege, Kreisel, die Säulen von Corosta, Fänger und Jerp. Alles, wobei man um Geld spielen kann. Hier werden Tag und Nacht Vermögen gewonnen und verloren – natürlich unter den scharfen Augen der Steuereintreiber. Ich habe ein Jahr lang davon gelebt, beim Würfeln zu gewinnen.«

Sie gingen zwischen den Tischen hindurch, um die sich Neugierige scharten. Münzstapel wechselten den Besitzer, und Spieler stießen Freuden- oder Entsetzensschreie aus. Léti sah sich eine Partie Gejac an, durchschaute die komplizierten Regeln aber nicht. Dass sie kein Lorelisch verstand, vereinfachte die Sache nicht gerade. Als Nächstes verfolgte sie einen Kampf zweier Bellica-Spinnen, auf die hohe Summen gesetzt wurden, wandte sich aber angewidert ab, als die Siegerin den Kopf ihrer Gegnerin verspeiste.

Die Straße wimmelte nur so vor Leuten, die plauderten, spielten, lachten, tranken oder sich etwas zuriefen. Von überall erschallten die Klänge von Vigolen, Schnabelflöten und Zithern und vermischten sich mit dem allgemeinen Gejohle. Es hörte sich an, als würde ein rauschendes Fest gefeiert. Ein faszinierender Ort. *Yan würde es hier gefallen*, dachte Léti aus Gewohnheit. Schnell schob sie den Gedanken beiseite.

»Warum hast du aufgehört zu spielen? Hast du verloren?«

»Im Gegenteil. Die Steuereintreiber interessieren sich nur für die Gewinner, und sie begannen, sich mir etwas zu oft an die Fersen zu heften. Das war lästig. Eines Tages stellte mir eine Freundin jemanden vor, der einen erfahrenen Darsteller für seine Theatertruppe suchte. Ich erzählte ihm ein Lügenmärchen, und so wurde ich Schauspieler.« Er zwinkerte ihr verschwörerisch zu.

Léti war hingerissen. Rey wirkte so selbstsicher, während sie sich so verloren fühlte.

Als sie zum Kleinen Palast zurückgingen, nahm sie seine Hand, und Rey ließ es zu.

Corenn, Grigán und die beiden Züu musterten einander eine ganze Weile. Die Soldaten, deren Auftrag es war, die Mörder im roten Gewand zu überwachen, wurden unruhig, weil sie fürchteten, dass es früher oder später zu einem Kampf kommen würde.

»Ihr wart auf der Insel Ji, nicht wahr?«, fragte der kleinere der beiden Züu ruhig, während der andere das Gesicht zu einer hasserfüllten Grimasse verzog.

»Das stimmt«, antwortete Corenn.

Es gab keinen Grund zu lügen. Sie hoffte, dass nun endlich die Karten auf den Tisch gelegt würden. Die Erben hatten entweder alles zu gewinnen oder alles zu verlieren.

»Setzen wir uns«, sagte der Zü in makellosem Lorelisch. »Ihr habt gewiss eine Menge Fragen. Wenn wir hier noch länger stehen bleiben, verlieren Bondrians Bogenschützen noch die Nerven. Sie fürchten, wir könnten gegen die Hausregeln verstoßen, müsst Ihr wissen.«

»Wie merkwürdig«, sagte Grigán sarkastisch und nahm neben der Ratsfrau Platz. Er setzte sich absichtlich zwischen Corenn und die Priester und ließ diese nicht aus den Augen. Heute würden die Züu keine Erben töten – zumindest nicht, wenn er es verhindern konnte.

»Ich freue mich, auf offene Ohren zu stoßen«, begann Corenn. »Ehrlich gesagt hatte ich Zweifel, ob Ihr zu einem Gespräch bereit wärt.«

»Es wäre eine Lüge, zu sagen, dass ich nicht ebenfalls überrascht bin«, erwiderte der Mörder ebenso höflich. »Doch ich bin neugierig, was Ihr zu sagen habt, auch wenn ich mir bereits denken kann, wie Eure Fragen lauten.«

Corenn holte tief Luft und nahm all ihren Mut zusammen. Im ständigen Rat von Kaul galt sie als Meisterin der Diplomatie, doch noch nie hatte sie eine Verhandlung geführt, bei der sechs Menschenleben auf dem Spiel standen und eine Einigung derart aussichtslos erschien. Sie rief sich ihre Strategie in Erinnerung und ging zum Angriff über. »Wie habt Ihr uns eigentlich erkannt?«, fragte sie beiläufig, als wäre die Frage völlig bedeutungslos.

Der Züu dachte eine Weile nach. Sein Komplize ließ die Erben nicht aus den Augen, so wie auch Grigán auf jedes Anzeichen von Feindseligkeit achtete. Der Kampf wurde zwischen Corenn und dem Zü mit den höflichen Umgangsformen ausgetragen.

»Warum sollte ich darauf antworten?«, sagte der Zü schließlich mit dem Anflug eines Lächelns.

Corenn steckte den Schlag ein, ohne sich etwas anmerken zu lassen. Das erste Scharmützel hatte sie verloren. Ihr Gegner war kein Anfänger. Sie ließ das Thema fallen, da sie die Antwort ohnehin kannte. Die Pergamente der Züu, die sie gefunden hatten, enthielten eine genaue Beschreibung all ihrer Opfer. Die Mörder waren gut organisiert. »Ihr habt recht«, sagte sie. »Nichts zwingt Euch, mir Eure Geheimnisse preiszugeben. Verzeiht.«

Mit einem kurzen Kopfnicken nahm der Zü ihre Entschuldigung an. Nun war der Kampf eröffnet. Jemand, der gerade einen offenen Sieg davongetragen hatte, war eher dazu bereit, an anderer Stelle Zugeständnisse zu machen.

Die Diplomatie war keine leichte Kunst, wie Corenn erneut bewusst wurde. Bei genauerer Betrachtung waren die Ähnlichkeiten mit der Kriegsführung groß.

Die Auswahl der Worte und Argumente entsprach der Kriegsvorbereitung. Tonfall, Mimik und Gestik waren die Waffen. Der Umgang mit Gesprächspausen und Einwirkungen von außen war die Heerführung. Beide Parteien konnten Gebiet gewinnen oder verlieren, den Feind vernichtend schlagen, einen Waffenstillstand schließen, zum Gegenangriff übergehen oder einen Feldzug planen.

Im Moment hatte sich der Zü in seiner Trutzburg verschanzt, und Corenn versuchte, sie mit einem Holzschwert zu stürmen. Ihre einzige Chance war, ihn dazu zu überreden, die Zugbrücke herunterzulassen.

»Die Anhänger der Göttin werden immer zahlreicher«, sagte sie gleichmütig. »Bald wird es in jeder großen Stadt einen Zuïa geweihten Tempel geben, vor aller Augen. Ihre Boten in den Untergrund zu drängen, wie es die Könige und Herrscher tun, ist für niemanden von Vorteil.«

»Ich bin ganz Eurer Meinung«, sagte der Mörder ruhig.

Die Zugbrücke war immer noch oben. Corenn beschloss, einen Köder auszulegen. »Daher war es auch so schwierig, Euch zu treffen. Fast wäre es zu spät für eine Aussprache gewesen. Doch jetzt können wir diesen dummen Streit endlich aus der Welt schaffen.«

Grigán bewunderte Corenn. Manche Feinheiten der unsichtbaren Schlacht mochten ihm entgehen, doch er schätzte ihre Taktik. Sie stellte ihren Kampf auf Leben und Tod als geringfügige Meinungsverschiedenheit dar.

Es ging um alles oder nichts. Sollte der Zü in die Falle tappen, hätte Corenn ein leichtes Spiel, witterte er jedoch den Hinterhalt, würde sie zugeben müssen, dass sie nicht über genug Truppen für einen Angriff verfügte.

Der Mörder durchschaute Corenns Manöver.

»Welcher dumme Streit?«, fragte er sanft. »Zuïa hat Euch gerichtet. Die Boten werden ihr Urteil vollstrecken. Was ihr einen ›dummen Streit‹ nennt, ist nichts anderes als ein göttlicher Befehl.«

Grigán musste sich zusammenreißen, um dem fanatischen Priester nicht die Faust ins Gesicht zu rammen. Doch damit hätte er nur sein Todesurteil unterschrieben. Es fiel ihm schwer, nicht laut zu fluchen und wilde Drohungen auszustoßen. Aber Corenn hatte ihn gebeten, sich zurückzuhalten, und jetzt verstand er, warum. Beim kleinsten Fehler würden die Züu als Gewinner dastehen. Auch wenn der Krieger von Anfang an gegen den Plan gewesen war, hatte er doch genug Verstand, sich so zu verhalten, dass die Ratsfrau ihn in die Tat umsetzen konnte.

Obwohl Corenn mit einem Scheitern ihres Vorstoßes gerechnet hatte, war sie enttäuscht. Sie würde ihr Vorgehen ändern müssen.

Sie beugte sich ein wenig vor, und der Zü tat es ihr gleich, um sie besser zu hören. Grigán spannte seine Muskeln an wie ein Panther, der sich zum Sprung bereit macht.

»Wir beide wissen«, sagte sie in vertraulichem Tonfall, »dass die Boten bisweilen als gewöhnliche Mörder missbraucht werden. Manche Auftraggeber scheren sich nicht um Zuïa, ihr Urteil oder die Gerechtigkeit.«

Der Priester antwortete nicht: eine schweigende Zustimmung und Aufforderung an Corenn, weiterzusprechen. Mehr hatte sie nicht zu hoffen gewagt.

»Es ist offensichtlich, dass dies auch in unserem Fall zutrifft. Der Mann, der vorgibt, im Namen der Göttin zu sprechen und uns die Boten auf den Hals hetzt, führt Euch hinters Licht. Er glaubt nicht an Zuïa.«

»Er hat den Judikatoren von Lus'an ein Opfer gebracht«, antwortete der Mörder. »Das ist Beweis genug für seinen Glauben an die Göttin.«

Corenns Herz machte einen Hüpfer. Unwissentlich hatte der Zü ihr soeben etwas Wichtiges verraten. Ein Mann. Ihr Feind war ein *Mann*.

Sie schwieg eine ganze Weile und musterte den Zü ernst. Dann zog sie ihr Ass aus dem Ärmel. »Auch wir würden Zuïa gern ein Opfer bringen.«

Yan fixierte die bläulich schimmernde Muschel. Seit er die verhasste Münze durch den geliebten Gegenstand ausgetauscht hatte, hatte er wieder Spaß an der Übung.

Wenn er sich auf die Muschel konzentrierte, dachte er an Léti, und an Léti zu denken, half ihm, sich zu konzentrieren. Allmählich schien er eine höhere geistige Stufe zu erreichen, so als wären seine Gedanken bislang in einer engen, finsteren Höhle eingesperrt gewesen und könnten sich nun auf einer weiten Ebene ausbreiten und dort anschwellen. Bei jedem Schritt über diese Ebene wurde sein Geist mächtiger.

Natürlich geschah das nur in seiner Vorstellung. Aber

Yan spürte, dass er Fortschritte machte. Manchmal kam es ihm vor, als schliefe er mit offenen Augen. Dann dachte er an nichts als die Muschel und die Kraft, die er brauchte, um sie zu Fall zu bringen. Wenn er aus diesem Zustand erwachte, war er zutiefst erschöpft. Sobald er wieder bei Kräften war, versenkte er sich erneut in das Bild von der Muschel.

Während einer Ruhepause kamen ihm leise Zweifel. Das neue Bewusstsein, das er allmählich erlangte, ließ ihn innehalten. Warum wollte er die Prüfung eigentlich schaffen?

Warum wollte er unbedingt Magier werden? Die Magie war eine sehr schwierige Disziplin, und ihre Anwendungsmöglichkeiten schienen begrenzt zu sein. Drei Tage seines Lebens hatte er damit verschwendet, eine Münze anzustarren.

Warum reichte es ihm nicht zu wissen, dass es so etwas wie Magie gab und dass er sich ihr genähert hatte? Musste er tatsächlich kleine Gegenstände bewegen können, ohne sie zu berühren? Brauchte man eine solche Fähigkeit?

Mit einem Mal begriff er, warum er zweifelte: Er stand kurz vor einer tief greifenden Veränderung, und diese Veränderung machte ihm Angst. Wenn er diesen Weg weiterging, würde es kein Zurück geben. Vielleicht würde er nie mehr umkehren wollen. Vielleicht würde er aber auch irgendwann bereuen, diesen Weg eingeschlagen zu haben.

Doch als ihm klar wurde, wieso er Magier werden wollte, verflog seine Angst.

Er wollte diese Fähigkeit entwickeln, weil er nur wenige Begabungen besaß, im Gegensatz zu Léti. Er wollte die Prüfung nicht für sich, sondern für sie bestehen.

Mit neuem Mut vertiefte er sich in das Bild der Muschel, so wie er es sich selbst beigebracht hatte. Auf der Klippe hatte er bewiesen, dass er seinen Willen gebrauchen konnte. Er hatte das Unmögliche geschafft und ihnen beiden das Leben gerettet. Er versuchte, sich zu vergegenwärtigen, was er in jenem Augenblick gespürt hatte.

Die Erinnerung stieg in ihm hoch, viel zu deutlich für seinen Geschmack. Das angstverzerrte Gesicht seiner Freundin. Die Felsen im Meer vierzig Schritte unter ihm. Seine Hilflosigkeit.

Er war zu ihr hingerannt und hatte erst ein Bein, dann das andere und schließlich den ganzen Körper über den Klippenrand geschoben. Er hatte sich an die Felswand geklammert und sein Leben aufs Spiel gesetzt.

Doch er konnte nichts tun.

Nichts, nur abwarten, bis die Kraft in seinem Arm nachließ und er in die Tiefe stürzte.

Er biss die Zähne zusammen und zog, zog immer weiter. Er nahm nichts mehr wahr außer Létis Hand in der seinen und seinen Willen, sie zu sich hochzuziehen.

Plötzlich war es wieder da. Er spürte die Kraft, die er entfesselt hatte. Hier und jetzt.

Das Blut hämmerte in seinen Schläfen, und sein Atem ging stoßweise. Ihm wurde bitterkalt und schwindelig, als er alles abermals durchlebte.

Dann schlug er die Augen auf und betrachtete die Mondkönigin verständnislos.

Die kleine blaue Muschel lag auf der Seite.

»Wir wollen Zuïa ein Opfer bringen«, wiederholte Corenn. »Es spricht doch nichts dagegen, oder?«

Der Priester im roten Gewand sah seinen Untergebenen an, als könnte er auf dessen Gesicht die richtige Antwort lesen. Doch dieser war ebenso verdutzt wie er selbst.

»Ich glaube nicht«, antwortete er, als er sich wieder gefasst hatte.

Corenn hatte ihn für einen Moment verwirrt und eine Bresche in die Mauer geschlagen, hinter der er sich verschanzt hatte. Sie zögerte nicht und schlich sich ins Innere der Festung. »Eure Religion sagt, dass die Göttin durch jeden Sterblichen sprechen kann. Ich weiß, dass Zuïa auf meiner Seite steht und nicht auf der dieses Frevlers, der die Boten als gewöhnliche Auftragsmörder missbraucht.«

Bestürzt lauschte der Zü ihren Worten. Anfangs war er überzeugt gewesen, die Ratsfrau wolle um Gnade betteln, so wie jeder Schuldige es vor der Vollstreckung tat. In diesem Fall wäre es ihm ein Leichtes gewesen, ihr die Bitte abzuschlagen, und er hätte den Moment wie immer ausgekostet. Doch die Worte dieser Frau waren kein Gnadengesuch, und sie verwirrten ihn.

Selbst noch so fanatische Anhänger einer Religion stellen sich irgendwann gewisse Fragen, wenn sie nicht auf den Kopf gefallen sind. Warum sprach Zuïa durch gewöhnliche Sterbliche? Warum mussten diese ihr ein Opfer bringen? Was geschah mit dem Geld, wenn kein neuer Tempel gebaut wurde? Nutzten die Judikatoren die Züu vielleicht doch schamlos aus und machten sich im irdischen Lus'an ein schönes Leben?

Der Zü mochte keine Zweifel. Zuïa fällte ihr Urteil, er vollstreckte es, und damit basta! Die Kaulanerin störte seinen Seelenfrieden und brachte seine Überzeugungen ins Wanken. Grund genug, sie zu hassen.

»Unser Opfer umfasst eine beträchtliche Summe Geld«, sagte Corenn nachdrücklich. »Zuïa spricht durch mich. Sie will uns nicht verurteilen.«

Der Zü gewann seine Fassung wieder. Seine Welt war nicht länger aus den Fugen. Die Frau wollte dasselbe wie alle Verurteilten: Gnade. Sie war es nur anders angegangen, heimtückischer. Fast hätte sie ihn getäuscht. »Das kann nicht sein«, sagte er mit Genugtuung. »Die Göttin lässt nicht zu, dass man ihren Namen missbraucht. Eure Verurteilung ist endgültig, und kein menschlicher Wille kann das ändern.«

Corenn seufzte verdrossen. Obwohl ihre Erfolgsaussichten schlecht gewesen waren, hatte sie insgeheim gehofft, einen Sieg davonzutragen. Doch die Mörder waren einer Gehirnwäsche unterzogen worden und nicht mehr zu eigenständigem Denken fähig. Sie fragte sich, was für eine Ausbildung sie wohl durchliefen, um derart den Sinn für die Wirklichkeit zu verlieren.

Sie warf Grigán einen raschen Blick zu und straffte die Schultern. Der Kampf war noch nicht vorbei. Man brauchte immer einen zweiten Plan, einen Ausweg für den Fall, dass man scheiterte. Für Fälle wie diesen hier. Jetzt musste sie nicht länger mit verdeckten Karten spielen. Sie kam ohne Umschweife zur Sache. »Wir möchten den Namen Eures Wohltäters erfahren«, sagte sie ernst. »Oder was Ihr sonst über ihn wisst. Wir sind bereit, dafür zu zahlen.«

»Und dann werdet Ihr mich bitten, ihn zu töten«, antwortete der Zü, der seine Selbstsicherheit wiedergefunden hatte. »Das alte Spiel. Doch weder das eine noch das andere kann ich Euch gewähren.«

Grigán bedeutete ihr unauffällig, dass es Zeit zum Gehen war. Das Gespräch drehte sich im Kreis, und je länger sie blieben, desto gefährlicher wurde es für sie.

Corenn ignorierte ihn. Sie war noch nicht fertig. »Ich habe eine letzte Bitte, die ihr uns nicht ausschlagen könnt«, sagte sie. »Ich möchte, dass die Boten uns Aufschub gewähren, bevor sie das Urteil vollstrecken. Damit uns Zeit bleibt, für unsere Sünden Buße zu tun.«

Der Zü musterte sie schweigend. Wieder etwas Neues. Doch diesmal waren ihre Worte weniger verwirrend. Sie passten in sein Weltbild. »Und wie lange soll dieser Aufschub dauern?«

»Das bleibt Euch überlassen. Mindestens einige Monde, natürlich. Nachdem wir Zuïa unser Opfer dargebracht haben.«

Der Mörder dachte eine Weile nach. Er hatte an diesem Tag so viele Siege davongetragen, dass er geneigt war, ihr diesen unbedeutenden Wunsch zu erfüllen. »Ich brauche etwas Bedenkzeit«, antwortete er. »Und ich muss mit meinen Oberen sprechen. So etwas gab es noch nie.«

»Das ist verständlich«, sagte Corenn, die froh war, dass er ihre Bitte nicht gleich ablehnte hatte.

»Wir sehen uns in der nächsten Dekade wieder. Dann überbringe ich Euch die Antwort.«

Corenn nickte und verabschiedete sich mit einer angedeuteten Verbeugung von den Mördern.

Grigán strafte die Züu mit Missachtung. »Was für eine Zeitverschwendung«, knurrte er, während sie zum Ausgang gingen. »Vierzig Goldterzen und die ganze Gefahr für nichts und wieder nichts.«

Corenn schwieg. Sie würde ihm später das Geständnis abringen, dass sie einen Schritt weiter gekommen waren. Im Moment war sie einfach nur erschöpft.

»Folg ihnen«, raunte der Zü seinem Untergebenen zu. »Ich muss wissen, wo sich dieses Ungeziefer versteckt.«

Léti begann sich Sorgen zu machen. Sie fürchtete, Corenn und Grigán könnten den Kleinen Palast verlassen haben, während Rey und sie die Promenade der Spieler entlanggeschlendert waren. Eigentlich hätten sie längst wieder da sein müssen.

Vergeblich versuchte sie, die sehr viel schlimmere Möglichkeit zu verdrängen, dass ihre Tante und der Krieger *nie wieder* aus dem Palast herauskommen würden. Der Gedanke ließ ihr keine Ruhe, und diesmal konnten selbst Reys Scherze sie nicht ablenken.

Sie wandten den Blick nicht von dem Eingang, durch den Händler und Besucher ein- und ausgingen. Irgendwann trat der Jelenis, der den Eingang bewachte, einen Schritt beiseite und Corenn erschien, gefolgt von Grigán.

Léti stieß einen erleichterten Seufzer aus. Am liebsten wäre sie zu den beiden gerannt und hätte sie mit Fragen bestürmt, doch sie war vernünftig genug, sich nicht vom Fleck zu rühren. Sie hatten einen Plan, und sie würde sich daran halten.

Grigán warf einen Blick in die Menge und sah Léti und Rey auf Anhieb. Er ließ sich jedoch nichts anmerken, sondern bog mit Corenn in eine Gasse ein.

Den Rückweg zum *Romischen Schwein* hatten Rey und Grigán bei ihrem ersten Ausflug nach Lorelia ausgekundschaftet. Die Gefährten würden einen Umweg nehmen und menschenleere Viertel durchqueren, denn so würden sie eventuelle Verfolger bemerken und diese nicht zu Bellecs Herberge führen.

Rey und Léti warteten einen Moment und behielten wie vereinbart den Eingang zum Palast im Auge. Dann geschah, was Grigán befürchtet hatte.

Ein Zü bahnte sich den Weg nach draußen. Selbst auf die Entfernung konnten Rey und Léti sehen, wie er vorging. Jedem Jelenis, der sich ihm in den Weg stellte, zeigte der Mörder seinen Dolch, den er aus der Waffenkammer geholt haben musste. Einer nach dem anderen gaben die Wachsoldaten den Weg frei.

Eigentlich hätten sie den Zü daran hindern müssen, den Palast so kurz nach jemand anderem zu verlassen. Doch die Jelenis waren zwar Elitesoldaten, aber keine Märtyrer. Mithilfe ihrer Doggen hätten sie es problemlos mit dem Priester aufnehmen können, doch die Strafe würde nicht auf sich warten lassen. An einem der nächsten Tage würde ein anderer Mörder kommen und Rache nehmen.

Die Züü maßen persönlichen Interessen keinerlei Bedeutung zu. Allein die Interessen des Tempels zählten, und das war eine ihrer Stärken. Wer einen von ihnen angriff, griff alle Züü an.

Der Mörder ließ den Blick über den Markt schweifen und sah seine Opfer in der Gasse verschwinden.

Er heftete sich an ihre Fersen und verbarg sein rotes Gewand so gut es ging unter einer Novizenkutte, genau wie Rey.

»Gehen wir«, sagte der Schauspieler zu Léti.

Sie folgte ihm wortlos. Sie war zu allem entschlossen, und ihre Hand krampfte sich um den Griff ihres Fischermessers. Es war das Messer, mit dem sie schon auf der Klippe gekämpft hatte.

Und wieder legte sich eine dumpfe Wut über alle anderen Gefühle. Warum musste Grigán nur immer recht behalten? Warum waren die Züu so niederträchtig, arglistig und grausam?

Wie viele Verbrechen hatte dieser Zü schon begangen?

Klebte das Blut von Erben an seinen Händen? Gewiss tat es das, auch wenn er keinen von ihnen eigenhändig getötet hatte.

Die Erben hatten nicht besprochen, was sie tun würden, falls sie verfolgt wurden. Grigán hatte nur angedeutet, dass er jede Gefahr aus dem Weg räumen würde.

Léti wusste nur zu gut, was sie mit dem Mörder machen würde. *Eines Tages trifft jeder Fuchs auf seinen Bären.* Dieser Fuchs würde ihre Krallen zu spüren bekommen.

Je tiefer sie in das Gewirr der Gassen eindrangen, desto weniger Menschen begegneten ihnen. Um nicht ertappt zu werden, vergrößerte der Zü den Abstand zwischen sich und Corenn. Zähneknirschend ließen sich auch Léti und Rey zurückfallen und wandten den Blick nicht vom Rücken des Priesters ab.

Als Großstadtbewohner waren die Lorelier an Seltsamkeiten gewöhnt, und so beachteten sie die Gefährten nicht weiter. Zudem schreckte der Anblick eines Paars, das von zwei Züu und einer jungen Frau mit mordlüsternem Blick verfolgt wurde, eventuelle Schaulustige ab.

Bald gelangten sie zum vereinbarten Treffpunkt, der Barbier-Enfel-Straße. Grigán und Corenn bogen in die Sackgasse ein, zur offenkundigen Verblüffung des Mörders, der ihnen trotzdem folgte. Léti und Rey gingen ihm nach.

Die Straße war nicht immer eine Sackgasse gewesen. Bevor das Osttor der alten Stadtmauer zugemauert wurde, pulsierte hier das Leben. Nun gab es keine Maultreiber oder Fuhrmänner mehr, und die meisten Läden standen leer. Die Straße lag im Schatten der mehrstöckigen Häuser zu beiden Seiten, und weit und breit war keine Menschenseele zu sehen.

Als sie das Ende der Straße erreicht hatten, drehten Corenn und Grigán sich um. Der Zü versteckte sich hastig hinter einer großen Säule an einer Fassade. Bei dieser Gelegenheit erblickte er Rey und Léti.

Die Verkleidung des Schauspielers ließ ihn einen Augenblick zögern. Im ersten Moment glaubte er, Rey sei zu seiner Verstärkung gekommen. Doch dann besann er sich eines Besseren. Die junge Frau, die ihn aus zehn Schritten Entfernung mit einem Messer bedrohte, war ganz gewiss keine Verbündete.

»Hört auf, uns zu folgen«, sagte Corenn und ging auf ihn zu. »Kehrt um.«

Der Zü beobachtete die vier Fremden, die ihn umzingelten. Er starrte ihnen nacheinander in die Augen, da er nicht wusste, was er nun tun sollte. Seine Mission war gescheitert – zum ersten und damit auch zum letzten Mal.

»Kehrt um«, wiederholte die Ratsfrau. »Wir tun Euch nichts. Léti, lass ihn durch.«

Rey war einen Schritt zur Seite getreten, um dem Mörder Platz zu machen, doch Léti rührte sich nicht. Sie streckte dem Zü ihr Messer entgegen. Noch vor zwei Monden wäre ihr diese Geste lächerlich vorgekommen, doch jetzt war sie ihr in Fleisch und Blut übergegangen.

»Lass ihn durch, Léti«, befahl Grigán.

Sie schien aus einem Traum zu erwachen und trat drei Schritte zur Seite, ohne den Mörder aus den Augen zu lassen. Sie erwiderte seinen mordlüsternen Blick. Léti hatte keine Angst mehr.

Der Zü auch nicht. Er hatte versagt und musste Buße tun.

Vier Feinde umzingelten ihn. Er musste sie alle töten.

Langsam bewegte er sich auf den Ausgang der Sackgasse zu, so wie es die Ungläubigen von ihm erwarteten. Dann stürzte er sich auf die junge Frau und zückte seinen Dolch.

Etwas schlug neben ihm gegen die Wand, und instinktiv wandte er den Kopf. Gleich darauf spürte er etwas Kaltes an seiner Kehle. Als er sich mit den Händen an den Hals griff, fühlte er einen warmen Strom, den er vergeblich einzudämmen versuchte. Er brach zusammen und erstickte langsam an seinem eigenen Blut.

Angewidert verfolgte Léti den Todeskampf des Mannes. Gleich als er den ersten Schritt auf sie zugekommen war, hatte sie gewusst, was er im Sinn hatte. Sie war auf den Angriff vorbereitet gewesen.

Rey hatte rasch reagiert, doch er warf seinen Dolch zu schnell und verfehlte sein Ziel. Léti sah, wie der Mörder auf sie zustürzte und dann den Kopf zu Seite wandte. Sie machte eine rasche Bewegung mit ihrer Klinge und hinterließ einen dunklen Schnitt auf dem Hals des Mörders.

Das Blut, das aus der klaffenden Wunde schoss, bildete bereits eine Pfütze, doch der Mann stöhnte immer noch und verzog das Gesicht in Todesqualen. Léti wandte sich ab und musste würgen. Dann erbrach sie sich auf die Straße.

Corenn setzte sich in Bewegung und führte die Gefährten zum Ausgang der Sackgasse. Kurz darauf folgte Grigán den anderen. Das Stöhnen war verstummt.

»Wir müssen schnellstens hier weg«, sagte er und schob

das Schwert zurück in die Scheide. »Auch wenn niemand die Züu mag, will ich mich nicht mit der Miliz herumschlagen. Schwierigkeiten haben wir schon genug.«

Den ganzen Rückweg über weinte Léti an Reys Schulter.

Vor Raji konnten sie nicht frei sprechen. Der Schmuggler hatte ungeduldig in Bellecs Herberge auf sie gewartet. Seine Hauptsorge galt seinem Geschäft, und er würde keine Ruhe finden, solange diese Leute in seinen Keller campierten. Er wünschte sie sich weit fort, sehr weit fort.

Die Erben konnten es kaum erwarten, unter sich zu sein, um einander zu erzählen, was geschehen war. Auf dem Weg von der Barbier-Enfel-Straße zur Herberge hatte sie nur wenige Worte wechseln können, nicht genug, um ihre Neugier zu stillen. Außerdem waren alle damit beschäftigt gewesen, Léti zu trösten, der haltlos die Tränen über die Wangen liefen. Und auch während sie durch den Tunnel zurück zu Rajis Haus gingen, schwiegen sie.

Erleichtert schoben sie das Tor zu ihrer Unterkunft auf. Yan und Bowbaq sprangen auf, noch ungeduldiger als ihre Freunde. Die verzagten Gesichter ihrer Gefährten verhießen nichts Gutes.

Raji stieg wortlos die Treppe hoch, und endlich waren sie allein. Léti brach abermals in Tränen aus, da sie Angst hatte, Yan würde sie wegen ihrer Tat verurteilen. Rey legte ihr den Arm um die Schulter, so wie er es auf dem ganzen Rückweg getan hatte. Eigentlich eine rein freundschaftliche Geste, aber Yan stürzte sie in tiefe Verzweiflung.

Normalerweise wäre der junge Kaulaner zu seiner Freundin gegangen, um sie zu trösten, ganz gleich, was der Grund für ihre Traurigkeit war. Normalerweise. Doch jetzt hatte das jemand anderes übernommen.

Seine Knie wurden weich, und er wandte seinen Gefährten den Rücken zu, schlich in einen dunklen Winkel des Kellers und setzte sich an die Wand. Von dort aus lauschte er mit halbem Ohr Corenns und Grigáns Erzählung.

Er vergaß völlig, der Magierin zu erzählen, dass er die Prüfung bestanden hatte.

Doch das war nun belanglos. Er hatte Léti für immer verloren. Alles andere war ihm egal.

Bei Sonnenuntergang beriefen sie den »Rat der Erben« ein. So pflegte Corenn mittlerweile die Zusammenkünfte zu nennen, bei denen sie wichtige Entscheidungen trafen oder das Geheimnis von Ji zu enträtseln versuchten. Der Name war eine nostalgische Anspielung auf den Ständigen Rat des Großen Hauses in Kaul.

Nach ihrer Rückkehr aus Lorelia hatte Corenn allen eine Ruhepause verordnet, denn Grigáns Missmut, Létis Traurigkeit und Yans Kummer – den das Mädchen als Einzige zu übersehen schien – machten jedes vernünftige Gespräch unmöglich.

Nun waren die Gefährten ausgeruht und konnten sich den Fragen widmen, die sie sich seit Beginn ihres Abenteuers jeden Tag stellten: Was sollten sie als Nächstes tun? Wohin würden sie als Nächstes gehen?

Corenn fasste mit knappen Worten zusammen, was im Kleinen Palast geschehen war, und fügte einige Einzelheiten hinzu, die sie bei der ersten Erzählung vergessen hatte. Sie endete mit dem tragischen Kampf in der Sackgasse. »Es ist ein Jammer, dass der Mann die Verfolgung nicht einfach aufgab«, sagte sie bedauernd. »Es verkompliziert unsere Lage.«

Léti nickte mit leerem Blick. Sie holte tief Luft und räusperte sich umständlich. Ihre Freunde sahen sie aufmerksam an.

»Ich … Ich wollte ihn nicht töten«, sagte sie leise. »Jedenfalls nicht so. Ich bereue es. Es war so … Er hatte solche Angst …«

»Du hast vollkommen richtig gehandelt«, sagte Grigán.

»*Er* hat schließlich *dich* angegriffen!«, bekräftigte Rey.

»Du hast das Richtige getan«, pflichtete Corenn den beiden bei. »Er war ein Mörder. Du hast nur dein Leben verteidigt. Du hast richtig gehandelt«, wiederholte sie.

Jeder wusste etwas Aufmunterndes zu sagen, aber Léti traten abermals Tränen in die Augen.

Früher hätte auch Yan die richtigen Worte gefunden. Doch nun hatte er nicht mehr die Kraft dazu, und so blieb er stumm und starrte nur mürrisch vor sich hin. Sein Schweigen traf Léti tief.

»Er … Er schien so sehr zu leiden …«, stammelte sie unter Tränen.

Die Erben wussten keinen Rat mehr. Léti tat ihnen leid, und sie waren unfähig, sie zu trösten. Sie wechselten hilflose Blicke.

Grigán hielt es nicht länger aus und stand mit finsterer Miene auf. Mit zwei Schritten war er bei Léti und packte sie an den Schultern. »Sieh mich an. Sieh mich an!«, befahl er der jungen Frau, die die Hände vors Gesicht geschlagen hatte und schluchzte.

Atemlos beobachteten die Gefährten die Szene. Ob-

133

wohl er aufbrausend war, hatten sie ihn selten so wütend erlebt. Rey und Yan fürchteten sogar, der Krieger würde Léti schlagen.

»Sieh mich an! Was wirst du das nächste Mal tun, wenn dich ein Zü angreift? Antworte! Was wirst du tun?«

»Ich weiß es nicht!«, rief Léti verzweifelt, während ihr Tränen übers Gesicht liefen. »Ich weiß es nicht!«

»Du wirst zuschlagen!«, brüllte Grigán. »Du wirst zuschlagen, selbst, wenn ihm das wehtut, und sogar dann, wenn er stirbt! Du wirst zuschlagen, um dein Leben zu retten! Und das der Menschen, die du liebst! Verstanden?«

Léti sah die anderen der Reihe nach an. Sie hatten sie beschützt, verteidigt, gerettet. Ihr Blick blieb an Yans Gesicht hängen. Er hatte sein Leben für sie aufs Spiel gesetzt. Er liebte sie nicht und war trotzdem bereit gewesen, sich zu opfern! Musste sie daraus nicht eine Lehre ziehen? War ihr Gejammer nicht selbstsüchtig?

»Verstanden?«, wiederholte Grigán.

»Ja«, stöhnte sie, damit er sie losließ.

»Gut! Wenn du dein Schwert gegen jemanden erhebst, verletzt du ihn. Zwangsläufig. Aber dein Angreifer zwingt dich dazu. Er selbst. Na – bist du immer noch so versessen darauf zu kämpfen?«

»Nein«, stammelte Léti, deren Tränen versiegt waren. »Ich meine, doch. Ich will es immer noch lernen.«

»Schön«, sagte Grigán, der sich mittlerweile etwas beruhigt hatte. »Morgen stehen Übungen auf dem Plan, die wehtun. Und ich will nichts mehr von diesem Unsinn hören!«

»Versprochen.« Léti reckte das Kinn.

Die Standpauke hatte wie ein Schlag vor den Kopf gewirkt, stark genug, um sie wachzurütteln und ihr neuen Mut zu geben.

»Und ich möchte, dass du mitmachst, Bowbaq«, fügte Grigán hinzu, beflügelt von seinem Erfolg. »Irgendwann wirst du auf jemanden stoßen, den deine Größe nicht abschreckt.«

»Ich will nicht töten«, erwiderte der Riese. »Mich verteidigen schon, aber nicht töten.«

»Wie du willst. Dann lerne wenigstens, deinen Gegner bewusstlos zu schlagen! Damit wäre schon viel gewonnen!«

Zufrieden setzte sich Grigán wieder, ohne Bowbaqs Antwort abzuwarten. Der Ausbruch hatte ihm gutgetan. Er nahm sich vor, seiner Wut öfter Luft zu machen.

Die anderen sahen ihn verdutzt an. Grigán wirkte wie verwandelt. Sein Gebrüll schien immer noch im Raum zu hängen.

»Ich würde gern mehrere Gegner auf einen Streich töten können«, warf Rey ein. »Habt Ihr nicht einen Trick, den Ihr mir beibringen könnt?«

Alle lachten, und die Anspannung löste sich ein wenig.

»Erzähl ihnen einen Witz. Das wird ihnen den Todesstoß versetzen«, antwortete Grigán, was mindestens ebenso viel Gelächter hervorrief.

»Sagt«, fragte Rey, als wieder Ruhe eingekehrt war. »Wusstet Ihr, dass Ihr verfolgt werdet?«

»Natürlich«, sagte Grigán ohne jede Bescheidenheit. »Nachdem wir uns von den Züü verabschiedet hatten, unterhielt sich Corenn eine Weile mit einem Goroner. Bei der Gelegenheit entdeckte ich, dass der Zü hinter uns her schlich.«

Die anderen sahen Corenn neugierig an.

»Der Goroner bot mir einen Handel an, das war alles«, erklärte sie. »Das ist uns mindestens zehnmal passiert. Bei diesem dachte ich, dass sein Angebot vielleicht für Meister Raji von Interesse sein könnte. Deshalb habe ich den Mann angehört.«

»Wenn Raji erfährt, dass Ihr seinen Namen im Kleinen Palast erwähnt habt, fällt er auf der Stelle tot um«, sagte Rey.

»Ich habe seinen Namen nicht erwähnt. Ich habe ihm nur die Nachricht überbracht, und er kann damit machen, was er will. Eine Hand wäscht die andere.«

Daraufhin trat Schweigen ein. Die wichtigste Frage hatten sie noch nicht besprochen, ganz so, als hätten sie Angst vor ihr. Doch früher oder später mussten sie sich ihr stellen.

»Und was machen wir jetzt?«, fragte Rey.

»Das liegt doch auf der Hand!«, antwortete Grigán. »Wir reisen so schnell wie möglich nach Junin. Nur Königin Séhane kann uns helfen, andere Erben zu finden. Falls überhaupt noch welche am Leben sind. Zumindest kann sie uns helfen, mehr über die Sache herauszufinden.«

»Aber sie ist auch unsere Hauptverdächtige«, warf Rey ein. »Sie ist die Einzige, die in der Sache drinsteckt und genug Gold hat, um die Züü bezahlen zu können. Außerdem ist auf *sie* kein Mordanschlag verübt worden.«

»Das wissen wir nicht genau«, verbesserte ihn Corenn. »Wer von Euch hat in letzter Zeit Neuigkeiten aus den Fürstentümern erhalten?«

Natürlich niemand.

»Wir wissen jetzt, dass unser Feind ein Mann ist. Er

könnte natürlich nur ein Mittelsmann sein, aber das ist unwahrscheinlich. Ich kenne Séhane, und ich glaube nicht, dass sie hinter der Sache steckt.«

»Na, dann ist doch alles klar. Auf nach Junin.«

»Ich finde, wir sollten uns noch einmal mit den Züu treffen. Wir sollten bis zur nächsten Dekade hierbleiben.«

Corenns Worte verblüfften alle.

»Wir können nicht zurück in den Kleinen Palast«, sagte Grigán. »Wir haben unser Leben schon zu oft aufs Spiel gesetzt – wir sollten das Schicksal kein weiteres Mal herausfordern.«

»Die Züu lassen sich vielleicht darauf ein, uns einen Aufschub zu gewähren. Ich glaube, das Warten lohnt sich. Um die Gefahr zu verringern, werde ich natürlich allein gehen.«

Die anderen erwachten aus ihrer Erstarrung und protestierten lauthals. Alle riefen durcheinander: »Auf keinen Fall« und »Kommt nicht infrage«. Corenn musste lachen. Und ihre Freunde fanden *sie* unvernünftig.

»Was erhofft Ihr Euch davon?«, fragte Grigán wütend. »Die Züu kennen keine Gnade. Sie werden uns nicht helfen. Niemals! Um sie uns vom Hals zu schaffen, müssten wir sie alle töten. Aber das ist unmöglich. Also müssen wir unseren Feind finden. Das ist unsere einzige Chance! Ihr habt es selbst gesagt!«

»Das wird leichter, wenn sie uns einen Aufschub gewähren. Außerdem hoffe ich, bei einem weiteren Gespräch noch mehr über ihn herauszufinden.«

»Sie werden kein Sterbenswörtchen sagen«, wandte Rey ein und übernahm nun Grigáns Part. »Sie würden sich sogar weigern, uns zu zeigen, wo der Himmel ist, wenn

Euch die Antwort wichtig wäre. Die Züu lieben Geheimnisse und die Angst, die sie damit erzeugen. Außerdem kann es sein, dass die Priester überhaupt nichts über unseren Feind wissen!«

»Wenn wir wüssten, was sie wissen, würde uns das sehr weiterhelfen, oder?«, fragte Bowbaq scheu.

»Natürlich«, sagte Corenn.

»Ich verstehe.«

Der Riese wirkte gedankenverloren. »Vielleicht hat Corenn recht.«

»Was?«, rief Grigán.

»Nun ja … Wenn eine Rückkehr in den Kleinen Palast bedeutet, dass ich bald wieder heim nach Arkarien kann, dann … Dann möchte ich, dass wir hingehen. Ich werden dich begleiten, Corenn.«

»Auch das noch!«, tobte Grigán. »Da heute Abend anscheinend alle irgendwo hingehen wollen, schlage ich vor, wir vergessen das Ganze erst einmal. Irgendwelche Einwände?«

Keiner sagte etwas, und so wurde die Frage auf den nächsten Tag verschoben, sehr zu Bowbaqs Erleichterung.

Der Riese brauchte etwas Zeit, um nachzudenken und eine Entscheidung zu treffen. Wenn er einen Fehler machte, würde er es den Rest seines Lebens bereuen.

Yan bat Grigán, die Falltür nicht gleich zu verriegeln, da er noch etwas frische Luft schnappen wollte. Der sternenklare Himmel und die kühle Nacht brachten etwas Ordnung in seine wirren Gedanken. Ziellos lief er los.

Raji saß mit einem Krug Bier aus Cyr auf der Veranda

und betrachtete die Sterne. Yan hob die Hand zum Gruß und überlegte, ob er ein paar Worte mit dem Schmuggler wechseln sollte. Doch er hatte keine Lust zu plaudern, und so schlenderte er in die entgegengesetzte Richtung davon. Er wollte allein sein und nachdenken.

Er hatte sich nicht genug um Léti gekümmert. Aus Unzufriedenheit darüber, dass er den Tag der Versprechen hatte verstreichen lassen, war er nicht als Freund für sie dagewesen, als sie ihn gebraucht hatte.

Léti liebte ihn nicht, und er allein war schuld daran. Sie hatte eine Schwäche für Rey, was nicht weiter verwunderlich war. Auch Yan mochte ihn, und bei der jungen Frau war aus der Zuneigung eben Liebe geworden.

Er war nicht traurig, nicht wütend, nicht am Boden zerstört. Nur enttäuscht. *Schrecklich* enttäuscht. Léti war seine Zukunft gewesen, seine Hoffnung, das Schönste auf der Welt. Was blieb ihm jetzt noch? Sein Leben würde trostlos und eintönig sein.

Die Stalltür knarrte. Yan erkannte die Gestalt, die auf ihn zukam, nicht auf Anhieb. Es war Corenn.

»Guten Abend, junger Mann. Seid Ihr nicht müde?«

»Nicht so sehr, nein. Ich glaube, heute Nacht wird keiner von uns gut schlafen«, fügte er nach einer kurzen Pause hinzu.

»Den Züu wird es nicht viel besser ergehen!«, scherzte sie.

Yan lächelte schwach. Ihm war nicht zum Lachen zumute. Außerdem konnte er sich nicht vorstellen, dass die Mörder im roten Gewand schlecht schliefen. Allein der Gedanke, dass sie überhaupt schliefen wie alle anderen, erschien ihm absurd.

»Ich möchte dich um einen Gefallen bitten«, sagte Co-

139

renn. »Sprich mit Léti. Geh mit ihr spazieren, sag ihr etwas Nettes. Ich möchte, dass sie die schrecklichen Ereignisse der letzten Tage für eine Weile vergisst.«

Yan warf der Ratsfrau einen Seitenblick zu und fragte sich, ob tatsächlich nichts anderes hinter der Bitte steckte. Corenn hatte ein feines Gespür. Was ahnte sie?

»Das ist eine gute Idee«, antwortete er. »Aber es ist bestimmt besser, wenn das jemand anders übernimmt.«

Genauso gut könnten Rey, Bowbaq oder Corenn Léti aufmuntern. Und sie würden im Gegensatz zu ihm nicht darunter leiden.

»Das glaube ich kaum.« Corenn grinste schelmisch. »Die Dinge sind selten so einfach, wie sie scheinen, Yan. Vertrau mir und sprich mit Léti. Ich bin überzeugt, du wirst überrascht sein.«

Corenn sprach in Rätseln, aber Yan verstand die Botschaft. Dass sie glaubte, er habe noch eine Chance, machte ihm neuen Mut.

Eine Weile gingen sie schweigend nebeneinander her, befangen durch die plötzliche Nähe, die zwischen ihnen entstanden war. Dann fiel Yan ein, dass auch er ihr etwas zu erzählen hatte. »Übrigens, ich habe es geschafft«, sagte er ohne Umschweife.

»Was hast du geschafft?«

»Die Münze. Ich meine, die Prüfung. Ich habe es geschafft, einen Gegenstand zu Fall zu bringen. Es hat lange gedauert, aber ich habe es geschafft.«

Corenn blieb stehen und musterte ihn prüfend. Machte er einen Scherz? Nein, er schien es ernst zu meinen. »Unmöglich«, stammelte sie. »Das ist unmöglich. Du musst dich irren.« Corenn traute ihren Ohren kaum. Wenn er es *tatsächlich* geschafft hatte, trug Yan einen derart starken

Willen in sich, dass er eines Tages der größte Magier der bekannten Welt werden könnte. Der Gedanke, dass sie seine Kraft entdeckt hatte, ließ sie erschauern.

»Nein, es stimmt«, sagte Yan, der nicht verstand, warum Corenn so aufgeregt war.

»Der Wind. Der Wind muss die Münze umgestoßen haben.«

»Das dachte ich zunächst auch, aber es ging kein Lüftchen. Außerdem nahm ich statt der Münze meine Mondkönigin. Sie ist unten viel breiter, und der Wind hätte sie nicht … Das war doch kein Trick, oder?«, fragte er, als er ihren fassungslosen Blick bemerkte.

Corenn starrte auf die kleine blaue Muschel, die Yan um den Hals trug. Sie war schwerer und unförmiger als die Münze. Mit solch einem Gegenstand war die Übung zehnmal so schwer. Nein, es war kein Trick.

Sanft nahm sie den jungen Mann bei den Schultern. Yan blinzelte sie verwirrt an. Er wusste nicht, was an seinem Gelingen so befremdlich war. Hatte er nicht einfach getan, was sie ihm aufgetragen hatte?

»Hör zu, Yan. Du kannst es nicht geschafft haben. Weil … Weil … Weil es eben unmöglich ist!

Die Prüfung dient nur dazu, herauszufinden, ob du genug Geduld hast. Man wartet einige Dekaden ab, und dann beginnt man den Lehrling zu unterrichten. Ich kenne niemanden, der die Prüfung bestanden hat, ohne vorher mondelang Unterricht bekommen zu haben. Das ist, als könntest du schreiben, noch bevor du überhaupt sprechen gelernt hast. Deshalb stelle ich dir die Frage ein letztes Mal, und dann werde ich deine Worte nie wieder anzweifeln. Yan, hast du die Muschel tatsächlich zu Fall gebracht?«

Angesichts ihrer Verblüffung kamen ihm allmählich selbst Zweifel. Er hatte die Muschel nicht mit eigenen Augen fallen sehen … Aber er hatte den Willen gespürt. Seinen Willen. »Ja, das habe ich.«

Corenn ließ ihn los und wanderte unter dem Sternenhimmel auf und ab. Sie brauchte etwas Zeit, um sich an den Gedanken zu gewöhnen. Yan brachte alle Vorraussetzungen mit, um ein großer Magier zu werden.

Ihre Gefährten würde staunen. Corenn beschloss, das Geheimnis noch ein paar Tage lang zu hüten, um sich noch eine Weile an dem Wunder zu erfreuen, bevor die anderen davon erfuhren.

Drei Tage. Yan hatte die Prüfung in drei Tagen geschafft! Und ihm war das lang vorgekommen …

Wie Yan vorausgesagt hatte, schliefen in jener Nacht alle Erben mit Ausnahme von Rey schlecht. Yan selbst tat lange kein Auge zu, weil ihm die Aufregung des Tages noch in den Knochen steckte. Léti sah im Traum noch einmal den Todeskampf des Zü vor sich. Grigán wälzte sich herum und sorgte sich wegen ihres Streits, und Corenn grübelte lange über all das nach, was Tag für Tag über die Gefährten hereinbrach.

Bowbaq schlief überhaupt nicht. Er dachte die ganze Nacht über Gut und Böse nach, Regeln und die Notwendigkeit, sie zu brechen, Vernunft und Gefühl. Als der Morgen kam, hatte er eine Entscheidung getroffen.

Er stand lange vor allen anderen auf und bereitete ein Frühstück nach arkischem Brauch zu: ein reichhaltiges Mahl. Es gab Rauchfleisch, getrocknete Früchte, Fladenbrot aus Lermian und Käse. Dazu brühte Bowbaq Coze-

Tee auf, weil er in Rajis Warenlager keinen Milo, das traditionelle Getränk des Weißen Landes, gefunden hatte.

Da es wieder einmal in Strömen regnete, baute er im Stall einen Tisch aus Hackklötzen und Brettern auf. Die Cozeblätter köchelten gerade im Wasser vor sich hin, als sich Grigán zu ihm gesellte. Er sah so aus, wie er sich fühlte: hundemüde.

»Eigentlich wollte ich über den Krach schimpfen, den du hier oben machst, aber ich habe solchen Hunger, dass ich erst einmal essen werde. Danke, mein Freund.«

Bowbaq schenkte ihm ein scheues Lächeln. Er spürte, wie sein Entschluss ins Wanken geriet. Wenn die anderen nicht bald kämen, würde er nie den Mut aufbringen, es ihnen zu erzählen.

Wie als Antwort auf seine Hoffnung stießen Corenn, Léti, Rey und als Letzter Yan zu ihnen. Alle waren überrascht, aber dankbar für das Frühstück. Sie freuten sich, denn es zeigte, dass der Riese endgültig genesen war.

Bowbaqs Herz schlug immer schneller. Er musste es hinter sich bringen. »Ich verdiene eure Freundschaft nicht«, sagte er düster.

Erst grinsten alle noch breiter, doch als sie sahen, dass es ihm ernst war, erstarb ihr Lächeln.

»Was redest du da für einen Unfug?«, brummte Grigán.

Er hatte leise Schuldgefühle. Vielleicht hatten seine Worte vom Vorabend Bowbaq getroffen?

»Ich … Ich kann euch helfen«, sagte er. »Ich habe noch nie mit jemandem darüber gesprochen, und obwohl ich es die ganze Zeit wusste, habe ich nichts gesagt. Deshalb verdiene ich eure Freundschaft nicht.«

Corenn und Grigán, die Bowbaq schon lange kannten,

bezweifelten, dass es sich tatsächlich um etwas Schlimmes handelte. Der Riese neigte zu Übertreibungen. Doch Yan, Rey und Léti nahmen seine Worte ernst.

»Wovon redest du?«, fragte Rey. »Jeder tut, was er kann. Du musst dir keine Vorwürfe machen.«

»Doch«, beharrte Bowbaq. »Wie ihr wisst, bin ich ein Erjak …«

»Ja, und?«

»Nun ja … Ich kann in die Gedanken von Tieren eindringen, jedenfalls in die von Säugetieren. In die aller Säugetiere«, sagte er.

Plötzlich schlug sich Corenn mit der Hand vor die Stirn. Es war so einfach. Warum war sie nicht von selbst darauf gekommen?

Auch Yan glaubte, Bowbaq verstanden zu haben. Aber er wollte es genau wissen. »Auch bei Menschen?«, fragte er neugierig. »Du kannst *Gedanken lesen?*«

»Gewissermaßen«, sagte Bowbaq, froh, dass es heraus war.

»Und ich kann das romische Alphabet rückwärts aufsagen«, sagte Rey. »Komm schon, Bowbaq, so früh am Morgen ist das schwer zu verdauen. Vor allem nach solch einem Frühstück.«

»Aber es ist wahr«, sagte der Riese empört.

Corenn musste lachen. Die Erben, die die Züü für jämmerliche Flüchtlinge hielten, hatten eine Menge verborgener Talente. *Schwere Prüfungen bringen stets das Beste in uns zum Vorschein*, dachte sie.

»Warum hast du uns das nicht eher gesagt, Bowbaq?«

»Es ist verboten«, erklärte er. »Indem ich es euch sage, breche ich meinen Erjak-Schwur. Zum ersten Mal«, setzte er eilig hinzu.

Sie verstanden ihn, denn allen war klar, welche Bedeutung ein solcher Schwur hatte und welches Opfer das Geständnis ihrem Freund abverlangte.

»Ihr alle könnt das? Alle Erjaks?«, fragte Léti verwundert.

»Ja. Mehr oder minder gut, wie bei den Tieren. Je nach Begabung.«

Bowbaq fühlte sich schon viel besser, denn seine Freunde waren nicht wütend geworden. Er beschloss, ihnen noch etwas anzuvertrauen. »Auf diese Weise ist meine Gabe entdeckt worden«, erklärte er. »Als Kind drang ich hin und wieder in die Gedanken der Angehörigen meines Klans ein, nachts, wenn sie schliefen. Ich las in ihren Erinnerungen und besuchte sie in ihren Träumen … Ich wusste nicht, was ich tat, denn natürlich dachte ich, jeder könne es. Eines Tages drang ich in die Gedanken eines wachen Mannes ein. Er bemerkte es sofort. Der ganze Klan war zornig auf mich. Da erst begriff ich, dass mein Verhalten *unhöflich* war. Und dass ich der Einzige war, der so etwas konnte.«

»Das war bestimmt schlimm für dich«, sagte Grigán.

Er hatte zwei Jahre im Weißen Land gelebt und wusste, welche Bedeutung die Arkarier einem Verstoß gegen die Höflichkeit beimaßen. Sie mussten Bowbaq mehrere Monde, wenn nicht gar mehrere Jahre lang wie einen bösartigen, ungezogen Jungen behandelt haben. Kein Wunder, dass er sein Geheimnis so lange gehütet hatte.

»Wer gab dir Unterricht?«, fragte Corenn. »Wer nahm dir den Schwur ab?«

»Ein Erjak aus einem anderen Klan, den mein Vater bei der Großen Jagd kennengelernt hatte. Ich war mehrere Monde lang sein Lehrjunge, aber er brachte mir nur die

145

Regeln der Bruderschaft bei. Zum Beispiel die, niemals in die Gedanken eines Menschen einzudringen.«

Corenn fragte sich, ob diese Regel auf dem Aberglauben der Arkarier beruhte oder ob sie aufgestellt worden war, um die Kraft der Erjaks geheim zu halten. Da sie wusste, wie abergläubisch die Völker des Weißen Landes waren, war Ersteres wahrscheinlicher. Aber letztlich war das auch nicht weiter richtig …

»Du könntest die Gedanken der Züü lesen?«

»Ja. Besser gesagt, die eines Zü, und das auch nur ein einziges Mal. Derjenige, in dessen Geist ich eindringe, merkt es sofort und weiß auch gleich, wer der Eindringling ist. Bei so etwas werden die sanftmütigsten Menschen fuchsteufelswild. Bei Tieren ist das nicht anders.«

»Aber wie … Wie kannst du die Gedanken lesen? In welcher Form erscheinen sie dir?«

»Das kann ich nicht genau erklären. Wenn jemand schläft, folge ich ganz einfach seinen Gedanken. Es ist, als sähe ich durch seine Augen. Tieren schicke ich meistens kurze Sätze oder einfache Bilder. Aber bei einem wachen Menschen … So etwas habe ich erst ein einziges Mal getan, und es ging alles ganz schnell. Ich schätze, wir müssen ihn dazu bringen, an das zu denken, was uns interessiert. Sonst finde ich nur Wirrwarr vor. Versteht ihr?«

»Lass es uns ausprobieren. Wärst du damit einverstanden?«, fragte Grigán.

Falls der Versuch gelang, würde sich Grigán vielleicht dazu überreden lassen, in den Kleinen Palast zurückzukehren. Den Züü gegen ihren Willen Informationen zu entreißen, wäre ihm eine große Freude!

»Ich melde mich freiwillig«, verkündete Rey.

»Ich auch«, sagte Léti eilig.

»Dann lasse ich dir gern den Vortritt«, sagte der Schauspieler. »Meine Gedanken sind sicher schlecht geschrieben und unleserlich.«

Von allen Gefährten gefiel Bowbaq die Idee am wenigsten. Seine Erziehung sagte ihm, dass ihr Vorhaben sehr, sehr unhöflich war. »Versprich mir, dass du nicht wütend wirst«, bat er.

»Natürlich nicht.« Léti zuckte die Schultern. »Schließlich melde ich mich freiwillig. Es macht mir nichts aus.«

»Denk an etwas Bestimmtes«, sagte Corenn. »Einen Gegenstand, einen Namen, irgendetwas Einfaches.«

Léti nickte und überlegte kurz. Sie beschloss, an den Stehschläfer zu denken, den sie einige Jahre zuvor bei sich aufgenommen hatte. »Ich bin bereit.«

»Dann fange ich jetzt an«, sagte der Riese verzagter, als er wollte.

Im nächsten Moment war er bei Léti, in ihren Gedanken. Er hatte ganz vergessen, wie einfach die Begegnung bei Menschen war.

Sie sträubte sich instinktiv gegen den Eindringling, aber er hatte mit nichts anderem gerechnet. Bowbaq hatte schon genug gesehen.

»Du hast an einen Stehschläfer gedacht und … an Yan?«, sagte er fragend.

Léti ließ sich mit der Antwort Zeit. Es war unangenehm gewesen, sehr unangenehm. Jetzt begriff sie, warum jemand, dem so etwas ohne Vorwarnung passierte, zornig wurde. »Stimmt«, sagte sie dann. »Stimmt genau.«

Es gab keinen Grund, dem Riesen zu widersprechen, und es würde sie viel zu viele Erklärungen kosten.

Zumal er recht hatte.

Bowbaq weigerte sich, die Übung bei jemand anderem zu wiederholen. Wenn man die Gedanken eines Menschen las, drang man in sein Innerstes ein, und das war mehr als unhöflich.

Trotzdem war der Versuch überzeugend gewesen, und so waren sich die Erben rasch einig: Sie würden in den Kleinen Palast zurückkehren und den Züu ihr Geheimnis stehlen.

Sie würden eine weitere Dekade in Rajis Keller verbringen müssen, denn einen sichereren Ort gab es nicht. Dieses Mal würden sich Corenn, Grigán und Bowbaq in noch größere Gefahr begeben als bei ihrem ersten Besuch im Kleinen Palast. Die Züu rechneten mit ihrem Kommen und würden sich nicht überrumpeln lassen, zumal ihre Oberen ihnen gewiss Befehle erteilt hatten.

Wie das Treffen auch ausgehen mochte, sie würden Lorelia gleich danach verlassen müssen, was sorgfältige Vorbereitungen erforderte. Grigán machte sich daran, einen Plan auszutüfteln.

Das Warten wurde ihnen jedenfalls nicht lang. Sehr zu Létis Freude verbrachte Yan den ganzen ersten Tag mit ihr, ermutigt von Corenns Worten und dem, was Bowbaq in Létis Gedanken gelesen hatte. So mussten die Ratsfrau und Grigán vorerst darauf verzichten, ihre Schüler zu unterrichten. Corenn konnte es kaum erwarten, alle in das Geheimnis einzuweihen.

Rey bestürmte Bowbaq mit Fragen, bis dieser bereit war, ihm das Gedankenlesen zu erklären. Doch der Riese fand nicht die richtigen Worte, um eine Gabe zu beschreiben, die er von Geburt an besaß. Aus Höflichkeit wagte er nicht, Rey zu beichten, dass man das Gedankenlesen nicht erlernen konnte. Unter Prusten gab Rey es

schließlich auf, nahm dem Arkarier jedoch das Versprechen ab, ihn eines Tages, wenn ihr Leben wieder in ruhigeren Bahnen verliefe, auf die Promenade der Spieler
zu begleiten. Da er sich über diesen Freundschaftsbeweis
freute, sagte Bowbaq zu, ohne zu ahnen, was Rey da von
ihm verlangte.

Corenn überreichte Raji den vereinbarten Preis für die
Unterkunft und zahlte für die folgende Dekade im Voraus.
Erst verfinsterte sich das Gesicht des kleinen Schmugglers,
da er schon befürchtet hatte, dass er seine Gäste nicht
so schnell loswurde, doch angesichts der beeindrucken-
den Anzahl Terzen, die Corenn in seine Hand häufte, verrauchte seine Wut rasch. Bald würde den Gefährten das
Geld ausgehen. Aber Corenn hatte Raji ihr Wort gegeben.
Außerdem aßen sie von seinen Vorräten, weshalb sie bei
dem Handel nicht allzu schlecht davonkamen.

Als Corenn ihm von dem Angebot des Händlers aus
dem Kleinen Palast erzählte, stieß Raji spitze Schreie aus.
Er beruhigte sich erst, als er erfuhr, dass sein Name nicht
gefallen war. Dennoch sprach er den Rest des Tages kein
Wort mehr mit ihnen.

Am Abend dieses geruhsamen Tages kamen die Erben
abermals zusammen. Grigán verkündete, er habe einen
Plan und sei bereit, das Risiko einzugehen. Die anderen
hörten zu und machten weitere Vorschläge. Sie würden
sich in große Gefahr begeben.

Der Abend verging wie im Flug. Während sie Pläne
schmiedeten, vergaßen sie beinahe die Insel Ji, die Pforte
und die andere Welt. Beinahe, aber doch nie ganz.

»Du hättest vielleicht die Gedanken des Kindes lesen
können«, bemerkte Yan. »Des Kindes aus der anderen
Welt.«

Bowbaq schüttelte sich vor Entsetzen. Die Gedanken eines *Dämons* lesen! Vermutlich hätte sein Verstand dabei Schaden genommen.

Sie ließen das Thema fallen. Das Geheimnis der Insel Ji war unergründlich, der Markt des Kleinen Palasts hingegen in unmittelbarer Reichweite, und sie hatten nur noch eine knappe Dekade für die Vorbereitungen.

Zamerine musterte seinen Untergebenen mit unverhohlenem Abscheu. Der Judikator und Anführer sämtlicher Züu der Oberen Königreiche war ein geachteter, aber gefürchteter Meister.

»Sagt das noch mal«, forderte er den Zü aus dem Kleinen Palast auf. »Ihr seid zweien der Flüchtlinge, die von der Göttin verurteilt wurden, persönlich begegnet. Genau hier, in Lorelia, wo Ihr mehr als vierzig Männer zu Eurer Verfügung habt. Und jetzt sagt Ihr mir, dass sie immer noch leben! Und Ihr *nicht wisst*, wo sie sind?«

»Ich habe sie verfolgen lassen«, stammelte der Angesprochene. »Zlek wurde getötet. Er hat versagt, nicht ich.«

»Die Ungläubigen hätten den Kleinen Palast niemals verlassen dürfen«, sagte Zamerine schneidend.

»Aber die Abkommen …«

»Ihr wisst genau, dass die sogenannten Abkommen mit den lorelischen Königen das Pergament nicht wert sind, auf dem sie geschrieben sind. Wir gehorchen nicht dem Willen der Menschen, wir vollstrecken das Urteil der Göttin. Das ist die *oberste* Mission jedes Boten. Habt Ihr das etwa vergessen, Zeanos?«

Der Angesprochene fühlte sich in seinem Stolz verletzt

und war versucht, eine wütende Antwort zu geben. Rechtzeitig erinnerte er sich daran, wen er vor sich hatte, und senkte den Blick. »Nein, natürlich nicht«, murmelte er.

»Ihr gebt also zu, einen Fehler begangen zu haben?«

»Wir waren noch nicht einmal bewaffnet!«, protestierte Zeanos.

Die Gegenwart von Zamerines Gehilfen beunruhigte ihn mehr, als ihm lieb war. Dyree war die strafende Hand des Judikators und vollstreckte die persönlichen Urteile des Hohepriesters. Der Bote unter den Boten.

»Na und?«, sagte Zamerine gleichmütig. »Der Hati ist heilig, aber nicht unverzichtbar. Zu zweit hättet ihr mit Leichtigkeit zumindest einen der Flüchtlinge töten können.«

Zeanos zog es vor zu schweigen. Die Züü wurden im Kleinen Palast besonders scharf bewacht. Die Jelenis wichen zwar zurück, wenn ein Zü sie mit dem Hati bedrohte, doch die Bogenschützen würden keine Gnade walten lassen und die Boten beim kleinsten Anzeichen eines Kampfes erschießen. Zlek und er selbst wären umsonst gestorben. Sie hätten dem Ramgrith höchstens ein Auge ausstechen oder der Kaulanerin ein Ohr abreißen können. Zamerine wusste das alles, doch er wollte es nicht zugeben.

»Vielleicht kümmert Ihr Euch schon etwas zu lange um die weltlichen Angelegenheiten«, fuhr der Judikator fort. »Ihr verweichlicht. Wie lange liegt Eure letzte Vollstreckung zurück?«

»Zwei Jahre. Aber ich habe sechzehn Kerben im Griff meines Dolchs«, sagte Zeanos stolz.

»Und Dyree fünfundzwanzig. Nicht wahr, Dyree?«

Der Gehilfe antwortete mit einem kurzen Kopfnicken,

151

als wäre er ein dressiertes Tier. Er legte die Hand auf das Heft seines Hatis, und Zeanos rechnete damit, dass er ihm seine Trophäe zeigen würde. Doch Dyree beschränkte sich darauf, ihn mit einem leichten Lächeln auf den Lippen anzustarren.

Ich habe Zuïa nicht verraten, dachte Zeanos. *Ich verdiene die Strafe nicht.*

»Also, mein Freund. Wie gedenkt Ihr Euren Fehler wiedergutzumachen?«

Die Drohung war ebenso unmissverständlich, als hätte Zamerine gesagt: »Euretwegen sind sie noch am Leben. Solltet Ihr das nicht schleunigst ändern, wird Dyree Euch töten und in die Moore des Lus'an schicken.« Glücklicherweise war Zeanos nicht auf den Kopf gefallen.

Er räusperte sich, um seine Stimme kräftiger klingen zu lassen. Das Schlucken fiel ihm zunehmend schwer. »Wie schon gesagt, verließ ich den Palast, kurz nachdem Zlek weg war, und stattete Darlane einen Besuch ab. Er beeilte sich, auf meinen Befehl hin Männer an den Stadttoren und am Hafen zu postieren. Niemand hat die Flüchtlinge gesehen. So viel steht fest.«

»Ihr wisst doch, wie unzuverlässig die Berichte der Gilde sind«, sagte Zamerine zornig. »Nur wenn sie gesehen worden wären, hätten wir Gewissheit. Ich hoffe, Ihr habt keine weiteren Schlüsse aus dieser Annahme gezogen.«

Zeanos stand da wie vom Donner gerührt. Er musste beweisen, dass er richtig gehandelt hatte, aber Zamerine schmetterte jedes seiner Argumente ab. »Doch, Judikator. Ich habe Darlane die Bedeutung der Mission deutlich klargemacht. Und ich war dabei, als er meine Anweisungen an seine Untergebenen weitergab. Auch er war sehr nachdrücklich und versprach demjenigen, der die Flüchtlinge sieht, eine hohe Belohnung. Außerdem war meine Beschreibung sehr genau. Ich glaube, dieses Mal können wir uns auf Darlanes Bericht verlassen.«

»Hoffen wir es«, sagte Zamerine nach kurzem Schweigen.

Zeanos entspannte sich etwas und fuhr mit festerer Stimme fort: »Sie haben die Stadt demnach nicht verlassen. Ich habe Männer zu allen Herbergen geschickt, und die größten werden immer noch überwacht. Bisher ohne Erfolg. Die Flüchtlinge sind dort weder unter ihren richtigen Namen abgestiegen noch unter denen, die sie im Kleinen Palast angegeben haben.«

»Natürlich nicht. Haltet Ihr mich für einen Dummkopf? Warum erzählt Ihr mir solche Selbstverständlichkeiten? Haltet Ihr sie für Dummköpfe? Der Ramgrith spielt seit über vier Dekaden Katz und Maus mit uns. Glaubt Ihr wirklich, er würde in einer Herberge seinen richtigen Namen hinterlassen?«

»Nein, Judikator«, stammelte Zeanos. »Ihr habt vollkommen recht. Ich wollte nur auf Nummer sicher gehen.«

»Ich bin nach wie vor der Meinung, dass Eure Vermutung falsch ist. Sie haben die Stadt nicht durch eins der Tore verlassen, na und? Aus Lorelia herauszukommen, ist nicht schwierig. Hunderte Schmuggler tun das jeden Tag. Und auch wir kommen und gehen, wie es uns beliebt, ohne irgendetwas zu verzollen. Was sagt Ihr dazu?«

»Ich bin überzeugt, dass sie uns jetzt nicht mehr entkommen können, was sie auch tun. Wenn sie, wie ich glaube, noch in der Stadt sind, dann werden sie früher oder später einem der Wachposten vor den Herbergen oder an den Stadttoren in die Arme laufen. Und wenn sie die Stadt doch verlassen haben, dann kommen sie zurück – entweder, um den Markt im Kleinen Palast zu besuchen, oder, um nach Junin überzusetzen. Wir müssen nur ein paar Männer am Hafen aufstellen.«

Zeanos' Argumentation war stichhaltig, auch wenn Zamerine schon längst zu einem ähnlichen Schluss gekommen war. Das Gespräch hatte nur den Zweck, seinen Untergebenen auf die Probe zu stellen. Zeanos hatte ihn enttäuscht, indem er viel zu spät reagiert hatte. Hätte er noch länger gewartet, würden die Flüchtlinge am Ende noch mit dem Leben davonkommen.

Der Ankläger hatte vorhergesehen, dass sie in die Fürstentümer fliehen würden. Auch wenn Zuïa aus seinem Munde sprach, war Zamerine schleierhaft, woher er seine Information bezog.

Bislang hatten sich all seine Prophezeiungen bewahrheitet. Die Flüchtlinge würden als Nächstes das Mittenmeer überqueren, so sicher, wie am Morgen die Sonne aufging.

Natürlich würde es niemals dazu kommen.

»Postiert auch Männer in Benelia«, befahl der Judikator. »Es kann sein, dass sie von dort aus einschiffen.«

»Natürlich«, sagte Zeanos, der glücklich war, so leicht davonzukommen.

»In der nächsten Dekade begleite ich Euch zum Markt im Kleinen Palast. Ich möchte sehen, wie diese jämmerlichen Gestalten aussehen, wenn sie überhaupt verrückt genug sind, sich noch einmal mit uns zu treffen. Und dieses Mal werdet Ihr *mich* sprechen lassen.«

»Wie Ihr wünscht, Judikator.«

»Ihr werdet kein Wort sagen. Für Euch habe ich einen besonderen Auftrag.«

Yan hatte Corenn noch nie so nervös erlebt. Er hatte das Gefühl, nicht er müsse die Prüfung ablegen, sondern sie.

Die Ratsfrau bat ihn, die Aufgabe zu wiederholen, doch Yan hatte Angst zu scheitern.

»Beim ersten Mal habe ich fast drei Tage gebraucht«, sagte er. »Vermutlich dauert es dieses Mal mindestens zwei. Ich nehme nicht an, dass wir uns zwei Tage lang im Wald verstecken werden.«

Das war eher eine Frage als eine Feststellung. Vielleicht würde Corenn ihn tatsächlich zwingen, sich zwei Tage lang auf die Mondkönigin zu konzentrieren. Ihr lag die Sache offenbar sehr am Herzen.

»Keine Angst, es wird schneller gehen, falls du die Münze tatsächlich zu Fall gebracht hast. Dann hat sich dir dein Wille nämlich offenbart, wie wir es nennen. Jedes Mal, wenn du Magie anwendest, stärkst du deinen Willen, als würdest du einen Muskel trainieren. «

Anscheinend war Corenn noch immer nicht ganz überzeugt, dass er die Prüfung tatsächlich bestanden hatte. Angesichts ihrer Skepsis wurde er selbst unsicher. Doch dann erinnerte er sich an die Hitze, das Pochen seines Herzschlags in den Schläfen und die Kraft, die von seinem Geist ausgeströmt war. Er hatte gespürt, was Corenn den »Willen« nannte.

Sie ließen sich an ihrem angestammten Platz nieder, einige hunderte Schritte von Rajis Hof entfernt. Yan hatte so viele Dekanten auf der Waldlichtung verbracht, dass er sich hier schon richtig heimisch fühlte.

»Lass uns gleich anfangen«, sagte Corenn. »Ich möchte so schnell wie möglich zu den anderen zurück.«

Yan war klar, dass das nicht der einzige Grund war. Sie konnte es kaum erwarten, ihn am Werk zu sehen, so wie er es vor einigen Tagen kaum hatte erwarten können, dass sie ihm eine Kostprobe ihrer Kunst gab.

»Darf ich die Mondkönigin nehmen?«

»Ganz wie du willst, Yan.«

Natürlich entschied er sich für den Anhänger, der ihm schon beim ersten Mal Glück gebracht hatte. Er stellte ihn vor sich hin und legte sich bäuchlings auf den Boden, wie so oft in den vergangenen Tagen.

Zunächst fiel es ihm schwer, sich zu konzentrieren, da er Corenns Anwesenheit und ihren Blick spürte, obwohl sie schwieg und sich nicht rührte. Doch schon bald glitt er in den Hypnosezustand, den er mittlerweile absichtlich herbeiführen konnte.

Sein Geist verschloss sich vor allem, was nicht die Mondkönigin war. Erst verlor er den Geschmackssinn, was ihm nicht weiter auffiel, da Menschen diesen Sinn ohnehin kaum gebrauchen. Als Nächstes setzte sein Geruchssinn aus. Er roch nicht länger die wilden Düfte des lorelischen Walds, das saftige Gras, die feuchte Erde und den Modergeruch der toten Baumstämme.

Er nahm immer weniger von der Außenwelt wahr, vergaß seinen Körper, spürte nicht länger das Gewicht seiner Beine auf dem Boden, die Schwere seines Beckens, den Druck seines Oberkörpers auf die Ellbogen: Er verlor den Tastsinn.

Das Knacken der Zweige, das Vogelgezwitscher, das Tapsen und Rascheln von Tausenden Beinchen und Flügeln von überall her, und auch sein eigener Atem und Herzschlag rückten in den Hintergrund und verschmolzen zu einem entfernten Summen, das immer schwächer wurde und schließlich vollkommen verstummte. Er büßte das Gehör ein.

Dann trübte sich der Himmel, die Bäume verblassten und das Gras war nur noch ein unscharfer Farbfleck. Yan sah, spürte und hörte nichts anderes mehr als die kleine blaue Muschel. Bald verschwand auch der Gegenstand selbst. Nun konzentrierte sich Yan nur noch auf seine *Vorstellung* von der Mondkönigin. Ihr Wesen. Ihren Geist.

Er war froh, dass er es gleich beim ersten Versuch auch nur bis hierher geschafft hatte, ohne die Konzentration zu verlieren und von vorne beginnen zu müssen. Denn das Schwierigste stand ihm noch bevor: Er musste die Muschel allein durch seinen Willen bewegen.

Das war die eigentliche Magie.

Er schöpfte die nötige Kraft aus seinem Inneren. Dann sammelte er diese Kraft um das, was ihm im Leben am meisten bedeutete: Léti.

Nun begann sein Herz schneller zu schlagen, und sein Atem beschleunigte sich. Ihm zitterten die Hände. Seine Körpertemperatur stieg an, die Muskeln spannten sich, und er verlor die Kontrolle über seinen Körper.

Doch das alles spürte er noch nicht. Er ahnte es voraus, aber er würde es erst erleben, nachdem er seinen Willen entfesselt hatte und die Welt wieder auf ihn einstürzte. Und selbst dann wäre es nur eine Erinnerung. Yan spürte nichts von dem, was in diesem Moment in seinem Körper vorging.

Schließlich ließ er seinen Willen frei. Es gelang ihm, die plötzliche Rückkehr seiner Sinne so zu beeinflussen, dass er als Erstes wieder sehen konnte. Die Mondkönigin bebte leicht, schwankte hin und her und wurde dann wie von einem unsichtbaren Windstoß einen Fuß weit durch die Luft geschleudert.

Vor lauter Begeisterung öffnete Yan sich der Welt viel

zu schnell. All seine Sinne kehrten gleichzeitig zurück. Er durchlitt einen qualvollen Augenblick, in dem seine gesamte Wahrnehmung geschärft war und alles gleichzeitig auf ihn einstürmte. Er schrie vor Schmerzen auf. Als Nächstes traf es seinen Körper. Dieser wurde erst von einem heftigen Fieberschub geschüttelt und dann von eisiger Starre erfasst. Bis zu diesem Moment hatte er sich stark gefühlt, doch nun war er völlig kraftlos und fror bis ins Mark.

Er kannte dieses Gefühl von der Insel Ji und von dem Tag, als er die Mondkönigin zum ersten Mal zu Fall gebracht hatte. Er wusste, dass er abwarten musste, bis sein Geist wieder die Kontrolle übernahm und Ordnung in das Chaos brachte. Sollte er versuchen aufzustehen oder eine jähe Bewegung machen, würde ihm schwindlig werden und er würde sich übergeben müssen.

Als die Wärme in seinen Körper zurückkehrte, richtete er sich auf und lehnte sich an einen Baumstamm. Erst jetzt fiel ihm Corenn wieder ein.

Die Ratsfrau machte ein ernstes Gesicht. Sie nahm sein Handgelenk und maß seinen Puls. »Das wird schon wieder.«

Yan lächelte und nickte. Er fühlte sich gut und sogar zunehmend besser. Bald war er stark genug, um zu sprechen.

»Kommt ganz darauf an«, sagte er keuchend. »Habe ich die Prüfung bestanden oder nicht?«

»Du bist nun offiziell mein Magierlehrling! Natürlich nur, wenn du willst.«

»Was für eine Frage! Darf ich es jetzt Léti sagen?«

»Worauf wartest du noch?«

Sie half ihm hoch, und beide gingen mit langsamen Schritten zurück zu Rajis Hof.

»Wie lange hat es gedauert? Ich erinnere mich nicht.«

»Höchstens ein paar Dezillen. Jedenfalls keine drei Tage!«

Yan nickte. Während seiner Versenkung hatte er jedes Zeitgefühl verloren. Wenn Corenn behauptet hätte, es sei ein Dekant vergangen, hätte er ihr ohne Zögern geglaubt. »Muss ich Euch jetzt eigentlich ›Meisterin‹ nennen?«

»Um Eurydis' willen, *natürlich nicht!* Nenn mich so wie immer!«

»Gut. Äh … Dame Corenn, verzeiht die Frage, aber … Was wollt Ihr mir eigentlich beibringen? Ich meine, meinen Willen kann ich doch schon gebrauchen, oder?«

Ein Lächeln erschien auf ihrem Gesicht. Yan war zwar klug und begabt, doch er würde sich immer eine gewisse Naivität bewahren. »Viel, sehr viel, mein junger Freund. Was du über Magie weißt, ist nur ein Wassertropfen im endlosen Meer. Ich werde dir so viel davon zu trinken geben, dass du den Geschmack des Meeresbodens auf der Zunge schmecken wirst!«

Yan verschlug es die Sprache.

»Nein! Nein, Bowbaq! Was tust du denn da? Man könnte meinen, du hättest Angst, den Stock zu zerbrechen!«

Grigán nahm seine Aufgabe als Kampflehrer inzwischen sehr ernst. Und während Léti stets mit Feuereifer bei der Sache war, musste er seinen anderen Schüler ermuntern, anspornen und manchmal auch scharf zurechtweisen. Der Riese führte sämtliche Übungen freudlos aus und besaß trotz seiner Körperkraft offenkundig keinerlei Begabung für den Umgang mit der Waffe. Er hielt den schweren Stock in der Hand, als sei er eine schlafende Schlange, die man unter keinen Umständen wecken durfte.

»Ich habe Angst, dir wehzutun, mein Freund«, bekannte Bowbaq und zerzauste sich mit plumpen Fingern den Bart. »Was, wenn dich einer meiner Schläge trifft?«

Der Krieger schüttelte verzweifelt den Kopf. Den Stockkampf hatte er als Erstes gelernt, wie alle Ramgriths, denn die Gesetze Gritehs verboten es Kindern, vor ihrem zehnten Lebensjahr Waffen zu tragen. Die Gefahr, das Bowbaq ihn traf, war sehr gering, doch das Argument würde nicht reichen, um den Riesen zu beruhigen. »Und wenn schon! Dann wäre das mein Fehler, nicht deiner! Ich wäre sogar stolz auf dich.«

»Vielleicht sollte er erst einmal mit einer Strohpuppe üben«, schlug Rey vor.

»Wann wird man schon von einer Puppe angegriffen?«, erwiderte Grigán. »Außerdem glaube ich kaum, dass man von einem Strohsack etwas lernen kann. Außer vielleicht, wie wild auf ihn einzuschlagen.«

»Manchmal hilft das. Wir könnten ihm meinen Züu-Umhang anziehen. Das würde Bowbaq sicher anspornen«, sagte Rey fröhlich.

»Er hätte Angst, dem Stroh wehzutun!«, setzte Léti nach.

»Heute haben es wohl alle auf mich abgesehen«, brummte der Riese, doch er verzieh seinen Freunden die harmlosen Sticheleien.

»Ich frage mich, was man in den Gedanken einer Strohpuppe lesen könnte«, sagte Rey. »Vermutlich die Wut darüber, dass sie keine Schläge austeilen kann.«

Alle lachten, außer Grigán, der ungeduldig darauf wartete, weiterzumachen. Doch sie wurden von Corenns und Yans Ankunft unterbrochen. Die Ratsfrau trat in die Mitte.

»Ich habe Euch etwas Wichtiges mitzuteilen«, verkündete sie. »Eine gute Nachricht.«

»Ihr wollt mit Yan den Bund schließen«, riet Rey.

»Nein. Aber er wird mein Lehrling.«

»Auf welchem Gebiet?«

»Magie.«

Das konnte nur ein Scherz sein. Rey stieß Bowbaq mit dem Ellbogen an und wandte sich ab, um sich wieder auf dem Heuhaufen niederzulassen. Die anderen folgten ihm nicht.

»Ich hatte schon so einen Verdacht«, sagte Grigán. »Die Armbrust mit der gerissenen Sehne auf Ji – das wart Ihr!«

»Ja.«

»Stimmt das, Corenn?«, fragte der Riese. »Du bist eine Magierin?«

»Ja … Aber das ist ein großes Wort. Sagen wir lieber, dass ich die meisten Prinzipien kenne, sie aber nur selten anwende.«

Die Erben hatten in den vergangenen Tagen so viel Seltsames erlebt, dass sie die Neuigkeit mit Gelassenheit aufnahmen. Ramgriths glaubten nicht an Magie, doch Grigán war auf seinen Reisen so manchem Magier begegnet. Er hatte sich schon längst an den Gedanken gewöhnt, und dass Corenn eine Magierin war und Yan Unterricht geben würde, war in seinen Augen ein glücklicher Zufall, der ihnen von Nutzen sein konnte.

Bowbaq erging es ganz anders. Magie gehörte zu den Dingen, die sein Volk für unhöflich hielt, für anstößig und gefährlich. Die Existenz von Magie wurde nicht an-

161

gezweifelt, doch wie Götter, Dämonen und heilige Tiere wurde sie gleichermaßen geachtet und gefürchtet. Allerdings waren in den letzten Tagen schon so einige seiner Überzeugungen ins Wanken geraten – vielleicht irrten sich die Arkarier. Wenn Corenn Magie gebrauchte, konnte sie so schlimm nicht sein.

»Bowbaq kann Gedanken lesen, und Corenn ist eine Magierin. Auch ich habe Euch etwas mitzuteilen«, sagte Rey. »Ich habe ebenfalls eine besondere Gabe. Ich kann meine Nasenspitze mit der Zunge berühren.«

»Haltet Ihr Euch für besonders lustig?«, herrschte ihn Grigán an.

»Corenn«, fuhr Rey fort, ohne ihn zu beachten, »ich habe schon so viele Schwindler gesehen, dass ich einen Beweis brauche. Wenn Ihr mir eine Kostprobe Eures Könnens gebt, verspreche ich Euch, nichts mehr zu sagen. Zumindest nicht bis heute Abend.«

Mit einem leichten Lächeln nahm Corenn seine Hand in die ihre und legte eine Münze auf seine Handfläche. Einen Augenblick später schwebte das Geldstück in der Luft.

»Ich hole mir einen Knebel.« Rey verzog keine Miene.

Mein Wille wird stärker, dachte Corenn. Sie hatte ihn zu lange ruhen lassen, und jeder Gebrauch erschöpfte sie zutiefst. Doch obgleich sie in den vergangenen Tagen ihr magisches Talent nur dreimal gebraucht hatte, fiel es ihr bereits viel leichter. Sie nahm sich vor, den Rat, den sie Yan gab, selbst zu beherzigen und gemeinsam mit ihm zu üben.

Zum Wohle des Matriarchats hütete sie ihr Geheimnis nun schon so lange, dass es ihr eine große Erleichterung war, es endlich preiszugeben.

Yan und Léti hatten bisher geschwiegen. Sie beäugten sich verstohlen, wie zwei Fremde, die man einander gerade erst vorgestellt hatte.

Da alle auf eine Reaktion von ihr zu warten schienen, zwang Léti sich, etwas zu sagen. »Ich freue mich für dich, Yan. Sehr sogar.«

Ihr Gesichtsausdruck sagte das Gegenteil. Léti wusste schon lange von der Gabe ihrer Tante, und sie hatte eigentlich nichts gegen Magie einzuwenden, es sei denn, sie zwang sie zu Heimlichtuerei. Doch sie hatte sich der Hoffnung hingegeben, dass sie und Yan in letzter Zeit endlich wieder zueinandergefunden hatten. Nun würde er sich verändern, auf andere Gedanken kommen, sich weiterentwickeln. Sich jeden Tag ein bisschen mehr von ihr entfernen. Nein, sie freute sich nicht, dass er Magier werden wollte. Wo war ihr einstiges Glück hin? Wären sie doch wieder in Eza …

»Können wir weitermachen?«, fragte sie Grigán und beendete damit das Gespräch.

Ihre Stimme klang fest, doch ihre Augen blickten finster. Die Erben gingen ihrer Wege.

Trotz seiner Proteste traf sich Raji mit dem Mann, dessen Angebot Corenn ihm überbracht hatte. Es handelte sich um einen Händler aus Goran, der seinen Vorrat an Hundertjährigem Likör verkaufen und die lorelischen Handelssteuern umgehen wollte. Die beiden Männer einigten sich schnell, und der Schmuggler strich einen beträchtlichen Gewinn ein.

Zur Überraschung der Erben lud Raji sie ein, das freudige Ereignis mit ihm zu feiern. Obwohl seine Gäste ihm eine Menge Ärger eingehandelt hatten, war er ihnen dankbar. Rey hatte sich nicht geirrt: Auf seine Art war Raji ein Ehrenmann.

»Ein paar Gildenbrüder haben Bellec im *Romischen Schwein* einen Besuch abgestattet«, sagte er, als sie auf der Veranda vor seinem Haus saßen.

»Er hielt nur dicht, damit der Tunnel nicht auffliegt. Ich dachte, ich warne Euch lieber.«

»Die Gilde«, murmelte Grigán. »Das war absehbar. Sie werden die ganze Stadt durchsuchen.«

Der Schmuggler schien sich keine großen Sorgen zu machen. Er wohnte anderthalb Meilen außerhalb von Lorelia und hatte noch nie Scherereien gehabt, weder mit der Gilde noch mit den königlichen Steuereintreibern. Die Erben waren in Sicherheit – zumindest für den Augenblick.

»Raji«, sagte Grigán, »würdet Ihr uns einen Gefallen tun? Wir brauchen ein Schiff, das in die Kleinen Königreiche fährt. Am nächsten Septim. Und natürlich darf niemand davon erfahren.«

Der kleine Mann bot ihnen sogleich seine Hilfe an, aus Dankbarkeit für die Vermittlung des Geschäfts und Freude über die baldige Abreise seiner Gäste. Er kannte ein paar Kapitäne, die keine Fragen stellen würden.

Das Abenteuer ging weiter. Hoffentlich hatten die Gefährten die richtige Entscheidung getroffen.

Die wenigen Tage bis zum zweiten Treffen mit den Züu vergingen wie im Fluge. Unter anderem nutzten die Erben die Zeit für eine Bestandsaufnahme ihres Gepäcks und ihrer Vorräte.

Grigán, Corenn, Yan und Léti lebten schon länger aus einer Art Gemeinschaftskasse. Sie einigten sich darauf, dies auch weiterhin so zu handhaben, und Bowbaq und Rey schlossen sich ihnen ohne Zögern an. Schließlich verfolgten sie ein gemeinsames Ziel, und da war es unkomplizierter, aus einem Geldbeutel zu leben. Sollte ihr Abenteuer wider Erwarten bald zu Ende gehen, konnten sie das Geld immer noch untereinander aufteilen.

Einstimmig ernannten sie Corenn zu ihrer Schatzmeisterin. Ihre erste Amtshandlung bestand darin, aufzuschreiben, wie viel jeder in den Geldbeutel eingezahlt hatte, um künftige Streitereien zu verhindern. Als Nächstes verkündete sie, ihre eigene Einzahlung sei ein Geschenk an die Gemeinschaft der Erben. Da sie die größte Summe einbrachte, nahmen die anderen die großzügige Geste mit Beifall auf und folgten ihrem Beispiel. Rey rang sich als Letzter dazu durch, denn es fiel ihm immer noch schwer, die Gemeinschaft über den Eigennutz zu stellen.

Als die leidige Frage des Geldes geklärt war, gingen alle daran, ihre Ausrüstung auszubessern. Sie hatten keine Ahnung, wo ihre Reise sie hinführen würde, doch die bisherigen Erfahrungen lehrten sie, dass es besser war, auf alles gefasst zu sein. Deshalb packten sie Feldflaschen, Lebensmittel, Leinensäcke, feste Schuhe, Seile, Decken, Lampen und verschiedene Werkzeuge aus Rajis Lager ein. Im Gegenzug würden sie dem Schmuggler ihre Pferde überlassen.

Viele dieser Dinge besaßen die Gefährten bereits, allerdings in zu geringer Zahl oder schlechtem Zustand. Ihre neuen Ausrüstungsgegenstände waren von allerbester Qualität und stammten aus den Städten, Provinzen oder Ländern, deren jeweilige Spezialität die Herstellung dieser Waren war. Jedes Stück war ein wahres Kleinod. Selbst Grigán tauschte einiges von seinem Hab und Gut gegen Sachen aus Rajis Lager aus.

Rey verhandelte lange mit dem Schmuggler und rieb ihm die Unsumme unter die Nase, die sie bereits für die Unterkunft bezahlt hatten. Schließlich gelang es ihm, einen recht anständigen Preis auszuhandeln, und die Erben durften sich noch einige zusätzliche Gegenstände aus Rajis Lager aussuchen. Grigán drückte dem widerstrebenden Bowbaq einen Streitkolben in die Hand, eine Art Keule mit Eisenstacheln am oberen Ende. Léti wählte ein kunstvoll gearbeitetes goronisches Schwert. Trotz Corenns Protesten legte Léti die blitzblank polierte Scheide von nun an nicht mehr ab.

Wenn sie erst einmal den Eintritt zum Kleinen Palast, die Überfahrt auf dem Schiff, die Raji ihnen besorgt hatte, und den Preis für Grigáns geheimen Plan bezahlt hätten, würde ihnen kaum genug Geld bleiben, um Junin zu erreichen. Sie mussten dringend einen Weg finden, ihre Kasse aufzufüllen, dachte Corenn.

Corenn und Grigán nutzten die verbleibende Zeit dazu, ihren Lehrlingen Unterricht zu erteilen. Für den Anfang beschränkte sich der Krieger auf kleinere Übungen wie einfache Angriffe, Paraden und Gegenangriffe. Sie dienten eher dazu, Létis und Bowbaqs Schwachstellen zu ermitteln, als ihnen tatsächlich etwas beizubringen. Zunächst mussten sie sich an ihre neuen Waffen gewöhnen. Alles andere würde später kommen.

Rey bat darum, bei Corenns Unterricht zusehen zu dürfen, doch die langen Momente des konzentrierten Nichtstuns langweilten ihn rasch, und so gab er bald Grigáns Kampfunterricht den Vorzug. Es war sehr viel amüsanter, den Krieger zu verspotten, als Yan und Corenn in ihrer inneren Einkehr zu stören.

Dazu kam, dass die erste Lektion in Magie ein ziemlicher Misserfolg war. Drei Tage lang schob Yan Kopfschmerzen vor, um ihr zu entgehen. Schließlich gab er dem Drängen der Ratsfrau nach, beugte sich der Übung und scheiterte. Er gab sofort auf, und auch am nächsten Tag misslang ihm ein weiterer Versuch.

»Yan, was ist los mit dir?«, fragte Corenn schließlich. »Man könnte meinen, die Magie interessiert dich nicht mehr. Willst du immer noch Magier werden?«

Sie stellte diese Frage so sanft, wie sie nur konnte, da sie nicht wollte, dass er sich zu einer unüberlegten Entscheidung hinreißen ließ.

»Ich weiß nicht«, antwortete er mürrisch. »Ich weiß nicht, wozu das alles gut sein soll.«

Corenn ging nicht darauf ein, sondern erklärte die Lektion für beendet. Sie würden später darüber sprechen.

An jenem Abend führte Corenn ein langes Gespräch mit ihrer Nichte. Yan erfuhr niemals, worüber sie sprachen. Er war draußen und betrachtete die Sterne, als Léti zu ihm kam. Sie setzte sich, und eine Weile saßen sie stumm beisammen.

»Ich hoffe, du gibst dir Mühe und bist bald ein richtiger Magier«, sagte sie plötzlich. »Ich möchte, dass du mir eine Vorführung gibst.«

Der junge Mann starrte sie an, ohne seine Überraschung zu verbergen. Léti meinte es offenbar ernst.

»Jedenfalls schreit deine Tante nicht so herum wie Grigán«, sagte er schließlich grinsend. »Und es gehört nicht zum Unterricht, auf die Lehrerin einzudreschen.«

Sie mussten lachen, und ein Teil der Anspannung der

letzten Tage fiel von ihnen ab. Anschließend unterhielten sie sich lange. Sie sprachen über ihre Gedanken, Zweifel und Ängste, über alles, außer über ihre Gefühlen füreinander. Es war ein Spiel, bei dem sie so taten, als seien sie ein Liebespaar. Wie früher in Eza.

Am nächsten Tag gelang Yan die Übung auf Anhieb. Er lernte alles, was Corenn ihm beibringen wollte. Seine Ausbildung hatte begonnen.

Doch vorerst drängte die Zeit. Es war bereitsder Sixt der Dekade. Am nächsten Morgen würde der Markt im Kleinen Palast stattfinden.

Als die Schläge des Glockenturms zum dritten Dekant gerade verklungen waren, entdeckte Taris Grünohr die Gesuchten. Hintereinander marschierten sie aus der schäbigen Herberge, die er überwachen sollte, dem *Romischen Schwein*. Der Bruder konnte sein Glück kaum fassen. Die Belohnung war ihm sicher!

Er drückte sich in eine dunkle Ecke und tat, als schliefe er, während er die zusammengewürfelte Gruppe nicht aus den Augen ließ. Vier Männer und zwei Frauen, darunter eine nicht mehr ganz junge Kaulanerin und ein Ramgrith mit Schnurrbart. Kein Zweifel, das waren sie.

Taris fragte sich, wie er sie hatte übersehen können. Seine Überwachung war vielleicht nicht ganz lückenlos gewesen, aber es kam ihm doch seltsam vor, dass er die Flüchtlinge nicht in die Herberge hatte hineingehen sehen, vor allem, da sie mit Säcken und Satteltaschen beladen waren.

Natürlich würde er dieses Detail für sich behalten. Darlane missfiel es, wenn er etwas nicht verstand, und Taris

Grünohr stand nicht der Sinn danach, seinen Ummut zu wecken. Er hatte die Flüchtlinge aufgespürt, und er verdiente die Belohnung, die auf ihre Köpfe ausgesetzt war.

Er hatte den Auftrag, ihnen zu folgen und in einem günstigen Moment Bericht zu erstatten. Taris fand den Moment günstig genug. Es ging das Gerücht, diese Leute seien mit den Züü verfeindet. Wenn sie es mit den Mördern im roten Gewand aufnahmen, hielt er sich lieber von ihnen fern.

Eine knappe Dezime später erreichte die Nachricht Darlane, den Chef der lorelischen Gilde. Er suchte Zamerine höchstpersönlich im Kleinen Palast auf, in der Hoffnung, sich seine Gunst oder zumindest seinen Schutz zu sichern. Die Erben waren noch nicht einmal in der Nähe des Palasts, als sie dort bereits erwartet wurden.

Der Judikator lauschte dem Anführer der Diebe mit halbem Ohr. Was für ein Jammer. Er hatte insgeheim gehofft, seine Gegner würden es ihm etwas schwerer machen.

»Dann wäre alles geklärt«, verkündete er. »Wir werden Zuïas Urteil noch vor dem Morgengrauen vollstrecken. Das Kapitel ist abgeschlossen.«

»Aber … Was, wenn sie zum Hafen wollen?«, fragte der Gildenchef vorsichtig. »Meinen Informationen zufolge haben sie viel Gepäck bei sich.«

»Das wissen wir bereits«, antwortete Zamerine gelangweilt. »Sie haben vor sechs Tagen Plätze auf der *Ambassador* reserviert, die nach Lineh ausläuft. Vorauszahlung und keine Fragen. Sie haben keine Chance«, sagte er. »Entweder sie gehen an Bord oder sie kommen hierher. In beiden Fällen wird das Urteil vollstreckt.«

Wie bei ihrem ersten Besuch in Lorelia teilten sich die Erben in zwei Gruppen auf. Grigán, Corenn und Bowbaq gingen zum Kleinen Palast, während Yan, Rey und Léti auf dem Schiff auf sie warten würden – sobald sie ihre eigene Mission erfüllt hatten.

Der Abschied fiel ihnen schwer. Allen war bewusst, dass sie einander vielleicht zum letzten Mal sahen, eine Gefahr, die der Friede der letzten Tage sie hatte vergessen lassen. Ihr »Auf bald« wurde immer mehr zu einem »Lebt wohl«, und schließlich kürzte Grigán die Sache ab, indem er Corenn und Bowbaq fortzog. Das Gepäck ließen sie bei den drei jüngeren Erben zurück.

»Ich hoffe, sie machen keine Dummheiten«, brummte Grigán. »Sie brüllen lauter als Söldner im Schlachtgetümmel, sind aber so arglos wie Kinder.«

Corenn lächelte. Unter seiner rauen Schale war Grigán sehr einfühlsam, das bewies er jeden Tag mehr. »Wollt Ihr nicht eins der Kinder adoptieren?«, schlug sie vor.

»Was?«

»Wie Ihr wisst, ist Yan Waise. Und Léti im Grunde auch. Schließlich bin ich nicht ihre richtige Tante.«

»Reyan ebenso«, fügte Bowbaq treuherzig hinzu.

»Das fehlt mir gerade noch. Diesen Angeber zu adoptieren, der vor nichts und niemandem Achtung hat! Eher würde ich mich Zuïa in die Arme stürzen.«

Grigán wusste nicht, was er sonst sagen sollte. Corenn durchschaute ihn mehr, als ihm lieb war, und das machte ihn glücklich und wütend zugleich. Er hatte bereits mit dem Gedanken gespielt, mit ihr und Léti eine Familie zu gründen … Doch er verbot sich, weiter darüber nachzudenken. So etwas war nichts für ihn. Er hatte kein Recht dazu.

Während sie den Platz der Reiter mit seinen Marktbuden überquerten, bemerkte er plötzlich, dass Bowbaq schwer atmete und kaum noch Luft zu bekommen
schien. »Bowbaq, ist alles in Ordnung?«

»Ja«, antwortete der Riese, obwohl er kreidebleich war.
»Es ist nur … All diese Menschen. Es sind so viele. Ehrlich gesagt, ist mir etwas unwohl.«

»Wir sind gleich da«, sagte Corenn und griff nach seinem Arm. »Kannst du trotzdem …«

»Ja. Es geht schon.« Insgeheim verfluchte er sich. Zum
ersten Mal konnte er sich nützlich machen, wahrhaftig
nützlich. Das war nicht der richtige Moment, um die Nerven zu verlieren.

»Du hast Angst vor Menschenansammlungen«, sagte
Corenn. »Das ist nicht weiter schlimm. Es geht vorbei.
Aber du hättest es mir sagen sollen.«

»Ich dachte nicht, dass es *so viele* Menschen sein würden«, stammelte er. »Es ist, als würde ich mich schmutzig machen.«

»Es ist alles in Ordnung«, sagte Grigán beruhigend.
»Wir sind da.«

Sie warteten eine Weile vor dem Palast, bis es Bowbaq
besser ging. Allmählich gewöhnte er sich an die Menschenmenge.

»Gehen wir«, sagte er plötzlich, als gerade erst ein blass-
rosa Schimmer in sein Gesicht zurückgekehrt war. »Ich
werde euch helfen. Ich werde es schaffen.«

Sie gingen zum Eingang des Kleinen Palasts. Die wach-
habenden Jelenis traten beiseite und gaben den Ketten ihrer Hunde gleich danach wieder Spiel. Gegen ihren Willen kam niemand herein … Oder hinaus.

»Wir hätten Raji seinen Esel abkaufen sollen«, sagte Rey und stöhnte unter dem Gewicht des Gepäcks. »Dann wäre das hier ein netter Spaziergang.«

»Aber wie hätten wir den Esel in der Herberge erklärt?«, gab Yan zurück, der trotz der Erschöpfung zum Scherzen aufgelegt war.

»He! Du bist doch Magier, oder? Kannst du uns nicht zum Hafen fliegen?«

»Wenn das ginge, würde ich es sofort tun.«

»Dann eben nur mich! Ich warte dort auf euch, versprochen.«

Yan sparte sich eine Antwort. Bei ihren Geplänkeln behielt Rey ohnehin immer das letzte Wort.

»Es kann doch nicht mehr weit sein, oder?«, fragte Léti.

»Noch drei Straßen. Folgt mir!«

Yan und Léti bogen hinter Rey in eine finstere, schmale Gasse ein, die genauso aussah wie alle anderen, die sie bisher durchquert hatten. Indem sie große Straßen mieden, schlug Rey drei Fliegen mit einer Klappe: Sie nahmen eine Abkürzung, drohten nicht, ihren Feinden in die Arme zu laufen, und er konnte den anderen mit seiner Ortskenntnis imponieren. Doch dieses Mal hatte er einen Fehler gemacht.

Direkt hinter Yan ging eine Kellerklappe auf und zwei mit Dolchen bewaffnete Männer sprangen auf die Straße. Zwei weitere Männer kamen von der anderen Seite auf sie zu und schnitten ihnen den Fluchtweg ab.

In Léti wallte Wut auf, während Yan sie in die Mitte der Straße schob. Er stellte sein Gepäck ab und baute sich entschlossen zwischen der jungen Frau und den Angreifern auf.

172

Rey hatte sich nicht gerührt. Er stierte den beiden Männern, die ihn belauerten, mit finsterem Gesicht entgegen.

Das war nicht geplant, dachte Léti. Sie hatten verschiedene Eventualitäten durchgespielt, und Grigán hatte für alle einen Ausweg ersonnen, aber auf so etwas waren sie einfach nicht vorbereitet.

»Was wollt ihr?«, fragte Yan möglichst ruhig. Er wollte die Männer auf keinen Fall provozieren.

»Was für 'ne Frage. Was woll'n wir wohl?«, sagte einer der Kerle. »Das hier is' unsre Straße. Jeder, der hier durchwill, muss bezahlen.«

Léti zog ihr Schwert und dachte, dass Yan noch nicht einmal bewaffnet war. Rey stand wie vom Donner gerührt da. Diesen Kampf würden sie mit Sicherheit verlieren …

»Bezahlen? Wie viel?«, fragte Yan und begab sich leichtsinnigerweise in Reichweite der Banditen.

»Alles, was ihr habt«, antwortete ein anderer und löste damit tosendes Gelächter bei seinen Komplizen aus.

Plötzlich begann Rey wie ein Irrer zu kreischen. Er stieß spitze Schreie aus, warf das Gepäck zu Boden, zog seinen Degen und rannte auf die Männer zu, mit irrem Blick, weit aufgerissenem Mund und heraushängender Zunge.

Die beiden Kerle wichen einen Schritt zurück und dann noch einen, während beide versuchten, sich hinter dem jeweils anderen zu verstecken. Als Rey nur noch wenige Schritte von ihnen entfernt war und keine Anstalten machte, langsamer zu werden, drehten sie sich um und ergriffen Hals über Kopf die Flucht.

Rey verfolgte sie und verschwand bald aus dem Blick seiner Freunde. Nur seine Schreie waren immer noch zu hören. Die beiden übrig gebliebenen Banditen warfen sich unschlüssige Blicke zu.

»Achtung, er kommt zurück«, sagte Yan und zeigte auf das andere Ende der Straße.

Das ließen sich die Männer nicht zweimal sagen. Sie machten auf dem Absatz kehrt und rannten davon. Vier gegen drei, das ging ja noch, aber zwei gegen einen Irren, das war ihnen dann doch zu gefährlich.

Kurz darauf tauchte Rey mit einem breiten Grinsen auf dem Gesicht wieder auf. Yan und Léti hatten bereits ihre Säcke und Taschen eingesammelt.

»Was hast du mit den Kerlen angestellt?«, fragte Yan, während sie zum Hafen hasteten.

»Ich habe sie laufen lassen. Der Glaubwürdigkeit halber habe ich allerdings noch die Auslage eines Krämers verwüstet. Deshalb sollten wir lieber nicht zu lange herumtrödeln.«

Yan konnte sich lebhaft vorstellen, wie Rey den Gemüsekisten wütende Fußtritte versetzte und dabei herumkreischte. Könnten sie all ihre Probleme auf diesem Weg aus der Welt schaffen, wäre das Leben viel leichter …

Grigán war ein erfahrener Reisender. Er passte sich mit Leichtigkeit neuen Situationen an und fühlte sich überall auf Anhieb zu Hause. Er war erst zum dritten Mal im Kleinen Palast, doch die Marmorwände, die ausladenden Treppen und die üppigen Deckengemälde waren ihm bereits so vertraut, dass er sie kaum noch beachtete.

Corenn erging es anders. Ihr scharfer Verstand interessierte sich für alles, selbst für Dinge, die sie schon tausendmal gesehen hatte. Und bei einem der prachtvollsten Gebäude der lorelischen Hauptstadt war ihre Neugier unersättlich.

Bowbaq wiederum starrte mit offenem Mund auf das riesige Gebäude und konnte kaum glauben, dass es von Menschenhand errichtet worden war. Kurz fragte er sich, ob es nicht unhöflich war, den makellosen Boden der Vorhalle mit Füßen zu treten. Doch da Grigán und Corenn keinen Moment zögerten, folgte er ihnen, obgleich er versuchte, sich so klein wie möglich zu machen. Die Mühe hätte er sich sparen können: Mit seinem Körperumfang zog er die Aufmerksamkeit aller Jelenis auf sich und auch die ihrer Hunde.

Dass die Lorelier Tiere in ein so prächtiges Gebäude hineinließen, kam Bowbaq ebenfalls wie ein Verstoß gegen die Höflichkeit vor. Obwohl er große Achtung vor Tieren hatte, würde er beispielsweise Mir nie erlauben, seine Hütte zu betreten. Ganz zu schweigen von einem Palast!

Der Schreiber am Empfang schien sie wiederzuerkennen, denn die Anmeldung ging dieses Mal erstaunlich schnell vonstatten. Sie hielten ihre Passierscheine in der Hand, noch bevor die Jelenis ihnen die Waffen abgenommen hatten. Wie beim ersten Mal überreichte Grigán den Wachen das Schwert, das er am Gürtel trug.

»Warum behaltet ihr die Scheide?«, fragte ein Lorelier misstrauisch.

»Sie ist ein Sammlerstück und hat mich ein Vermögen gekostet. Ich möchte nicht, dass jemand sie ›versehentlich‹ mitnimmt.«

Der Wachsoldat nickte und ließ sie passieren. Viele Marktbesucher liebten es, ihre Reichtümer öffentlich zur Schau zu stellen.

»Da wären wir«, sagte Corenn, als sie in den Innenhof traten.

Die Ratsfrau machte sich gleich auf die Suche nach den Züü, während Grigán erneut die Bogenschützen und Jelenis musterte, die den Platz bewachten. Mit gemischten Gefühlen betrachtete Bowbaq die akkuraten Anpflanzungen des Parks. Hier war die Natur eine Sklavin. Gewiss war das Ergebnis wunderschön; Bowbaq konnte sich nur nicht entscheiden, ob es unhöflich war oder nicht.

Ein dicklicher Mann mit unstetem Blick kam vorsichtig auf sie zu. Corenn rechnete damit, dass er ihnen ein Geschäft vorschlagen wollte, aber es ging um etwas anderes.

»Die Priester erwarten Euch«, sagte er ohne ein Wort der Begrüßung. »Dort drüben, hinter den Sträuchern.«

Der Mann ging zum Ausgang, ohne sie aus den Augen zu lassen, und Grigán starrte ihm seinerseits nach, bis er aus dem Innenhof verschwunden war. Wer der Mann auch war, er hatte Angst vor den Erben oder wollte nicht in das hineingezogen werden, was ihnen bevorstand.

Corenn ging in die Richtung, in die der Mann gezeigt hatte, und Bowbaq folgte ihr. Sein Herz pochte so heftig, dass er glaubte, jeder könne es hören.

Grigán holte sie ein, setzte sich an die Spitze und legte aus lebenslanger Gewohnheit eine Hand auf die Schwertscheide. Die Züü hatten den Ort nicht ohne Grund ausgewählt, dachte er, während sie sich ihrem Ziel näherten. Büsche schirmten den Ort zu einer Seite hin ab. Zudem lag er in der Nähe des Eingangs und war unbewacht, wenn die Jelenis ihre Runde drehten.

Grigán ging mit festen Schritten um die Sträucher herum, um seine Entschlossenheit und seinen Mut zu demonstrieren. Er hatte keine Angst. Wenn überhaupt, hatte er nur Angst vor dem, was die Züü seinen Freunden antun konnten.

»Wie ich sehe, habt Ihr Verstärkung mitgebracht«, sagte der älteste Zü. Er saß auf einem Steinblock, der als Bank diente.

Sein Blick ruhte auf Bowbaq. Die Bemerkung sollte wohl scherzhaft klingen.

»Ihr doch auch«, antwortete Grigán mit einem Kopfnicken zu den beiden Begleitern des Zü.

Der eine war der Mann, mit dem sie in der vergangenen Dekade gesprochen hatten. Er gab kein Zeichen des Wiedererkennens, sondern stierte nur reglos geradeaus, die Kiefer zusammengebissen und die Hände auf dem Rücken verschränkt, genau wie sein Komplize.

Grigán fragte sich, was sie in ihren Händen verbargen. Dass sie nicht saßen, sondern hinter ihrem Meister standen, weckte sein Misstrauen.

»Ihr seid Corenn aus Kaul, richtig?«, fragte der Zü. »Und Grigán Derkel aus Griteh, und natürlich Bowbaq vom Vogelklan. Wo sind die anderen?«

»Ihr werdet sicher verstehen, dass wir Euch darauf keine Antwort geben können«, sagte Corenn und baute sich vor dem Mann auf. »Und mit wem habe ich die Ehre?«

»Judikator Zamerine. Ich bin der Hohepriester der lorelischen Boten, die Euretwegen immer weniger werden«, sagte er.

Bowbaq traute seinen Ohren nicht. Der Mann gab offen zu, ein Zü zu sein! Allerdings schienen sie auch sonst keine Scham zu kennen, da sie mitten in der Stadt mit ihren scharlachroten Gewändern und kahl geschorenen Schädeln herumspazierten. In Lorelien herrschte wirklich eine seltsame Moral.

»Es ist nicht unserer Absicht, die Anhänger Zuïas zu ermorden«, sagte Corenn. »Das wisst Ihr nur zu gut. Wir alle wollen doch nur eins, nämlich diesen Streit beenden.«

»Das ist unmöglich. Mein Untergebener sagte Euch das bereits. Selbst wenn Ihr meinen Boten kein Haar gekrümmt hättet, müsste das Urteil vollstreckt werden. Und nun, da es sich um eine persönliche Sache handelt, erst recht.«

»Wir würden dem Tempel Zuïas ein großzügiges Opfer bringen, solltet Ihr uns einen Aufschub gewähren. Deshalb sind wir hier.«

»Die Göttin ist keine gewöhnliche Richterin, die Menschengesetzen unterliegt. Euer Gnadengesuch wird abgelehnt. So lautet Zuïas Urteil.«

Corenn hatte nicht ernsthaft mit einem Erfolg gerechnet, war aber dennoch enttäuscht. Grigán trat unruhig von einem Fuß auf den anderen. Er bedeutete ihr mit einem versteckten Zeichen, Abstand zu den Mördern zu halten. Wenn Bowbaq erst einmal begonnen hätte, würde es gewiss zu einem Kampf kommen … Selbst die lorelischen Wachen würden die Züü nicht daran hindern können, sich auf die Erben zu stürzen.

Corenn ging in Gedanken ihre Argumente durch, doch angesichts von Zamerines offener Feindseligkeit gab es nichts mehr zu sagen. Sie würde Bowbaq das Zeichen geben, und dann konnten sie nur noch hoffen.

Sie reichte dem Zü ein Pergament, das dieser widerstrebend entgegennahm. »Ich glaube immer noch, dass wir uns einig werden können. Vielleicht könntet Ihr diesen Brief unserem Feind übergeben.«

Ohne Umschweife entfaltete der Zü die Botschaft. Das Blatt war leer. *Jemand drang in seine Gedanken ein! Der Riese. Er stöberte in seinen Erinnerungen, durchwühlte jeden*

Winkel, suchte nach allem, was Zamerine über den Ankläger wusste.

»Tötet sie!«, befahl er seinen Männern und verschloss seinen Geist vor dem Eindringling. Er war außer sich vor Wut.

Die beiden Züu traten einen Schritt auf sie zu und hoben die Hände, aber diese waren leer. Einer der Männer stürzte sich auf Corenn, der andere auf Grigán. Corenns Angreifer schenkte ihr ein seltsames, stählernes Grinsen.

Die Mörder waren mit Metallgebissen bewaffnet, deren Zähne vermutlich vergiftet waren! Der Zü warf Corenn zu Boden und näherte sein Gesicht ihrem Hals. Während sie mit aller Kraft versuchte, sich gegen ihn zu wehren, fragte sie sich, wie er zuvor den Mund hatte schließen können – so groß und spitz waren die Zähne. Der Mann ließ nicht locker und fiel über sie her wie ein Wolf über ein verletztes Beutetier. Er versuchte, sie zu Boden zu drücken, damit er seine Zähne in ein entblößtes Stück Haut schlagen konnte.

Plötzlich schien der Körper des Mörders an Gewicht zu verlieren. Irgendetwas zog ihn in die Höhe. Beim Versuch zu sprechen, streckte er seine Zunge zwischen den metallisch blitzenden Zähnen hervor, doch er brachte nichts als ein Knurren hervor, was seine Ähnlichkeit mit einem wilden Tier noch verstärkte.

Bowbaq hob den Zü mit einer Hand am Nacken hoch, ballte die andere und schlug sie dem Mann ins Gesicht. Bowbaq war weder sanft noch gelassen. Er war einfach nur wütend. Stinkwütend.

Grigán hatte seinen Widersacher mit einem Tritt vor die Brust abgewehrt und griff nun nach seiner Schwertscheide. Als sich der Zü erneut auf ihn stürzte, spießte der

Krieger ihn mit einer anderthalb Fuß langen hauchdünnen Klinge auf, die er aus einem geheimen Schlitz im Innenleder der Scheide gezogen hatten.

Dann ging alles sehr schnell. Grigáns Opfer brach zusammen, und Bowbaq ließ seinen Gegner los. Dieser presste sich die Hände auf die Nase, aus der Blut hervorschoss.

Jeden Augenblick würden die Wachen eingreifen. Zum ersten Mal in der Geschichte des Kleinen Palasts fand im Innenhof ein Kampf auf Leben und Tod statt. Doch wenn der erste Moment der Überraschung vorbei wäre, würden die Jelenis nicht lange fackeln. Grigán hörte bereits die eiligen Schritte der Bogenschützen auf der oberen Galerie. Die Männer suchten zwischen den Büschen nach einem guten Schusswinkel. Ihnen war es gleich, wer den Streit angefangen hatte, denn ihr Befehl lautete, jedem, der sich an einem Kampf beteiligte, einen Pfeil in die Brust zu jagen. Es war sogar möglich, dass sie die Züu verschonten, um nicht auf ihre schwarze Liste zu geraten.

Von allen Seiten rannten Jelenis herbei. Ihre Doggen zerrten an den Ketten und schnappten nach Unbeteiligten, und die Wachen hatten alle Hände voll damit zu tun, sie zu bändigen.

Bowbaq drang in den Geist der ersten Dogge ein, bevor sein Herr etwas davon mitbekam. Die Botschaft des Arkariers war unmissverständlich: *Gefahr*. Der stärkste Begriff der tierischen Vorstellungswelt.

Wie erhofft gebärdete sich der Hund wie wild, als er den Eindringling in seinem Geist spürte, und seine erste Reaktion war eine mörderische Wut auf den Riesen. Doch das Wort »Gefahr« war zu mächtig und zu stark, um ignoriert zu werden. Die Dogge wollte nur noch eins: fliehen.

Der Jelenis verlor die Kontrolle über sein Tier. Er versuchte mit aller Kraft, es zurückzuhalten, war aber nicht stark genug. Der Soldat ging zu Boden und wurde von der Kette, die ihn mit seinem Hund verband, über den Boden geschleift, was die allgemeine Panik noch verstärkte.

Mittlerweile hatte sich Corenn aufgerappelt. Sie vergewisserte sich, dass Grigán die beiden Züu mit seinem Dolch in Schach hielt, und sah sich nach den Bogenschützen um. Sie waren der Schwachpunkt ihres Plans. Falls es den Erben nicht gelang, sich ihnen verständlich zu machen, waren sie verloren.

Einer der Bogenschützen war inzwischen in Schussweite. Die Ratsfrau bedeutete ihm, dass sie unbewaffnet war und keinen Widerstand leisten würde. Doch der Mann ignorierte ihre Geste, legte einen Pfeil in die Sehne und spannte den Bogen.

Schneller, als sie es für möglich gehalten hätte, schleuderte Corenn ihm ihren Willen entgegen. Die Sehne riss mit einem Knall und peitsche dem übereifrigen Schützen ins Gesicht. Doch es hatte sie all ihre Kraft gekostet. Reglosigkeit überfiel sie, und nur mit Mühe konnte sie Grigán und Bowbaq folgen, die zum Ausgang hasteten.

Grigán ließ die Mörder im roten Gewand nicht aus den Augen, obwohl sie sich nicht rührten. Der Mann mit der gebrochenen Nase hatte sein Metallgebiss aus dem Mund genommen und wartete auf die Befehle seines Meisters. Judikator Zamerine verfolgte ihre Flucht mit einem Lächeln auf den Lippen. Seine Niederlage schien ihn nicht weiter zu kümmern.

Der Zü musste noch etwas in der Hinterhand haben. Grigán hoffte inständig, dass sein Plan aufging. Er dachte an das Schiff, auf dem Yan und Léti warteten.

Bowbaq drang in den Geist jeder Dogge ein, der sie begegneten, und schaltete auf diese Weise sämtliche Jelenis aus, die sich ihnen in den Weg stellten. Gekläff, Befehle und Entsetzensschreie der Händler hallten im Innenhof des Kleinen Palasts wider.

Die Erben duckten sich hinter Sträucher und Hecken und näherten sich dem Ausgang, vor dem sich die nach draußen strömenden Besucher stauten. In der allgemeinen Panik wagten die Bogenschützen nicht, einen Schuss abzugeben, denn die Gefahr, einen Unschuldigen zu treffen, war zu groß.

Bowbaq brachte zwei Hunde am Eingang in Rage, damit die Menge zurückwich und ihnen Platz machte. Die Gefährten zwängten sich durch das Getümmel und rannten den Gang entlang.

»Ihr könnt jetzt nicht hinaus«, sagte ein Jelenis, dessen Hund bisher verschont geblieben war.

Grigán wartete nicht, bis Bowbaq tätig wurde, sondern stieß den überraschten Soldaten brutal zur Seite. Der Jelenis fiel rücklings auf seinen Hund. Der Dogge gefiel das ganz und gar nicht, doch die Erben blieben nicht stehen, um zu sehen, ob sie sich an ihrem Herrn rächte.

Einen Augenblick später standen sie vor dem Palast, wo sich eine Menschentraube gebildet hatte. Die Leute reckten neugierig die Köpfe, um zu sehen, wer oder was diesen Aufruhr verursachte, obschon das Geschrei der Marktleute den Lärm aus dem Palast übertönte.

»Was habt ihr denn getrieben?«, fragte Rey. »Einen Moment länger, und ich hätte euch zur Hilfe kommen müssen.«

»Alles in Ordnung?«, fragte Corenn besorgt.

»Alles in Ordnung. Die Züu erwarten uns auf der *Am-*

bassador, aber wir gehen an Bord der *Othenor.* Im Namen der Erben habe ich das Schiff soeben für einen recht anständigen Preis erworben.«

»Verlieren wir keine Zeit. Sie werden die Täuschung bald entdecken.«

»Einen Moment noch.«

Zu ihrer Überraschung eilte Rey in den Palast hinein.

Grigán hinderte die Schaulustigen mit finsteren Blicken daran, sich ihnen zu nähern, während er zugleich über Reys ständige Eskapaden schimpfte.

Corenn beschloss, die Zeit sinnvoll zu nutzen.

»Bowbaq, weißt du den Namen unseres Feindes?«

Der Riese schüttelte den Kopf. Die Enttäuschung stand ihm ins Gesicht geschrieben. »Selbst die Züu kennen ihn nicht«, verkündete er. »Sie nennen ihn nur den ›Ankläger‹.«

Corenn nickte traurig und verschob es auf später, über die mageren Neuigkeiten nachzudenken. Zumindest hatten sie nichts unversucht gelassen.

Von drinnen drangen laute Stimmen und Protestschreie zu ihnen heraus. Kurz darauf ertönte ein schrilles Kreischen. Grigán fluchte und schickte sich an, in den Palast zurückzukehren, doch bevor er dazu kam, war Rey zurück. Er war unverletzt und schleppte unter Ächzen und Stöhnen die schwere Schatulle des Kassierers mit den Eintrittsgeldern aller Händler und Besucher des kleinen Palasts. Hunderte von Goldterzen.

»Eine kleine Entschädigung«, erklärte er. »Für alles, was meinem Urahnen unrechtmäßig genommen wurde.«

Niemand widersprach, denn seit jeher waren die Erben auf sich selbst gestellt. Seit hundertachtzehn Jahren konnten sie sich auf niemanden sonst verlassen.

ZWEITES BUCH

DAS ÜBERMENSCHLICHE WISSEN

Die *Othenor* war für neun Besatzungsmitglieder aus- gelegt, weshalb die sechs Gefährten mehr als genug Platz hatten. Allerdings war das Fischerboot nur für zwei- bis dreitägige Fahrten gedacht, und der Schiffsbauer hatte keinen Gedanken an die Bequemlichkeit der Passagiere verschwendet. Die Erben würden jedoch fast eine Deka- de unterwegs sein.

Das Schiff hatte nur zwei Kabinen: eine Kapitänskabi- ne, die die Männer Léti und Corenn überließen, und eine Mannschaftskabine, die keine Möbel enthielt außer acht vor Schmutz starrende Hängematten. Ein kleiner Ver- schlag mit einem Eimer diente als Abort, und neben den Kabinen lag die Kajüte.

Im Heck gab es einen Stauraum mit Netzen und Körben des Vorbesitzers. Er war fast leer, da dort normalerweise die gefangenen Fische gelagert wurden. Im Magazin fan- den sie Fässer mit Süßwasser, Pökelfleisch und Schnaps- flaschen, von denen Rey während der ganzen Überfahrt kostete. An Deck befanden sich außerdem mehrere Kisten mit Tauen und Ersatzsegeln.

Rey hatte das Schiff erst am Tag ihrer Abfahrt für die Er- ben gekauft. Das war riskant gewesen, denn es hätte sein können, dass er keinen Verkäufer fand. Doch Lorelia war der größte Hafen der bekannten Welt, und der Schau- spieler zahlte den Kaufpreis bar auf die Hand. Schließlich fand er vier Boote, die ihren Bedürfnissen entsprachen, und entschied sich auf Yans Rat hin für die *Othenor*.

Die Erben hatten den Hafen zügig verlassen. Die könig- lichen Zollbeamten und Steuereintreiber interessierten sich nur für einlaufende Schiffe und hatten es außerdem eher auf große Handelsflotten als auf kleine Fischerboote abgesehen. So passierten sie den letzten Leuchtturm von Zélanos, ohne aufgehalten zu werden.

Auch wenn es neun Menschen brauchte, um die Fischernetze einzuholen, reichten drei, um die Segel des Einmasters zu setzen und das Steuer zu bedienen. Yan und Léti, die seit ihrer frühesten Kindheit aufs Meer hinausfuhren, verstanden genug vom Segeln, um das Schiff sicher zu manövrieren. Rey packte mit an, betonte aber stets, wie sehr er die Arbeit hasste. Die anderen taten ihr Bestes, um sich nützlich zu machen, bis sie die Küste hinter sich gelassen hatten.

Erst jetzt nahmen sie sich die Zeit, einander von ihren Abenteuern zu erzählen. Ihnen lief ein Schauer über den Rücken, als ihnen klar wurde, wie knapp sie der Gefahr entronnen waren, und sie waren enttäuscht, dass Bowbaq den Namen des Anklägers nicht herausgefunden hatte. Zu guter Letzt berichtete Rey von dem Schatz, den er aus dem Kleinen Palast gestohlen hatte. Die Schatulle enthielt einen beträchtlichen Batzen Geld.

»Jetzt sind wir Piraten!«, verkündete er mit freudiger Erregung in der Stimme.

Den ganzen ersten Tag war Bowbaq seekrank, während Grigán den Piraten im Ausguck spielte. Der Krieger fürchtete, die Züu oder die lorelische Flotte könnten sie verfolgen. Doch sie hatten so schnell gehandelt, dass ihre Feinde Zeit brauchen würden, um die Verfolgung aufzunehmen.

Rey durchsuchte sämtliche Stauräume des Schiffs, um eine genaue Bestandsaufnahme ihres neuen Besitzes zu machen. Doch er fand nichts Interessantes und langweilte sich bald. Ihm würde die Überfahrt lang werden.

Léti und Corenn machten sich daran, die Kabinen wohnlicher einzurichten. Fast gelang es ihnen, den Gestank nach totem Fisch, der aus jeder Planke und jeder Ritze aufstieg, zu vertreiben – allerdings nur fast. Sie würden sich wohl an ihn gewöhnen müssen.

Yan, der zum Kapitän ernannt worden war, inspizierte sorgfältig alle Taue und Segel. Er war noch nie mit einem so großen Schiff zur See gefahren, doch dank seiner Klugheit und Erfahrung machte er sich rasch mit den Eigenheiten vertraut.

Zunächst waren sie einfach nur gen Süden gesegelt, da sie Lorelia so schnell wie möglich hinter sich lassen wollten. Draußen auf dem Meer nahm Yan das Ruder in die Hand und schlug den Kurs Ost-Süd-Ost ein. Sie steuerten Galen an, die nördlichste Stadt der Fürstentümer an der Mündung des Ubese. Von dort aus würden sie den Fluss bis nach Junin hochfahren.

In den Fürstentümern würden sie neuen Gefahren und Herausforderungen begegnen und vielleicht sogar wieder kämpfen müssen. Im Augenblick genossen die Gefährten jedoch einfach nur das Glück, noch am Leben zu sein. Die Ruhe vor dem nächsten Sturm.

»Ich weiß nicht, ob das für alle Züü gilt«, sagte Bowbaq, als sie über die Geschehnisse im Kleinen Palast sprachen. »Aber Zamerine, ihr Chef, kennt unseren Feind nicht. Er nennt ihn einfach nur den ›Ankläger‹.«

Die Erben hatten sich in der Kajüte versammelt, um die erste Mahlzeit an Bord der *Othenor* einzunehmen. Bald würden sie auch ihre erste Nacht hier verbringen. Die fremde Umgebung bereitete ihnen Unbehagen, doch schon bald würde dieses Gefühl verschwinden, und sie würden sich auf dem Schiff bewegen wie alte Seebären. Nicht zum ersten Mal erlebten sie etwas Neues, und ganz sicher nicht zum letzten Mal. Sie brauchten nur etwas Geduld.

»Ich fürchte, so nennen sie all ihre Auftraggeber«, sagte Rey. »Das bringt uns keinen Schritt weiter!«

»Hast du sonst noch etwas sehen können? Vielleicht dachte der Zü an einen Lorelier? Dann wüssten wir, woher der Ankläger stammt. Hast du irgendetwas in der Art herausbekommen?«

Bowbaq dachte über Corenns Frage nach. Er versuchte, Ordnung in fremde Gedanken zu bringen, die er nur wenige Augenblicke gesehen hatte und die zum Teil aus einer fremden Sprache stammten. »Vielleicht. Ich erinnere mich an ein Bild. Eine Erinnerung Zamerines an ein Gesicht. Vermutlich das des Anklägers.«

Sie schwiegen, um seine Konzentration nicht zu stören, obwohl ihnen unzählige Fragen auf den Lippen brannten. Falls Bowbaqs Beschreibung genau genug war, würden Corenn oder Grigán in dem Ankläger vielleicht einen Erben erkennen. Corenn war immer noch überzeugt, dass er einer von ihnen sein musste. Er wusste einfach zu viel.

»Ich weiß nicht, ob Zamerine ihn tatsächlich gesehen hat oder ob er ihn sich nur vorstellt«, fuhr Bowbaq schließlich fort. »Ich glaube aber, dass er ihm begegnet ist, denn das Bild weist mehr Einzelheiten auf als zum Beispiel ein Bild aus einem Traum. Er hat vermutlich mit ihm gesprochen, aber …«

»Nun spuck es schon aus«, sagte Rey mit gespielter Wut. »*Wie sieht er aus?*« Er scherzte, aber seine Ungeduld war echt, ebenso wie die der anderen.

»Oh! Verzeiht mir. Aber es ist nicht besonders hilfreich. Der Zü dachte an einen Mann, der einen Helm trägt. Eine Art Eisenkessel.«

»Eine Sturmhaube«, sagte Grigán niedergeschlagen. »Du konntest sein Gesicht nicht erkennen.«

»Nein. Dann hätte ich es euch doch sofort beschrieben.«

Die Erben dachten eine Weile über diese neuerliche Enttäuschung nach. Auch wenn ihnen das Glück insofern hold war, als es bisher ihr Leben verschont hatte, schien ihre Suche unter keinem guten Stern zu stehen.

Bowbaq zerbrach sich den Kopf über weitere Einzelheiten, doch je länger er nachdachte, desto schwerer fiel es ihm, die flüchtige Vision von seiner eigenen Fantasie zu unterscheiden. In wenigen Tagen würde er alles vergessen haben – wenn er noch etwas sagen wollte, dann jetzt.

»Es ist ein Mann, dessen bin ich mir sicher«, sagte er mit geschlossenen Augen. »Zamerine sah, wie er auf und ab ging und gestikulierte. Er ist gesund, das heißt, es fehlte ihm keine Gliedmaße.«

»Aber … das bin ja ich!«, rief Rey.

Seine Freunde bedeuteten ihm zu schweigen.

»Wie ist er gekleidet?«, fragte Corenn.

»Er hat eine Art Hemd aus Metall an. Ähnlich wie Grigáns Lederkluft, nur solider. Darüber trägt er einen Umhang.«

»Ein Kettenhemd! Wo herrscht im Moment Krieg?«

»In den Unteren Königreichen«, antwortete Grigán seufzend. »In mehreren Provinzen Romins. Und in Jezeba. Vermutlich auch im Tal der Krieger. Vielleicht ist er Soldat oder Söldner, vielleicht aber auch nur ein besonders misstrauischer Kaufmann.«

»Beschreib uns den Helm«, bat Corenn, die den Mut noch nicht verloren hatte.

Bowbaq versuchte, sich noch stärker zu konzentrieren. Sie befragten ihn zu einem Bild, das er nur kurz hatte aufblitzen sehen und nicht weiter beachtet hatte, weil er zu sehr damit beschäftigt gewesen war, nach einem Namen zu suchen.

»Ich glaube … Er trägt eine Art Stirnband um den Helm. Ein ziemlich breites, schwarzes Band. Der Helm hat zwei schmale Schlitze für die Augen und kleine Öffnungen vor Mund und Ohren. Mehr nicht. Er besteht aus einem einzigen Teil und sieht aus wie ein Kessel, das trifft es ganz gut.«

Die Ratsfrau sah Grigán fragend an.

»Eine goronische Sturmhaube«, sagte dieser sofort. »Aber das muss nichts heißen. Solche Helme kann man auch in Lorelia kaufen. Das Stirnband zeigt die Wappenfarben seines Trägers an, aber ich kenne kein schwarzes Familienwappen.«

»Die Farbe Schwarz ist sogar verboten«, erklärte Rey. »Als Kind musste ich Wappenkunde pauken. Schwarze Wappen sind das Symbol der Feinde des Kaisers. Der Verbannten, Rebellen und anderer Verschwörer.«

»Wie viele unserer Verdächtigen stammen aus Goran?«

Corenn zog die Todeslisten zu Rate, die sie erstellt hatte. Falls sie sich nicht geirrt oder jemanden vergessen hatte, zählten die jüngsten Generationen einundsiebzig Erben, und das Schicksal von zweiundzwanzig war ihnen unbekannt. Nachdem sie die Listen zweimal durchgesehen hatte, verkündete sie missmutig: »Keiner. Alle Goroner auf meiner Liste wurden von den Züu getötet.«

Grigán stieß einen Fluch aus. Sie kamen keinen Zoll voran, während ihr Widersacher über schier endlose Macht zu verfügen schien.

Wenn sie in Junin nichts herausfanden, würden sie gezwungen sein, die Suche aufzugeben. Sie würden sich irgendwo verkriechen müssen und hoffen, dass die Züu sie nicht so bald fanden.

Um die *Othenor* auf Kurs zu halten, brauchte es nicht viel. Yan hatte alle Zeit der Welt, um sich seinen Übungen zu widmen. Für ihn war die Magie kein Zeitvertreib, wie das Angeln, mit dem Bowbaq und Rey am zweiten Tag begannen. Es war eine Leidenschaft, und Létis Ermutigung hatte sie neu entfacht.

Corenn erging es genauso. Sie merkte, dass auch sie Fortschritte machte, doch das war nicht ihr größter Ansporn. Yans magischer Wille war mächtig, mächtiger als alles, was sie bislang erlebt hatte. Sie war neugierig, zu was er fähig war, wenn er erst einmal gelernt hatte, ihn zu gebrauchen.

Doch er hatte sich nicht an die Reihenfolge gehalten. Yan hatte seinen Willen gebraucht, bevor er seine Geduld unter Beweis gestellt hatte. Sie würden beides üben müssen.

Sie zogen sich in die Kapitänskabine zurück, nicht um das Geheimnis zu hüten, denn dafür gab es nun keinen Grund mehr, sondern um sich in Ruhe auf die Übungen konzentrieren zu können. Die anderen verstanden das, und niemand kam auf die Idee, sie zu stören. Grigán nutzte die Gelegenheit, um seinen Unterricht mit Léti fortzuführen. Auch wenn Corenn die Kampfstunden

193

mittlerweile duldete, wusste der Krieger, dass sie ihr miss-
fielen, und er tat sein Möglichstes, um ihr den Anblick
zu ersparen.

»Womit fangen wir an?«, fragte Yan seine Lehrerin, sobald sie es sich bequem gemacht hatten.

»Hast du Fragen?«

»Tausende. So viele, dass ich gar nicht weiß, wo ich anfangen soll …«

»Ich werde sie alle beantworten und hoffe, dass ich dir
die richtigen Antworten geben kann. Denn das, was ich
zu wissen glaube, ist vielleicht nur eine Lüge, die ich un-
absichtlich verbreite. Die Magie ist ein großes Geheimnis,
selbst für Magier.«

»Soll das heißen, dass Ihr mir vielleicht etwas Falsches
beibringt?«

Yan hatte die Stimme nicht erhoben, doch seine Verblüffung war offenkundig. *Die Grundlage jedes Unterrichts,*
dachte Corenn. *Ich halte die Wahrheit nicht in den Händen.*
Zweifle stets an dem, was ich dich lehre. Denke selbst nach,
und du hast bereits viel gelernt.

»Die Technik, wenn man die Anwendung des Willens
denn als eine solche bezeichnen kann, funktioniert ein-
wandfrei. Doch die Erklärungen für diese Technik sind
nur Auslegungen, die zum Teil generell anerkannt, zum
Teil auch sehr eigen sind. Es gibt keinen Beweis dafür,
dass sie der Wahrheit entsprechen.«

Yan nickte und prägte sich ihre Worte ein. Keiner seiner bisherigen Lehrmeister hatte je sein eigenes Wissen
infrage gestellt.

Du zweifelst an mir. Der Unterricht hat begonnen, dachte
Corenn zufrieden.

»Ich habe eine erste Frage«, sagte Yan mit zusammengekniffenen Augen. »Ihr sagtet, nur wenige Menschen verfügten über die Gabe. Dann, als ich die Prüfung geschafft hatte, behauptetet Ihr das Gegenteil. Was soll ich denn nun glauben?«

»Genau das ist eine der ungeklärten Fragen, vielleicht sogar die umstrittenste: der Ursprung der Magie. Die Herkunft der Gabe. Manche Magier brüsten sich damit, zu einer kleinen Gruppe Auserwählter zu gehören, die einzig dazu in der Lage seien, den Willen zu gebrauchen. Unter ihnen gibt es viele, die die Gabe mit ihrem unerschütterlichen Glauben an einen der Götter erklären. Ich glaube jedoch, dass jeder die Gabe besitzt, sie aber nur in besonderen Fällen zutage tritt. Und selbst dann braucht es sehr viel Geduld und einen klugen Kopf, um zu lernen, sie zu kontrollieren und anzuwenden.«

»Wenn das Eure Theorie ist, wieso habt Ihr dann zunächst das Gegenteil behauptet?«

»Wenn ich dir gesagt hätte ›Jeder kann es schaffen, man muss sich nur genug Mühe geben‹, hättest du es nicht ernsthaft versucht. Du hättest bald aufgegeben und wärst wegen deines Misserfolgs wütend auf mich, auf dich selbst und auf alle Welt gewesen. Glaub mir, ich spreche aus Erfahrung.«

Yan nickte. Sie hatte vermutlich recht.

»Es gibt noch eine dritte Möglichkeit. Vielleicht ist die Gabe auch vererbbar. Meine Großmutter, die Tochter der Abgesandten Tiramis und Yon, war Magierin. Meine Tante, Norines Mutter, ebenfalls. Doch weder meine Kusine noch Léti haben je das geringste Talent gezeigt.«

»Soweit ich weiß, war unter meinen Vorfahren kein Magier. Die Theorie steht auf wackligen Füßen. Es sei denn, die Regeln der Vererbung wären sehr willkürlich.«

»Da stimme ich dir zu. Willkommen im Kreise der Debattierenden.«

»Kennt Ihr viele andere Magier?«

»Drei. Zwei Kaulanerinnen, die ich unterrichtet habe, und einen alten Freund aus Crek, mit dem ich in mehr oder minder regem Briefkontakt stehe. Leider kann man nicht überall herumerzählen, dass man Magier ist. Diese Erfahrung wirst auch du noch machen. Deshalb ist es schwer, Gleichgesinnte zu finden.«

Yan hatte ohnehin beschlossen, kein Aufhebens um seine Gabe zu machen. Er galt auch so schon oft genug als komischer Kauz. Er hatte nicht vor, sich offen als jemand zu erkennen zu geben, den abergläubische Kleingeister für gefährlich hielten. »Fangen wir mit dem Unterricht an?«, fragte er ungeduldig.

»Wir sind bereits mittendrin, junger Freund. Wir werden nicht die ganze Zeit Muscheln durch die Luft schweben lassen. Bevor du lernst, deinen Willen zu gebrauchen, musst du erst einmal lernen, ihn zu fürchten. Und glaub mir, das ist weniger eine Frage der Weltanschauung als der Sicherheit.«

Auch Grigán hatte beschlossen, zur Sache zu kommen. Létis erste Lektionen waren dazu dagewesen, sie zu entmutigen. Als Nächstes hatte er sich ihre Fehler angesehen und überlegt, wie er sie beheben konnte. Mittlerweile kannte er seine Schülerin gut genug, um mit dem eigentlichen Unterricht zu beginnen.

Léti stand an Deck des Fischerboots, das auf den Wellen schwankte, und wartete auf seine Anweisungen. Die Sonne brannte auf sie nieder. Sie waren erst vor zwei Tagen losgesegelt, doch die Sonne hatte in diesen Gewässern schon viel mehr Kraft als in Lorelia, wo bald die kalte Jahreszeit der Erde anbrechen würde.

Während sie wartete, wirbelte die junge Frau ihr Schwert spielerisch durch die Luft. Sie war die Einzige an Bord, die eine Waffe trug. Selbst Grigán griff nur nachts zu seinem Krummschwert, weil er nicht schlafen konnte, wenn seine Waffe nicht in Reichweite war. Doch Léti trug die schwere Scheide, die ihr die Haut wund rieb, von früh bis spät.

Sie hatte ihre kaulanische Arbeitstracht abgelegt, die nach drei Dekaden Reise ohnehin zerrissen und schmutzig war, und sich daraus Kniebundhosen und ein weites Hemd mit kurzen Ärmeln geschneidert. In Kaul hätte ein solcher Aufzug Anstoß erregt, doch die junge Frau brauchte die Bewegungsfreiheit zum Kämpfen. Grigán freute sich, dass sie von selbst darauf gekommen war, und gab ihr einen weiteren Rat. »Dein Haar, Léti. Binde es hoch, wenn Gefahr droht. Deine Gegner könnten dich daran packen.«

Sie strich sich nachdenklich über die langen braunen Locken, die ihr in Wellen auf die Schultern fielen, und fasste sie zu einem Zopf zusammen, den sie einrollte und mit einem Tuch festband. Die Frisur war nicht besonders hübsch, aber Grigán gefiel sie, da sie praktisch war.

»Von heute an werden all unsere Übungen eine der drei Grundregeln veranschaulichen: *sichere Hand, fester Stand, wacher Geist.*«

Léti nickte. Wenn Grigán ihr etwas erklärte, schwieg sie, sog seine Worte auf und sparte sich ihre Kräfte für die Übung auf. Das war natürlich vernünftig, aber Grigán hatte sich zumindest eine kleine Reaktion erhofft. Er hatte lange gebraucht, um die drei Regeln zu formulieren, und hätte nichts gegen etwas Lob einzuwenden gehabt.

»Jeder Fehler, den du begehst, ist dadurch erklärbar, dass du eine der drei Regeln brichst. Wenn du einen Kampf verlierst, dann nicht, weil dein Gegner besser ist als du, sondern weil er *in diesem Moment* besser ist. Weil er eine sicherere Hand hat, einen festeren Stand oder einen wacheren Geist. Du musst hart an dir arbeiten, um deine Schwächen zu überwinden, und du musst lernen, die Schwächen der anderen zu erkennen.«

Léti nickte erneut mit ernstem Gesicht. Grigán verstand nicht, warum sie schwieg. Dabei war die Antwort einfach: Seine Erklärungen waren unmissverständlich, und Léti hatte keine Fragen.

»Ich zeige es dir«, sagte er kurz entschlossen, da er besser mit der Waffe umgehen konnte als mit Worten. »Nimm die Grundstellung ein.«

Verdutzt gehorchte Léti. Zum ersten Mal führten sie eine Übung aus, bei der sie beide bewaffnet waren. Kurz flackerte Angst auf, sie könnte versehentlich verletzt werden, doch sie schob den Gedanken rasch beiseite. Grigán wusste, was er tat.

Unbeholfen ging sie in Grundstellung, indem sie Grigáns Haltung nachahmte. Allerdings maß das Krummschwert des Kriegers vier Fuß, und Létis goronisches Schwert war um einiges kürzer. Grigán musste nur den Arm ausstrecken und gegen Létis Klinge schlagen. In der Zeit, die sie brauchte, um ihr Schwert wieder zu heben, trat der Krieger einen Schritt vor und hielt seiner Schülerin die Schwertspitze an den Hals.

»Sichere Hand«, sagte er ernst.

Er ging wieder in Grundstellung, und Léti tat es ihm

gleich. Instinktiv nahm sie eine bessere Haltung ein. Grigán lancierte einen ähnlichen Angriff, doch diesmal hielt sie stand und gab ihre Deckung nicht auf. Grigán beschleunigte seine Bewegungen und griff abwechselnd ihre Beine und ihren Kopf an. Léti tat ihr Bestes, um die Schläge zu parieren, obwohl sie das noch nicht gelernt hatte. Unwillkürlich wich sie jedes Mal einen Schritt zurück, bis der Krieger sie überraschte, indem er zweimal hintereinander nach ihren Beinen schlug. Reflexhaft machte sie einen kleinen Satz zurück, geriet ins Stolpern und fiel auf das Gesäß.

Grigán bedrohte erneut ihren Hals mit der Klinge. »Fester Stand.«

»Und wacher Geist, ich weiß«, sagte sie zornig. »Wie wär's, wenn wir jetzt mit dem Unterricht anfangen?«

»Hast du gerade eben etwa nichts gelernt?«

Sie rappelte sich mit finsterer Miene auf und warf Bowbaq und Rey, die am anderen Ende des Decks angelten, einen raschen Blick zu. Zum Glück interessierten sich die beiden Männer nicht für sie. Niemand hatte ihr Scheitern bemerkt. »Ein drittes Mal kriegt Ihr mich nicht«, sagte sie herausfordernd.

»Ein Kampf ist nie im Voraus gewonnen, Léti. Das gilt für mich ebenso wie für dich. Wenn du meinem Angriff widerstehst, würde mich das freuen. Aber es würde mich doch sehr wundern, wenn du irgendetwas gegen mich ausrichten könntest«, sagte er abschätzig. Léti war verblüfft.

Schweigend nahmen sie wieder die Grundhaltung ein. Léti war zutiefst gedemütigt. Da Grigán sich nicht rührte, griff sie als Erste an, ohne zu wissen, was sie da eigentlich tat.

Er hatte mit dem Angriff gerechnet, packte ihren Arm,

bevor sie die Bewegung zu Ende geführt hatte, und wies einmal mehr mit der Schwertspitze auf ihren Hals.

»Wacher Geist«, sagte er grinsend. »Deiner ist blind vor Wut.«

»Ihr habt mich absichtlich provoziert! Das ist … Das ist widerlich! Das ist Betrug!«

»Es ist unehrenhaft, da gebe ich dir recht, aber es ist kein Betrug. Im Kampf gibt es nur eine Regel: Es gewinnt derjenige, der die wenigsten Verletzungen davonträgt. Meine Aufgabe ist es, dir beizubringen, dich zu verteidigen. Wir machen das hier schließlich nicht zum Vergnügen.«

Léti rieb sich das Handgelenk und dachte über die Worte des Kriegers nach. Keine Frage, er hatte immer eine sichere Hand. Und eine merkwürdige Art, seine Schüler zu behandeln! Vor allem aber hatte er recht. »Nun gut. Ihr habt dreimal gewonnen. Was kommt jetzt?«

»Wir fangen von vorne an. Ganz von vorne. Wie hält man eine Waffe? Wie steht man? Im Kampf sind wir so verletzlich wie Kleinkinder. Ich werde dir die allerersten Schritte beibringen.«

In einem der Stauräume im Bug des Schiffs fand Rey eine alte Zither, an der zwei Saiten fehlten. Um die Zeit totzuschlagen, reparierte er sie, und am Morgen des dritten Tags zeigte er das Instrument voller Stolz den anderen.

Die Angelschnüre hatten einen wesentlich schlechteren Klang als richtige Saiten, doch das hielt ihn nicht davon ab, eine Reihe anzüglicher Lieder zum Besten zu geben, sehr zum Vergnügen von Yan und Léti.

»Du könntest eine Ballade über die Weisen von Ji komponieren«, sagte Léti, die sich über das unerwartete Talent ihres Freundes freute.

»Der Gedanke ist mir auch schon gekommen. Aber ich mag keine traurigen Lieder.«

Reys Gesicht verdüsterte sich. Er empfand das Erbe ihrer Vorfahren nach wie vor als Fluch. Die Abgesandten hatten ihre Länderein, Titel und ihr Ansehen verloren. Welches Geheimnis verdiente ein solches Opfer?

»Ich glaube, da kommt ein anderes Schiff auf uns zu«, rief Bowbaq vom Bug her.

Seine Gefährten liefen zu ihm. Tatsächlich zeichnete sich ein kleiner Punkt am azurblauen Horizont des Mittenmeers ab. Viel erkennen konnten sie allerdings nicht.

»Es kommt aus den Kleinen Königreichen«, sagte Grigán. »Wir haben Glück. Es wäre weitaus schlimmer, wenn uns ein Schiff folgen würde.«

»Aber es heißt, an der Küste zwischen Lineh und Galen seien viele Piraten unterwegs …«

Die Erben wechselten ängstliche Blicke. Sie alle hatten davon gehört.

»Lineh ist weit weg«, sagte Corenn fest. »Es ist vermutlich ein gewöhnliches Handelsschiff.«

Die Zeit floss zäh dahin, und die Erben beobachten abwechselnd, wie das Schiff näher kam. Dann war es endlich so weit: Bald würden sie das andere Schiff kreuzen. Hoffentlich würde die Begegnung friedlich verlaufen.

Der Abstand wurde immer geringer, und dann erkannten sie eine juneeische Fregatte, was die Gefährten beruhigte, da Junin für seine Friedfertigkeit bekannt war. Dennoch war die Gefahr nicht gebannt.

»Sollen wir versuchen, in einem Bogen um sie herumzusegeln?«

»Das würde nichts nützen; sie sind viel schneller als wir. Wenn sie wollten, könnten sie uns mit Leichtigkeit einholen. Und falls sie nichts Böses im Schilde führen, verpassen wir eine einmalige Gelegenheit, Neuigkeiten aus den Fürstentümern zu erfahren.«

Bowbaq sah ein, dass Corenn recht hatte. Sie hatten Lorelia so überstürzt verlassen, dass sie noch nicht einmal wussten, ob Königin Séhane, wegen der sie diese Reise unternahmen, überhaupt noch lebte. Zumindest das mussten sie so schnell wie möglich herausfinden.

Bald sahen sie, dass die Juneer nicht auf sie zusteuerten, sondern an ihnen vorbeifahren wollten. Deshalb nahmen sie die Sache in die Hand und winkten der Besatzung der Handelsfregatte zu. Die Reling des Schiffes lag ganze zwei Schritte höher als ihre.

Die juneeischen Seeleute winkten zurück und holten die Segel ein. Die Fregatte wurde langsamer und trieb bald neben dem Fischerboot. Die Juneer warfen ihnen Leinen zu.

»Habt Ihr Schwierigkeiten?«, fragte ein dicker Mann mit dunkelbrauner Haut, der sich zu ihnen hinunterbeugte.

Er hatte Lorelisch gesprochen, doch Grigán antwortete auf Hochjuneeisch. »In unserem Trinkwasserfass schwimmt eine tote Ratte. Würdet Ihr uns vielleicht ein oder zwei Fässer verkaufen? Wir können den ewigen Schnaps nicht mehr sehen«, fügte er scherzhaft hinzu.

Der dicke Mann lachte schallend und gab zweien seiner Männer ein Zeichen, die daraufhin im Bauch des Schiffes verschwanden. Grigán war der Einzige, der Juneeisch sprach, und so konnten die anderen Erben nur lächeln und auf seine Übersetzung warten.

»Kommt Ihr aus Junin?«, fragte Grigán beiläufig.

»Ihr seid nicht auf den Kopf gefallen«, antwortete der Mann mit einem lauten Lachen.

»Herrscht noch Frieden in der Stadt? Ich hörte, es gebe Schwierigkeiten mit der Thronfolge.«

»Immer die gleichen Geschichten. Seit die Königin zu alt ist, um Kinder in die Welt zu setzen, spinnen die Fürsten Intrigen. Trotz der Abkommen wollen sämtliche Fürsten unser schönes Land in Besitz nehmen. Man munkelt, sie seien nicht gerade erfreut über Séhanes Langlebigkeit. Pech für sie. Und Glück für uns!«

»Mir kam auch zu Ohren, jemand habe versucht, sie zu ermorden …«

»Wenn das stimmt, wurde es geheim gehalten. Das hätten wir uns nicht gefallen lassen! Die Bevölkerung Junins hätte die Fürsten in den Hintern getreten und sie aus der Stadt gejagt. Verzeiht meine Wortwahl.«

Die beiden Matrosen erschienen wieder an Deck. Unter Ächzen und Stöhnen wuchteten sie ein riesiges Wasserfass die Treppe hinauf. Andere Männer halfen ihnen, es am Haken einer Seilwinde zu befestigen.

»Es war wohl kein Fürst«, fuhr Grigán fort. »Ich hörte, ein Zü habe versucht, in den Palast einzudringen.«

»Das würde mich sehr wundern. Das müsste schon ein ganz schönes Schlitzohr gewesen sein. An den Wachen des Eroberten Schlosses kommt nicht einmal eine Maus vorbei. Und schon gar kein Mörder im roten Gewand!«

»In Junin scheinen sie auch nicht besonders beliebt zu sein?«

»Nein! Bei uns dürfen sie anders als in Goran oder Lorelia nicht mit ihren vergifteten Dolchen durch die Stadt spazieren. Und ebenso wenig ohne!«

Das Fass wurde heruntergelassen, und Yan und Bowbaq knoteten es los, obwohl sie kein Wort von dem Gespräch verstanden hatten. Grigán ging unter Deck und kehrte mit einem prall gefüllten Geldbeutel und einem Fässchen Schnaps zurück. Er befestigte beides an dem Seil, obwohl der juneeische Kapitän höflich protestierte. Der Mann hatte ihnen sehr geholfen. Mehr, als er ahnte.

Sie verabschiedeten sich, und die Schiffe segelten in unterschiedliche Richtungen davon. Grigán fasste die Worte des Kapitäns zusammen, und die Neuigkeiten riefen Freude und Erleichterung hervor. Die Züü waren nicht in Junin, und die Königin würde ihnen sicher helfen, ihren geheimnisvollen Feind aufzuspüren. Vielleicht würden sie mit ihrer Hilfe sogar weitere Erben aufspüren – falls überhaupt noch welche lebten.

Yan gefiel Corenns Unterricht jedes Mal aufs Neue. Es gelang ihr immer, ihn zu fesseln, egal wie sonderbar, unangenehm oder langweilig die Lektion auf den ersten Blick auch erscheinen mochte.

Er hatte seinen Willen seit mehreren Tagen nicht mehr gebraucht, doch aus den Gesprächen mit Corenn lernte er mehr über Magie, als dabei, kleine Gegenstände durch Willenskraft zu bewegen. Die Ratsfrau hatte ihn sogar gebeten, für eine Weile mit den Übungen aufzuhören. Was sie ihn lehrte, beschäftigte ihn ohnehin genug.

Sie hatten mehrere Dekanten damit zugebracht, die Ethik der Magie zu diskutieren. Sie war zwar nicht von unmittelbarem Nutzen, aber mit ihrer Hilfe würde Yan die »technischeren« Fragen besser verstehen, auf die Corenn später zu sprechen kommen wollte. Yan fand großen

Gefallen an dem geistigen Austausch. Er hatte irgendwie das Gefühl, die Gespräche mit Corenn machten ihn intelligenter und sensibler.

Manchmal lag er nachts wach und dachte über einen Gedanken nach, der ihn besonders beeindruckt hatte. Er rief sich Corenns Worte in Erinnerung: »Mit deinem Willen«, hatte sie gesagt, »kannst du Dinge leichter von dir wegstoßen, als sie anzuziehen. Du kannst leichter etwas umstürzen, als es zu errichten. Leichter zerstören als erbauen.

In einem kurzen Wutanfall kannst du einen Stein zu Staub zermahlen. Doch um ihn wieder zusammenzufügen, bedarf es der größten Beharrlichkeit.

Beharrlichkeit ist Magie. Geduld, Nachdenken und Gelassenheit sind Magie. Es ist ein Fehler, deine Wut über deinen Willen bestimmen zu lassen. Schlimmer noch: Es ist gefährlich.

Normalerweise setzt der Körper dem Wahn der Menschen, ihrer Wut und ihrem Zerstörungsdrang Grenzen. Doch der Wille befreit den Geist. Der Wille hilft ihm, diese Grenzen zu überschreiten. Wenn der Geist in diesem Moment zerstörerisch ist, ist die Wirkung verheerend. Er verschont weder deinen Körper noch deinen Verstand.

Gebrauche deinen Willen niemals im Zorn, unter Schmerzen oder wenn du betrunken bist«, hatte Corenn ihm mit ernstem Gesicht eingeschärft.

Die Weisheit ihrer Worte hatte ihn tief beeindruckt. Er dachte lange darüber nach und würde die Warnung nicht so schnell vergessen.

Ein anderes Mal hatte sie gesagt: »Die Magie erschafft nichts. Alles, was wir mit ihrer Hilfe entstehen lassen, ist bereits da, irgendwo um uns herum. Wenn du einen Berg vergrößerst, holst du nur seinen unter der Erde verborgenen Teil an die Oberfläche. Wenn du eine Blume wachsen lässt, bringst du ein Samenkorn zum Keimen, das in der Erde schlummert.«

»So etwas können wir?«, hatte er verblüfft gefragt.

»Natürlich. Du kannst alles tun, was du dir vorstellen kannst – außer Neues erschaffen, denn das ist den Göttern vorbehalten. Und auch über die Zeit haben wir keine Macht. Sie ist die mächtigste Kraft der Welt. Selbst die Götter sind ihr unterworfen.

Was geschehen ist, ist unumkehrbar. Vermutlich können die Götter einen Menschen noch Jahrhunderte nach seinem Tod zum Leben erwecken, da die Priester so etwas predigen. Doch selbst die Allmächtigen können nicht ändern, dass dieser Mensch in der Vergangenheit gestorben ist.«

Solche Gespräche verwirrten Yan. Corenn wusste, dass sie bisweilen etwas zu schnell voranschritt. Der fünfzehnjährige Fischer musste unzählige neue Gedanken aufnehmen, doch Yan war alles andere als ein Dummkopf, und Corenn hatte nicht viel Zeit. Niemand konnte wissen, wie viele Tage ihnen noch blieben, bis ein Angriff der Züu oder eine andere Katastrophe ihrem Unterricht ein Ende setzte.

Sie musste ihm in kürzester Zeit so viel wie möglich beibringen. Nicht, weil ihnen das von Nutzen sein würde, sondern einfach, weil Yan eine solche Begabung hatte, dass es eine Schande wäre, sie brach liegen zu lassen.

»Erzähl noch einmal, was du fühlst, wenn du deinen Willen entfesselst«, bat Corenn. »Erzähl mir von den Schmerzen.«

Es fiel ihm nicht schwer, sich daran zu erinnern.

Er hatte seinen Willen nun schon viermal gebraucht, und die Erfahrung war alles andere als erfreulich gewesen.

»Es ist, als stürzte die ganze Welt auf mich ein. Urplötzlich. Ein bisschen wie beim Aufwachen, aber sehr viel unangenehmer. Ich habe das Gefühl, ins Bodenlose zu fallen und zugleich bei lebendigem Leib zu verglühen. Meine Augen brennen, die Ohren summen …«

»Aber dieser Moment geht schnell vorbei«, unterbrach ihn Corenn. »Ich werde dich lehren, weniger darunter zu leiden. Beschreibe mir das Gefühl danach.«

»Ich fühle mich sehr schwach. Ich bin zutiefst erschöpft. Und mir ist kalt, aber das kann auch Zufall sein.«

»Nein. Genau so ist es. Wir nennen diesen Zustand die Reglosigkeit.«

Gespannt wartete Yan darauf, dass sie weitersprach, denn er kannte diesen Gesichtsausdruck mittlerweile. Gleich würde die Ratsfrau ihm ein weiteres Geheimnis der Magie enthüllen.

»Dein Wille ist eine Kraft, die dein Geist auf ein Ziel richtet. Er schöpft diese Kraft aus deinem Körper. Deshalb verfällst du in Reglosigkeit. Je schwieriger die Aufgabe, desto mehr wird dein Körper geschwächt. Wir nennen dieses Phänomen auch den Rückschlag. Er ist das Einzige, was den Möglichkeiten der Magie Grenzen setzt.«

»Zum Glück geht das Gefühl schnell wieder vorbei«, bemerkte Yan. »Man darf sich nur eine Weile nicht bewegen.«

»Im Zustand der Reglosigkeit raubt dein Geist seiner Umgebung Kraft, die dein Körper wieder in sich aufnimmt. Das Gras, die Erde, die Bäume rauben ihrerseits ihrer Umgebung Kraft, und dieser Austausch setzt sich bis zu deinem Ziel fort, das durch den Angriff über überschüssige Kraft verfügt. So wird das Gleichgewicht wiederhergestellt.«

»Das ist doch wieder eine Eurer persönlichen Theorien, oder? Ich sehe es Euch an!«

»Diese Frage beantworte ich nicht.« Corenn lächelte. »Du musst selbst wissen, was du für richtig hältst.«

»Ich glaube, Ihr habt recht«, sagte Yan nachdenklich. »Mir gefällt die Vorstellung, Leben mit den Bäumen auszutauschen.«

So hatte Corenn das noch nie betrachtet, und sie mochte das Bild. Doch darum ging es bei dieser Lektion nicht. Yan musste lernen, sich vor seinem Willen zu hüten. Ihn sogar zu fürchten. Sie setzte eine ernstere Miene auf.

»Yan, die Reglosigkeit kann tödlich sein. Wenn dein Wille eines Tages deinen Verstand unterwirft, wenn du ihn so sehr anschwellen lässt, dass er außer Kontrolle gerät und deinen Überlebensinstinkt besiegt, dann zieht er alle Kraft aus deinem Körper. Das ist ein schrecklicher, grausamer und schmerzhafter Tod. Sei dir deiner Verletzlichkeit immer bewusst. Lass deinen Geist nichts tun, dessen dein Körper nicht fähig ist.«

Er nickte voller Entsetzen.

Corenn hatte in den vergangenen Tagen so viele Warnungen ausgesprochen, dass er großen Mut würde aufbringen müssen, um seinen Willen überhaupt noch einmal zu gebrauchen.

»Es ist also unmöglich, in einer Dezille eine Blume wachsen zu lassen«, sagte er. »Es sei denn, man ist bereit, dafür zu sterben.«

»Es gibt noch eine andere Möglichkeit, aber sie erfordert große Selbstbeherrschung. Man kann die nötige Kraft auch der Umgebung entziehen.«

Yan stieß einen leisen Pfiff aus. Es fiel ihm schon schwer genug, die Kraft aus sich selbst zu schöpfen. »Habt Ihr so etwas schon einmal getan?«

»Ich versuche, es mir zur Gewohnheit zu machen. Wenn ich alt werde, bleibt mir ohnehin keine andere Wahl. Aus einem alten Körper kann man nicht allzu viel Kraft schöpfen, und der Geist ist im Alter stärker denn je.«

Yan versuchte sich Corenn als runzelige, gebeugte alte Frau vorzustellen. Im Matriarchat wäre sie dann eine geachtete Persönlichkeit. Sie stünde an der Spitze der Regierung, wäre so etwas wie eine Königin. Vielleicht wäre es dazu gekommen, hätten die Züu ihr nicht einen Strich durch die Rechnung gemacht …

»Werdet Ihr mir auch das beibringen?«, fragte er hoffnungsvoll.

Corenn nickte lächelnd. Sie würde ihm alles beibringen, was sie wusste. In wenigen Dekaden würde Yan ein Magier sein.

Am Morgen des sechsten Tages kam Galen in Sicht. Man schrieb den Des der Dekade des Jägers, den Tag des Rehkitzes. Zu ihrer Freude erreichten die Gefährten die Stadt etwas früher als geplant. Das Meer war ihnen wohlgesonnen gewesen, und dank Yans Navigationskünsten war die Überfahrt ruhig verlaufen.

Als sie sich der Mündung des Ubese näherten, begegneten ihnen immer mehr Schiffe: Handelsfregatten, Ruderboote, Kähne, Einmaster, Zweimaster, aber auch einige Kriegsgaleeren mit imposanten Rammspornen am

Bug. Zum Glück waren sie nur dazu da, die Stadt vor allzu dreisten Piraten zu schützen.

Die Erben standen den ganzen Tag an Deck und genossen die warmen Sonnenstrahlen der Unteren Königreiche. Yan übernahm das Steuer, um das Schiff in den
Fluss zu lenken, und Rey setzte die Segel, während die
anderen Gefährten an der Reling standen und die Landschaft betrachteten.

»Wir sollten immer mit dem Schiff reisen«, sagte Léti.
»Keine Sorgen, keine Gefahren, man hat seine Ruhe …«

»Das ganze Leben lang auf einem Schiff? Schrecklich!«

»Ich schließe mich Bowbaq an«, sagte Rey. »Das wäre
viel zu langweilig.«

»Außerdem wären wir auf einem Schiff auch nicht in
Sicherheit«, sagte Grigán. »Wir würden vielleicht den Züu
entkommen, aber nur, um als Galeerensklaven zu enden!
Oder in einem Sturm zu ertrinken.«

»Findet Ihr es nicht seltsam, dass wir einfach so den
Fluss hochfahren können?«, fragte Yan. »Wieso hält uns
niemand auf und fragt uns, wo wir hinwollen?«

Der Krieger wechselte an die gegenüberliegende Reling,
bevor er antwortete. »Der Fluss gehört allen. Wenn ein
Herrscher versuchen würde, den Schiffsverkehr zu kontrollieren, würde er eine Revolte auslösen. Mehrere Fürstentümer grenzen an den Ubese, und Galen hat kein grö-
ßeres Anrecht auf den Fluss als andere.«

Yan bemerkte belustigt, dass Grigán trotz seiner be-
schwichtigenden Worte jedes entgegenkommende Schiff
misstrauisch beäugte.

»Wart Ihr schon einmal in Junin?«

»Zweimal. Ich habe noch nie ein so eigenwilliges Völkchen erlebt. Selbst wenn die ganze Welt im Krieg versänke, würden sie sich nur um ihre eigenen Probleme kümmern. Wagt es aber jemand, ihre Mauern zu stürmen, kämpfen sie erbittert um jedes Stückchen Land.«

»Die Fürsten haben Junin zur Hauptstadt ernannt, und nun ist es der Regierungssitz der Kleinen Königreiche. Junin ist das kleinste der Fürstentümer, und es soll auch das schönste sein«, erklärte Corenn.

»Das stimmt. Die Fürsten reisen nicht nur in die Stadt, um ihre Versammlungen abzuhalten, sondern auch, um auf die Jagd zu gehen. Vielleicht kann ich dir schon bald einen Acor zeigen, Yan«, sagte der Krieger und zeigte auf seine Narbe.

Sie segelten an Galen vorbei, ohne es recht zu bemerken. Die Mündung des Flusses war so breit, dass sie die Stadt in der Ferne nur erahnen konnten. Vom nördlichsten der Kleinen Königreiche sahen sie nicht viel mehr als den Hafen. Bald glitt die *Othenor* zwischen dicht bewaldeten Ufern dahin. Nur hin und wieder unterbrachen ein Dorf oder eine Mühle die Eintönigkeit.

Der Ubese war ein viel befahrener Handelsweg, und die Erben begegneten auf dem Fluss fast ebenso vielen Schiffen wie an der Küste vor Galen. Die meisten waren kleinere Einmaster, die Frachten transportierten, doch wenigstens sorgten sie für etwas Abwechslung. Jedes Mal, wenn ein Schiffer sie grüßte, winkte Léti zurück.

»Die Leute hier sind den Anblick einer Frau, die ein Schwert trägt, nicht gewohnt«, sagte Grigán. »Sie sind nicht so weltoffen wie in Lorelia. Vielleicht solltest du die Waffe für ein paar Tage ablegen.«

»Kommt nicht infrage. Sie werden sich eben daran gewöhnen müssen.«

»Ich glaube kaum, dass es sie vor den Kopf stößt«, sagte Rey mit einem schelmischen Grinsen. »Für sie bist du einfach eine Fremde mit etwas losen Sitten. Das bringt sie auf dumme Gedanken.«

Léti errötete bis in die Haarspitzen. Von nun an ignorierte sie das Winken der Flussschiffer. Einige riefen ihr etwas zu, das Grigán sich zu übersetzen weigerte.

Gegen Ende des fünften Dekants fuhr die *Othenor* in den See von Junin ein. Grigán war froh, dass sie die Hauptstadt noch vor Einbruch der Dunkelheit erreichten. Während das Schiff langsam auf den Hafeneingang zuglitt, bekamen sie einen ersten Eindruck von der Schönheit der Stadt.

Die Landschaft hatte nichts von der trostlosen Gegend um Lorelia oder dem kargen Buschland im Süden Kauls. Junin lag inmitten von üppig grünen Hügeln. Hier gab es weder Blattbäume noch Lubilien, Sedasträucher oder Quillenbäume, wie sie in Lorelien zu finden waren. Die Kleinen Königreiche waren die Heimat von Krüppelkiefern, Fingerbäumen, Moälen, Himmelsschirmen, Grulen und Mondgräsern in so vielen unterschiedlichen Grüntönen, wie es Sterne am Himmel gab.

Zahlreiche zinnenbewehrte Türme hoben sich von dem farbenprächtigen Hintergrund ab, ein Beweis für den Reichtum und die Wehrhaftigkeit der Stadt. Die Fürsten waren zugleich Könige, und da Junin die Hauptstadt ihres Zusammenschlusses war, besaß hier jeder einen Palast. Schon vom See aus waren mehrere prächtige Bauten zu sehen, die dem Kleinen Palast in nichts nachstanden.

Da der Fluss nur träge dahinfloss, steuerte Yan das Boot ohne Schwierigkeiten in den Hafen. Langsam glitten sie zu einem Landesteg, an dem bereits mehrere Schiffe ähnlicher Größe festgemacht waren. Mit einer für sein Alter erstaunlichen Geschmeidigkeit sprang Grigán an Land. Mit wenigen Handgriffen zurrte er die Leinen fest, damit die anderen an Land gehen konnten. Als Nächstes ging Bowbaq von Bord.

Der Riese hatte das unbändige Bedürfnis, sich hinzuwerfen und mit beiden Händen in die Erde zu greifen, um sich zu vergewissern, dass er tatsächlich wieder festen Boden unter den Füßen hatte. Wären sie an einem einsameren Ort gelandet, hätte er keine Scheu gekannt. Die sechs Tage auf hoher See hatten ihn nicht von seiner Angst vor dem Meer kuriert; er hatte nur gelernt, den Blick gen Himmel statt in die Untiefen des Meeres zu richten. Von allen freute er sich am meisten, dass die Überfahrt vorbei war.

Bald standen die Erben an Land. Nachdem Grigán Léti mehrere Tage lang einen festen Stand gepredigt hatte, kam es ihr seltsam vor, dass der Boden nun nicht mehr im Takt der Wellen schwankte.

Grigán ließ sich den Weg zum Hafenmeister erklären und ging mit Corenn davon, um die Gebühr für den Liegeplatz zu bezahlen. Wenn sie nicht auffallen wollten, mussten sie sich an die juneeischen Gesetze halten. Auf keinen Fall durften sie sich so verhalten wie in Lorelia, wo sie mittlerweile von den Züu, der Großen Gilde und den lorelischen Wachen gesucht wurden.

Yan ließ den Blick über die breiten, schnurgeraden Straßen, die soliden Steinhäuser, die ihn an Festungen erinnerten, und die zinnenbewehrten Türme der Königspaläste schweifen. Das war also Junin. Ein fremdes Land auf einem fremden Kontinent.

Es war ungewiss, ob sie hier Hilfe finden würden, oder auch nur einen sicheren Unterschlupf. Doch insgeheim warYan das einerlei. Sie waren zwar in einem anderen Land, doch sie unternahmen immer noch das gleiche Abenteuer, die gleiche Suche: Er, Léti, Corenn und ein paar Fremde, mit denen er sich in drei Dekaden enger angefreundet hatte, als er es sich je hätte träumen lassen.

Allerdings wurde dieser schöne Gedanke von bösen Erinnerungen überschattet. Léti, die über dem Abgrund hing, zum Beispiel. Yan bemühte sich, das Bild zu vergessen. Doch in der Stille der Nacht, jenem Augenblick, in dem der Geist klarer sieht, begriff er, dass ihre Reise nichts anderes als ein Wettrennen war. Ein Wettrennen gegen den Tod.

Es war schon zu spät am Abend, um noch bei Séhane vorzusprechen, zumal es keinen Grund gab, jetzt gleich zum Schloss zu gehen. Vermutlich hätten die Wachen sie ohnehin zum Teufel gejagt, wenn sie ihre zerlumpten Kleider sahen.

Corenn schlug vor, die erste Nacht in einer Herberge zu verbringen, und die Gefährten nahmen die Idee mit Begeisterung auf. Alle wollten den Fischgestank vergessen, der in den Kabinen der *Othenor* hing. Außerdem könnten sie in der Herberge ein Bad nehmen, was für die Flüchtlinge, die sich seit ihrem Aufenthalt in Rajis Keller nur noch aus einem Eimer gewaschen hatten, ein unbeschreiblicher Luxus war.

Angespornt von der Aussicht auf das Bad und ein warmes Bett, packten sie rasch ihre Sachen zusammen und ließen alles Überflüssige und Sperrige auf dem Boot zurück. Ihre Zukunft war ungewiss, und sie mussten immer bereit sein, sofort die Flucht zu ergreifen, vielleicht sogar zu Fuß. Mittlerweile musste Grigán sie nicht mehr an die Gefahr erinnern, in der sie schwebten.

Rey rang wegen des Schatzes, den er aus dem Kleinen Palast gestohlen hatte, mit seinem Gewissen. Die Schatulle war zu schwer, um sie mitzunehmen.

Daher füllte er seine Geldbörse bis zum Rand und stopfte sich Münzen in sämtliche Taschen. Auch den anderen gab er mehrere Handvoll Münzen, obwohl sie Schwierigkeiten hatten, das Geld in ihrem Gepäck unterzubringen. Die lorelischen Goldterzen waren zwar schön anzusehen, aber viel größer und schwerer als kaulanische Dreiköniginnen-Münzen. Dann versteckte Rey den Rest des Schatzes an zwei verschiedenen Stellen auf dem Schiff. Als er sich schließlich zu den anderen auf dem Steg gesellte, schnaufte er unter dem Gewicht seines Gepäcks. Trotzdem lächelte er glücklich.

In Junin gab es viele Fremde, weshalb die Einwohner dem seltsamen Grüppchen, das da durch ihre Straßen zog, kaum Beachtung schenkten. Nur Bowbaq und Léti zogen Blicke auf sich, der eine wegen seines Körperumfangs, die andere wegen ihres Schwerts. Yan ließ es sich nicht nehmen, ungeniert zurückzustarren.

Die Juneer litten offensichtlich keine Armut. Männer wie Frauen hatten wegen der Hitze leichte, knöchellange Gewänder aus edlen Stoffen an, und viele trugen teuren Schmuck. Yan schloss daraus, dass es in Junin nur wenige Straßenräuber gab und sie nicht Gefahr liefen, in einer dunklen Gasse überfallen zu werden.

Zahlreiche Läden und Werkstätten säumten die Straße. Es gab Barbiere, Fassbinder, Jäger und andere Handwerker, vor allem aber die berühmten Winzer, deren Ruhm bis in die Oberen Königreiche reichte. Rey nahm sich fest

vor, einen Vorrat an Grünwein anzulegen, bevor sie wei-
terreisten.

Sie kehrten im *Gasthaus zum Abendwind* ein, das sauber
und anständig aussah, jedenfalls sauberer und anständi-
ger als die Spelunken im Hafenviertel. Grigán verhandelte
mit dem Wirt, und bald konnten die Erben warme Zimmer mit richtigen Betten beziehen.

Corenn bat den Wirt, Wasser für ein Bad zu erhitzen.
Dieser zeigte ihnen voller Stolz seine Heißwasseranlage,
die auf einem alten juneeischen System beruhte. Klares
Quellwasser gelangte über unterirdische Kanäle in den
Keller des Wirtshauses, wo es von einem Ofen, der Tag
und Nacht brannte, erhitzt wurde. Dann floss das Wasser durch ein Becken und blieb so immer sauber. Reihum
nahmen die Erben ein ausgiebiges Bad. Bowbaq war so
begeistert von dem System, dass er darüber nachdachte,
sich eine solche Anlage in seine Hütte einzubauen.

Nach dem Baden gingen sie in den Gastraum im Erdgeschoss und freuten sich auf eine Mahlzeit ohne Pökelfleisch, dem Einzigen, was sie in den vergangenen Tagen
zu sich genommen hatten. Bald fehlte nur noch Léti.

Sie betrat die Schenke lange nach ihren Freunden. Sie
hatte viel Zeit darauf verwendet, ihr Haar hochzustecken,
weil sie nach einem Mittelweg zwischen dem Ratschlag
ihres Waffenlehrers und ihrem Wunsch, elegant auszuse-
hen, gesucht hatte. Létis Anblick war atemberaubend. Sie
hatte sich umgezogen und trug nun ein leichtes kaulani-
sches Gewand, das ihr hervorragend stand. Das Schwert
hatte sie allerdings nicht abgelegt.

Zwei Männer, die zwischen dem Eingang und dem Tisch
der Erben saßen, riefen ihr etwas zu. Da Léti kein Juneeisch verstand, lächelte sie nur und schüttelte den Kopf.

Die Männer brachen in anzügliches Gelächter aus, und ihr Gebaren erinnerte Léti an die Schurken auf der Insel Ji. Sie hatten zu viel getrunken. Léti trat einen Schritt beiseite, um an ihnen vorbeizugehen, doch einer der Männer stand auf und stellte sich ihr in den Weg.

Yan, Rey und Bowbaq sprangen auf, um ihr zur Hilfe zu eilen, doch Grigán rührte sich nicht.

»Bleibt hier«, sagte er leise.

Verständnislos sanken die drei Männer wieder auf ihre Stühle. Aber sie waren es gewohnt, Grigán in solchen Situationen zu vertrauen. Sie beobachteten die Szene schweigend, obwohl sie sich feige vorkamen. Yan beschloss, sich auf den Ersten zu stürzen, der seine Freundin anrührte, egal, was Grigán sagte.

Léti bemühte sich erneut, den Männern höflich zu verstehen zu geben, dass sie an ihnen vorbeiwollte, doch der Betrunkene äffte sie nur nach und rief seinem Kumpan etwas zu. Von dort, wo Léti stand, konnte sie ihre Freunde nicht sehen. Aber sie brauchte ihre Hilfe nicht. Vor kaum einer Dekade hatte sie einen Zü erstochen. Die Trunkenbolde machten ihr keine Angst.

Wenn sie mit Höflichkeit nicht weiterkam, dann eben mit Gewalt. Sie schob den Mann beiseite, nicht heftig, aber doch entschlossen genug, um an ihm vorbeizukönnen. Noch lächelte sie. Ihr Gesicht verfinsterte sich erst, als der Juneer nach ihrem Handgelenk griff. Instinktiv trat sie einen Schritt zurück und stellte ihm ein Bein. Der Mann fiel bäuchlings zu Boden und ließ sie los. *Fester Stand. Wacher Geist.*

Sie murmelte eine Entschuldigung und stieg über den Mann hinweg, die Hand am Griff ihres Schwerts. Die Betrunkenen lachten nun nicht mehr, sondern warfen ihr finstere Blicke nach. Yan und Bowbaq erhoben sich, um ihre Freundin zum Tisch zu begleiten. Beim Anblick des Riesen verging den Juneern jede Kampfeslust.

Jetzt erst steckte Grigán den Dolch weg, den er die ganze Zeit unter dem Tisch in der Hand gehalten hatte. Er war froh, ihn nicht gebraucht zu haben. »Gut gemacht. Ich hätte mit diesen Idioten nicht so viel Geduld gehabt.«

Léti dankte ihm mit einem Kopfnicken. Zum ersten Mal war Grigán ein Lob über die Lippen gekommen. Sie waren beide zu stolz, sich die Zuneigung zu zeigen, die in den vergangenen Tagen zwischen ihnen enstanden war.

Früh am nächsten Morgen begaben sich Corenn und Grigán zu Séhanes Palast, um die Königin um eine Audienz zu bitten. Der Krieger kannte die Stadt gut genug, um den Weg zum Schloss zu finden, aber sie konnten sich ohnehin nicht verlaufen. Die Türme des Schlosses waren von überall her zu sehen.

Séhanes Palast hieß bei den Bewohnern Junins nur das »Eroberte Schloss«. Es glich eher einer Festung als einem der Prachtbauten Lorelias. Das Schloss war schon seit Äonen nicht mehr erobert worden und hielt mittlerweile auch längeren Belagerungen stand. Der Name stammte noch aus der Zeit vor dem Ersten Abkommen der Fürstentümer und lebte im Volksmund fort. Damals hatte Junin unter ständigen Angriffen gelitten, und die Burg war mehrmals zerstört und wiederaufgebaut worden.

Die jetzigen Mauern waren noch nie gestürmt worden, und Corenn war voller Bewunderung für die Festungsanlage. Sie traten durch ein schweres, von zwei Wehrtürmen flankiertes Holztor, das glücklicherweise offen stand, und gelangten in den äußeren Hof. Er war ungefähr so groß wie der Platz vor dem Großen Haus von Kaul. Hier befanden sich die Unterkünfte der Wachsoldaten, die Ställe und Koppeln für die Pferde, die Werkstätten der königlichen Handwerker und die Wirtschaftsgebäude – eine kleine Stadt in der Stadt. Doch nur die Soldaten schliefen innerhalb der Festungsmauern, alle anderen Bediensteten der Königin waren außerhalb des Eroberten Schlosses untergebracht.

Sie waren gerade einmal zwanzig Schritte weit gekommen, als sich ihnen ein Soldat mit misstrauischer Miene in den Weg stellte. Wegen der Thronstreitigkeiten waren die Wachen noch argwöhnischer als sonst. Grigán fragte nach dem Kammerherrn. Der Wachsoldat führte sie zu einem der größten Gebäude und ließ sie nicht aus den Augen. Sie reihten sich in eine mehr als zehn Schritte lange Warteschlange ein. All diese Leute wollten bei der Königin vorsprechen oder ihr eine Nachricht überbringen. Séhane war bekannt dafür, sich um das Wohl ihrer Untertanen zu kümmern, und schien äußerst beliebt zu sein. Doch obgleich die Kammerherren jedes Gesuch sorgfältig prüften, gewährten sie nur wenigen eine Audienz. Die Königin brauche Ruhe, sagten sie. Sie sei damit beschäftigt, ein neues Abkommen mit den Fürsten auszuhandeln, und dieser oder jener Beamte werde sich des Gesuchs annehmen. Die Juneer verließen das Schloss mit enttäuschten Gesichtern. Sie wollten ihre Königin sehen.

Endlich waren Corenn und Grigán an der Reihe. Der Kammerherr rümpfte die Nase über diese Fremden, die sich in die Angelegenheiten des Königreichs einmischten, bat sie aber dennoch, ihr Anliegen vorzutragen.

»Wir würden gern mit Ihrer Majestät sprechen«, sagte Corenn auf Itharisch.

»Worüber?«, fragte der Mann gelangweilt.

»Das kann ich nicht sagen. Das Leben Ihrer Majestät wäre in Gefahr, wenn ich vor fremden Ohren davon spräche.«

Der Mann hob eine Augenbraue und musterte die Ratsfrau und den Krieger. »Ihr wisst sicherlich, dass Euch solche Scherze mehrere Tage Kerker kosten können?«

»Leider handelt es sich um keinen Scherz.«

Mit einem erneuten Naserümpfen stand der Kammerherr auf und wechselte eine paar Worte mit einer Wache, die hinter ihm stand. Corenn spürte, wie Grigán unruhig wurde. Sie befanden sich zwar nicht mehr auf feindlichem Gebiet, aber ihm behagte es nicht, wenn ihn ein mit einer Hellebarde bewaffneter Soldat misstrauisch beäugte, sei er nun ein möglicher Verbündeter oder nicht.

Der Hofbeamte führte sie in eine kleine Kammer hinter dem Schreibpult und verriegelte die Tür. Das Zimmer schien für solche Anlässe vorgesehen zu sein. Es war fensterlos, und die Wände hatten keine Ritzen, durch die man sie hätte belauschen können. Vier grob gezimmerte Stühle waren die einzigen Möbel. Der Kammerherr, Grigán und Corenn nahmen Platz und sahen sich ernst an.

»Ich wüsste gern etwas mehr über die Sache.«

»Verzeiht meine Offenheit, aber Ihr würdet kein Wort verstehen. Nur die Königin weiß von der Angelegenheit, wegen der wir sie sprechen wollen, und ich bin überzeugt, dass ihr an Geheimhaltung gelegen ist.«

»Ich entscheide darüber, ob ein Gesuch der Königin vorgetragen wird. Ihr müsst mich schon überzeugen.«

Grigán seufzte schwer. Das Gespräch erinnerte ihn an das Treffen mit den Züu im Kleinen Palast.

»Sagt einfach, wir seien Erben. Mein Name lautet Corenn. Die Königin wird wissen, worum es geht, und uns empfangen.«

Aus ihren letzten Worten sprach eher Hoffnung als Gewissheit, doch das ließ sie sich natürlich nicht anmerken.

Der Kammerherr starrte sie eine Weile an und schien auf weitere Erklärungen zu warten. Das Wort »Erben« hatte ihn hellhörig gemacht, da ganz Junin mit der Thronfolge beschäftigt war. »Wartet hier.«

Der Befehl war überflüssig. Der Soldat vor der Tür, auf den Grigán einen Blick erhaschte, als der Kammerherr hinausging, würde ohnehin dafür sorgen, dass sie sich nicht vom Fleck rührten.

»Was glaubt Ihr?«

»Sie wird uns empfangen«, sagte Corenn. »Und sei es nur aus Neugier.«

Das Warten zog sich in die Länge. Grigán lief auf und ab und strich sich über den Schnurrbart, ein Zeichen seiner Anspannung. Auch wenn er nicht geglaubt hatte, dass es einfach werden würde, hatte er doch nie daran gezweifelt, zumindest mit der Königin sprechen zu können. Nun kamen ihm zum ersten Mal Bedenken.

Endlich kehrte der Kammerherr zurück. Grigán fand, dass er mit seinem prächtigen Gewand und dem argwöhnischen Blick einem Zü ähnelte. Doch er schob sein Misstrauen beiseite, um zu hören, was der Mann ihnen zu sagen hatte.

»Kommt Ihr von der Insel Ji?«, fragte der Kammerherr neugierig.

»Ja.«

»Ihre Majestät ist bereit, Euch zu empfangen.«

Corenn stieß einen erleichterten Seufzer aus. Nur um Séhane zu sehen, hatten sie das Meer überquert. Jetzt zu scheitern, wäre ein schwerer Rückschlag gewesen. Die Königin war ihre letzte Hoffnung.

»Wann?«

»Heute Abend. Wie viele seid Ihr?«

Corenn warf Grigán einen fragenden Blick zu. Es gab keinen Grund, es dem Mann zu verschweigen, doch trotzdem kam ihr die Frage seltsam vor.

»Ihre Majestät vermutet, dass Ihr mehrere seid. Sie erweist Euch die Ehre, das Abendmahl mit Euch einzunehmen. Ich muss wissen, wie viele Gedecke der Küchenmeister auflegen soll.«

»Wir sind sechs«, sagte Corenn kurz entschlossen.

Dann erklärte der Kammerherr ihnen die Regeln am Hof. So war es zum Beispiel streng verboten, eine Waffe zu tragen. Grigán erklärte, dass er trotzdem ein Schwert mitbringen und es vor dem Treffen mit der Königin den Wachen übergeben würde. Widerstrebend ließ sich der Kammerherr darauf ein.

Grigán hatte ein ungutes Gefühl. Sein Instinkt hatte ihm schon häufig das Leben gerettet. Früher hätte er die Stadt sofort verlassen. Doch anderswo lauerten mindestens genauso große Gefahren wie in Junin.

Ein Mann mit einem schwarz-weiß geschminkten Gesicht geht über lehmigen Boden. Er hat eine lange, demütigende Reise unternommen, um einen Mann von niedererem Rang zu treffen.

Zuïa ist unerbittlich, denkt er. *Sie kennt keine Gnade, wenn man sie enttäuscht. Wenn man Schuld auf sich geladen hat. Diese Reise ist meine Strafe.*

Krieger mit fremden Gesichtszügen und sonderbaren Waffen treten beiseite, um ihn durchzulassen. Keiner hält seinem finsteren Blick stand, dem einzig Lebendigen in dem Totenkopfgesicht. Die meisten sind Anhänger einer fanatischen Religion, für die sie bereit sind, in den Tod zu gehen.

Der Mann passiert einen Trupp von über zweihundert Männern, die immer wieder eine magische Formel murmeln, um sich vor dem »schwarzen Auge« zu schützen. Bald hallt eine tiefe, monotone Litanei durch das ganze Lager. Die abertausend Krieger, Bogenschützen, Reiter und anderen Kämpfer, die der Ankläger um sich versammelt hat, wiederholen die Formel zehnmal.

Der Mann hat nichts als Verachtung für sie übrig. Mit großen Schritten eilt er zu den Zelten der Heerführer. Er war noch nie in dem Lager, doch der Ankläger kann nirgendwo anders sein.

Er zwängt sich durch den Spalt in der Zeltplane. Die Wachen versuchen nicht, ihn aufzuhalten. Das wäre ihr Todesurteil. Der Mann bedauert, dass sie so feige sind.

»Zamerine«, sagt eine Stimme, die der Zü sogleich erkennt, obwohl er sie erst ein Mal gehört hat. »Seid Ihr gekommen, um mir vom Scheitern Eurer jämmerlichen kleinen Dolchträger zu berichten?«

Der Mann, dem die Stimme gehört, sitzt auf einem prunkvollen Thron, der nicht recht in das Feldlager zu passen scheint. Der Mann trägt ein eisernes Kettenhemd und einen Helm mit einem schwarzen Stirnband. Er ist weder groß noch klein, weder dick noch dünn. Zamerine kennt seinen Namen nicht. Er nennt ihn nur den »Ankläger«.

Er ignoriert die Beleidigung, denn sie sind nicht allein. Ein zweiter Mann mustert den Zü mit grimmigem Blick. Er gehört demselben Volk an wie die Krieger draußen. Zamerine hält seinem Blick stand, obwohl der Barbar größer ist als alle Menschen, die er je gesehen hat, sogar noch größer als der Flüchtling mit dem Namen Bowbaq. Und er scheint über gewaltige Kräfte zu verfügen. Doch ein winziger Stich mit seinem Hati würde ihn im Handumdrehen töten.

Der Barbar raunt dem Ankläger ein paar Worte in einer der fremden Sprachen zu, die an diesem Ort gesprochen werden. Die Männer brechen in Gelächter aus, und der Barbar verlässt das Zelt, ohne sich weiter um Zamerine zu kümmern.

Endlich kann der Mörder sprechen.

»Dass Zuïa ihr Urteil durch Euch verkündet, gibt Euch noch lange nicht das Recht, mich zu beleidigen. Ich rate Euch, das nicht noch einmal zu tun.«

Der Ankläger springt auf und stürzt sich auf Zamerine. Plötzlich hat der Zü seinen Hati in der Hand und hält den Mann damit auf Abstand.

»Gebt mir den Dolch!«, brüllt der Ankläger. »Gebt ihn mir!«

»Ihr wisst genau, dass ich das nie tun würde.«

Der Ankläger tritt einen Schritt zurück und streckt eine Hand aus. Im nächsten Augenblick überreicht Zamerine seinem Gegner die Waffe, obwohl er sich mit aller Kraft dagegen sträubt. Der Ankläger bezwingt seinen Geist. Er manipuliert ihn wie eine Marionette. Dann wird der Zü Zeuge einer seltsamen Szene.

Der Ankläger streift den linken Handschuh seines Kettenhemdes ab. Seine Haut ist runzelig und voller Altersflecken. Die Finger sind dürr, aber kräftig. Ohne zu zittern, rammt sich der Ankläger den Hati in den Unterarm.

»Euer Gift kann mir nichts anhaben!«, brüllt er. »Ihr seid ein Nichts! Wagt es nie wieder, hier aufzutauchen und mir inmitten meiner Armee Befehle zu erteilen! Habt Ihr verstanden? Ich besitze alle Macht der Welt!«

Er wendet Zamerine den Rücken zu, zieht den Handschuh wieder an und zwingt sich zur Ruhe. Dann gibt er dem Mörder seinen Dolch zurück und befreit ihn aus dem geistigen Klammergriff. Etwas so Erniedrigendes hat der Zü noch nie erlebt. Der Ankläger hat ihn allein mit seiner Geisteskraft gelähmt. Offenkundig hat er es mit keinem gewöhnlichen Sterblichen zu tun.

Einige Augenblicke vergehen. Nach dem Wutausbruch herrscht beklemmendes Schweigen. Schließlich ergreift der Ankläger abermals das Wort. »Schön. Was gibt es Neues?«

Zamerine gibt ihm einen ausführlichen Bericht, erleichtert, dass sich der Mann wieder beruhigt hat. Obgleich der Zü Intrigen, Kämpfe und Morde kennt, ist ihm der Ankläger unheimlich.

»Wir gehen davon aus, dass sich die Flüchtlinge in Junin aufhalten«, sagt er. »Ich werde höchstpersönlich hinreisen und die Geschichte endgültig zu Ende bringen.«

»Das wird nicht nötig sein, mein kleiner Zü. Hier seid Ihr mir von größerem Nutzen. Ihr bleibt doch, oder?«

Der Zü erinnert sich an den stählernen Griff, der seinen Geist umklammert und jeden freien Willen ausgelöscht hat. Der Ankläger stellt ihm keine Frage. Wenn er nicht als sein Sklave enden will, muss er sein Verbündeter werden.

»Wenn ich Euch helfen kann …«

»Ihr werdet es nicht bereuen. Ich pflege meine Freunde reich zu belohnen«, sagt der Mann in einem beunruhigenden, leicht spöttischen Tonfall.

»Und was ist mit den Flüchtlingen?«

»Sie sind so gut wie tot. Ich schicke ihnen etwas sehr viel Besseres als Eure kleinen Jungen im roten Gewand.«

Der Ankläger ist voller Vorfreude. Sein Diener schläft bereits viel zu lang. Es ist an der Zeit, ihn zu wecken.

Die Erben bereiteten sich gründlich auf ihren Besuch bei Königin Séhane vor. Alle freuten sich auf das Treffen, und Grigán brachte es nicht übers Herz, ihnen von seinen düsteren Vorahnungen zu erzählen. Ihr erster Tag in den Fürstentümern zog sich in die Länge, und sie warteten voller Ungeduld auf den Abend.

Léti und Corenn suchten mehrere Schneider- und Schusterwerkstätten auf und kauften knöchellange juneeische Gewänder und Schnürschuhe für alle. Grigán dankte seinen Freundinnen für das Geschenk, doch er zog es vor, seine schwarze Lederkluft anzubehalten. Immerhin entfernte er die Salzschicht von der Überfahrt und polierte das Leder.

Da er nun reich war, machte auch Rey einige Einkäufe, die er den anderen erst im letzten Moment zeigte. Der Schauspieler hatte sich von Kopf bis Fuß nach Sitte der lorelischen Edelleute gekleidet. Léti starrte ihn mit offenem Mund an. Er trug einen leichten Umhang und ein besticktes Hemd. Neben ihm kam sich Yan in seinem juneeischen Gewand lächerlich vor. Dass Bowbaq noch lächerlicher aussah, tröstete ihn nur wenig.

Wie Grigán beschloss Léti, ihr Schwert auf die Burg mitzunehmen, obgleich ihr Futteral anders als das des Kriegers keinen geheimen Schlitz hatte. Doch in den letzten Tagen hatte sie sich so sehr an die Waffe gewöhnt, dass sie sich verletzlich fühlte, wenn sie das schwere Eisen nicht an der Hüfte spürte. Und Léti wollte sich nie wieder verletzlich fühlen.

Als der siebte Dekant nahte, brachen sie auf. Hin und wieder warfen Einheimische ihnen neugierige Blicke zu, ohne sich jedoch übermäßig für sie zu interessieren. Die Gefährten gelangten ohne Zwischenfall zum Schloss.

Der Kammerherr, der sie auch beim letzten Mal empfangen hatte, wartete vor dem Tor.

Er begrüßte sie höflich und führte sie in den äußeren Hof, eskortiert von vier mit Hellebarden bewaffneten Wachen.

Dieses Aufgebot kam Grigán leicht übertrieben vor, aber natürlich kannte er die örtlichen Gepflogenheiten nicht. Dann betraten die Gefährten den inneren Hof und gingen auf das Schloss zu.

Es reichte nicht an die Pracht der lorelischen Paläste heran. Der Bau war groß, zweckmäßig und schlicht, aber auch gemütlich – ein vornehmes Schloss, in dem trotzdem eifrig gearbeitet wurde.

Die Erben durchquerten mehrere Zimmer, bis der Kammerherr auf eine Tür am Ende eines Gangs wies.

»Ihre Majestät kommt in wenigen Augenblicken zu Euch. Aber zuerst müsst Ihr Eure Waffen bei den Wachen abgeben.«

Léti wartete ab, wie Grigán sich verhielt, bevor sie gehorchte. Der Krieger überreichte den Wachen sein Schwert, behielt die Scheide jedoch am Gürtel. Die Juneer schöpften keinen Verdacht. Sie wirkten nun wesentlich ruhiger.

Corenn öffnete die Tür und trat in den Saal. In einem großen Kamin brannte ein Feuer, denn obwohl die Sonne in Junin viel Kraft hatte, war es im Innern des Schlosses kühl. Sieben Samtstühle standen um eine mit Porzellangeschirr und Silberbesteck gedeckte Tafel herum. An den Wänden hingen Jagdtrophäen, Gemälde und prachtvolle Wandteppiche, auf denen wichtige Episoden der Geschichte der Fürstentümer dargestellt waren. Einer von ihnen zeigte die Unterzeichnung des Ersten Abkommens der Fürstentümer.

Während sie auf die Königin warteten, sahen die Erben sich um. Mit unverhohlenem Stolz zeigte Grigán Yan den Kopf eines Acors, eine Art riesiger Wolf mit Wildschweinhauern. Yan fragte sich, ob der Präparator zur Übertreibung neigte oder ob das Tier im Kampf gestorben war. Die Haut sah aus, als könne Grigáns Kluft aus ihr gefertigt sein, aber Yan kam nicht mehr dazu, den Krieger danach zu fragen. Die Tür öffnete sich.

Eine alte Frau in einem klassischen juneeischen Gewand trat in den Saal, begleitet von zwei muskulösen Wachen. Nur ihre aufwendige Frisur und eine schlichte Krone auf dem Kopf unterschieden sie vom gewöhnlichen Volk.

»Ihr seid nicht Séhane«, sagte Corenn zur Verblüffung der Gefährten. »Ich sagte doch, dass ich ihr bereits begegnet bin. Das war keine Lüge.«

Die Frau wandte sich einer der Wachen zu, da sie unschlüssig schien, wie sie sich verhalten sollte. Grigán wich einen Schritt zurück und schob eine Hand in das leere Lederfutteral seines Schwertes. Seine Befürchtungen hatten sich bewahrheitet.

Während die Fremde weiterhin schwieg, betrat eine zweite Frau den Saal. Sie wirkte erschöpft, und das Gehen schien ihr schwerzufallen.

Die Wachen traten respektvoll beiseite. Die Frau trug zwar keine Krone, doch sie war offensichtlich die echte Königin. »Dame Corenn«, sagte sie mit zitternder Stimme. »Ich freue mich sehr, Euch wiederzusehen.«

»Majestät«, sagte die Ratsfrau mit einer knappen Verbeugung. »Es ehrt mich, dass Ihr mich wiedererkennt.«

»Mein Gedächtnis ist längst nicht so gut, wie Ihr zu glauben beliebt. Deswegen musste ich zu dieser kleinen List greifen. Ich fürchtete, Euch nicht wiederzuerkennen und mich täuschen zu lassen. Doch der Klang Eurer Stimme war unverwechselbar.«

Séhane dankte den Wachen und der Hofdame, die tapfer, wenn auch nicht sehr überzeugend, ihre Rolle übernommen hatte. Die Königin wusste, dass sie von Corenn nichts zu befürchten hatte. Und auch ihren Freunden konnte sie gewiss vertrauen.

Corenn stellte ihre Gefährten mit der gebotenen Höflichkeit vor. Doch die Königin wollte nichts davon wissen.

»Corenn, als wir uns in Kaul trafen, nanntet Ihr mich einfach Séhane. Bin ich zu alt, um Eure Freundschaft zu verdienen?«

Die Gefährten mochten die Königin auf Anhieb. Obwohl sie älter war als sie alle und auf einem Thron saß, war auch sie eine Erbin. Ihr Vorfahr, König Arkane, war zur Insel Ji gereist und hatte dort einen Arm verloren. Weil er über die Reise Schweigen bewahrt hatte, die anderen Fürsten ihn zum Abdanken. Arkane hatte gelitten und einen Teil seines Leids an die nachfolgenden Generationen weitergegeben. Keiner seiner Nachkommen hatte eine Wahl gehabt. Wie die Gefährten war auch Séhane mit einem rätselhaften Fluch belegt. Sie kannten einander nicht und mochten nur wenig gemein haben, doch das Geheimnis der Insel Ji verband sie.

Allerdings hatte Séhane nie an den Zusammenkünften am Tag der Eule teilgenommen und wusste daher nicht, was an jenem Tag auf Ji geschah. Außerdem trachteten die Züü ihr nicht nach dem Leben – zumindest bisher nicht.

»Ihr macht ein großes Geheimnis um Euren Besuch. Vermutlich gibt es dafür gute Gründe …«

»Eher schlechte, Séhane. Unser Leben ist in Gefahr, und wir glauben, dass auch Ihr in Gefahr schwebt.«

Die Königin hörte aufmerksam zu, als Corenn von den Morden der Züü berichtete. Die Gefährten erzählte ihr von der Flucht der Erben, den Ereignissen in Berce und dem Treffen mit den Züü im Kleinen Palast. Nur als die Diener das Essen auftrugen, legte sie eine kurze Pause ein. Schließlich kannte Séhane die ganze Geschichte – fast. Die Reise nach Ji hatte Corenn verschwiegen.

»Wie furchtbar«, sagte die Königin. »Wer mag dieser geheimnisvolle Widersacher bloß sein? Und warum will er die Erben töten?«

»Genau auf diese Fragen suchen wir eine Antwort, Séhane. Wir müssen weitere Erben finden. Vielleicht lebt noch jemand, der etwas weiß.«

»Dann könnte Euch dies von Nutzen sein«, sagte die Königin und zog ein Pergament aus der Tasche ihres Gewands. »Es kam vor ein paar Tagen mit einem Schiff aus Mestebien. Als man mir Euren Besuch ankündigte, dachte ich, Ihr wäret vielleicht die Verfasser.«

230

Corenn riss Séhane das Pergament beinahe aus der Hand und überflog die wenigen, auf Itharisch geschriebenen Zeilen. »Das könnte ein Hoffnungsschimmer sein«, sagte sie. »Dort steht: ›Majestät, wenn Ihr den Namen Ji mit einem Fluch verbindet, können wir einander vielleicht helfen. Nehmt meine Brieftaube, die die Reise hoffentlich gut überstanden hat, um mir eine Antwort zu senden.‹ Der Schluss lautet: ›Solltet Ihr in Frieden leben, vergesst diese Worte. Möge Eurydis Eure Gebete erhören.‹ Keine Unterschrift. Brachte Euch die Besatzung des Schiffes das Pergament zusammen mit einer Brieftaube?«

»In der Tat. Hilft Euch das weiter?«

Die Erben wechselten fragende Blicke. Mit so etwas hatten sie nicht gerechnet.

Corenn ging in Gedanken die Namen der Erben durch, die den Züu entkommen waren. Doch warum hatte jemand ausgerechnet Séhane eine Nachricht geschickt, die doch am wenigsten mit der Geschichte zu tun hatte?

»Habt Ihr bereits geantwortet?«, fragte Grigán.

»Nein. Ich lebe mehr oder minder in Frieden, also folgte ich dem Rat und vergaß die Nachricht. Die Taube ist nun in der Voliere.«

»Wir müssen sofort eine Antwort schicken. Natürlich nur, wenn Ihr einverstanden seid, Séhane.«

»Gewiss. Ich lasse die Taube gleich holen. Ich hoffe, es ist noch nicht zu spät, um den Unbekannten vor der Gefahr zu warnen.«

»Ich wette, er weiß längst Bescheid«, sagte Rey. »Wer derart an Gebete glaubt, muss dem Tod ins Auge geblickt haben.«

Der Schauspieler war wegen der Botschaft in heller Aufregung und vergaß jede Zurückhaltung. Séhane überging seine Taktlosigkeit. Zu spät fiel Rey ein, dass die Königin todkrank war, und er errötete vor Scham – was eher untypisch für ihn war.

Ein Diener brachte die Taube, und die Erben wählten ihre Worte mit Bedacht, da die Nachricht kurz sein musste. Schließlich befestigten sie den schmalen Pergamentstreifen am Fuß des Vogels und entließen ihn durch ein Fenster. Sie beobachteten, wie die Taube einen Kreis zog, um sich zu orientieren, und dann gen Norden flog.

Die Botschaft gab ihnen neue Zuversicht. Sie hofften, dem unbekannten Verfasser etwas davon zurückgeben zu können.

Die Taube flog nach Mestebien, mit folgender Nachricht am Fuß: »Kommt nach Junin. Erzählt niemandem davon. Freunde erwarten Euch.«

Séhane bot ihnen an, sie während ihres Aufenthalts in Junin im Eroberten Schloss unterzubringen. Die Königin war eine liebenswerte Gastgeberin, und ihr Angebot war aufrichtig, weshalb sie es gern annahmen. Für Grigán hatte die neue Unterkunft vor allem einen taktischen Nutzen, und die anderen freuten sich auf ein paar ruhige Tage in der neuen Umgebung.

»Vom Keller eines Schmugglers in ein Königsschloss, das nenne ich einen Aufstieg«, scherzte Rey. »Ich frage mich, wo wir in der nächsten Dekade sein werden.«

Seine Worte hatten nicht die gewünschte Wirkung, denn nun fragten sich die Gefährten tatsächlich, was die Zukunft ihnen wohl bringen würde. Die Aussichten waren eher düster.

Séhane schien häufig Gäste zu beherbergen, denn die

Diener richteten ihnen im Handumdrehen mehrere Zimmer her. Das Eroberte Schloss war berühmt für seine Gastfreundschaft.

Mit der Erlaubnis ihrer neuen Freunde schickte die Königin drei Wachen los, um das Gepäck aus der Herberge zu holen. Grigán und Rey beschlossen, die Männer zu begleiten. Dem Schauspieler widerstrebte der Gedanke, seine Goldterzen einem Diener anzuvertrauen, den er nicht kannte, selbst wenn er noch so ehrlich aussah.

Bei der Verteilung der Zimmer kam es zu einem kleinen Zwischenfall. Der Haushofmeister fragte, ob es unter den Gästen der Königin Paare gebe. Da Léti der Gedanke nicht gefiel, allein in einem riesigen Zimmer zu schlafen, hätte sie am liebsten Yan gefragt, ob er nicht das Bett mit ihr teilen wollte. Natürlich nur als Freund. Früher hatten sie das oft getan …

Doch das war in Eza gewesen oder wenn die Gefährten irgendwo ihr Nachtlager aufgeschlagen hatten. Im Schloss würde ihre Bitte sicher Anstoß erregen. Als sich das Schweigen in die Länge zog, bereute der Haushofmeister, die Frage überhaupt gestellt zu haben. Dabei war sie ihm überhaupt nicht taktlos erschienen.

»Ich möchte heute Nacht meine Nichte bei mir haben«, sagte Corenn schließlich. »Leider bin ich nicht mehr die Jüngste und schlafe nicht gut in fremden Betten. Ihre Anwesenheit wird mich beruhigen.«

Léti kicherte leise über die Lüge und schenkte Corenn ein dankbares Lächeln. Ihre Tante schien immer alles zu verstehen. Sie verfluchte ihre Angst vor der Einsamkeit, aber zumindest würden die anderen nun nichts davon erfahren.

Grigán und Rey kehrten bald zurück, und die Erben

233

verabschiedeten sich wortreich von Séhane und dankten ihr. Zum ersten Mal bot ihnen jemand Hilfe an, ohne eine Gegenleistung dafür zu erwarten.

In jener Nacht träumte Léti, die Züu seien besiegt und die Insel Ji versinke in den Fluten. Sie träumte, Yan halte um ihre Hand an und sie beide lebten gemeinsam mit ihren Freunden im Eroberten Schloss – für immer.

Am nächsten Morgen schien die Sonne, aber Léti kamen ihre Strahlen glanzlos vor. Keiner ihrer Träume würde je in Erfüllung gehen.

Außer vielleicht der mit den Züu. Rasch zog sie sich an und griff nach dem Schwert, das Séhanes Wachen ihr zurückgegeben hatten. Sie würde Grigán um eine weitere Unterrichtsstunde bitten. Sie konnten die Züu besiegen. Mit festem Stand, sicherer Hand und wachem Geist.

Séhane ließ sich entschuldigen, da sie den ganzen Tag zu tun hatte, und schickte ihnen den Haushofmeister, der sich um ihr Wohlergehen kümmern sollte. In den nächsten Tagen sahen die Erben, dass die Königin tatsächlich all ihre Kraft darauf verwandte, Junins Thronfolge zu regeln, und damit die der gesamten Fürstentümer. Die Standhaftigkeit der alten, kranken Frau erfüllte sie mit großer Achtung.

Der Haushofmeister stammte aus einer alten juneeischen Familie. Er war stolz, manchmal sogar etwas arrogant, aber stets höflich und hilfsbereit. Sein Name war Crépel, und Séhane hatte ihn geschickt, weil er fließend Itharisch sprach, die einzige gemeinsame Sprache der Erben.

Als Erstes fragten Léti und Grigán Crépel nach einem

Ort für den Kampfunterricht. Wortlos führte der Juneer sie in den Waffensaal des Schlosses. Der Krieger befahl Bowbaq mitzukommen, und auch Rey schloss sich ihnen an.

Der Saal war so riesig, dass man dort Bogenschießen hätte üben können. An den Wänden hingen die verschiedensten Waffen: Schwerter, Säbel, Dolche, Degen, Äxte, Streitkolben, Morgensterne und andere Zeugnisse der menschlichen Zerstörungswut. Selbst Grigán kannte manche Exemplare nicht. Der Waffenmeister erklärte ihnen, es handele sich um ein Zahnschwert, eine Lowa und einen Gießer, Waffen der Völker jenseits des Rideau-Gebirges.

In dem Saal gab es auch mehrere Truhen, die Wurfwaffen, Schilder, Kettenhemden und leichte Rüstungen enthielten.

»Diese Dinge werden wir nicht benutzen«, sagte Grigán. »In einem echten Kampf stehen sie dir auch nicht zur Verfügung. Ich will nicht, dass du dich an sie gewöhnst.«

Léti nickte stumm, wie immer, wenn sie Grigán als Schülerin gegenüberstand. Schon lange stellte sie seine Entscheidungen nicht mehr infrage, zumindest nicht während des Unterrichts.

»Warum tötet Ihr sie nicht gleich?«, spottete Rey. »Schließlich würdet Ihr das in einem echten Kampf tun, nicht wahr?«

»In einem echten Kampf würde ich mir als Erstes Euch vom Hals schaffen.«

»Unsere Vorfahren sollen die besten Freunde gewesen sein«, sagte Rey ungerührt. »Rafa Derkel und Reyan der Alte. Gibt Euch das nicht zu denken? Wollt Ihr nicht versuchen, mich wenigstens ein bisschen zu mögen?«

»Ich habe Euch noch nicht getötet. Das ist doch wohl Beweis genug für meine Zuneigung. Oder zumindest für meine Selbstbeherrschung.«

Léti begann sich zu langweilen und ging zu Bowbaq hinüber. Wenn Rey und Grigán sich ein Wortgefecht lieferten, konnte das dauern. Rey würde wie immer das letzte Wort behalten, und Grigán vor Wut fast platzen, sehr zum Vergnügen des Schauspielers.

»Ich wusste nicht, dass es so viele verschiedene Waffen gibt«, sagte Bowbaq traurig. Er war in die Betrachtung des Zahnschwerts vertieft. In beide Seiten der Klinge waren Kerben gefeilt. Wenn die Waffe zurückgezogen wurde, mussten sie furchtbare Verletzungen hinterlassen.

»Nur die *Bösen* benutzen so etwas«, sagte Léti mit Nachdruck. Sie wollte sich selbst überzeugen und Bowbaq beruhigen. »*Wir* lernen den Umgang mit Waffen, um unser Leben zu verteidigen.«

»Mag sein«, sagte Bowbaq ernst.

Er ging weiter an der Wand entlang, und sie folgte ihm schweigend. Dann entdeckte Bowbaq ein kleines Gemälde, kaum einen Fuß breit.

Rasch wechselte er einen Blick mit Léti und rief Crépel herbei. »Was ist das für ein Bild?«

»Das ist König Arkane«, antwortete der Haushofmeister und zeigte auf eine der Figuren. »Kurz bevor die Lorelier ihn entführten. Nach seiner Freilassung zwei Monde später dankte er ohne jede Erklärung ab. Das Bild zeigt einen seiner letzten glücklichen Momente.«

Léti rief Grigán und Rey herbei, und sie sahen sich das Gemälde genauer an. Anscheinend hatte ein Maler den König vor hundertzwanzig Jahren auf eine kleine lorelische Insel begleitet. Dort musste er einige Zeichnungen angefertigt und diese dann in ein Gemälde umgesetzt haben.

Die Szene war vermutlich der Fantasie des Künstlers entsprungen, trotzdem war sie überaus glaubwürdig.

Auf dem Gemälde sah man die Abgesandten auf der Insel Ji. Erhobenen Hauptes standen die elf Weisen vor dem Eingang des Felslabyrinths, das den Erben mittlerweile vertraut war. Dem Maler war es gelungen, die Bedeutung des Augenblicks auf die Leinwand zu bannen.

Rey schickte Crépel fort und bat ihn, Corenn und Yan zu holen. Dann gingen die Erben mit Herzklopfen daran, den Menschen auf dem Gemälde Namen zu geben. Léti schnürte es die Brust zusammen, als sie Tiramis erblickte, die einzige Frau auf dem Bild. Der Kaulaner neben ihr musste Yon sein. Mühelos erkannten die Erben Moboq aus Arkarien, denn er war ebenso groß wie Bowbaq und trug einen ebenso gewaltigen Bart. Auch Rafa aus Griteh und Ssa-Vez aus Jezeba waren an ihrer landestypischen Kleidung zu erkennen.

Der Mann in der schwarzen Priesterrobe konnte nur Maz Achem aus der Heiligen Stadt Ith sein. Nun blieben noch vier Männer übrig. Der Älteste war vermutlich Saat der Ökonom, Ratgeber des Prinzen Vanamel. Rey zeigte seinen Gefährten den Herzog von Kercyan, den er von Familienporträts kannte. Demnach musste der andere Mann im Gewand der Edelleute der goronische Prinz Vanamel sein.

Der zehnte Mann war folglich Nol der Seltsame. Der Grund für all ihr Unglück.

Die Erben lasen eine tiefe Traurigkeit in seinem Blick. Doch war es möglich, auf einem zwölf Jahrzehnte alten Gemälde ein so subtiles Detail zu erkennen?

»Mein Urgroßvater, König Arkane, versteckte das Gemälde gleich nach seiner Rückkehr von der Insel«, erklärte Séhane später. »Mein Großvater scherte sich nicht darum, und mein Vater lebte leider nicht lang genug, um sich um die Einrichtung des Schlosses zu kümmern. Es ist erst im vergangenen Jahr wieder aufgetaucht. Doch das Bild erinnert mich an etwas, das ich nur zu gern vergessen würde. Deshalb ließ ich es in einem Saal aufhängen, den ich nicht oft betrete.«

Die Königin nahm sich Zeit, um mit Corenn einen Spaziergang auf der Festungsmauer zu machen, und die Ratsfrau erkundigte sich nach dem rätselhaften Gemälde aus dem Waffensaal. »Wisst Ihr, wo es gefunden wurde?«

»Ich weiß, warum Ihr mir diese Frage stellt, Corenn. Arkane könnte an dem Ort weitere Dinge versteckt haben, die mit dem Abenteuer auf der Insel Ji zusammenhängen. Doch da war nur dieses Gemälde.«

Corenn machte keinen Hehl aus ihrer Enttäuschung. Sie hatte in der Tat gehofft, einen Hinweis zu finden, der sie auf die Spur des Anklägers brachte. Wieder eine verlorene Hoffnung …

Da es nichts mehr zu sagen gab, kam sie auf ein anderes Thema zu sprechen, das ihr am Herzen lag. »Habt Ihr Neuigkeiten aus Kaul? Ich bin seit über drei Dekaden fort und habe keine Ahnung, was dort vor sich geht.«

»Viel weiß ich auch nicht, fürchte ich. Ich glaube, Eure Große Mutter war einige Tage lang krank. Sonst ist mir nichts Beunruhigendes zu Ohren gekommen. Wollt Ihr Euren Freundinnen einen Boten schicken? Er könnte eins meiner Schiffe nehmen.«

»Habt Dank für das großzügige Angebot, Séhane. Doch das wäre viel zu gefährlich – für uns, für die Ratsfrauen und selbst für den Boten. Die Züu und die Große Gilde haben sicher Spione nach Kaul entsendet. Wir dürfen keine Verbindung zu den Menschen aufnehmen, die einst zu unserem Leben gehörten.«

»Ihr seid sehr weise, Corenn«, sagte die Königin. Nach einer Weile fügte sie hinzu: »Würdet Ihr mir bei der nächsten Versammlung der Fürsten zur Seite stehen? Bitte sagt zu, denn ich brauche Euren Rat. Die Fürsten sind viel jünger, ehrgeiziger und gerissener als ich. Nach meinem Tod werden sie sich wie hungrige Wölfe auf mein schönes Land stürzen. Die Juneer verdienen Glück und Frieden, Corenn.«

Natürlich versprach sie der Königin ihre Hilfe. Séhanes Nöte waren viel schwerwiegender und von größerem Ausmaß als das Unglück der Erben, das nur wenige betraf.

Zumindest hatte es den Anschein …

Nach dem Essen zum Mit-Tag zogen sich Corenn und Yan für eine Unterrichtsstunde in ein Studierzimmer des Eroberten Schlosses zurück. Sie achteten darauf, dass niemand sie beobachtete, denn in den Kleinen Königreichen galt Magie als Frevel. Séhane hätte gewiss nicht zugelassen, dass man ihre Gäste wegen Hexerei aus der Stadt jagte oder auf dem Scheiterhaufen verbrannte, doch sie wollten kein Risiko eingehen.

Als er Corenns nachdenkliches Gesicht sah, wusste Yan, dass sie ihn abermals in eines der Geheimnisse der Magie einweihen würde, von denen es endlos viele zu geben schien. Nach jeder Lektion fragte er sich, ob Corenn ihm überhaupt noch etwas beibringen konnte. Doch sie überraschte ihn jedes Mal aufs Neue.

Corenn suchte eine Weile nach den richtigen Worten. Dann begann der Unterricht. »Du weißt bereits, dass dein Wille nichts erschaffen kann. Du schöpfst die nötige Kraft aus dir selbst oder deiner Umgebung. Alles Weitere ist ein Kräftemessen zwischen deinem Geist und dem deines Ziels.«

Yan nickte langsam. Er wusste ebenso wie Corenn, dass es nicht so einfach war, wie es klang. Aber ihre Worte waren ohnehin nur die Einleitung.

»Reden wir darüber, was dieser Geist überhaupt ist. Man könnte auch sagen, was jede Sache und jedes Lebewesen ist, ob Tier, Mensch, Staubkorn oder Stern. Denn ich glaube, dass im Grunde alle gleich sind.«

Ein aufregender Gedanke. Yan machte nicht den Fehler, gleich zu antworten.

»Alle sind gleich«, wiederholte sie. »Alle bestehen aus denselben Elementen. Genauer gesagt, aus denselben magischen Elementen. Es kommt nur auf die Zusammensetzung an. Kannst du mir folgen?«

»Natürlich. Magie ist wie Kochen«, sagte Yan grinsend.

»So etwas in der Art. Es gibt zwar nur vier Zutaten, aber unendlich viele Rezepte, also Möglichkeiten der Zusammensetzung.«

»Aber in uns gibt es kein Feuer«, wandte Yan ein, denn er hatte bereits begriffen, welche Zutaten Corenn meinte.

»Doch. Vielleicht nicht im eigentlichen Sinne, nicht in Form einer kleinen Flamme, die irgendwo brennt, zwischen deinen Fußnägeln und deinen Haarspitzen. Das Feuer ist vielmehr etwas Spirituelles. Etwas Magisches!

Du, ich und alles in diesem Universum besteht aus einer Mischung aus Feuer, Wasser, Erde und Wind. Es gibt nichts, dem eines dieser Elemente fehlen würde. Der

Himmel und die Wolken tragen Erde in sich. Der Ozean kann sich mit seinem eigenen Feuer in Brand setzen. Es ist nur eine Frage des Willens.

Die Erde entspricht der Materie, dem Stofflichen, mit anderen Worten, dem Körper. Sie ist die Kraft, die Dinge miteinander verbindet oder voneinander trennt. Als du die Muschel zu Fall brachtest, richtetest du deinen Willen gegen ihren Erdbestandteil. Die Erde ist mein Element. Sie wird auch deines sein.

Der Wind entspricht dem Geist, der Seele, den Gedanken. Seine Manipulation ist die schwierigste Disziplin. Sie wird am häufigsten verkannt. Wer kann schon von sich behaupten, die Natur des Menschen, die Gedanken der Tiere und den Verbleib der Seele im Schlaf oder nach dem Tod zu kennen? Nur ein Magier, der all dies weiß, darf sich ein Meister des Windes nennen.

Das Wasser entspricht dem Leben. Es ist ein unverzichtbares Element, denn nur dank ihm kann sich dein Körper bewegen und dein Geist denken. Ohne Wasser könnten wir auch diese Wand oder diesen Tisch ›Yan‹ nennen. Sie sind nicht in der Lage, sich zu bewegen oder einen Gedanken zu fassen.«

»Wenn man das Wasser beherrscht, kann man also auch Krankheiten mit Magie heilen?«

»Manche behaupten, das sei möglich. Ich habe es noch nie gewagt, aus Angst, die Wunde oder Krankheit zu verschlimmern. Außerdem soll die anschließende Reglosigkeit furchtbar sein.«

Yan ließ das Thema fallen, denn Corenn war mit der Aufzählung noch nicht fertig. »Und was ist mit dem Feuer?«, fragte er.

»Das Feuer«, sagte sie ernst, »das Feuer entspricht der

Neigung aller Dinge und jedes Lebewesens, sich zu verändern. Das Feuer vollbringt, dass du vom Säugling zum
Kind wirst und vom Kind zum Mann. Es lässt dich altern
und sterben. Das Feuer verwandelt deinen Körper in Nah-
rung für andere. Alles auf dieser Welt wird vom eigenen
Feuer verzehrt. Das Feuer ist der mächtigste Gehilfe der
Zeit. Seine Manipulation ist die gefährlichste der magischen Disziplinen, Yan. Die schwarze Magie.«

Grigán bat eine von Séhanes Wachen, zu Übungszwecken
gegen Léti zu kämpfen. Die Idee gefiel dem Juneer ganz
und gar nicht, doch eine Bitte von einem Gast der Königin war wie ein Befehl Séhanes selbst, und so beugte er
sich dem Willen des Kriegers. Allerdings bestand er darauf, dass sie schwere Übungsrüstungen anzogen.

Das Schwert war nicht die bevorzugte Waffe der Juneer. Sie kämpfen eher mit Langspeeren zu Pferd. Aus-
nahmsweise ließ sich der Mann darauf ein, ein goronisches Schwert in die Hand zu nehmen, und die Übung
begann.

Mühelos wehrte Léti die ersten zwei, drei zaghaften
Angriffsversuche des Soldaten ab, und Grigán ermahn-
te den Mann, sie nicht zu schonen. Léti beschränkte sich
zunächst darauf, die Angriffe ihres Gegners abzuwehren
und ihn zu beobachten, so wie sie es gelernt hatte.

Dann täuschte sie eine Schwäche in der Verteidigung
ihrer Beine vor. *Wacher Geist.* Der Mann tappte in die
Falle und griff nun hauptsächlich diesen Teil ihres Körpers an.

Nach einigen Paraden heuchelte Léti nicht länger Un-
fähigkeit, sondern machte einen Schritt zur Seite, um der

Klinge auszuweichen. *Fester Stand.* Das Schwert streifte ihre Wade, doch sie hatte gelernt, sich nicht vor Verletzungen zu fürchten. Sie machte einen Ausfall und wies mit der Schwertspitze auf das Herz des Soldaten. *Sichere Hand.*

Grigán dankte dem Juneer und entließ ihn, obwohl der Mann ihn anflehte, ihm eine zweite Chance zu gewähren. Rey und Bowbaq gratulierten Léti, während die junge Frau vor Stolz strahlte. Endlich konnte sie ihr Leben verteidigen und ihre Freunde beschützen.

Doch lange durfte sie ihren Erfolg nicht genießen. Grigán griff zu seinem Krummschwert und forderte sie auf, die Grundhaltung einzunehmen. Léti gehorchte sofort. Es war ihre Art, ihm für den Unterricht zu danken.

Létis zweiter Kampf an diesem Tag war eine sehr viel größere Herausforderung. Da sie einander inzwischen in- und auswendig kannten, begnügten sie sich mit kurzen Angriffen und kleinen Seitenschritten. Hin und wieder kreuzten sich die Klingen.

Jeder Schlag muss einen Grund haben, pflegte Grigán zu sagen. *Jeder Schlag muss eine Parade oder ein Gegenangriff sein. Alles andere ist eine sinnlose Verschwendung deiner Kraft.* Da sie beide diesem Grundsatz folgten, würde derjenige gewinnen, der den Gegner mit einem Überraschungsangriff überrumpelte.

Schließlich gab die größere Erfahrung des Kriegers den Ausschlag. Grigán wirbelte seinen Säbel so einschüchternd durch die Luft, dass Léti ihr Schwert hochriss, um sich zu schützen, obwohl Grigáns Bewegung sie nicht ernsthaft bedrohte. Blitzschnell rammte der Krieger sie mit der Schulter und schlug ihr die Waffe aus der Hand. Léti ging zu Boden.

»Wie gemein, ihr das jetzt anzutun«, protestierte Rey, der die Szene aufmerksam beobachtet hatte. »Ihr hättet sie ihren Sieg auskosten lassen können.«

»So ist das Leben«, entgegnete Grigán ungerührt. »In einem echten Kampf macht ihr auch niemand Geschenke.«

Er streckte die Hand aus und half Léti hoch. Sie war nicht wütend auf ihn, er hatte nur seine Grundsätze befolgt. Sie war wütend auf sich selbst. Die Niederlage bestärkte sie in ihrem Entschluss, noch besser zu werden.

Aber Rey war noch nicht fertig. Er empfand Létis Niederlage als persönliche Beleidigung. »Das war kein Kampf auf Augenhöhe. Eure Klinge ist einen Fuß länger. Außerdem ist das Schwert viel zu schwer für sie! Was soll sie denn mit diesem Ungetüm?«

Grigán sagte nichts, sondern zog Rey beiseite, außer Hörweite Létis. »Ihr meint es gut, aber Ihr stört meinen Unterricht. Léti muss von selbst darauf kommen. Das kann ich ihr nicht abnehmen. Ich habe die Waffe nicht ausgesucht. Sie muss selbst lernen, ihre Vor- und Nachteile zu erkennen.«

»Wie soll sie das anstellen, wenn sie keinen Vergleich hat? Sie kennt ja nur dieses Schwert.«

Mit diesen Worten machte Rey auf dem Absatz kehrt und verließ den Saal, sehr zur Erleichterung des Kriegers. Kurz darauf kehrte Rey mit seinem Rapier zurück und drückte ihn Léti in die Hand.

»Versuch es mal hiermit. Das nenne ich eine Waffe. Zumindest muss man nicht Bowbaqs Kraft haben, um sie zu halten. Man braucht nur etwas Geschick und Schnelligkeit.«

Léti warf Grigán einen Blick zu. Er zuckte mit den Schultern und nickte, woraufhin sie das lorelische Schwert in die Hand nahm. Sogleich spürte sie seine Vorteile. Die Klinge war länger und schärfer und die Waffe insgesamt leichter.

Sie dankte Rey mit einem Lächeln. Er bestand oft auf seiner Unabhängigkeit und Selbstgenügsamkeit, doch er hatte auch Geschmack an der Freundschaft gefunden.

Ab dem Sixt der Dekade des Jägers trafen die Fürsten allmählich in Junin ein, und nun hatte Séhane noch weniger Zeit für ihre Freunde. Sie hielt Audienz um Audienz ab und empfing Höflichkeitsbesucher und offizielle Würdenträger. Die wenigen freien Momente, die sie sich gönnte, verbrachte sie mit Corenn und beratschlagte mit ihr über heikle politische Angelegenheiten, zumeist über die Thronfolge.

Die Königin hatte die Frage zu lange vernachlässigt. Es war nicht einfach, über den eigenen Tod nachzudenken, doch die Geschicke des Königreichs hingen von denen der Herrscherfamilie ab. Sollte die Thronfolge weiterhin ungeklärt bleiben und Séhanes Nachfolger nicht vom Volk *und* von den Fürsten anerkannt werden, würde Junin einem blutigen Bürgerkrieg zum Opfer fallen, der sich schlimmstenfalls auf die anderen Fürstentümer ausweiten würde. Das wäre das Ende der Abkommen der Kleinen Königreiche. Das Ende von Séhanes Lebenswerk.

Insgeheim hatte Séhane immer gehofft, der König würde sie überleben und mit einer anderen Frau den Bund schließen, die ihm Kinder schenken würde. Doch Urio war vor elf Jahren gestorben. Seither hatte sie so viel zu tun gehabt, dass sie nicht dazu gekommen war, sich um ihre Nachfolge zu kümmern.

»Ich denke oft darüber nach, es dem Matriarchat gleichzutun, Corenn, und das Volk den Herrscher bestimmen zu lassen. Das ist der gerechteste Weg. Doch die Fürsten stemmen sich mit aller Kraft dagegen. Sie sind noch nicht bereit dafür. Und für Junin ist es besser, Teil der Kleinen Königreiche zu bleiben, als sich abzuspalten.«

Corenn gab ihr recht. Die Königin hatte lange über die Frage nachgedacht, um keine falsche Entscheidung zu treffen. Doch leider hatte sie auch die richtige noch nicht gefunden, und das stürzte sie in Verzweiflung. In Kaul wäre Séhane gewiss Große Mutter geworden, und zwar eine sehr weise.

»Ich habe die Sache zu lange aufgeschoben. Das Volk ist besorgt, und die Fürsten werden allmählich ungeduldig. Dieses Mal werden sie nicht abreisen, ohne meine Entscheidung zu kennen. Ich kann es ihnen nicht verübeln.«

»Welche Möglichkeiten habt Ihr denn, Séhane? Wer käme als Euer Nachfolger infrage?«

»Einer der Fürsten, aber die Juneer würden keinem von ihnen folgen. Oder ein Juneer, was wiederum die Fürsten nicht hinnehmen würden. Welche Entscheidung ich auch treffe, es scheint, als würden die Kleinen Königreiche in den drei Monden nach meinem Tod in Flammen aufgehen.«

»Und was wollt *Ihr*? Habt Ihr jemanden im Sinn?«

»Ja. Sein Name ist Perbas, und er ist seit über fünfzehn Jahren mein Kanzler. Er ist ein Ehrenmann, und er kennt die Angelegenheiten der Fürstentümer so gut wie ich selbst, vielleicht sogar noch besser. Und er hat einen

Sohn, der denselben Weg einzuschlagen scheint. Er wäre ein würdiger Nachfolger. Doch wie soll ich die Fürsten dazu bringen, ihn zu akzeptieren? Erst nach mehreren Jahren würde er es wagen, den Fürsten auf Augenhöhe zu begegnen, dabei müsste er das gerade zu Beginn seiner Herrschaft tun.«

In Corenn reifte eine Idee heran. Endlich konnte sie sich Séhane gegenüber erkenntlich zeigen. »Die Juneer sind ziemlich abergläubisch, nicht wahr?«, fragte sie. »Und die Fürsten auch, wenn ich mich recht entsinne?«

»Keiner von ihnen würde einen Zweig von einem Moäl abbrechen, Corenn. Worauf wollt Ihr hinaus?«

»Stellt Ihnen Perbas als den von den Göttern erwählten Thronfolger vor. Das schützt ihn vor Angriffen. Niemand wird es wagen, sein Recht auf den Thron anzuzweifeln.«

»Eine Täuschung?«, rief Séhane.

Sie klang überrascht, doch ihr Blick war nachdenklich. In wenigen Augenblicken wog die Königin das Für und Wider ab. Die Idee gefiel ihr immer besser. »Ich dachte, Ihr wärt die Hüterin der Tradition, Corenn«, sagte sie lächelnd. »Verstößt so etwas nicht dagegen?«

»*Auch Geizhälse müssen essen*, Séhane. Ich musste schon mehrmals die Gesetze des Matriarchats umgehen, um sie zu schützen. Ihr würdet es nicht zu Eurem persönlichen Nutzen tun, sondern für das Wohl Eurer Untertanen.«

»Ich beneide Euch um Eure Gewissheit. Ich bin älter als Ihr, doch aus Eurem Mund sprechen Weisheit und Weitblick.«

»Ich weiß nicht, ob es Weisheit ist. In den vergangenen Dekaden habe ich mehr erlebt als andere in einem ganzen Leben. Seither sehe ich die Welt mit anderen Augen. Und das ist nicht beneidenswert, glaubt mir.«

Corenn konnte der Königin weder von der Reise zur Insel Ji noch von der geheimnisvollen Pforte oder den Kindern erzählen. Doch den Rest der Geschichte kannte Séhane, daher verstand sie die Traurigkeit, die sie manchmal, wenn Corenn sich unbeobachtet fühlte, auf dem Gesicht der Ratsfrau las.

Die Vorbereitungen für die »Täuschung« waren rasch getroffen. Als Erstes führte Séhane ein langes Gespräch mit Perbas. Die Königin sprach zum ersten Mal mit ihm über den Plan und musste zunächst einmal herausfinden, ob er die Krone überhaupt annehmen würde. Nach dieser Unterhaltung war das Gesicht des Kanzlers weiß wie die Gischt auf dem Meer.

Der Juneer wollte eine Nacht darüber schlafen. Am nächsten Morgen suchte er Séhane auf, so früh es die Höflichkeit erlaubte. Er war bereit, den Thron zu besteigen. Die Königin hatte an seine Liebe zu seiner Heimatstadt appelliert, und eine Ablehnung wäre ihm wie ein Verrat vorgekommen. Gleichwohl nahm er Séhane das Versprechen ab, nicht so bald zu sterben.

Nun brauchten sie nur noch den Segen der Götter. Corenn wollte keinen gewissenlosen Wahrsager oder Theoretiker bezahlen, der den Fürsten prophezeit hätte, was man ihm auftrug. Die Täuschung wäre zu leicht zu entlarven, außerdem gab es eine viel bessere Möglichkeit.

Viele Fürsten waren in Begleitung ihres persönlichen Astrologen oder Sehers angereist, und Corenn würde einen von ihnen für ihre Zwecke einspannen.

»Wie wollt Ihr das bewerkstelligen?«, fragte die Königin. »Wie viel Geld wir ihnen auch bieten, irgendwann

248

würden sie sich ihrem Herrn anvertrauen. Die Gefahr ist zu groß.«

Daraufhin erzählte Corenn ihrer Freundin von ihren magischen Fähigkeiten. Séhane zeigte sich nicht besonders überrascht und begriff sofort, was Corenn vorhatte.

Sie sprachen die Einzelheiten durch und mussten sich nun nur noch bis zur Versammlung der Fürsten gedulden. Séhane ließ den Herrschern ausrichten, sie habe ihnen etwas von größter Bedeutung mitzuteilen. Obwohl die Zusammenkunft noch für den gleichen Abend angesetzt wurde, strömten alle neugierig ins Eroberte Schloss.

Séhane, Corenn und Perbas betraten den riesigen Versammlungssaal erst, nachdem der letzte Fürst eingetroffen war. Den machtgierigsten Herrschern missfiel die Anwesenheit des Kanzlers und der neuen Beraterin der Königin. Sie vergaßen, dass sie selbst einen, zwei oder drei Begleiter im Gefolge hatten. Die Kleinen Königreiche bestanden aus neunzehn Fürstentümern, doch mehr als vierzig Augenpaare blickten Séhane erwartungsvoll entgegen.

»Fürsten der Kleinen Königreiche, werte Freude«, sagte Séhane feierlich. »Ihr ahnt gewiss, warum wir uns heute hier versammeln. Wir müssen darüber beraten, wer mein Thronfolger wird. Die Einheit Junins und die der gesamten Fürstentümer steht auf dem Spiel.«

Sie schwieg eine Weile, um den feierlichen Klang ihrer Worte zu unterstreichen. Alle im Saal hingen an ihren Lippen.

»Bis zu diesem Tag starb kein Herrscher ohne Nachkommen. Leider werde ich bald die zweifelhafte Ehre haben, als erste Königin kinderlos von dieser Welt zu gehen. Doch die Abkommen der Kleinen Königreiche müssen Arkanes Geschlecht überdauern. Junins Geschichte schreitet fort, innerhalb der Fürstentümer und zu ihrem Nutzen. Aber Junin muss auch juneeisch bleiben.«

Wie zu erwarten, brachen einige Fürsten in lautstarke Proteste aus. Die meisten Herrscher hielten die Abkommen in Ehren, doch manche hatten gehofft, dass ihnen eines Tages Junin und seine Reichtümer zufallen würden. In den vergangenen Monden hatte die Königin so viele Umsturzversuche abwehren müssen, dass ihr nicht wohl bei dem Gedanken war, einen der Fürsten zu ihrem Thronfolger zu machen. Alle wussten, was sie mit den Worten »Junin muss juneeisch bleiben« meinte.

»Herrscher der Kleinen Königreiche, hört mich an. Unsere Abkommen stehen auf tönernen Füßen, denn sie beruhen nur auf einer militärischen Allianz. Glaubt Ihr tatsächlich, dass alles beim Alten bliebe, wenn einer von Euch plötzlich über ein doppelt so großes Gebiet herrschte, das folglich auch doppelt so viele Reichtümer abwerfen würde?«

Einige Anwesende – die weiseren – schüttelten den Kopf. Die anderen musste Séhane noch überzeugen.

»Unsere gemeinsame Armee würde geschwächt. Die Soldaten des ›Großen Fürstentums‹ wären bald in der Überzahl, auch an unseren Grenzen. Die Soldaten der anderen Fürstentümer würden sich nach und nach fremd vorkommen und abrücken. Eines Tages würden die Yussa die Louvelle überqueren, und es wäre niemand da, um das zu verhindern. Das will ich nicht. Und auch Ihr könnt das nicht wollen.«

Nun lauschte der ganze Saal gebannt. Bei der Erwähnung der Yussa lief es Corenn kalt den Rücken hinunter. Die Yussa waren Söldner im Dienste Alebs, der Grigáns persönlicher Widersacher war. Mutter Eurydis, die Erben hatten so viele Feinde.

»Ich ernenne Perbas aus Ubressa, Kanzler und Oberster Berater der Fürstentümer, zu meinem rechtmäßigen Thronerben. Er wird über Junin herrschen. Nach meinem Tod wird er den Namen Perbas von Junin tragen, und seine Nachkommen werden ihm auf den Thron folgen. Fürsten, Ihr wisst um sein Ansehen und seine Loyalität. Ich fordere Euch auf, ihn als Euresgleichen zu akzeptieren.«

»Aber er ist ja nicht mal von edler Abstammung!«, protestierte Adémir, der König von Far. »Ihr könnt ihm den Thron nicht geben!«

»Die Krone Junins macht ihn zu einem Edelmann«, entgegnete Séhane mit bestechender Logik.

»Wie könnt Ihr so etwas tun?«, empörte sich Adémir. »Junin in die Hände eines Bettlers zu geben! Das werde ich nicht zulassen!«

»Die Abkommen geben Euch nicht das Recht, Euch in die Angelegenheiten meines Königreichs einzumischen«, sagte Séhane schneidend. »Als Herrscher eines anderen Fürstentums müsst Ihr Euch meiner Entscheidung beugen oder die Kleinen Fürstentümer verlassen.«

Der König sah sich auf der Suche nach Unterstützung im Saal um. Mehrere Fürsten schienen bereit, sich seiner Rebellion anzuschließen. Ein kleiner Funke würde reichen, um das Pulverfass in die Luft zu jagen.

»Lasst uns einen Seher befragen!«, rief Adémir. »Wenn die Götter Perbas wohlgesinnt sind, werde ich mich Eurer Entscheidung beugen.«

Er sagte nicht, was er andernfalls tun würde. Alles verlief nach Plan. Corenn konzentrierte sich. Sie wusste

251

noch nicht, worin ihre Aufgabe bestehen würde, aber sie war bereit.

Der König von Far gab jemandem aus seinem Gefolge ein Zeichen, und eine alte Frau trat in die Mitte des Saals. Ihre Haut war runzelig, und sie war kahlköpfig, was ihr das Aussehen einer Birne aus Wastilien verlieh – einer überreifen Birne. Verlegen grüßte sie die Anwesenden und zog vier Elfenbeinsteine aus einem kleinen Lederbeutel, der mit mystischen Zeichen verziert war.

Wahrsagerei mit itharischen Würfeln. *Sehr gut. Das wird ein Kinderspiel,* dachte Corenn.

Die Seherin kniete sich hin und murmelte Beschwörungsformeln, um die Aufmerksamkeit der Götter auf sich zu lenken. Mit einer erstaunlich geschmeidigen Bewegung nahm sie die vier Würfel zwischen beide Daumen und wartete auf eine Frage.

»Ist es der Wille der Götter, dass Perbas den Thron von Junin besteigt?«, fragte der König von Far.

Die Frage war geschickt gestellt. Die Würfel zeigten nur sehr selten ein eindeutiges Ja. Meistens war die Antwort uneindeutig und eine Frage der Auslegung. Und die Seherin würde alles tun, um sich bei ihrem Herrn beliebt zu machen.

Mit einer ruckartigen Bewegung warf sie die Würfel, und die kleinen Elfenbeinsteine rollten über den Boden. So schnell hatte Corenn ihren Willen noch nie auf ein Ziel gerichtet. Es gelang ihr, zwei der Würfel aufzurichten, ohne dass jemand etwas bemerkte.

»Zwei Zwillinge und ein Dreieck«, verkündete der König von Galen, nachdem er sich über die Würfel gebeugt hatte. »Die Götter geben ihr Einverständnis.«

»Aber es ist das Dreieck des Feuers«, wandte Adémir

ein. »Die *Dämonen* sind einverstanden. Außerdem zeigt der Würfel der Erde den Wind an. Die Entscheidung ist folglich nicht endgültig. Wir müssen uns Zeit lassen.«

Corenn konnte nicht fassen, dass sich die Fürsten bei politischen Entscheidungen nach den Würfeln richteten. Doch niemand schien die Fähigkeiten der Seherin infrage zu stellen. Schließlich bat König Adémir sie um ihre Auslegung.

Die alte Frau rührte sich nicht. Auf ihrem Gesicht erschien ein seltsamer Ausdruck, so als versuchte sie vergeblich, eine Grimasse zu unterdrücken. Ihre Lippen öffneten sich, und ein dünner Speichelfaden lief ihr aus dem Mundwinkel. Ihrer Kehle entrang sich ein Stöhnen.

Die Umstehenden wichen zurück, während Corenn zu der Frau eilte, um ihr zu helfen. Sie schüttelte die Seherin und versetzte ihr sogar eine Ohrfeige, doch die Alte blieb regungslos.

Plötzlich packte sie Corenns Schultern mit verblüffender Kraft, näherte das Gesicht dem ihren bis auf wenige Zoll und starrte ihr in die Augen. Dann sprach die Seherin, doch nicht mit ihrer eigenen Stimme. Aus ihrem Mund erklang die Stimme eines vom Alter erschöpften und vom Hass verzehrten Mannes.

»*Die Erben werden sterben*«, stieß sie hervor. »*Schon bald. Ihr werdet alle sterben …*«

Bei den letzten Worten überschlug sich ihre Stimme und bekam einen irren Klang. Dann stöhnte die Frau auf. Zwei Männer kamen Corenn zur Hilfe, da es ihr nicht gelang, sich aus dem Klammergriff der Alten zu befreien. Sie brachten die Seherin, die den Verstand verloren hatte, in ein Nebenzimmer.

»Was meinte sie bloß?«, flüsterten die Fürsten. »Séhane

hat keine Kinder. Geht es um Perbas? Aber warum sprach sie dann von ›den Erben‹?«

Allen Anwesenden war die Szene unheimlich, selbst denen, die sie für ihre Zwecke nutzen konnten.

Corenns Schreck war am größten, denn sie wusste nur zu gut, wem die Worte galten.

Die Tage vergingen, und der Verfasser der rätselhaften Botschaft an Séhane ließ nichts von sich hören. Vielleicht reichten sechs Tage auch nicht für die Überfahrt von Mestebien nach Junin, falls sich der geheimnisvolle Unbekannte überhaupt noch in der romischen Stadt aufhielt. Die Erben vergingen fast vor Ungeduld. Schließlich hatte auf dem Pergament gestanden: »Vielleicht können wir einander helfen«.

Die Gefährten versuchten, den Vorfall während der Zusammenkunft der Fürsten zu vergessen. Die Trance der Alten war nicht vorgetäuscht gewesen, denn sie war noch nicht wieder bei Sinnen. Corenn hätte gern geglaubt, dass die Seherin von irgendwem unter Rauschmittel gesetzt worden war, damit die Erben einen Fehler begingen oder ihre Suche aufgaben. Sie suchte verzweifelt nach etwas, das der Verstand begreifen konnte. Etwas, dessen ein Sterblicher fähig war.

Denn andernfalls verfügte ihr Feind über gefährliche Kräfte – Kräfte, die so mächtig waren, dass die Bedrohung durch die Züu schien geradezu lächerlich wirkte. In diesem Fall wäre ihr Widersacher in der Lage, sie überall aufzuspüren. Was konnten die Gefährten also anderes tun, als abzuwarten und sich in Geduld zu fassen?

Corenn und Grigán nutzten die Zeit, um ihre Schüler

zu unterrichten. Dem Krieger gelang es sogar, Bowbaq ein paar Paraden mit dem Stock und dem Streitkolben beizubringen, auch wenn er seine Übungen mit mitleiderregendem Widerwillen absolvierte.

Rey machte sich bei den Wachen Séhanes unbeliebt, indem er mehrere Würfelspiele mit hohen Einsätzen gewann. Seine Freunde begriffen nicht, warum er unbedingt um Geld spielen wollte, wo er doch schon genug Terzen besaß, um sich einen Palast zu kaufen.

Grigán und Corenn hatten ihn außerdem im Verdacht, mit einigen Dienerinnen Séhanes angebandelt zu haben. Das Kichern und Augenzwinkern, wenn er an ihnen vorbeiging, sagte mehr als ein unterschriebenes Geständnis. Den Gefährten war es so egal wie der pelzige Hintern eines Margolins, wie Rey seine Nächte verbrachte, solang er ihnen oder Séhane keine Schwierigkeiten machte. Zum Glück herrschten in den Fürstentümern recht lockere Sitten.

Am Non der Dekade des Jägers, dem Tag des Pferdes, wurde die friedliche Eintönigkeit unterbrochen, in der sie sich eingerichtet hatten. Es war ein besonderer Tag: Létis fünfzehnter Jahrestag.

Die ersten Dekanten vor dem Mit-Tag betete und meditierte die junge Frau, so wie es die eurydische Religion vorschrieb. Léti war nicht strenggläubig, doch sie erfüllte die Pflichten des Jahrestags stets mit der größten Sorgfalt. Es ging darum, mit sich selbst und seinen Handlungen ins Reine zu kommen und darüber nachzudenken, was man im folgenden Jahr mithilfe der Göttin besser machen konnte.

Nach dieser inneren Einkehr stand Léti die Traurigkeit ins Gesicht geschrieben. Im vergangenen Jahr war nur wenig Erfreuliches passiert, und sie hatte keine Ahnung, was sie in Zukunft besser machen konnte.

Die anderen waren allerdings entschlossen, den Tag gebührend zu feiern, und sie gaben sich so große Mühe, ihr eine Freude zu machen, dass Léti ihr Unglück für eine Weile vergaß.

Zur Feier des Tages führte Rey eine klassische Komödie der Oberen Königreiche auf: *Favel, der Pechvogel.* Viel gesprochen wurde in dem Stück nicht, denn es lebte vor allem von den Grimassen der Hauptfigur. Rey zwang Yan und Bowbaq, sich mit ihm auf die Bühne zu stellen, und beschrieb ihnen ihre Rollen mit knappen Worten. So hatte die Aufführung nur noch entfernt etwas mit dem Original zu tun. Doch Reys ausdrucksvolle Mimik sowie Yans und Bowbaqs unbeholfene Schauspielversuche hatten die gewünschte Wirkung: Léti liefen vor Lachen die Tränen über das Gesicht.

Dann wurden die Geschenke überreicht. In Junin war es Sitte, dem Geburtstagskind als Freundschaftsbeweis eine kleine Gabe zu überbringen. Séhane hatte einige Tage zuvor von dem Brauch erzählt, und die anderen hatten ihn nicht vergessen. Léti war ganz gerührt, als alle ihr nacheinander Geschenke gaben. Manche waren sogar in Papier eingeschlagen.

Séhane schenkte ihr das Gemälde der Abgesandten, das im Waffensaal an der Wand gehangen hatte. Seit sie darauf gestoßen war, hatte Léti es jeden Tag betrachtet. In ihren Augen war das Gemälde von unschätzbarem Wert, und sie wusste kaum, wie sie der Königin danken sollte.

Rey schenkte ihr ein lorelisches Rapier, das demjenigen ähnelte, das er Léti geliehen hatte. Grigán untersuchte die Waffe besorgt, fand aber nichts an ihr auszusetzen:

Sie war ein kostbares Werk der Schmiedekunst. Rey wich Corenns missbilligendem Blick aus.

Als Nächstes nahm Léti das kleine Pferd in die Hand, das Bowbaq für sie geschnitzt hatte. Es war ein hübsches Spielzeug, und sie dankte ihm herzlich. Doch er erklärte verlegen, das sei nicht das eigentliche Geschenk. Es stehe nur für ein Versprechen. Er würde ein Tier ihrer Wahl für sie zähmen. Die junge Frau wusste, was für eine langwierige und schwere Aufgabe so etwas war, selbst für einen Erjak. Das Band der Freundschaft, das er zwischen ihr und dem Tier knüpfen würde, wäre unzertrennlich. Es war ein wundervolles Geschenk.

Corenn überreichte ihr ein dickes Buch mit verziertem Ledereinband. Léti blätterte neugierig darin, aber es enthielt nur wenige Zeichnungen. »Es ist wunderschön, Tante Corenn. Aber ich kann doch nicht lesen …«

»Dann bitte Yan, es dir beizubringen! Ich bin sicher, dass dir das Buch gefallen wird.«

Léti nickte lächelnd. Nun hatte sie gleich zwei gute Gründe, lesen zu lernen. Corenn hatte das Geschenk mit Bedacht gewählt. Auf dem einen oder anderen Weg erreichte sie immer ihr Ziel.

Nun öffnete Léti den schweren Sack aus grobem Leinen, den Grigán vor ihr abgestellt hatte. Sie stieß einen Freudenschrei aus, als sie darin eine schwarze Lederkluft fand. Sie sah genauso aus wie Grigáns, nur dass sie nicht vom jahrelangen Tragen abgewetzt und an mehreren Stellen ausgebessert war. Er hatte die Überraschung von langer Hand vorbereitet und eine der Schneiderinnen des Schlosses gebeten, Létis Maße zu schätzen. Dann hatte er die Lederkluft bei einem Gerber in der Stadt in Auftrag gegeben.

An einigen Stellen hatte der Handwerker das Leder mit Metall verstärkt, und die Nähte waren dreifach vernäht, was ihre Widerstandsfähigkeit erhöhte. Léti konnte dem Drang nicht widerstehen, die Kluft sofort anzuprobieren. Ohne viel Federlesens zog sie sie über ihre Kleider.

»Jetzt bist du eine richtige Kriegerin«, sagte Yan.

»Sie sieht aus wie Eure Tochter, Grigán«, sagte Rey. »War das vielleicht Absicht?«

»Ich wollte ihr einfach etwas Nützliches schenken«, sagte Grigán abwehrend.

Trotzdem errötete er bis über beide Ohren. Noch nie hatten die Erben ihn so verlegen erlebt.

Léti dankte ihm wortreich und wandte sich schließlich dem Geschenk zu, das sie sich bis zum Ende aufgehoben hatte: Yans.

Sie zitterte leicht, als sie den Stoff aufknotete, in den ein kleiner Gegenstand eingewickelt war. Seit ihrem Gespräch mit Corenn verstanden Léti und Yan sich wieder besser. Doch der junge Mann war immer noch seltsam verschlossen. Am Tag der Versprechen hatten sie sich gestritten, und er hatte es anscheinend nie bereut. Er war ihr Freund, aber war er wirklich nur das?

In dem Stoff lag eine Halskette mit zarten Gliedern und einem Anhänger: ein blank polierter Opal, in den ein kleines Stück goldfarbenes Papier eingeschlossen war.

»Die Kette ist aus echtem Silber«, warf Rey ein. »Yan würde das niemals zugeben, also muss ich das übernehmen!«

Léti dankte Yan mit einem Kuss auf die Wange, der ihm die Schamesröte ins Gesicht trieb. Sie hatte zwei Fragen. »Wie hast du das Papier in den Opal hineinbekommen?«

»Äh … Mit etwas Magie«, antwortete er verlegen.

Zum ersten Mal zeigte Yan jemand anderem außer Corenn seine Fähigkeiten. Selbst sie hatte nichts von dem Geschenk gewusst.

Corenn nickte bewundernd. Obwohl er noch ganz am Anfang seiner Ausbildung stand, war Yan bereits zu erstaunlichen Dingen fähig.

Sie wurden durch das Eintreten Crépels unterbrochen. Wenn der Haushofmeister es wagte, Séhane zu stören, musste es um etwas Wichtiges gehen. »Majestät. Eine Maz aus Mestebien bittet Euch um eine Audienz. Ich glaube, es ist die Person, auf die Ihr wartet.«

In heller Aufregung scharten sich alle um Crépel. Sie wollten die Frau so schnell wie möglich treffen.

Léti kam nicht mehr dazu, die zweite Frage zu stellen. Sie tröstete sich mit dem Gedanken, dass es vielleicht besser so war.

In ihren Träumen malte sie sich oft aus, was auf dem Goldpapier in dem Anhänger geschrieben stand.

Séhane empfing die Besucherin in jenem Saal, in dem sich die Abgesandten, die das Abenteuer auf Ji überlebt hatten, im Jahr nach ihrer Rückkehr zum ersten Mal versammelt hatten: Arkane von Junin, Tiramis und Yon aus Kaul, Maz Achem aus Ith, Reyan der Ältere, Rafa Derkel und der Weise Moboq. Nun wurden sie von ihren Nachfahren vertreten, die unter dem gleichen Fluch litten.

Die Fremde hatte sich geweigert, ihren Namen zu nennen, doch die Diener, die wussten, dass die Königin Besuch aus Mestebien erwartete, hatten den richtigen Schluss gezogen und ihre Herrin sogleich benachrichtigt.

Die Gefährten konnten es kaum erwarten, einer weiteren Erbin zu begegnen.

Da ihr Gespräch nicht an falsche Ohren gelangen durfte, schickte Séhane die Wachen fort. Falls nötig würden Grigán und seine Gefährten sie beschützen. Auch wenn keine unmittelbare Gefahr drohte, übernahm Grigán diese Aufgabe voller Stolz.

Die Tür öffnete sich. Crépel führte die Besucherin herein und verließ wortlos den Saal.

Alle Blicke richteten sich auf die Frau.

Falls sie in Wahrheit keine Maz war, so sah sie zumindest wie eine Priesterin aus. Ein langes Gewand mit Symbolen der Göttin Eurydis bedeckte ihren Körper vom Hals bis zu den Fußknöcheln, das Gesicht wurde von einer strengen itharischen Maske verdeckt, und um ihr langes blondes Haar hatte sie ein Tuch geschlungen. Schmuck trug sie keinen. Die Besucherin sprach kein Wort.

»Willkommen«, sagte Séhane und trat ihr entgegen. »Sprecht ohne Furcht. Wir sind Eure Freunde.«

Grigán wich der Königin nicht von der Seite. Es missfiel ihm, dass sie sich der Fremden so arglos näherte.

»Habt Ihr die Nachricht aus Mestebien gesandt?«, fragte Corenn.

Die Maz sah die Ratsfrau eine Weile nachdenklich an, bevor sie antwortete. »Ja, das war ich.«

»Ich hoffe, Ihr habt Verständnis für unsere Vorsicht, Maz. Aber wir müssen herausfinden, ob Ihr die Wahrheit sprecht. Bitte verzeiht mir die Frage: Was stand in der Nachricht?«

Als die Fremde schwieg, fügte Corenn hinzu: »Wir alle haben sie gelesen. Wir gehören zusammen. Habt keine Furcht.«

»»Majestät, wenn Ihr den Namen Ji mit einem Fluch verbindet, können wir einander vielleicht helfen. Nehmt meine Brieftaube, die die Reise hoffentlich gut überstanden hat, um mir eine Antwort zu senden.‹ Das waren meine Worte.«

»Willkommen, Maz Lana. Das ist doch Euer Name, nicht wahr? Ihr seid die Urenkelin von Maz Achem, eine Erbin wie wir.«

Corenn kannte die Listen, die sie erstellt hatte, mittlerweile auswendig, und so erriet sie mühelos, wer die Fremde war, obwohl die Priesterin nie an den Zusammenkünften der Erben teilgenommen hatte.

Lana, deren Misstrauen noch nicht verflogen war, schwieg weiterhin.

»Mir kam zu Ohren, Ihr wärt in Ith von den Züü getötet worden«, fuhr Corenn fort. »Ich freue mich zu sehen, dass die Nachricht falsch war.«

»Auch wir sind ihnen entkommen«, sagte Bowbaq.

»Ihr wurdet von den Züü angegriffen?«, fragte Lana verblüfft.

»Ein- oder zweimal«, sagte Grigán.

»Ich habe einen von ihnen getötet«, ergänzte Léti. »Rey zwei, und Bowbaq und sein Schneelöwe drei. Grigán ist mittlerweile bei sieben«, sagte sie und wies nacheinander auf ihre Freunde.

»Ich möchte nicht, dass du solche Rechnungen anstellst«, sagte Grigán scharf.

Lana ließ den Blick über die sechs Menschen schweifen, die sie umringten. Sie fragte sich, ob sie an eine Bande Verrückter geraten war. Diese Leute waren gewalttätig und schienen sich nicht um Eurydis' Moral zu scheren. Unerklärlicherweise fühlte sie sich in ihrer Gegenwart dennoch wohl. »Ich bin Lana von Lioner aus Ith«, sagte sie ruhig. »Und ich bin tatsächlich Maz Achems Urenkelin. Ich freue mich, endlich Freunde gefunden zu haben.«

Sie begrüßten Lana wortreich und stellten sich reihum vor. Tausende Fragen brannten ihnen auf der Zunge, doch im Augenblick waren sie einfach nur glücklich, eine weitere Erbin kennenzulernen.

Nur Rey hielt sich im Hintergrund. Als er an der Reihe war, erfuhren sie den Grund. »Eins noch«, sagte er. »Ich wüsste gern, ob sich nicht doch ein Totenkopfgesicht hinter dieser Maske verbirgt.«

»Das ist eine religiöse Maske«, rief Léti empört.

»Sogar eine Trauermaske«, erklärte Lana. »Aber der junge Mann hat recht. Ich sollte Euch mein Gesicht zeigen, und sei es nur aus Respekt vor Ihrer Majestät.«

Sie löste den Knoten und legte die Maske ab. Auch das Tuch, das ihr Haar bedeckte, nahm sie ab.

Sie war atemberaubend schön. *Sogar noch schöner als Léti*, dachte Yan. Aber vermutlich nur, weil sie einige Jahre älter war. Die Priesterin war eine erwachsene Frau, wie auch Léti es eines Tages sein würde.

»Reyan! Hat es Euch etwa die Sprache verschlagen?«

Grigán warf dem Schauspieler, der Mund und Augen aufsperrte, einen belustigten Blick zu. Rey bemühte sich um ein gleichmütiges Gesicht, doch es war zu spät: Alle hatten das Erstaunen, die Bewunderung und vor allem das Verlangen in seinen Augen gesehen.

»Ich hoffe, Ihr verzeiht mir mein Misstrauen, Maz Lana«, stammelte er.

Von nun an fühlte sich Yan dem Schauspieler noch verbundener. Rey hatte sich verliebt.

Sie hatten viel zu erzählen, doch die Erben beschlossen, sich erst einmal Lanas Geschichte anzuhören. Anschließend würden sie ihr von ihren eigenen Abenteuern berichten. Es war schon spät in der Nacht, als die Maz endete. Die Neuigkeiten, die sie brachte, versetzten die Gefährten in helle Aufregung.

Lana erzählte, wie sie vor einigen Jahren begonnen hatte, sich für ihren Urahnen Maz Achem zu interessieren, und wie sie von der rätselhaften Reise auf die Insel Ji erfahren hatte. Sie berichtete auch, dass Maz Achem nach seiner Rückkehr zu einem Abtrünnigen und fanatischen Verfechter der eurydischen Lehre wurde. »Er forderte eine missionarische Religion, um Ungläubige zu bekehren. Die Verbreitung der göttlichen Moral unter den Völkern schritt seiner Meinung nach zu langsam voran.«

»Aber das ist doch noch kein Grund, ihm seinen Maz abzuerkennen«, warf Corenn ein, der das Schicksal aller Abgesandten bekannt war.

»Achem plante einen Kreuzzug. Einen Krieg in Eurydis' Namen mit dem Ziel, die dämonistischen Religionen auszulöschen. Könnt Ihr Euch vorstellen, dass ein Maz den Großen Tempel bittet, ein Heer aufzustellen und gegen die Anhänger K'lurs, Prias' und anderer schwarzer Götter in den Krieg zu ziehen?«

Die Erben wechselten bange Blicke. Ohne es zu ahnen, hatte Lana ihre schlimmsten Befürchtungen bestätigt: Das Land hinter der Pforte war das Land der Dämonen.

Einen Augenblick lang war Corenn versucht, Lana von der Insel Ji, den Pforten und der anderen Welt zu erzählen. Doch ihr Schwur verpflichtete sie zum Schweigen. Außerdem kannte sie Lana erst seit wenigen Dekanten. Vielleicht würde die Ratsfrau sie später einweihen.

Die Maz spürte ihr Zögern, fuhr aber trotzdem mit ihrer Erzählung fort, denn das Wichtigste kam erst noch. »Irgendwann kam ich mit meinen Nachforschungen nicht mehr weiter. Ich verlor das Interesse an der Sache, weil meine Eltern schwer erkrankten.«

Sie verstummte, um ihrer verstorbenen Eltern zu gedenken und ihren Worten mehr Gewicht zu verleihen.

»Auf dem Sterbebett nahm mein Vater mir das Versprechen ab, Maz Achems Tagebuch zu verbrennen, sollte es mir jemals in die Hände fallen.«

Die Erben starrten die Priesterin fassungslos an. Diese Neuigkeit weckte so kühne Hoffnungen in ihnen, dass niemand die Frage zu stellen wagte, die ihnen allen auf der Zunge lag

Schließlich fasste sich Séhane ein Herz. »Habt Ihr das Tagebuch gefunden?«

»Nein. Ich weiß nicht einmal, ob es überhaupt noch existiert. Ich hoffte, es in Mestebien zu finden, aber dort war es nicht.«

»Wieso glaubt Ihr, dass es etwas Aufschlussreiches enthält?«, fragte Grigán. »Vielleicht erwähnt Achem die Insel Ji mit keinem Wort.«

»In Ith heißt es, er habe den Emaz aus seinem Tagebuch vorgelesen und deswegen den Tempel verlassen müssen.«

»Vielleicht ging es nur um theologische Spitzfindigkeiten«, wandte der Krieger ein.

»Glaubt Ihr das wirklich?«

Grigán antwortete nicht. Wie seine Gefährten setzte er große Hoffnungen auf das Tagebuch, doch er fürchtete eine weitere Enttäuschung.

Corenn ahnte, dass sie in dem Tagebuch Antwort auf

all ihre Fragen finden würden. Maz Achem musste ihm alles anvertraut haben. Bereits vor hundertachtzehn Jahren hatte er den Schwur gebrochen. »Aber Ihr habt bereits eine Idee, wo Ihr noch suchen könntet«, sagte sie.

»In der Tat. Ich weiß, wer mir sagen kann, ob das Tagebuch noch existiert und wo es sich befindet.«

»Wer, wenn kein Toter?«, fragte Rey.

»Ein Gott.«

»Ach so!«, sagte er grinsend. »Warum bin ich nicht gleich darauf gekommen? Vielleicht kann er uns sogar Eurydis vorstellen. Dann könnten wir alle eine Partie itharische Würfel spielen und gemeinsam ein paar Becher leeren. Die Idee gefällt mir!«

»Ich meine es ernst«, sagte Lana. »Ihr seid offenkundig ein Ungläubiger. Aber die Götter leben in unserer Welt, unter den Menschen. Das ist eine Tatsache.«

»Macht Euch um mich keine Gedanken. Wenn Ihr seine genaue Adresse kennt, bin ich bereit, Euch zu folgen. Mit meinen Gefährten habe ich schon so viel Seltsames erlebt, dass mich nichts mehr aus der Fassung bringt. Hoffentlich nimmt er nicht zu viel Geld für die Auskunft.«

»Ich spreche von Usul.«

Rey blieb das Lachen im Halse stecken. Über Usul kursierten die furchtbarsten Legenden.

»Der Gott der Guori«, sagte Grigán. »Im Schönen Land.«

»Wart Ihr schon einmal dort?«, fragte Lana hoffnungsvoll.

»Ein Freund von mir lebt dort. Aber die Einheimischen verbieten Fremden, ihre Heilige Insel zu betreten. Selbst wenn wir davon ausgehen, dass dort ein Gott lebt, kämen wir nicht an ihn heran.«

»Wir müssen es versuchen«, sagte Corenn entschlossen. »Lana ist eine Maz. Vielleicht beeindruckt sie das.«

»Die Guori sind keine freundlichen, arglosen Wilden«, erklärte Grigán. »Sie besitzen mindestens so viele Kriegsschiffe wie die Lorelier, auch wenn sie ihre Heimat nur selten verlassen. Die Heilige Insel wird besser bewacht als die Hauptstadt Großterra. Die Gefahr ist zu groß.«

»Nehmen wir einmal an, wir könnten Usul aufsuchen, durch welches Wunder auch immer, und er würde tatsächlich die Antworten auf unsere Fragen kennen. Warum sollte er sie uns geben?«, fragte Rey.

»Es gilt viele Hindernisse zu überwinden«, gab Lana zu. »Aber ich weiß keinen anderen Ausweg. Ich brauche Eure Hilfe.«

Die Gefährten dachten über ihre Worte nach. Vor der Begegnung mit Lana waren sie ratlos gewesen. Die Hoffnung, die sie in ihnen geweckt hatte, war zwar vage und würde sie auf einen gefährlichen Weg führen, doch zumindest hatten sie nun wieder ein Ziel vor Augen.

»Ich bin dafür, ins Schöne Land zu reisen«, sagte Corenn. »Wir brauchen endlich Antworten. Wenn es uns gelingt, Usul zu finden, wird er uns den Namen unseres Feindes nennen können.«

Die Erben nickten schweigend.

Ein Schatten fliegt durch die Nacht. Er könnte die Strecke in einem Wimpernschlag zurücklegen, doch er findet Gefallen daran, den Flug in die Länge zu ziehen. Schon lange hat er sich nicht mehr so frei gefühlt. Er fliegt dicht über die Wellenkronen des Mittenmeers hinweg, taucht manchmal ins Wasser ein, ohne langsamer zu werden und ohne eine Spur zu hinterlassen. Der Schatten hat noch keine Gestalt angenommen. Noch ist er ein Geist.

Der Schatten kann die friedliche Aussicht über die weite Fläche nicht genießen, die sich bis zum Horizont erstreckt. Für ihn ist sie einfach nur eine neue Umgebung. Fremder als die, die er schon kennt. Nicht schöner oder hässlicher. Für ihn ist alles traurig und ohne Schönheit. Der Schatten kann sich nichts anderes vorstellen. Früher vielleicht. In einer fernen Vergangenheit. Doch jetzt nicht mehr.

Der Schatten gleitet über das dunkle Meer und fliegt mit hoher Geschwindigkeit durch die Nacht. Schon ändert sich die Umgebung. Er nähert sich seinem Ziel. Der Horizont hebt sich und wird zum Festland. Der Schatten wird langsamer, um noch etwas Zeit zu gewinnen. Er fliegt über menschliche Behausungen hinweg. Für einen Augenblick lauscht er den Gedanken Tausender Sterblicher, dann stößt er sie voller Abscheu fort. Sie sind an seiner Lage schuld, zugleich Meister und Sklaven. Wie sehr er sie hasst!

Er fliegt über Wälder und Berge hinweg, Wege und Flüsse, Dörfer und Städte. Spielerisch folgt er den Senken und Erhebungen, steigt höher und tiefer, ohne je den Boden zu berühren. Er durchquert eine Herde wilder Aurochen, als wären sie Luft. Der Schatten weiß nicht, was wilde Aurochen sind, und es kümmert ihn auch nicht. Einen Augenblick später, als er bereits zwanzig Meilen entfernt ist, hört er immer noch das ängstliche Blöken der Tiere, in deren Geist er eingedrungen ist. Lästig. Er tötet sie mit einem einzigen Gedanken.

Der Schatten wundert sich. Er fühlt sich seltsam. Die

Anstrengung schwächt ihn. Seine Kraft nimmt ab, und das Fliegen fällt ihm immer schwerer. Er hätte nicht gedacht, dass er so anfällig ist.

Er muss sich beeilen, seinen Auftrag erfüllen und zu seinem Freund zurückkehren.

Der Schatten springt nun direkt zu seinem Ziel, weil er hofft, dadurch Kraft zu sparen. Doch er hat sich verschätzt. Nun ist er erschöpft. Er will nur noch schlafen. Zum Glück wird alles bald vorbei sein. Er lauscht dem Geist einiger Sterblicher und schöpft genug Kraft aus ihnen, um wach zu bleiben.

Er durchdringt ein menschliches Bauwerk von zwei Schritten Breite. Mühelos. An der Mauer bleibt keine Spur von seinem Eindringen zurück. Er durchquert drei, fünf, neun weitere Mauern und kommt endlich zum angenehmen Teil seines Auftrags.

Er beugt sich über einen Umriss. Ein schlafender Mensch. Der Schatten hasst alle Menschen.

Er weiß, dass er nicht genug Kraft hat, um ihn mit seinen Gedanken zu töten. Daher beschließt er, Gestalt anzunehmen. Er wählt eine Gestalt, die klein genug ist, um in das Bauwerk der Menschen zu passen, und stark genug, um die Menschen zu besiegen. Die erste Gestalt, die ihm in den Sinn kommt.

Die Wirklichkeit stürzt grell auf ihn ein. Der Schatten stöhnt auf angesichts der Hässlichkeit der Menschenwelt. Er beugt sich über die schlafende Gestalt und bricht ihr mit einem Arm das Genick. Der Mensch ist nicht einmal aufgewacht. Er wird nie wieder aufwachen.

Der Schatten tappt mit schweren Schritten zur Tür und reißt sie aus den Angeln. Ein Mensch, der dahinter steht, schreit vor Entsetzen auf. Es ist keiner von denen, die er töten soll. Aber der Schatten tötet ihn trotzdem. Er zerquetscht seinen Kopf in acht krallenartigen Fingern. Angst und Schmerz verleihen dem Mann ungeahnte Kräfte. Der Schatten knurrt zufrieden.

Andere Menschen stürzen herbei. Manche sind seine Feinde. Die anderen schreien und fliehen. Der Schatten muss sie alle töten. In dieser Nacht wird er sich an einem Festmahl aus Angst und Schmerz laben.

Etwas trifft seinen Rücken. Der Schatten fährt herum und lässt seine Pranke durch die Luft sausen. Doch ihre Krallen zerreißen kein Fleisch. Der Mensch, der den Schatten angegriffen hat, ist zurückgewichen. Jetzt schlägt er erneut zu und trennt dem Schatten eine Hand ab. Der Schatten lässt sie nachwachsen und gibt sich auch noch einen dritten Arm.

Die Anstrengungen erschöpfen ihn. Er ist schläfrig. Der Mensch trifft ihn noch zweimal, bevor der Schatten ihn mit einem Prankenschlag durch die Luft schleudert. Aber jetzt dreschen andere Menschen auf seinen Rücken ein. Der Schatten denkt, dass er besser eine andere Gestalt gewählt hätte. Er lässt sich ein drittes Auge am Hinterkopf und unten am Rücken einen Schwanz wachsen. Aber er hat nicht mehr genug Kraft, um ständig seine Gestalt zu erneuern und gleichzeitig die Menschen abzuwehren.

Er ist müde. Er muss schlafen. Er ist die Menschen leid.

Er löst seine Gestalt auf und fliegt zurück zum Meer. Er war noch nicht bereit für den Auftrag. Aber er wird bald zurückkehren. Seine Kraft wächst mit jedem Tag. Er wird zurückkehren.

Corenn ließ Léti erst aus dem Zimmer, als die Kampfge-
räusche verstummt waren. Mittlerweile schallten andere,
entsetzte und traurige Rufe durch das Schloss: »Die Königin ist tot! Die Königin ist tot!«

Léti stürzte auf den Flur, sobald ihre Tante den Weg
freigab. Das würde sie ihr nicht so schnell verzeihen. Corenn hatte die Tür von innen verriegelt und sich geweigert, ihre Nichte hinauszulassen, solange Schmerzens-
schreie und das Fauchen eines wilden Tiers den Flur
heraufschallten. Yan, Grigán und die anderen kämpften vielleicht um ihr Leben, und Corenn zwang sie, hier
Däumchen zu drehen.

Was Léti auf dem Gang sah, bestätigte ihre schlimmsten Befürchtungen. Grigán stand in zerfetzten Kleidern
vor dem Zimmer der Königin, das Krummschwert in der
Hand. Er hielt sich mit schmerzverzerrtem Gesicht den
Arm, blutete aber nicht. Vermutlich war der Knochen gebrochen.

Bowbaq stand neben ihm. Er betrachtete die Leiche
einer königlichen Wache mit einer Mischung aus Faszination und Ekel. Der Kopf des Mannes war zerquetscht
worden. Léti wandte den Blick ab, damit ihr nicht übel
wurde.

Yan erreichte den Schauplatz gleichzeitig mit ihr. Er war
zunächst zu dem Zimmer gelaufen, in dem Léti und ihre
Tante wohnten, um sich zu vergewissern, dass es ihnen
gut ging. Kurz nach ihm trafen Corenn und Maz Lana
ein.

Rey stieß als Letzter zu ihnen. Er war im Dienstboten-
flügel gewesen, als ihn die Nachricht von Séhanes Tod
erreichte.

Die Erben starrten traurig auf die zersplitterte Tür und

waren zugleich erleichtert, dass es keinen von ihnen getroffen hatte. Haushofmeister, Kammerherren und sämtliche Diener Séhanes traten in das Zimmer der Königin, blieben an ihrem Bett stehen und kehrten mit tränenüberströmtem Gesicht zurück. Von den Erben fühlte sich nur Corenn diesem Besuch gewachsen. Zum ersten Mal sahen sie die Ratsfrau weinen.

»Was ist denn passiert?«, fragte Rey, als er die Leiche des Wachsoldaten sah.

Grigán und Bowbaq, die einzigen Erben, die den Kampf erlebt hatten, wechselten einen stummen Blick. Séhanes Wachen hatten gemeinsam mit ihnen gegen dieses … dieses Ding gekämpft, doch sie waren allesamt verschwunden, vielleicht hatten sie sogar den Verstand verloren.

»Wir müssen hier weg«, sagte Grigán und hielt sich den verwundeten Arm. »Hier wird es zu heikel für uns. Reden können wir später, wenn mir selbst etwas klarer ist, was eigentlich geschehen ist.«

Die Erben liefen zu ihren Zimmern und packten ihre Sachen zusammen. Niemand stellte Grigáns Befehl infrage. Seine Worte bedeuteten: »Wir müssen aus Junin fort«.

Lana blieb allein vor dem Zimmer der Königin zurück. Keiner der anderen zweifelte daran, dass der Mord mit dem Geheimnis der Insel zusammenhing. *Das ist also das Schicksal*, dachte sie, *das auch mich eines Tages erwartet.* Man würde ihr im Schlaf das Genick brechen. Weise Eurydis, wozu all dies Leid? Warum kämpfen, wenn der Tod am Ende doch immer siegte?

»Beeilt Euch, Lana«, rief eine Stimme. »Wenn Ihr noch länger herumtrödelt, lässt Grigán Euch bis Großterra rudern.«

Die Maz drehte sich um und lächelte Rey zu, der selbst in einem solchen Moment die Kraft für einen Scherz fand. Vielleicht konnte er auch nicht anders.

Er war zurückgekehrt, um sie zu holen. Ihr Schicksal schien ihm am Herzen zu liegen. Vielleicht war das das Leben: die Zuneigung anderer.

»Ich komme«, sagte sie.

Einen Augenblick zuvor hatte ihre Entscheidung noch nicht festgestanden. Die Worte waren einfach so aus ihrem Mund geschlüpft. Nun war ihr Los endgültig mit dem der anderen Erben verbunden.

In der Verwirrung, die im Eroberten Schloss herrschte, konnten sich die Erben mühelos davonstehlen. Eigentlich hätten alle Ausgänge versperrt sein sollen, und Wachen hätten sämtliche Zimmer durchsuchen und jeden, der das Schloss betreten oder verlassen wollte, überprüfen müssen. Doch die Juneer waren vor Entsetzen wie gelähmt.

Auf den Gängen, in den Gemächern und auf den Festungsmauern scharten sich alle um die Wachen, die den Kampf erlebt und den Mörder gesehen hatten. Die wildesten Gerüchte machten die Runde. In jener Nacht brauchte Junin keine mit Hellebarden bewaffneten Soldaten, sondern Teufelsbeschwörer und Hexenaustreiber.

Auf dem Weg zum Hafen sprachen die Erben kaum. Vom Schloss ertönten Hornstöße, die den Tod der Königin verkündeten. Die Einwohner strömten aus ihren Häusern, um ihre Trauer zu bekunden und ihre Neugier zu befriedigen. Doch niemand wusste etwas Genaues. Man nahm an, Séhane sei an Altersschwäche gestorben. Und so würde man es sich auch bald in allen Fürstentümern, den Unteren Königreichen und der ganzen bekannten Welt erzählen. Nur zwei oder drei Wachen würden weiterhin eine sonderbare Geschichte verbreiten, die ihnen niemand abnahm. Erst ein Jahrhundert später, wenn die Ereignisse längst zur Legende geworden waren, würde man ihnen Glauben schenken.

Der Aufruhr deckte die Flucht der Erben, denen der Weg zum Hafen kurz vorkam. Manche Juneer warfen den Fremden, die mit Gepäck und Waffen vom Schloss forteilten, misstrauische Blicke zu. Aber alle nahmen an, dass die Wachen sie schon längst in den Kerker geworfen hätten, wenn sie sich eines Verbrechens schuldig gemacht hätten. Und so hielt sie niemand auf.

Mehrmals blieb Bowbaq wie angewurzelt stehen und starrte in eine finstere Seitenstraße. Er wandte sich Grigán zu, der jedes Mal sagte: »Da ist nichts. Es ist weg.« Erst dann setzte sich Bowbaq zaghaft wieder in Bewegung. Yan fiel auf, dass er seit dem Kampf vor Séhanes Gemach den Streitkolben nicht mehr aus der Hand gelegt hatte. Dass dieser sanfte, friedliebende Mann ein solches Bedürfnis nach Schutz verspürte, jagte dem jungen Kaulaner einen Schauer über den Rücken.

Die *Othenor* lag noch immer am Steg. Während ihrer Tage im Eroberten Schloss hatten sie regelmäßig nach dem Rechten gesehen und die Wasser- und Lebensmittelvorräte aufgefüllt. Das Segelschiff war zum Auslaufen bereit.

Der Meeresgeruch rief Léti die Hoffnung in Erinnerung, die die Gefährten bei ihrer Ankunft in Junin gehegt hatten. Wie arglos sie gewesen waren … Zwar hatten sie eine weitere Erbin gefunden, doch abermals hatte ihr Feind einen von ihnen getötet.

Dafür würde er bezahlen.

Léti schwor bei Eurydis und allen Göttern, die sie anhören wollten, dass sie alles tun würde, um den Mann, der ihnen die Züu auf den Hals hetzte, seiner gerechten Strafe zuzuführen. Den Mann, der Séhane auf dem Gewissen hatte.

Ihr fiel das Gemälde ein, das die Königin ihr geschenkt hatte. Es war noch im Schloss. Doch es war zu spät, um umzukehren. Sie würde es holen, wenn sie ihr Gelübde erfüllt und Séhane gerächt hätte.

Rey machte die Leinen los und sprang als Letzter auf das Schiff, als es sich bereits vom Anleger entfernte. Yan hatte alle Segel gesetzt und das Steuer übernommen, um den Hafen so schnell wie möglich zu verlassen. Nun war es vorbei mit der Bequemlichkeit und dem Schutz des Eroberten Schlosses, dachte er. Sie waren wieder einmal auf der Flucht.

Als sie auf den See von Junin hinausfuhren, verschluckte die Dunkelheit die *Othenor* mehr und mehr. Bowbaq wollte die Laternen anzünden, doch Grigán riet ihm davon ab, solange sie in Sichtweite von Junin waren. Der Riese erbleichte vor Angst.

»Du fürchtest dich vor dem Wasser und vor Menschenmengen«, sagte Rey unbarmherzig. »Fürchtest du dich etwa auch vor der Dunkelheit?«

»Du würdest dich auch fürchten, wenn du gesehen hättest, was ich gesehen habe«, antwortete der Riese leise.

»Bowbaq war sehr mutig«, sagte Grigán. »Wenn er mir nicht geholfen hätte …«

»Was ist denn nun eigentlich passiert?«

Grigán starrte lange in die Finsternis, bevor er antwortete. »Ich möchte mit der Antwort lieber bis Sonnenaufgang warten. Ich will, dass wir heute Nacht wach bleiben. Vermutlich kann ohnehin niemand schlafen. Bleibt auf keinen Fall allein. Am besten halten wir uns alle an Deck auf.«

Sie bedrängten die beiden nicht weiter, sondern ließen sich auf den Holzplanken nieder. Am Himmelszelt leuchteten die ersten Sterne auf. Der Fluss plätscherte vor sich hin, die Luft war mild, und ein leichter Wind strich ihnen über die Gesichter. Die Natur stand ihrem Unglück gleichgültig gegenüber.

Grigán trat zu Lana. Er wollte sie um etwas zu bitten, was ihm offenkundig unangenehm war. »Verzeiht, Lana, aber … Ihr seid doch Maz, nicht wahr? Wenn Ihr ein Gebet sprechen wollt, um uns vor Dämonen zu schützen oder etwas in der Art, wäre jetzt der richtige Moment.«

Sie nickte langsam, denn Grigáns besorgter Tonfall machte ihr Angst. Dann sandte sie Eurydis ein inbrünstiges Gebet.

Sie bat die Göttin auch, Séhanes Geist bei sich aufzunehmen. In einem wunderschönen Tal mit lachenden Kindern.

»Es war ein Mog'lur«, sagte Bowbaq nun schon zum zweiten Mal. »Ein Kriegsdämon. Ich habe einen Mog'lur gesehen!«, wiederholte er ungläubig.

»Du hast sogar auf ihn eingedroschen«, sagte Grigán. »Irgendwie und ohne nachzudenken, aber du hast auf ihn eingedroschen.«

»Schön und gut«, unterbrach ihn Léti. »Aber nun sagt uns endlich, wie er aussieht.«

Grigán und Bowbaq wechselten einen Blick. Es war

zwar mitten am Tag, aber die Geschehnisse hatten nichts von ihrem Schrecken verloren. Die ganze Nacht waren sie mit der *Othenor* den Fluss hochgesegelt. Am zweiten Dekant hatten sie Galen hinter sich gelassen und steuerten nun in nordwestlicher Richtung auf die Meeresenge von Manive zu, hinter der das Schöne Land lag. Alle Gefahr schien in weiter Ferne zu liegen. Die Gefährten sehnten sich nach Antworten auf die Fragen, die sie die ganze Nacht geplagt hatten. Doch Grigán und Bowbaq waren nicht in der Lage, sie ihnen zu geben.

»Es war groß, sehr groß. Und sehr stark.«

»Und schwarz. Aber nicht einfach nur schwarz. Pechschwarz.«

»Und es war nackt. Aber es hatte kein Geschlecht. Seine Haut … Es war keine richtige Haut. Es hatte weder Fell noch Federn. Sondern … etwas anderes.«

»Vielleicht Fischschuppen?«, scherzte Rey, bevor Lanas schockierter Blick ihn zum Schweigen brachte.

»Aber was war es?«, bohrte Léti nach. »Ein Mensch oder ein Tier?«

»Ich weiß nicht. Beides zugleich. Oder mal das eine, mal das andere.«

»Seine Gestalt veränderte sich ständig. Ihm wuchsen Augen und Arme. Er stand auf zwei Beinen wie ein Mensch, bewegte sich aber wie ein Raubtier.«

»Ein Mog'lur«, sagte Bowbaq überzeugt.

Das Ungeheuer in die arkische Mythologie einzuordnen, half ihm. Es war immer noch genauso grauenerregend, aber weniger unfassbar.

»Habt Ihr schon einmal von einem Mog'lur gehört, Lana?«, fragte Corenn.

»Nein«, sagte sie. »Im Buch der Weisen finden Dämo-

276

nen kaum Erwähnung. Ich will Euch nicht kränken, Bowbaq, aber ich glaube, Mog'luren gibt es nur in den arkischen Legenden.«

»Und im Eroberten Schloss«, ergänzte Rey.

»Ich bin froh, dass du Grigán im Kampf zur Seite stehen konntest«, sagte Léti, die bedauerte, dass sie nicht dabei gewesen war.

»Ich hatte solche Angst«, flüsterte der Riese. »Als ich sah, wie der Dämon ihn zu Boden schleuderte, rannte ich hin und schlug mit aller Kraft auf ihn ein. Séhanes Wachen kamen mir zur Hilfe. Doch die Wunden des Ungeheuers schlossen sich immer wieder. Es blutete nicht. Und dann ließ es sich ein drittes Auge wachsen. Ich dachte schon, wir könnten es nicht besiegen. Und dann ist es plötzlich verschwunden.«

»Vielleicht habt ihr es getötet.«

»Nein«, sagten Bowbaq und Grigán im Chor. »Ich glaube nicht, dass man es überhaupt töten kann«, fügte der Krieger hinzu.

Er trug den Arm in einer Schlinge. Zum Glück war der Knochen nicht gebrochen, aber der Arm war schlimm geprellt. Bowbaq hatte noch nie erlebt, dass Grigán sich eine Verletzung zuzog. Der Gedanke minderte seine Angst nicht gerade.

»Die Züü können den Gletscher, der zwischen ihnen und meiner Familie liegt, nicht überwinden«, sagte er ernst. »Aber der Mog'lur … Er kann überallhin. Wir müssen unseren Feind *so schnell wie möglich* finden.«

Seine Worte klangen flehend. Alle hofften, dass es noch nicht zu spät für Bowbaqs Frau und Kinder war. Corenn erhob sich und lief nachdenklich auf und ab.

»Séhanes Tod hat vielleicht überhaupt nichts mit der

Insel Ji zu tun«, warf Yan ein, obwohl er das selbst nicht glaubte.

»Nach der Warnung während der Versammlung der Fürsten würde es mich wundern, wenn es sich um einen Zufall handelte. Außerdem passt das, was geschehen ist, zu unseren Annahmen über die Pforten und die andere Welt.«

Die Erben starrten Corenn mit aufgerissenen Augen an. Sie hatte das Geheimnis der Insel Ji in Lanas Gegenwart zur Sprache gebracht. Sie hatte ihren Schwur gebrochen.

»Der Schwur wurde schon vor hundertachtzehn Jahren gebrochen«, sagte Corenn, als könnte sie Gedanken lesen. »Außerdem ist die Lage ernst genug, um eine Ausnahme zu machen. Wir alle teilen das gleiche Schicksal. Lana muss wissen, warum unser Leben in Gefahr ist.«

Alle nickten, und die Maz machte sich mit klopfendem Herzen darauf gefasst, das Geheimnis der Erben zu erfahren. Sie nahm an, dass es aufregend sein würde, doch es war viel mehr als das.

»Das hätte ich gern mit eigenen Augen gesehen«, sagte sie leise, als Corenn von der Pforte in der Höhle erzählte.

»Es war wunderschön«, sagte Rey. »Ergreifend. Aber auch traurig.«

»Warum?«

»Keine Ahnung. Das Tal hatte etwas von einem verlorenen Paradies. Dazu kam die Enttäuschung, nicht hineinzukönnen.«

»Was befindet sich Eurer Meinung nach hinter der Pforte?«, fragte Grigán die Priesterin.

»Ich weiß es nicht. Das Buch der Weisen erwähnt mehrere sagenumwobene Orte, die auf Eure Beschreibung passen. Und andere religiöse Texte erzählen ähnliche Legenden. Allerdings habe ich sie nicht besonders gründlich studiert. Sie bringen uns nicht voran auf dem Weg der Moral.«

»Schade. Erinnert Ihr Euch an einige dieser Legenden?«

»Sie werden uns, fürchte ich, kaum weiterhelfen. Ich glaube, eine handelt von Kindern, die mit einem Fluch belegt worden sind und nun als Gefangene in einem wunderschönen Land leben. Eine andere erzählt von einem uralten Volk, das sich in den Bergen versteckt und den Schutz der Götter genießt. In noch einer anderen geht es um Geister, die in Gestalt von Kindern wiedergeboren werden. Aber verlasst Euch nicht auf mein Gedächtnis.«

»Und keine dieser Legenden spricht von einem Land der Dämonen?«, fragte Bowbaq.

Die Priesterin riss vor Entsetzen die Augen auf. Die Frage führte ihr vor Augen, in welch großer Gefahr sie schwebten. Warum war sie nicht von selbst darauf gekommen?

»Das Jal'karu«, sagte sie ernst. »Das Land, in dem die schwarzen Götter geboren werden und aufwachsen. Es wird im Buch der Weisen erwähnt.«

Eine der schlimmsten Befürchtungen der Erben schien sich zu bewahrheiten – jedoch war das nicht mehr als eine Vermutung, solange sie Maz Achems Tagebuch nicht gelesen hatten.

»Jal'karu ist kein itharischer Name«, sagte Yan. »Eigentlich klingt er ziemlich ähnlich wie Bowbaqs Mog'lur.«

»Das stimmt. Wisst Ihr, aus welcher Sprache der Name stammt?«, fragte Corenn.

»Aus dem Ethekischen«, antwortete Lana. »Das Jal'karu

wird in den ersten Schriftrollen des Buchs der Weisen beschrieben. Denjenigen, die auf mündlichen Überlieferungen beruhen.«

»Auch die Zeichen an der Pforte von Ji und am Großen Bogen in Arkarien sind ethekisch. Vielleicht haben die Etheker sie in den Stein gemeißelt. Wir müssen mehr über sie herausfinden.«

Alle fragten sich, wie Corenn es anstellen wollte, etwas über das älteste Volk der bekannten Welt herauszufinden, das schon vor Äonen untergegangen war. Doch die Ratsfrau hatte eine Idee. Diese Idee würde sie auf eine lange Reise führen, die große Gefahren barg – wie alles, was ihnen helfen konnte.

Zwei Tage vergingen, ohne dass etwas passierte. Grigáns Arm schmerzte immer noch, und er dachte sich Trockenübungen aus, um Létis Lerneifer zu befriedigen. Die junge Frau, in ihrer neuen Lederkluft und bewaffnet mit dem Rapier, schlug sich tapfer und hatte eindeutig das Zeug zu einer gefürchteten Kämpferin.

Corenn und Yan zogen sich abermals in die Kabine zurück, um sich der Magie zu widmen. Corenn versprach, dass sie bald mit den praktischen Übungen beginnen würden, vielleicht nachdem sie Usul getroffen hatten. Yan hatte seine theoretische Ausbildung nun fast beendet, und er brannte darauf, sein Wissen anzuwenden.

Rey wiederum hatte seine Leidenschaft für die eurydische Religion entdeckt. Es war nur ein Vorwand, um Zeit mit Lana zu verbringen, doch die Priesterin tat so, als bemerke sie das nicht, und unterhielt sich dekantenlang mit ihm über das universelle Streben nach Moral. Keiner der anderen verriet, dass Rey in seiner Vergangenheit nicht gerade nach den eurydischen Tugenden gelebt hatte.

Bowbaq war noch schweigsamer als sonst. Der Kampf gegen den Mog'lur hatte ihn noch mehr erschüttert als die Ereignisse auf der Insel Ji. Dieses Mal schwebte seine Familie in Gefahr, und er wurde von Zweifeln geplagt.

Am dritten Tag der Überfahrt verließ die *Othenor* das Mittenmeer und gelangte ins romische Meer. Alle versammelten sich an Deck und hielten Rat. Corenn und Grigán kannten das Schöne Land gut genug, um die Neugier ihrer Gefährten zu stillen, und alle, auch Bowbaq, lauschten ihnen aufmerksam.

Das Schöne Land bestand aus über hundertdreißig unterschiedlich großen Inseln, die von den Guori besiedelt wurden, einem eher primitiven Volk, das über unermessliche Reichtümer verfügte.

Zu Zeiten der Zwei Reiche waren die Guori ständigen Angriffen der Rominer ausgesetzt, die von Norden her einfielen, doch das Schöne Land blieb trotzdem unabhängig. Da jede Insel einzeln erobert und verteidigt werden musste, erlitten die Rominer hohe Verluste und zogen schließlich wieder ab. Doch die Guori hatten ihre Lektion gelernt.

Ursprünglich waren sie kein besonders kriegerisches Volk, aber nun betrieben sie Handel mit den Fürstentümern und dem Sultanat von Jezeba und bauten mit den mageren Gewinnen eine Kriegsflotte auf, die ihren Feinden die Eroberungslust austrieb.

Bald reichte das Geld nicht mehr, um die Schiffe zu unterhalten und den Söldnern, die sie bemannten, Lohn zu zahlen. Daraufhin kamen die Guori auf die Idee, einige ihrer Inseln zu verpachten. Jeder Pächter war Herrscher über sein Stück Land und wurde von der Flotte beschützt, die nun wieder über genügend Geld verfügte.

Die Idee war unerwartet erfolgreich: Ein Drittel der Inseln des Schönen Landes wurde mittlerweile von Loreliern, Goronern, Rominern, Jez und Juneern bewohnt, reichen Leuten mit genügend Geld, um sich die Pacht leisten zu können. Für die Flotte rekrutierten die Guori nach wie vor Söldner. So konnten sie weiterhin ihr zurückgezogenes Leben führen und in Ruhe ein Vermögen anhäufen, von dem sie kaum etwas ausgaben.

»Mein Freund lebt seit über dreißig Jahren im Schönen Land«, sagte Grigán. »Vielleicht kann er uns sagen, wie wir auf die Heilige Insel gelangen.«

»Woher kennt Ihr jemanden mit so viel Geld?«, fragte Rey verblüfft.

»Vor über zehn Jahren fiel er in Manive Straßenräubern in die Hände, und ich half ihm aus der Klemme. Er war mir sehr dankbar. Sein Name ist Zarbone.«

»*Zarbone?*«, fragte Rey misstrauisch.

»Er ist kein Zü, sondern Goroner.«

»Woher stammt sein Vermögen?«

»Ich weiß es ehrlich gesagt nicht. Ich glaube, er besitzt Ländereien im Großen Kaiserreich. Außerdem handelt er mit Antiquitäten. Er ist ein leidenschaftlicher Sammler, weshalb er seine Insel in *Sammlung* umbenannt hat.«

»Ich hätte auch gern eine Insel«, sagte Léti verträumt.

»Die Nachbarn würden dir nicht gefallen«, entgegnete Grigán. »Die Züu haben ebenfalls eine Insel im Schönen Land gepachtet, und die Valiponden. Außerdem vermutet Zarbone, dass sich auf einer seiner Nachbarinseln ein geheimer Tempel zu Ehren von K'lur befindet.«

»Aber genau weiß er es nicht?«

»Natürlich nicht! Die Pächter herrschen zwar über ihre eigene Insel, dürfen aber die anderen nicht betreten. Um zu Zarbone zu gelangen, müssen wir durch die Kontrollen der guorischen Söldner. Das Schöne Land ist besser bewacht als jeder andere Ort der bekannten Welt.«

»Hoffen wir, dass es besser bewacht ist als Séhanes Palast«, sagte Rey.

In diesem Moment sprang Bowbaq auf. Es war offensichtlich, dass sein Verhalten nichts mit ihrem Gespräch zu tun hatte. Der Riese schien zu lauschen, aber die anderen hörten nichts.

»Jemand spricht zu mir!«, flüsterte Bowbaq stirnrunzelnd. »Er übermittelt mir seine Gedanken. Ein Erjak!«

Sie liefen zur Reling und suchten den Horizont ab. Zwar war tatsächlich ein anderes Schiff in Sicht, doch es war mehrere Meilen entfernt.

»Kann man Gedanken über solch eine Entfernung schicken?«, fragte Léti verwundert.

»Nein«, sagte Bowbaq zerstreut, weil er sich auf die Stimme in seinem Kopf konzentrierte. »Das ist kein Mensch. Dieser Erjak ist ein Tier. Zum ersten Mal sucht ein Tier das Gespräch mit mir!«, sagte er glücklich.

Voller Vorfreude suchte er die schwarzen Wellen ab. Mittlerweile hatte er kaum noch Angst vor dem Meer. Nachdem er gegen einen Mog'lur gekämpft hatte, hatte der Gedanke zu ertrinken, viel von seinem Schrecken verloren.

»Was sagt es denn?«, fragte Yan, während alle versuchten, im Wasser etwas zu erkennen.

»Es sagt: Spiel«, antwortete Bowbaq gerührt. »Das ist ein Freundschaftsangebot. Ich will es sehen. Ich muss ihm antworten!«

283

»Dort drüben!«, rief Grigán, der die schärfsten Augen hatte. »Gyolendelfine.«

Eine Gruppe von vier Tieren folgte dem Segelschiff in etwa fünfzig Schritt Entfernung. Bowbaq lief zum Bug und beobachtete die Delfine, deren Verhalten von einer ebenso großen Intelligenz wie der seinen zeugte.

Er konzentrierte sich und drang in den Geist des vordersten Tieres ein. Der Delfin zeigte nicht die übliche Abwehrreaktion.

»Er versteht mich!«, rief Bowbaq mit Tränen in den Augen. »Er fragt, warum die Menschen nie antworten!«

Die Erben beäugten Bowbaq neidisch.

Für Bowbaq wäre es ein Kinderspiel, in den Tiefen Geist seines neuen Freundes einzudringen. Doch dann fiel ihm ein, dass sämtliche Wahrnehmungen der Unterwasserwelt auf ihn einstürmen würden, und er besann sich eines Besseren.

Die Delfine schwammen eine ganze Weile neben dem Schiff her. Doch als die *Othenor* ein anderes Schiff kreuzte, ging alles schief.

Bowbaq spürte die Harpune in seinen Körper eindringen, als wäre auf ihn und nicht auf den Delfin geschossen worden. Es war ein Gefühl, als wäre er doch in den Tiefen Geist des Tiers eingedrungen.

Er spürte den Schmerz des sterbenden Delfins, während die Besatzung des Walfängers ihn zu sich herzog, und die verzweifelten, verständnislosen Rufe seiner Artgenossen gellten ihm in den Ohren.

»Yan, kannst du uns näher heranbringen?«, fragte er mit zusammengekniffenen Augen.

Yan tat sogleich, wie geheißen. Was sein Freund auch vorhatte, er würde ihm dabei helfen.

»Das bringt doch nichts, Bowbaq«, rief Grigán, der einen Sturm am Horizont heraufziehen sah. »Die Männer machen doch nur ihre Arbeit.«

»Sie jagen also nicht einmal, um sich zu ernähren«, knurrte der Arkarier und geriet immer mehr in Rage. »Sie tun es nur für Geld!«

Als sich die *Othenor* dem Walfänger näherte, wurden die Besatzungsmitglieder unruhig. Mindestens zehn braun gebrannte Männer stellten sich mit ihren Waffen an der Reling auf. Der Walfänger änderte seinen Kurs und steuerte nun ebenfalls auf sie zu.

»Bei allen Göttern und ihren Huren!«, rief Rey, der in der Aufregung Lanas Anwesenheit vergaß. »Wollen die uns etwa entern? Piraten!«

»Wenn wir friedlich weitergefahren wären, hätten sie uns in Ruhe gelassen«, schimpfte Grigán und verschwand unter Deck, um sein Krummschwert zu holen.

Er brachte auch den Bogen und Bowbaqs Streitkolben mit, aber der Riese betrachtete die Waffe voller Abscheu.

»Danke, mein Freund. Du hattest recht: Es ist meine Pflicht, mich zu verteidigen. Aber nicht mit einer Waffe. Das ist nicht gerecht. Tiere haben auch keine Waffen. Ich werde kämpfen, aber unbewaffnet.«

»Wenn du mit bloßen Händen kämpfst und dein Gegner ein Schwert hat, nenne ich das auch nicht gerade gerecht!«

»Grigán, habt Ihr Euch schon mal die Größe seiner Fäuste angesehen?«, sagte Rey. »Für wen ist das ungerecht?«

Corenn und Lana folgten Grigáns Rat und begaben sich unter Deck. Léti zog ihr Rapier, obwohl ihre Tante ihr befahl, sich ihnen anzuschließen. Yan nahm Létis

Schwert, da diese es nun nicht mehr brauchte. Sein Herz raste.

Einen Moment lang glaubte er, alles würde gut. Sie würden doch wohl nicht wie Bestien übereinander herfallen.

Aber genau das geschah. Drei Männer sprangen an Bord der *Othenor*, sobald die beiden Schiffe auf gleicher Höhe waren. Grigán schoss dem ersten einen Pfeil in den Hals, und Rey jagte dem zweiten den Bolzen seiner Armbrust in den Bauch. Der Mann taumelte und fiel über Bord.

Bowbaq packte den dritten am Fußknöchel und hielt ihn kopfüber. Er spürte immer noch den Schmerz und die Verständnislosigkeit des Delfins. Er ließ den Mann zweimal über seinem Kopf kreisen, bevor er ihn auf den Walfänger schleuderte und hinterhersprang.

Die Erben starrten ihm verblüfft nach. Noch nie hatten sie Bowbaq so wütend erlebt. Als Rey und Léti ihm folgten, hatte er bereits drei Männer über Bord geworfen. Grigán schoss Pfeil um Pfeil ab, um dem schutzlosen Riesen den Gegner vom Leib zu halten.

Léti verletzte zwei Männer, die sich auf sie stürzten, mit einer Leichtigkeit, die unbändige Freude in ihr aufwallen ließ. Doch sofort zwang sie sich wieder zur Ruhe. *Wacher Geist.*

Wenige Augenblicke später drängten sich auf dem Deck des Walfängers nur noch fünf unverwundete Männer zusammen. Wohlweislich hielten sie sich von ihren Feinden fern. Léti und Rey kehrten auf die *Othenor* zurück, aber Bowbaq war noch nicht fertig. Er befreite den verletzten Delfin, und das Tier schwamm mit letzter Kraft davon. Dann verschwand der Riese im Bauch des Schiffes, sehr zu Grigáns Verzweiflung, da er den Freund nun nicht mehr decken konnte. Kurz darauf kehrte Bowbaq mit einem zufriedenen Grinsen zurück.

Als die *Othenor* kaum eine halbe Meile zurückgelegt hatte, versank der Walfänger in den Fluten.

»Wie groß war denn das Loch, das du in den Rumpf geschlagen hast?«, fragte Yan belustigt. Er war froh, dass sie so glimpflich davongekommen waren.

»Gerade so groß, dass sie es nicht stopfen konnten«, sagte der Riese augenzwinkernd.

»Ist das nicht grausam?«, fragte Lana leise. »Zur Küste ist es zu weit, um zu schwimmen.«

»Sie können ja die Delfine um Hilfe bitten.« Doch Bowbaq war viel zu gutmütig, um den Sarkasmus durchzuhalten. »Sie haben ein Rettungsboot«, sagte er. »Ich habe es losgemacht, bevor ich von Bord gegangen bin. Das wird ihnen eine Lehre sein.«

»Trotzdem hätten wir gut auf dieses Abenteuer verzichten können«, sagte Corenn.

»Auf keinen Fall! Die Helden versenken *immer* das Boot der Piraten«, rief Rey.

Am Mit-Tag des vierten Tages kamen die ersten Inseln in Sicht. Hätten sie zu einer Insel im Westen des Schönen Landes gewollt, hätte ihre Reise weitere zwei Tage gedauert, doch *Sammlung* lag glücklicherweise im Süden von Großterra, der größten Insel und Hauptstadt des Archipels.

Kaum hatte die *Othenor* die erste Sandbank passiert, versperrte ihnen ein Flaggschiff den Weg. Die Erben warteten geduldig, bis es längsseits kam.

»Was meinst du, Bowbaq, wie groß muss ein Loch sein, um dieses Schiff zu versenken?«

Er zuckte mit den Achseln und überhörte die Bemerkung. Mittlerweile schämte er sich etwas für seinen Wutausbruch, und Rey ließ keine Gelegenheit aus, ihn damit aufzuziehen.

Das Flaggschiff und seine Mannschaft stammten aus Jezeba, standen jedoch in den Diensten des guorischen Königs. Der Kapitän sprach sie auf Guori an, doch keiner der Erben beherrschte diese Sprache. Daher beschloss Grigán, auf Jezac zu antworten, auch wenn die anderen ihn dann nicht verstanden.

»Wir wollen zur Insel *Sammlung*. Der Gouverneur ist unser Freund. Wir möchten ihm einen Besuch abstatten.«

Jeder Pächter trug den Titel eines Gouverneurs, da die Hoheitsrechte der jeweiligen Insel vom König der Guori auf den Pächter übergingen.

Grigáns Gelassenheit erleichtere die Verhandlungen.

»Weiß er von Eurem Besuch?«, erkundigte sich der jezebische Kapitän.

»Leider nein. Aber er wird sich freuen, uns zu sehen.«

Grigán hoffte, dass er sich nicht irrte. Er hatte Zarbone vor über zwei Jahren zum letzten Mal gesehen. Vielleicht war er längst gestorben.

Der Kapitän der Söldner bot an, sie zur Insel zu begleiten, was eher ein Befehl als ein höfliches Angebot war. Folgsam steuerte Yan das Segelboot hinter dem Flaggschiff her.

Corenn fiel plötzlich ein, dass keiner der Gefährten aus Jezeba stammte. Auch war unter ihnen kein Nachkomme des Herrschers Ssa-Vez, des Prinzen Vanamels oder Saat des Ökonoms, seines Ratgebers. Das waren die drei Abgesandten, die auf der Insel Ji den Tod gefunden hatten.

288

War das ein Zufall? Oder gab es dafür eine Erklärung, wie sonderbar sie auch sein mochte?

Plötzlich fügten sich die Bruchstücke zu einem Gedanken zusammen, der sie vor Entsetzen erstarren ließ. Was, wenn Séhane nur ihretwegen gestorben war?

Lange Zeit hatten die Züü die Königin in Ruhe gelassen. Vielleicht hatte ihr Feind sie mehrere Dekaden lang verschont, um den Erben eine Falle zu stellen, weil er davon ausging, dass alle, die den Züü entkamen, nach Junin reisen würden. Doch es konnte genauso gut sein, dass Séhane gar nicht auf der Todesliste der Züü gestanden hatte.

Corenn rief die anderen zu sich, um ihnen von ihrer Vermutung zu erzählen. Im Verlauf der Reise hatten alle Corenns scharfen Verstand zu schätzen gelernt, und so hörten sie ihr auch jetzt aufmerksam zu.

»Zu den Zusammenkünften am Tag der Eule kamen immer nur Erben, die nach der Rückkehr der Abgesandten gezeugt worden waren«, sagte sie. »Lasst uns der Reihe nach vorgehen: Vanamel und Saat aus Goran kehrten nicht zurück, und keiner von ihnen hatte Kinder. Das ist einfach. Aber was ist mit den anderen?

Arkane aus Junin und Ssa-Vez aus Jezeba hatten als Einzige bereits Kinder, bevor sie nach Ji reisten. Vez starb auf der Insel. Seine Nachkommen kamen nicht zu den Zusammenkünften, und die heutige Generation kennt die Geschichte vermutlich nicht einmal.

Arkane hatte einen Sohn, Thomé, und bekam keine weiteren Kinder. Thomé nahm einige Male an den Zusammenkünften teil, doch seine Kinder brachte er nie mit. Séhane hätte nicht von der Insel Ji gewusst, wenn sie als Königin nicht die Geschichte ihrer Vorfahren kennen würde.

Die Züü interessierten sich nicht für sie. Sie schwebte erst in Gefahr, als wir sie aufsuchten. Vielleicht wäre sie noch am Leben, wenn wir Junin gemieden hätten. Aber wir können nicht ändern, was geschehen ist.

Wir alle, mit Ausnahme von Yan, sind Nachkommen von Kindern, die nach der Rückkehr der Abgesandten gezeugt wurden. Nur auf diese hat unser Feind es abgesehen. Ich glaube, Séhane wurde nur getötet, damit sie uns nicht hilft.«

»Glaubt Ihr das tatsächlich?«, fragte Lana.

»Ich weiß es nicht. Wenn wir es herausfinden, wissen wir auch, wie wir unseren Feind besiegen können. Bisher ist es nichts als eine Vermutung. Sollten die Züü Ssa-Vez' Nachkommen angegriffen haben, ist sie nichtig.«

»Es sei denn, unser Feind will seine Spuren verwischen. Oder er ist falsch informiert. Oder er will auf Nummer sicher gehen«, sagte Rey. »Im Grunde sind wir genauso schlau wie vorher. Verzeiht meine Offenheit, Corenn.«

»So vieles ist unklar«, seufzte sie. »Wer ist der Ankläger, und was will er? Wohin führen die Pforten? Wie kann man sie durchschreiten?«

»Was geschah mit unseren Vorfahren?«, ergänzte Lana.

»Wer war Nol?«, fügte Léti hinzu. »Und was ist dieser Mog'lur?«

»Warum ist Bowbaq so groß?«, setzte Rey nach.

Der Scherz nahm ihnen etwas von der Anspannung, und sie dankten ihm mit einem Grinsen. Doch sie hatten das Gefühl, sich in dichtem Nebel verirrt zu haben. Wenn sie nicht bald ein paar Antworten bekämen, würden sie nie mehr herausfinden.

Das Flaggschiff fuhr der *Othenor* mit hoher Geschwindigkeit voraus. Die Jez kannten die Gewässer in- und auswendig, jede Strömung, jedes Riff und jede Sandbank. Sie steuerten ihr Schiff ohne Zögern durch das Insellabyrinth und fuhren zwischen Felsen hindurch, von denen sich die Erben tunlichst ferngehalten hätten, wären sie auf sich allein gestellt gewesen.

Ein einziges Mal rief der Kapitän der Söldner ihnen etwas zu. Lana lief ein Schauer über den Rücken, als Grigán seine Worte übersetzte. Konnten die Jez ihre Gedanken lesen?

»Er verbietet uns, die Insel dort drüben zu betreten«, erklärte der Krieger. »Das ist die Heilige Insel der Guori.«

»Ich dachte, man dürfe ohnehin keine der Inseln betreten«, sagte Rey.

»Er warnt uns davor, uns ihr auch nur zu *nähern*. Sie soll gefährlich sein.«

Sie betrachteten die einsame Insel, auf der dichtes Gestrüpp wucherte. In der Mitte ragte ein Berg mit einem kahlen Gipfel einige hundert Schritte in die Höhe.

»Verbotene Inseln zu besuchen, wird uns noch zur Gewohnheit«, sagte Yan.

»Wir entwickeln uns zu wahren Kennern der Materie«, ergänzte Rey.

»Wenigstens lauern auf der hier keine Züü.«

Sie versuchten nicht daran zu denken, was sie stattdessen erwartete. In den Legenden, die sich um Usul rankten, waren Tod und Wahnsinn wiederkehrende Motive, auch wenn nicht alle tragisch endeten.

Lana hatte gelesen, dass das übermenschliche Wissen des Gottes Sterbliche in den Tod treiben konnte. Usul war »der Wissende«, so wie Eurydis »die Führende« war. Der

Priesterin wollte einfach nicht in den Sinn, wie Wissen –
eine der drei Tugenden der eurydischen Religion – Unheil bringen konnte.

»Müsste die Insel nicht eigentlich bewacht sein?«, fragte Corenn erstaunt. »Ich sehe keine Schiffe oder Soldaten.«

»Das dachte ich auch gerade«, antwortete Grigán nachdenklich. »Bei meinem letzten Besuch wimmelte es hier
nur so von Fregatten. Ich frage mich, was das zu bedeuten hat.«

»Ist doch besser so«, sagte Bowbaq. »Das macht uns die
Sache leichter.«

»Nicht unbedingt …«

Der Krieger starrte noch eine ganze Weile zur Insel hinüber, in der Hoffnung, dort irgendeine Bewegung zu
sehen. Vergeblich. Bald verschwand die Insel aus ihrem
Blick.

Gegen Abend kam *Sammlung* in Sicht. Ein Jez stieß ins
Horn, und kurz darauf erschien ein alter Mann mit wei-
ßem Bart am Strand.

Er trug einen Lendenschurz und kam ihnen auf einem hölzernen Anlegesteg entgegen. Zwei Jez stiegen in
ein Ruderboot, um ihm den Besuch eines Freundes aus
Griteh anzukündigen. Der Mann winkte mit beiden Armen zur *Othenor* herüber, und die Söldner segelten beruhigt davon. Hätte Zarbone Grigán abgewiesen, hätten die
Jez die Erben des Landes verwiesen.

»Die Insel ist ja riesig!«, rief Léti, während Yan das Boot
auf den Steg zusteuerte. »Sie ist größer als alle, an denen
wir vorbeigekommen sind.«

»Mein Freund ist eben sehr, sehr reich«, sagte Grigán.
»Aber abgesehen von seiner Sammelleidenschaft lebt er

wie ein Guori. Er ist der merkwürdigste Mensch, dem ich je begegnet bin. Natürlich bevor ich Euch traf, Reyan.«

»Das Kompliment gebe ich gern zurück«, sagte der Schauspieler, dem zur Abwechslung keine schlagfertige Antwort einfiel.

Die *Othenor* legte an, und Grigán sprang auf den Steg, um die Leinen festzumachen. Dann wandte er sich dem mageren Mann zu, dessen Haut von Jahrzehnten in der Sonne braungebrannt war. Zarbone schloss den Freund in die Arme.

»Du hast dich ewig nicht mehr blicken lassen. Ramgrithischer Raufbold! Hitzkopf! Alter Pirat! Ich dachte schon, Aleb hätte dich erwischt! Du hättest eher kommen sollen!«

Der Mann beleidigte Grigán mit einem breiten Grinsen auf dem Gesicht. Er schien sich nichts dabei zu denken, aber die Erben bezweifelten, dass sich Grigán diese Respektlosigkeit gefallen ließe. Zu ihrer Überraschung erwiderte Grigán die Umarmung mit aufrichtiger Freude.

»Wer ist hier ein alter Pirat! Du hast eine solche Schnapsfahne, dass wir nur der Nase nachfahren mussten, um deine Insel zu finden!«

Zarbone lachte schallend. Als Grigáns Freunde von Bord gingen, riss er sich etwas zusammen. Der alte Mann errötete unter seinem weißen Bart, als Grigán ihm nacheinander Léti, Maz Lana und Corenn vorstellte.

»Verzeiht meinen Aufzug«, sagte er unbeholfen. »Ihr seid die ersten Frauen, die mir auf *Sammlung* einen Besuch abstatten.«

»Habt Dank für Eure Bereitschaft, uns zu empfangen«, antwortete Corenn. »Es ist uns eine Ehre. Hoffentlich fallen wir Euch nicht zur Last.«

»Ihr seid herzlich willkommen! Platz habe ich mehr als genug«, rief er und machte eine ausladende Handbewegung. »Das Dumme an einer Insel ist nämlich, dass sie von Wasser umgeben ist, und deswegen bekomme ich nur selten Besuch!«

Zarbone führte sie zum Strand und bog in einen schmalen Pfad ein, der sich durch üppige Vegetation wand. Grigán und er schwelgten in Erinnerungen und warfen sich Gehässigkeiten an den Kopf. Rey, der Meister in diesem Spiel, beteiligte sich bald an den Sticheleien.

»Man hört viele Tiere«, warf Yan ein.

»Sogar Raubtiere«, sagte Bowbaq, dem das Fauchen und Brüllen in der Ferne ebenfalls aufgefallen war.

»Mein Zoo«, sagte Zarbone stolz. »Dabei fällt mir ein: Falls ihr eine große, ungefähr drei Fuß lange weiße Eidechse seht, versucht sie einzufangen, ohne ihr wehzutun. Mein Alabasterwaran reißt mir ständig aus. Auf der Insel kommt er zwar nicht weit, aber ich habe Angst, dass er in den Redostergraben fällt oder einen Sandaal bei der Eiablage stört.«

Er ging weiter, als ob nichts wäre. Die Erben sahen ihm mit großen Augen nach.

Zarbone wohnte zwar auf einer einsamen Insel, doch beim Anblick seines Hauses wäre jeder lorelische Händler vor Neid erblasst. Es stammte noch vom vorigen Gouverneur, aber Zarbone hatte es nach seinen Wünschen umgebaut und hielt es nur noch instand. Für Haus und Insel zahlte er dem König der Guori die doppelte Pacht.

Es gab zwei Stockwerke: Das Erdgeschoss diente nur als Unterbau, die Zimmer befanden sich im ersten Stock.

Das Haus war nicht aus Holz und Schilfrohr gebaut, wie man hätte vermuten können, sondern aus Stein und Marmor, Materialien, die es nur auf dem Festland gab. Der Bau musste mehrere Jahre gedauert und mehr Gold gekostet haben, als die Gefährten je zu Gesicht bekommen würden.

»Junge Katzen!«, rief Léti, als sie auf die Tür zugingen.

»Zwergkatzen«, verbesserte Zarbone und trat beiseite, um die Gefährten einzulassen. »Eigentlich müssten sie viel verspielter sein, aber das Einzige, was sie tun, ist schlafen, immer nur schlafen. Wenigstens stellen *sie* sich keine Fragen nach dem Sinn des Lebens.«

Léti streichelte eins der Kätzchen, und es streckte sich genüsslich. Nun fielen ihr auch die Unterschiede zu gewöhnlichen Katzen auf. Das Tier ähnelte eher einem kleinen Tiger. Jedenfalls schien es Gefallen an den Streicheleinheiten zu finden, denn es folgte Léti ins Haus.

»Wenn Ihr wollt, schenke ich Euch eine«, sagte der Gouverneur. »Es gibt inzwischen so viele davon auf der Insel, dass sie anfangen, Revierkämpfe auszutragen. In Eurer Gesellschaft würde sie bestimmt glücklich sein.«

Sie dankte Zarbone, erbat sich aber etwas Bedenkzeit. Wie sollte sie sich in ihrer Lage um ein Tier kümmern?

Ihr Gastgeber führte sie auf eine Terrasse im ersten Stock und bot ihnen etwas zu trinken an. Dann kam Grigán auf den Grund ihres Besuchs zu sprechen, nämlich ihre Flucht vor den Züu. Zarbone lauschte aufmerksam, stellte ein paar Fragen und hob überrascht die Augenbrauen, als er hörte, wie gnadenlos die Mörder im roten Gewand vorgingen.

»Er ist auch Magier«, flüsterte Corenn Yan zu. »Er hat diese Eigenart.«

»Was meint Ihr?«

»Sieh mal, wie er die Gegenstände mustert, während er spricht. Dann weißt du es.«

Nach einer Weile dachte Yan, dass Zarbone tatsächlich ein Magier sein konnte. Jetzt, da er darauf achtete, entdeckte er die gleichen Anzeichen bei Corenn. Er fragte sich, ob man auch ihm seine Gabe ansah.

Der alte Mann begriff sofort, dass Grigán ihm einen wichtigen Teil der Geschichte verschwieg. Tatsächlich ließ der Krieger alles aus, was mit der Insel Ji zu tun hatte. *Eine verschwiegene Wahrheit ist eine Lüge aus Höflichkeit*, lautete ein Sprichwort.

»Ihr steckt in großen Schwierigkeiten«, sagte Zarbone. *Was würde er erst sagen, wenn er von dem Mog'lur wüsste?*, dachte Rey.

»Sämtliche Züu der Oberen Königreiche sind Euch also auf den Fersen. Ein geheimnisvoller Feind, dessen Absichten Ihr nicht kennt, hat sie Euch auf den Hals gehetzt. Ihr steckt wahrlich in sehr großen Schwierigkeiten.«

»Ganz zu schweigen davon, dass wir uns mit Grigáns schlechter Laune herumschlagen müssen«, warf Rey ein.

»Müsst Ihr immer den Clown spielen?«, herrschte ihn der Krieger an.

»Seht Ihr!«, sagte Rey zufrieden.

Zarbone lachte nicht. Bei der Ankunft der Erben war er in fröhlicher Stimmung gewesen, doch nun war sein Gesicht ernst und nachdenklich. »Natürlich könnt Ihr Euch hier verstecken. Aber die Züu haben eine Insel weniger als zwölf Meilen von hier gepachtet, und irgendwann werden die Guori oder die Söldner ihnen von Eurer Anwesenheit erzählen.«

»Wir können ohnehin nicht hierbleiben«, sagte Corenn.

Schließlich hatte der Dämon sie auch im Eroberten Schloss aufgespürt. Die Gefährten konnten sich nirgends verstecken. Sie durften Zarbones Leben nicht in Gefahr bringen, so wie sie es mit Séhanes getan hatten.

»Wie kann ich Euch dann helfen? Grigán, brauchst du Geld?«, fragte er, einer plötzlichen Eingebung folgend.

»Du hast mir in den letzten Jahren schon viel zu viel Geld geben. Mach dir keine Sorgen, wir haben mehr als genug davon.«

»Wir wollen Usul aufsuchen«, sagte Lana freimütig.

Verblüfft wartete Zarbone darauf, dass einer der Gefährten der Priesterin widersprach. »Das halte ich für keine gute Idee«, sagte er schließlich. »Ehe Ihr das tut, kämpft lieber gegen die Züu.«

»Es ist der einzige Weg«, sagte Lana. »Wir brauchen Antworten. Die Guori hüten ihre Heilige Insel vermutlich weniger gut als die Züu ihre Geheimnisse.«

»Ihr versteht nicht«, sagte Zarbone ernst. »Die Guori bewachen die Insel nicht zu ihrem Vergnügen. Sie selbst setzen keinen Fuß darauf. Die Schiffe bewachen die Insel, damit niemand den Fluch auf sich lädt.«

»Wie kann Wissen ein Fluch sein?«

»Ich kenne Geschichten von Menschen, die von Neugier zerfressen zur Heiligen Insel gefahren sind. Manche der Rückkehrer haben ganz einfach den Verstand verloren. Sie litten tage-, monde- oder sogar jahrelang unter Schwermut und begingen schließlich sogar Selbstmord.«

»Eurydis wird uns führen.« Lanas Stimme zitterte mehr, als ihr lieb war. »Sie wird mir die Kraft geben.«

»Ich bedauere Eure Entscheidung«, sagte Zarbone traurig.

Der alte Mann wusste, wovon er sprach. Bowbaq spürte, wie er ins Wanken geriet. Doch dann erinnerte er sich an den Mog'lur, und seine Entschlossenheit kehrte zurück.

»Jetzt bewachen keine Schiffe mehr die Insel«, sagte Grigán. »Warum nicht?«

»Das weiß ich nicht. Vor Kurzem waren sie noch da. Das ist ein schlechtes Zeichen. Die Guori scheinen ein besseres Mittel gefunden zu haben, die Insel zu schützen. Wer weiß, was das ist …«

Grigán nickte seufzend. Genau das hatte er befürchtet.

Léti beschloss, die Katze zu behalten. Das winzige Tier war ihr den ganzen Abend nicht von der Seite gewichen, vor allem nicht beim Essen – es gab gegrillten Fisch –, zu dem Zarbone die Gefährten eingeladen hatte.

Yan schlug vor, die Katze »Frosch« zu nennen, da sie sich nur in Sprüngen fortzubewegen schien. Léti fand die Idee lustig und taufte sie auf diesen Namen. So bekamen die Erben einen neuen Gefährten, eine Zwergkatze unbestimmten Alters. Yan beneidete sie jedes Mal, wenn das Tier auf Létis Schoß sprang.

Nun erinnerte Létis den Riesen Bowbaq an sein Versprechen, ein Tier für sie zu zähmen, und er versicherte ihr, er habe es nicht vergessen.

Rey regte sich über diese Entscheidung auf. »Warum

willst du dein Geschenk an eine Katze verschwenden? Du könntest Bowbaq bitten, dir einen Hund, Wolf oder Bären abzurichten, etwas Nützliches eben.«

»Einen Bären kann man nicht auf den Schoß nehmen«, sagte Léti unbeirrt.

Rey gab es auf, sie zur Vernunft bringen zu wollen. Er hatte eine klare Vorstellung davon, was er mit Bowbaqs oder Corenns Kräften anstellen würde: Er würde sie zu Gold machen. Aber seine Freunde waren dummes Landvolk, das die wahren Werte der zivilisierten Gesellschaft nicht zu schätzen wusste.

Nach dem Abendessen führte Zarbone sie in den Saal, in dem er seine Sammlungen aufbewahrte. Er zeigte ihnen Sonnenuhren, Tongefäße aus Memissien, Dolche und seltene Manuskripte. Den Besuch der Tiergehege verschoben sie auf den nächsten Tag.

Rey schenkte Zarbone den Hati, den er seit Beginn des Abenteuers bei sich trug. Mittlerweile verabscheute er die Waffe und dachte bereits eine ganze Weile darüber nach, wie er sie loswerden konnte. Zarbone nahm das Geschenk mit großer Freude an. Er besaß bereits ein ähnliches Stück, dessen Griff jedoch beschädigt war. Er erging sich in Dankesworten, bis es selbst Rey unangenehm wurde.

Corenn vertiefte sich in die Manuskripte, sobald es die Höflichkeit zuließ, und Léti betrachtete die Regale, in denen sich mehr oder minder gut erhaltene Bücher aneinanderreihten. So viele Bücher auf einem Haufen flößten ihr Ehrfurcht ein.

»Es wäre ein seltsamer Zufall, wenn in einem dieser Bücher etwas über unsere Vorfahren stünde«, sagte sie und glitt mit der Hand über die Buchrücken.

»Warte mal … Da gibt es eins«, sagte Grigán, einer plötzlichen Eingebung folgend. »Zarbone hat es mir vor ein paar Jahren gezeigt. Erinnerst du dich?«

»Natürlich«, sagte der alte Mann und zog einen dickes Buch aus dem Regal.

Die Seite war mit einem Lesezeichen markiert, und Zarbone fand den Abschnitt auf Anhieb. Die Gefährten warteten ungeduldig, dass er zu lesen begann.

»Das Buch trägt den Titel *Die Fünf Dynastien des Sultanats*. Ich bin bei der Reparatur des Einbands durch Zufall auf folgende Textstelle gestoßen: ›*Sultan Absoura sandte seinen Heerführer auf Anraten eines Fremden namens Nol auf die Insel Ji in Lorelien. Der Abgesandte kehrte nie zurück, und Absoura musste sich einen neuen Heerführer suchen …*‹ Der Rest ist nicht weiter interessant, ich habe das ganze Kapitel gelesen. Wie Ihr seht, ist es nicht viel.«

»Ihr erlaubt?«, fragte Corenn und streckte die Hand nach dem Buch aus.

»Natürlich.«

Mit angehaltenem Atem las die Ratsfrau die Zeilen, die vom Abenteuer ihrer Vorfahren handelten. Der Abgesandte konnte niemand anderes als Ssa-Vez sein. Doch irgendetwas stimmte nicht. Lana kam als Erste darauf.

»Ich kenne keinen Sultan Absoura«, sagte sie. »Zwar liegt mein Studium der Geschichte schon eine Weile zurück, aber ich müsste mich zumindest an den Namen erinnern.«

Diese Worte schlugen Funken in Corenns Gedanken. Hastig blätterte sie zu den ersten Seiten des Buchs. Was sie dort sah, war ungeheuerlicher als alles, was die Gefährten bisher erlebt hatten. »Das Buch ist mehr als dreihundert Jahre alt!«, sagte sie feierlich. »Schon zwei Jahrhunderte vor unseren Vorfahren folgte mindestens ein Abgesandter jemandem mit dem Namen Nol auf die Insel Ji!«

Die Erben sahen sich fassungslos an. Sie standen vor immer neuen Rätseln.

Zarbone nahm das Buch wieder an sich und überprüfte das Datum. Corenn hatte recht. Er blätterte zu den letzten Seiten des Buchs und vergewisserte sich, dass keiner der Sultane Erwähnung fand, die in neueren Zeiten über Jezeba geherrscht hatten. Es gab keinen Zweifel: Das Buch war tatsächlich drei Jahrhunderte alt.

»Es kann nicht derselbe Nol sein. Das ist unmöglich«, sagte Rey unsicher.

»Was heißt schon unmöglich, bei allem, was wir erlebt haben«, entgegnete Grigán.

Vor Zarbone konnten sie nicht über die Pforte von Ji, die andere Welt oder den Mog'lur sprechen. Sie hatten die Grenzen der Wirklichkeit längst hinter sich gelassen.

»Was bedeutet das?«, fragte Léti. »Heißt das, schon seit Jahrtausenden kommen Abgesandte auf der Insel Ji zusammen? Aber warum?«

»Um eine wichtige Entscheidung zu treffen. Das sagte Nol unseren Vorfahren«, antwortete Corenn. »Doch es ist nicht überliefert, um was für eine Entscheidung es sich handelt.«

Sie schwiegen eine Weile, weil Zarbones Anwesenheit sie hemmte. Sie wollten ihn nicht noch mehr in das Abenteuer verwickeln und so sein Leben in Gefahr bringen. Sie würden sich später beraten müssen.

Trotzdem wollte Corenn den anderen von ihrem Plan erzählen. »Mehr denn je brauchen wir Antworten. Ich schätze, alle sind nun von der Notwendigkeit überzeugt, Usul zu treffen?«

Die Gefährten nickten ernst, während Zarbone missmutig den Kopf schüttelte.

»Sollte die Begegnung mit Usul uns nicht weiterhelfen, schlage ich vor, anderswo nach Antworten zu suchen. An einem sehr viel weniger geheimnisvollen, aber ebenso aufschlussreichen Ort«, fuhr Corenn fort.

»Wollt Ihr etwa noch einen Gott aufsuchen?«, fragte Rey.

»Nein. Es handelt sich um einen durch und durch menschlichen Ort. Die altehrwürdige Königliche Bibliothek von Romin. Ihr kennt sie vielleicht auch unter dem Namen ›Bibliothek des Tiefen Turms‹.«

»Niemand kommt dort hinein«, sagte Grigán, der wie üblich skeptisch war.

»Außerdem spukt es dort«, sagte Lana ängstlich. »Seit mehreren Jahrhunderten bewachen Geister den Ort. Ich habe weniger Angst vor der Begegnung mit Usul als vor einem Besuch der Bibliothek.«

Yan, Léti, Rey und Bowbaq zögerten nur kurz. Wenn Corenn glaubte, dass die Bibliothek ihnen weiterhalf, würden sie ihr folgen. Die Gefährten hatten bereits so viele Abenteuer bestanden, dass ihnen eine Bibliothek wie ein Hort des Friedens vorkam, selbst wenn es dort spukte.

»Ich kann Euch helfen, in die Bibliothek zu gelangen«, sagte Zarbone stolz.

»Wie das?«

»Ich habe in Romin einen Freund, der mir manchmal seltene Bücher für meine eigene Bibliothek besorgt. Ich bin sicher, dass er sie aus dem Tiefen Turm stiehlt. Er hat es zwar noch nie zugegeben, aber dass er meiner Frage jedes Mal ausweicht, ist so gut wie ein Geständnis.«

»Und warum sollte er uns helfen?«

»Ich schreibe Euch einen Empfehlungsbrief. Vielleicht überzeugt ihn das. Anderenfalls bietet ihm Gold. Es ist zwar traurig, aber er lebt nur dafür, romische Goldmonarchen anzuhäufen, obwohl er mindestens genauso reich ist wie ich.«

Corenn und Grigán dankten Zarbone. Falls er ihnen half, in den Tiefen Turm zu gelangen, konnte der Plan vielleicht tatsächlich gelingen. Lana hingegen hatte bereits vor der Begegnung mit Usul schreckliche Angst und musste sich nun auch noch mit dem Gedanken anfreunden, Geister zu treffen.

»Findet Ihr das nicht seltsam? Es scheint alles so einfach«, sagte Rey und meinte es zur Abwechslung einmal ernst. »Unsere Vorfahren suchen seit mehr als einem Jahrhundert nach der Lösung des Rätsels, und wir finden in wenigen Dekaden mehr heraus als sie in all den Jahren.«

»Ihr findet unsere Reise also leicht?«, knurrte Grigán.

»Keinen unserer Vorfahren zwangen die Umstände zu so beharrlichen Nachforschungen wie uns«, erklärte Corenn. »Wir haben einfach keine Wahl.«

»Aber wenn Euch das alles zu leicht ist, habt Ihr Glück«, sagte der Krieger. »Das Schlimmste steht uns, fürchte ich, nämlich noch bevor.«

Am nächsten Tag sahen sich alle bis auf Yan und Corenn Zarbones Tiersammlung an. Corenn schlug vor, Yan eine weitere Lektion in Magie zu erteilen, und er nahm das Angebot begeistert an. Léti war längst eine richtige Kriegerin und er immer noch Magierlehrling.

Sie schlenderten zum Strand und genossen die warmen Sonnenstrahlen. Der Unterricht bestand hauptsächlich darin, sich zu unterhalten, und so konnte er überall stattfinden.

»Hast du dich nie gefragt, warum dir die Prüfung mit deiner Muschel gelang, nicht aber mit der Münze?«

»Doch, natürlich. Zuerst glaubte ich, die Münze störe meine Konzentration. Doch mittlerweile glaube ich, dass die Erklärung komplizierter ist. Vielleicht ist der Erdbestandteil der Münze größer als bei der Muschel? Ist die Muschel deshalb leichter zu bewegen?«

»Mag sein«, sagte Corenn. »Aber bei so kleinen Gegenständen ist der Unterschied eigentlich so gering, dass er keine Rolle spielt. Nein, es gibt vermutlich einen anderen Grund: die Empfänglichkeit eines Gegenstandes für Magie.«

Aufmerksam lauschte Yan. Nach jeder Unterrichtsstunde meinte er, nun alles – oder zumindest fast alles – über Magie zu wissen. Aber jedes Mal überraschte Corenn ihn mit neuen, nur schwer zu begreifenden Zusammenhängen. Ihm war längst klar geworden, wie nützlich ihre Gespräche waren. Sich gleich an magische Übungen heranzuwagen, wäre so, als äße man unbekannte Pilze, und es würde vermutlich zu demselben Ergebnis führen: einem frühzeitigen Tod.

»Theoretisch«, fuhr Corenn fort, »ist jede Sache veränderbar, da sie aus einer Mischung der vier Elemente besteht. Doch in Wirklichkeit gibt es Unterschiede in der Empfänglichkeit für Magie, selbst bei sehr ähnlichen Gegenständen, zum Beispiel solchen, die aus dem Holz ein und desselben Baums geschnitzt sind. Dafür gibt es bislang keine Erklärung. Das ist eines der großen Rätsel der Magie.«

304

Yan riss die Augen auf. Zum ersten Mal äußerte Corenn bei einer offenen Frage noch nicht einmal eine Vermutung, so abwegig sie auch sein mochte.

»Manche Magier glauben an die Existenz eines fünften Bestandteils«, sagte sie, »das sogenannte Absorbium. Doch bisher konnte es niemand genauer beschreiben oder erklären. Wir wissen nur eins: Je mehr Einfluss der Mensch auf einen Gegenstand genommen hat, desto mehr Absorbium weist er auf und desto einfacher ist es, den Willen auf ihn zu richten. Doch selbst von dieser Regel gibt es Ausnahmen.«

»Schwankt das Absorbium eines Gegenstands von einem Tag zum anderen?«

»Das ist eine gute Frage«, lobte Corenn. »Nein, das Absorbium eines Gegenstands ist über Jahre konstant. Vielleicht ändert es sich nach mehreren Jahrhunderten, aber kein Magier lebt lange genug, um diese Theorie zu überprüfen.«

Ihre Worte erinnerten sie an ihre Entdeckung vom Vorabend. Nol hatte vielleicht lang genug gelebt. Der Gedanke, Nol könnte ihr mysteriöser Feind sein, war den Gefährten natürlich bereits gekommen, doch niemand hatte ihn ausgesprochen. Die Vorstellung war einfach zu grauenvoll.

»Manche Gegenstände mit viel Absorbium werden für Magie unempfindlich, nachdem ein übermäßig starker Willen auf sie gerichtet wurde. Magier nennen einen solchen Gegenstand ›vollendet‹. Ich selbst habe so etwas allerdings noch nie erlebt.«

»Schade«, sagte Yan gedankenverloren und betrachtete den Anhänger, den er um den Hals trug.

Er dachte an den Stein, den er Léti geschenkt hatte. Es

war ein Kinderspiel gewesen, das Papier in den Opal zu zaubern. Der Stein musste viel Absorbium in sich tragen. War der Opal nun vollendet? Falls ja, würden seine Worte ewig währen. Der Gedanke gefiel ihm.

»Du bist längst ein richtiger Magier, Yan. Du weißt mittlerweile fast genauso viel wie ich. Nur eins möchte ich dir noch mit auf den Weg geben: Die wahre Kraft liegt nicht im ständigen Gebrauch des Willens, sondern in der Fähigkeit, ihn im richtigen Moment einzusetzen. Dazu braucht es große Weisheit. Die Magie stellt dich nicht über andere Menschen. Sie macht dich vielmehr für sie verantwortlich.«

Yan nickte ernst, denn er nahm sich Corenns Ratschläge stets zu Herzen. Er war nicht mehr der junge, arglose Fischer aus einem kleinen kaulanischen Dorf, sondern hatte dem Tod ins Gesicht gesehen, mehrere Länder bereist und Abenteuer bestanden, die er sich vorher nicht hätte träumen lassen. Yan war schon immer ein kluger Kopf gewesen, doch jetzt nahm er eine uralte Weisheit in sich auf.

»Gut! Nun müssen wir nur noch einen Namen für dich finden. So will es der Brauch«, sagte Corenn fröhlich. »Was hältst du von Yan dem Neugierigen?«

»Mhm … Ich weiß nicht … Klingt das nicht ein bisschen negativ?«, erwiderte der junge Mann.

»Dann vielleicht Yan der Treue? Es ist Sitte, dass die Meisterin den Namen ihres Lehrlings auswählt, aber dir soll er natürlich auch gefallen.«

»Yan der Neugierige passt gut«, sagte er rasch, da sich ihm bei dem Gedanken, Yan der Treue genannt zu werden, der Magen umdrehte.

Er fragte sich, wo Corenn solche Ideen hernahm.

Manchmal wusste er einfach nicht, wann sie etwas ernst meinte und wann sie scherzte.

»Und jetzt gehen wir uns Zarbone vorstellen, Meister Yan der Neugierige. Das ist in unserer Zunft so üblich.«

Sie fanden den alten Mann bei den Tiergehegen. Er zeigte den anderen gerade seine Redostere und Goldböcke, der ganze Stolz seiner Sammlung. Léti hatte Mühe, Frosch zurückzuhalten, die unbedingt jedem Tier einen Besuch abstatten wollte. Die Zwergkatze führte sich so rebellisch auf, dass Léti überlegte, sie in Reyan umzutaufen.

»Meister Zarbone«, sagte Corenn und zog ihn beiseite. »Ich bin Corenn die Scharfsinnige, und mein junger Freund hier ist Yan der Neugierige. Wir beide sind Meister des Windes.«

»Sehr erfreut«, antwortete der Gouverneur und ließ sich auf das Spiel ein. »Ich bin Zarbone. Zarbone der Sammler, natürlich. Einst Meister des Windes. Aber das ist lange her.«

Sie begannen zu fachsimpeln und fielen bald hinter die anderen zurück. Yan strahlte vor Glück. Zum ersten Mal hatte er eine Lehre abgeschlossen. Er hatte eine besondere Gabe und gehörte zu einer Zunft.

Endlich hatte er Léti etwas zu bieten.

Die Erben wollten noch am selben Abend zur Heiligen Insel der Guori segeln. Zarbones Insel war ohnehin nur eine Etappe auf ihrer Reise, und sie wollten den alten Mann, der ihnen schon genug geholfen hatte – vor allem mit seiner Auskunft über den Tiefen Turm von Romin –, nicht noch länger in Gefahr bringen.

Lana beobachtete die Gefährten, während sie sich zum Aufbruch bereit machten. Sie hatten die Priesterin sofort als ihresgleichen akzeptiert. Natürlich war sie das auch, da Lana ebenfalls von einem Abgesandten der Insel Ji abstammte. Doch ihre Gefährten wurden von einem inneren Feuer angetrieben, einer gewissen Rohheit, die sie nicht zu besitzen glaubte. Fast beneidete sie sie darum.

Die Erben zu verlassen, kam nicht infrage. Zwar trugen sie Waffen und scherten sich nicht um die eurydische Moral, aber sie brauchte ihren Schutz und ihre Freundschaft.

Die Vorbereitung der Priesterin bestanden in einem langen Gebet, in dem sie der Göttin ihre Zweifel und Ängste anvertraute. Sie brachte ihre Gefährten in Gefahr, indem sie sie zu Usul führte. Lana bat Eurydis, über die Erben zu wachen und ihre Seelen zu retten, falls die Begegnung ein schlimmes Ende nahm. Sie flehte die Göttin inständig an, wenigstens die jüngeren der Gefährten zu beschützen.

Außerhalb der Tempel folgte das eurydische Gebet keinem bestimmten Ritual. Man konnte sich überall an die Göttin wenden, solange man es mit der nötigen Ehrerbietung tat. Lana beschränkte sich meist darauf, sich unter einen Baum zu setzen und die Augen zu schließen. Als sie die Augen diesmal aufschlug, sah sie überrascht, dass Léti neben ihr saß.

Die junge Frau bot einen seltsamen Anblick: Sie trug ihre Lederkluft, und an ihrem Gürtel hingen ein Rapier und ein Messer, doch sie flehte die Göttin mit ebensolcher Inbrunst wie Lana um Frieden an. *Die Rohheit wohnt nicht im Herzen, sondern in der Erinnerung,* dachte Lana. Léti hatte so viel Leid erlebt.

Sanft legte die Maz ihr eine Hand auf die Schulter. Léti stieß sie instinktiv fort, bevor sie merkte, von wem die Berührung kam.

»Verzeiht, ich … Ich dachte schon …«, stotterte sie.

»Schon gut«, sagte Lana, die ahnte, an welches schreckliche Ereignis sich Léti erinnert hatte. »Wir sind alle etwas angespannt. Ich wollte nur sagen, dass ich ins Haus zurückgehe.«

»Ich komme mit Euch.«

Die anderen waren bereits um den Tisch versammelt, da sie vor dem Aufbruch ein letztes gemeinsames Mahl mit Zarbone einnehmen wollten. Der alte Mann wirkte bekümmert. Er hatte den ganzen Tag versucht, sie von ihrem Vorhaben abzubringen, denn er war überzeugt, dass er sie sonst nie wiedersehen würde.

Doch der Entschluss der Erben stand fest. Wenigstens mussten sie diesmal nicht um ihren Gastgeber trauern. Bald würden sie den Namen ihres Widersachers erfahren. Sie sehnten diesen Augenblick schon so lange herbei, dass ihnen die Gefahren, von denen die Legenden über Usul berichteten, gleichgültig waren.

Außerdem hofften sie, dass die Götter Lana eine gewisse Achtung entgegenbrachten, da sie Maz war.

Niemand ahnte jedoch, dass Lana von ihnen allen die größte Angst hatte.

Das Essen ging schnell vorbei, und die Erben begaben sich zur *Othenor*. Am Strand verabschiedete sich Zarbone von ihnen. Grigán versprach, ihn bald wieder besuchen zu kommen – sobald sein Leben in ruhigeren Bahnen verlief. Der alte Mann verkniff sich die Bemerkung, dass Grigán seit über zwanzig Jahren in Schwierigkeiten steckte und kein Ende absehbar war.

Léti musste Frosch zum Boot tragen, weil die Katze ihrer Herrin nicht auf den Steg folgen wollte. Sie hatte Angst vor dem Wasser. An Bord verschwand sie sofort unter Deck, wo sie während der gesamten Überfahrt mit den Hängematten und Wolldecken spielte.

Die Katze war die Einzige, die die Überfahrt genoss. Die Menschen auf dem Schiff verbrachten eine unruhige Nacht.

Zarbone hatte ihnen zwar eine Seekarte vom Schönen Land mitgegeben, doch den Weg in der Dunkelheit zu finden, war kein Kinderspiel. Sie konnten keine Laterne an Bord der *Othenor* entzünden, und nur selten zeigte ihnen ein Licht in der Ferne, wo sich größere Inseln befanden. So segelten sie nahezu blind über das Meer, im fahlen Schein der schmalen Mondsichel.

Bowbaq wurde erneut von seinen alten Ängsten befallen. Bei Nacht war das Meer sehr viel beängstigender als am Tag, da die Grenze zwischen den Tiefen des Meeres und der Wasseroberfläche in der Dunkelheit verschwamm. Er stellte sich vor, wie er in finsteren, kalten Fluten versank, aus denen er nie wieder auftauchen würde.

Der Riese versuchte, die bösen Gedanken zu verscheuchen, indem er von einem Fuß auf den anderen trat. Die Festigkeit des Bodens zu spüren, half ihm manchmal, seine Angst zu vergessen. Aber nicht an diesem Abend.

»In Arkarien erzählt man sich«, sagte er ernst, »der Schatten eines Menschen im Mondlicht enthülle sein wahres Wesen.«

Seine Freunde warteten schweigend, dass Bowbaq weitersprach.

»Warum erzählst du uns das?«, fragte Rey schließlich.

»Ich konnte den Schatten des Mog'lur nicht sehen«, antwortete er. »Aber ich frage mich, ob er nicht der Schatten eines Kindes war. Eigentlich bin ich sicher, dass er der eines Kindes gewesen sein muss.«

»Dein Schatten sieht jedenfalls aus wie ein Berg«, sagte Rey, um ihn zu trösten und alle aufzuheitern. »Es bräuchte schon eine ganze Horde Dämonen, um dich zu Fall zu bringen.« Mit diesen Worten ging Rey wieder daran, sein Rapier zu schleifen. Statt des edlen Gewands trug er nun wieder seine gewöhnlichen Reisekleider, und sein ungewohnt ernster Gesichtsausdruck zeugte davon, dass auch er Angst hatte.

Auf Ji waren sie dem Tod nur knapp entronnen. Rey hatte vor, auch die Fahrt zur Heiligen Insel der Guori zu überleben.

»Ihr könnt ja richtig liebenswürdig sein«, flüsterte Lana ihm zu.

»Euer Schatten ist übrigens der einer wunderschönen Frau«, sagte er. »Mein Schatten würde ihn gern näher kennenlernen.«

Lana schenkte ihm ein melancholisches Lächeln und ging davon. Das, worauf Rey anspielte, war unmöglich, selbst wenn sie sich in einer weniger aussichtslosen Lage befunden hätten. Als Maz durfte sie sich auf kein Abenteuer mit einem Ungläubigen einlassen, so verlockend der Gedanke auch war.

»Backbord!«, rief Grigán mit gedämpfter Stimme. »Das Ruder hart backbord.«

Yan korrigierte den Kurs. Er verließ sich voll und ganz auf die Adleraugen des Kriegers, der am Bug saß und aufs Wasser hinausstarrte. Corenn stand neben ihm und studierte Zarbones Seekarte. Bisher hatten sie Glück gehabt, aber sie konnten sich jederzeit verfahren oder auf einer Sandbank stranden, die nicht in der Karte eingezeichnet war.

»Dort drüben sind Lichter. Sie bewegen sich«, flüsterte Léti.

Sie zeigte auf einige helle Punkte in etwa fünfhundert Schritt Entfernung. Bislang hatten alle Lichter, die sie gesehen hatten, zu Häusern auf den Inseln gehört, doch dieses Mal stammten sie von Schiffslaternen. Söldner, die Patrouille fuhren.

Wie vereinbart holten Yan und Rey die Segel ein, sodass die *Othenor* langsam durch die Dunkelheit trieb. Es herrschte vollkommene Stille. Das Söldnerschiff glitt langsam an ihnen vorbei, ohne den Kurs zu ändern. Doch es dauerte noch eine ganze Weile, bis sie außer Gefahr waren. Die Gefährten befürchteten, dass sie völlig vom Kurs abgekommen waren.

»Ich habe keinen blassen Schimmer, wo wir sind«, sagte Grigán, nachdem er sich umgesehen hatte.

Die nächsten Augenblicke schienen sich endlos hinzuziehen. Falls sie immer noch auf dem richtigen Kurs waren, mussten sie als Nächstes an einem Korallenriff vorbeikommen. Endlich entdeckte Grigán das Riff, das zwei Fuß aus dem Wasser herausragte. Er seufzte erleichtert auf.

Corenn zog erneut die Seekarte zu Rate, obwohl sie sie mittlerweile fast auswendig kannte. Zur Heiligen Insel der Guori war es nun nicht mehr weit. *War das wirklich eine gute Idee?*, fragte sie sich zum hundertsten Mal. Dann rief sie sich in Erinnerung, wie gefährlich ihr gesamtes Abenteuer war. Die Antworten, die Usul ihnen geben konnte, würden über ihr Schicksal entscheiden. Sie mussten ihn treffen.

»Nach dem Korallenriff hart steuerbord, Yan«, rief sie dem jungen Mann mit leiser Stimme zu.

Geschickt legte Yan das Steuer herum. Er empfand eine Mischung aus Vorfreude und Angst, wie jedes Mal, wenn sich die Erben in Gefahr begaben. Vorfreude, weil er etwas Neues erleben würde, und Angst, weil er jederzeit sterben oder sein Leben von Leid überschattet werden konnte, falls Léti oder einem anderen seiner Freunde etwas zustieß.

Yan warf Léti einen Blick voller Zuneigung zu. Sie hatte sich verändert, genauso wie er. Er hatte das Gefühl, in den letzten Dekaden erfahrener und reifer geworden zu sein, und auch Léti kam ihm stärker und härter vor. Die Umstände hatten ihr keine Wahl gelassen und sie zu einer Erwachsenen gemacht.

Er hoffte, dass sie sich durch diese Veränderungen nicht allzu weit voneinander entfernt hatten. Er fand Léti anziehender denn je. Die Magie hatte er nicht zuletzt erlernen wollen, um ihr zu beweisen, dass auch er eine Gabe hatte. Er wollte sie beschützen, mit ihr zusammenleben, mit ihr gemeinsam lachen und Kinder bekommen, die aussahen wie sie. Yan hatte nie etwas anderes gewollt.

Er war nicht von diesem Gedanken besessen, sondern er entsprach einfach nur seiner Vorstellung von Glück. Yan hatte nicht die Absicht, Léti ihr Leben lang hinterherzulaufen, falls sie selbst andere Pläne haben sollte. Doch in dieser finsteren Nacht auf dem Meer, weit weg von zu Hause, verfolgt von einem übermächtigen Feind und ohne Zufluchtsort, klammerte er sich an seinen Traum.

Léti sah ihn an und schenkte ihm ein zärtliches Lächeln, als könnte sie seine Gedanken lesen. *Ja*, dachte er entschlossen. Er wünschte sich nichts sehnlicher, als dass sein Traum in Erfüllung ging.

»Wir sind da«, verkündete Grigán. »Die Insel liegt direkt vor uns.«

Die anderen fragten sich, ob das nur eine Vermutung war oder ob er tatsächlich in der Dunkelheit etwas sehen konnte. Doch allmählich zeichnete sich der düstere Umriss der Heiligen Insel am Horizont ab, in einigen Hundert Schritt Entfernung.

»Sie ist kleiner als die Insel Ji«, sagte Bowbaq leise.

»Umso besser. Dann wird es nicht so schwer, Usul zu finden«, sagte Rey. »Wir müssen uns nur am Strand aufstellen und laut rufen: ›He, ist hier irgendwo ein Gott? Oder treibt er sich gerade auf der Nachbarinsel herum?‹«

Lana zuckte angesichts dieser Gotteslästerung zusammen. Obwohl der Besuch der Insel ihre Idee gewesen war, konnte sie noch immer nicht fassen, dass sie tatsächlich einen Gott treffen würden. Ihr Glaube war unerschütterlich, doch es war etwas völlig anderes, in der Abgeschiedenheit eines Tempels zu beten, als von Angesicht zu Angesicht mit einem Gott zu sprechen.

Die Gefährten hatten Lana stillschweigend zu ihrer Fürsprecherin erwählt, und Corenn hatte ihr eine Liste mit Fragen gegeben, die sie gewissenhaft auswendig gelernt hatte. Bald würde sie einem Gott gegenübertreten. Der Gedanke versetzte die Priesterin in Angst und Schrecken.

Auf Grigáns Befehl hin verringerte Yan die Geschwindigkeit der *Othenor* noch etwas mehr. Vielleicht hatten die Guori die Insel mit Holzpflöcken, Steinen oder anderen im Wasser verborgenen Hindernissen umgeben, um Schiffe von ihr fernzuhalten. Langsam trieb die *Othenor* auf ihr Ziel zu.

Die Gefährten versuchten vergeblich, in der Dunkelheit etwas zu erkennen. Vor ihnen lag der Strand, und dahinter wuchs dichter Wald. Das Innere der Insel war ihren Blicken verborgen.

Die Erben hofften, dass die Guori die Insel nicht mehr bewachten, damit sie in Vergessenheit geriet. Vielleicht dachten sie, dass sich niemand für eine einsame Insel interessierte und folgende Generation Usul nur noch für eine Legende halten würden. Allerdings hatten die Einheimischen sich bislang die größte Mühe gegeben, Fremde von dem Gott fernzuhalten, und so war es eher unwahrscheinlich, dass sie ihr Verhalten plötzlich geändert hatten. Vermutlich verfügten sie über irgendein wirksames Mittel, um Eindringlinge am Betreten der Insel zu hindern.

Das Segelschiff näherte sich dem Ufer, und Rey warf den Anker aus. Sie konnten nicht näher an den Strand heran, da sie sonst auf Grund laufen würden, doch die Insel war nur noch hundertfünfzig Schritte entfernt. Grigán prüfte die Wassertiefe und beschloss, dass sie das Beiboot nehmen würden, sehr zu Bowbaqs Erleichterung. Ihm war nicht wohl bei dem Gedanken, durch das finstere Wasser zu waten. In dem kleinen Boot hatten nicht mehr als vier Leute Platz, und Yan musste zweimal hin- und herrudern, um alle an Land zu bringen. Grigán, Léti und Rey betraten den Strand als Erste. Sie hielten ihre Waffen in Händen und spitzten die Ohren. Kurz darauf folgten die anderen.

Bowbaq entzündete zwei Laternen, die er auf Anraten Grigáns umgebaut hatte: Zwei Holzbretter schirmten das Licht so ab, dass es nur in eine Richtung schien. Bowbaq nahm eine der Laternen in die Hand und gab Yan die zweite.

»Vergesst nicht, immer nur ins Innere der Insel zu leuchten«, sagte Grigán. »Und haltet die Laternen dicht über den Boden. Wir müssen sehen können, wo wir die Füße hinsetzen, aber schließlich wollen wir nicht das ganze Schöne Land auf uns aufmerksam machen.«

Sie machten sich auf den Weg. Yan führte die Gruppe an, gefolgt von Grigán, der ihm mit seinem Bogen Rückendeckung gab. Als Nächstes kamen Lana, die von Rey mit seiner Armbrust beschützt wurde, Bowbaq und Corenn. Léti bildete die Nachhut. Ohne sich abzusprechen, hatten die Gefährten die strategisch beste Reihenfolge gewählt. Alle bemühten sich, so wenig Lärm wie möglich zu machen, ohne dass Grigán sie darauf hinweisen musste. *Sie haben eine Menge dazugelernt,* dachte er zufrieden.

Der Legende zufolge lebte Usul auf dem Berg in der Mitte der Insel, auf den sie nun zumarschierten. Doch nach kaum zwanzig Schritten blieb Yan plötzlich stehen.

»Hier liegt ein Kadaver«, sagte er mit rauer Stimme.

Grigán ging in die Hocke, um das Aas zu untersuchen, wodurch er für Aufruhr unter den Maden sorgte, die sich dort eingenistet hatten. Es handelte sich um die Leiche eines ausgewachsenen Aurochs. Sie war nahezu unversehrt, abgesehen von zahlreichen kleinen Bissen.

»Im Schönen Land gibt es keine Aurochen«, sagte Bowbaq beunruhigt. »Wie ist das möglich?«

»Aber hier gibt es doch auch keine, Bowbaq«, erwiderte Rey. »Zumindest keine lebenden.«

»Woran ist das Tier gestorben?«, fragte Lana. »War es krank?«

»Vielleicht«, sagte Grigán knapp. »Lasst uns weitergehen. Wir müssen so schnell wie möglich runter von dieser Insel.«

Grigán hatte schon eine Menge Kadaver gesehen, doch noch nie hatte er von einer Krankheit gehört, bei der die Tiere ihr gesamtes Blut verloren, so wie es diesem Auroch ergangen war. Auf der Insel musste es irgendwelche Blutsauger geben, Vampirfledermäuse oder Ähnliches.

Er wollte seine Gefährten mit dieser Nachricht nicht beunruhigen, doch das sollte sich als Fehler erweisen.

Der Schatten hat keinen ruhigen Schlaf. Zahlreiche Gedanken sind in diesem Augenblick auf ihn gerichtet, und manche von ihnen sind sehr mächtig. Er nimmt sie wahr, obwohl er schläft.

Er träumt davon, über das Meer und durch die Nacht zu fliegen und die Angst und den Schmerz der Menschen zu spüren. Es ist ein schöner Traum. Manchmal mischen sich Bilder von Kindern, einem Tal und einer Pforte in seinen Traum, die er nicht versteht und an die er sich nicht erinnert. Sie bereiten ihm Unbehagen. Sein Hass auf die Menschen wächst. Er verscheucht die Träume und begibt sich auf die Suche nach den Gedanken, die ununterbrochen zu ihm sprechen, wie ein fernes Rauschen.

Er erkennt sofort die Gedanken seines Freundes und freut sich über ihre Stärke. Aber nicht nach ihnen sucht er. Mühelos entdeckt er Hunderte anderer Gedanken und stößt sie verächtlich fort. Sie sind seiner Aufmerksamkeit nicht wert. So durchstreift er die Geister von Abertausenden von Lebewesen, hohlen Schwätzern mit leeren Gedanken.

Er erwacht halb aus dem Schlaf und zwingt sich, noch aufmerksamer zu lauschen. Endlich hört er interessantere Geräusche, nämlich die Gedanken der Menschen, die er bald töten wird. Sie hassen ihn. Sie fürchten ihn. Das freut den Schatten, denn er zieht Kraft aus ihrem Hass und ihrer Furcht.

Als er endgültig aufwacht, könnte er sofort einen oder zwei dieser Menschen töten, mit einem kurzen Gedanken. Doch anschließend würde er lange Zeit schlafen müssen. Außerdem würde ihm das keine Freude bereiten. Bei seinem letzten Ausflug ins Reich der Sterblichen hat er Blut geleckt. Er mag die Abwechslung. Der Schatten langweilt sich schrecklich.

Wieder fällt er in einen tiefen Schlaf, voller Vorfreude auf die nächsten Tage. Bald wird er stark genug sein und keinen Schlaf mehr brauchen. Mit jedem Tag wächst seine Kraft.

Selbst im Schlaf lauscht er noch und entdeckt plötzlich einen weiteren Geist, der auf ihn gerichtet ist, in der Nähe seiner menschlichen Feinde. Einen Geist mit unermesslichen Kräften, sehr viel mächtiger als er selbst.

Er erkennt ihn und wacht abrupt auf. Usul. Jetzt erinnert er sich. Er erinnert sich an alles. Unbändiger Hass steigt in ihm auf, und er brüllt seinen Schmerz und seine Wut in die Nacht hinaus.

»Habt ihr das gehört?«

Grigán hieß seine Gefährten stehen bleiben und lauschte eine Weile den Geräuschen des Urwaldes. Doch er hörte nichts als das heisere Geschrei der Nachtvögel und das Sirren der Insekten.

»Was denn?«, fragte er Lana, die den Alarm gegeben hatte.

»Ehrlich gesagt, weiß ich es nicht«, sagte die Maz. »Eine Art Schrei. Ich muss mich verhört haben. Ich bin etwas nervös, verzeiht mir.«

»Ihr braucht Euch nicht zu entschuldigen. Gebt lieber zehnmal falschen Alarm als einmal zu wenig. Bitte zögert auch beim nächsten Mal nicht.«

Sie setzten sich wieder in Bewegung, und alle bis auf Lana, der der Schrei immer noch in den Ohren gellte, vergaßen den Zwischenfall. Aber bald dachte auch sie nicht mehr daran, sondern konzentrierte sich auf den mühsamen Marsch durch die Nacht und die bevorstehende Begegnung – die wichtigste ihres Lebens und möglicherweise ihre letzte.

Die Erben hatten immer noch nicht herausgefunden, wie die Guori die Insel bewachten. Bisher schien alles zu glatt zu laufen. Nun befiel sie eine neue Angst: Was, wenn es nichts zu bewachen gab? Was, wenn es auf der Insel ebenso wenig einen Gott wie fliegende Margoline gab?

In düstere Gedanken versunken, gelangten die Gefährten zum Fuß des Bergs. Sie befanden sich nun im Inneren der Insel, und das größte Tier, dem sie bislang begegnet waren, war ein scheues Mausäffchen gewesen. Die Insel wirkte vollkommen verlassen, was fast noch beängstigender war, als wenn sie bewaffneten Soldaten begegnet wären.

Grigán sah zu dem Berg hoch, der auf dem Festland eher als großer Hügel gegolten hätte. Der Hang war mit dichtem Gestrüpp bedeckt, nur der Gipfel bestand aus kahlem Fels. Dort oben würden ihnen keine Bäume oder Sträucher Schutz bieten. Falls auf der Insel irgendeine Gefahr lauerte, würden die Gefährten ihr bald ins Auge sehen.

»Lösch deine Laterne, Bowbaq«, befahl Grigán. »Wir nehmen nur noch eine.«

Der Riese gehorchte, und Yan legte ein Tuch über seine Laterne, um das Licht zu dämpfen. Bowbaq lief ein Schauer über den Rücken, als die Finsternis sie umhüllte. Er ballte die Fäuste und zuckte bei jeder Bewegung und jedem verdächtigen Rascheln zusammen.

Der Hang war nicht steil, und vereinzelte Grasbüschel dienten ihnen als Tritte. Trotzdem kamen sie nur langsam voran, da sie immer wieder stehen blieben und sich umsahen, und so brauchten sie für den Aufstieg noch einmal genauso lang wie vom Strand zum Fuß des Bergs.

Als der Gipfel nur noch fünfzig Schritte entfernt war, hatte sich Usul immer noch nicht gezeigt. Auch sonst war nichts zu sehen. Bei den letzten Sträuchern blieb Grigán stehen, weil er die anderen nicht in Gefahr bringen wollte. Als Corenn sein Zögern spürte, trat sie mit entschlossenen Schritten aus dem schützenden Dickicht. Bald holten die anderen sie ein.

Der Berg war ein erloschener Vulkan. Sie entdeckten Felsspalten und erkaltete Lava, die noch aus der Zeit der Zwei Reiche zu stammen schien.

»Usul ist aber kein besonders höflicher Gastgeber«, sagte Rey. »Ich glaube nicht, dass ich ihn so bald wieder mit meinem Besuch beehre.«

»Dazu wird es ohnehin nicht kommen«, sagte Corenn.

Niemand wagte zu fragen, wie sie das meinte. Sie wollten unter keinen Umständen hören, dass Corenn um ihr Leben fürchtete, denn sie hatten ihre Zuversicht bitter nötig.

Ehe sie sich versahen, standen sie auf einem ebenen Plateau von ungefähr dreißig Schritten Durchmesser. Langsam drehte sich Grigán im Kreis, starrte in die Finsternis und zielte mit dem Bogen ins Dunkel. Noch an Bord der *Othenor* hatte er einen Pfeil in die Sehne gespannt.

»Hier ist nichts«, sagte Rey mürrisch. »Uuu-suuul!«, rief er, erst ein Mal und dann ein zweites Mal lauter. »Wir sind hier! Du hast Besuch!«

»Haltet den Mund!«, befahl Grigán in einem Tonfall, den er schon lange nicht mehr angeschlagen hatte. »Wollt Ihr unbedingt, dass wir entdeckt werden?«

»Aber hier ist doch niemand, teurer Freund. Weit und breit niemand!«

Léti konnte nicht fassen, dass ihr Plan gescheitert war. Sie trat zu Lana. »Maz«, sagte sie respektvoll. »Wo ist Usul? Warum ist er nicht hier?«

Lana zuckte mit den Schultern. Sie schämte sich für ihre Unwissenheit. Was konnte sie der jungen Frau schon sagen, die ihr so viel Vertrauen entgegenbrachte?

»Hier ist etwas«, sagte Yan plötzlich. »Seid vorsichtig, wenn ihr näher kommt.«

»Was ist es? Wieder ein Kadaver?«

»Seht selbst.«

Die Erben umringten den jungen Mann, der ihre einzige Laterne trug. Yan hielt sie dicht über den Boden und beleuchtete die Wände eines Kraters, die schroff in die Tiefe abfielen. Langsam umrundete er das Loch und verkündete dann, es habe einen Durchmesser von vier Schritten.

»Wir hätten hineinfallen können«, sagte Corenn bestürzt. »Ich hätte wissen müssen, dass ein erloschener Vulkan einen Krater hat.«

»Glaubt Ihr, Usul lebt dort unten?«

Alle wandten sich Maz Lana zu. Ihr blindes Vertrauen brachte die Priesterin in Verlegenheit.

»Ich weiß nicht«, gestand sie. »Möglich ist es.«

»Seit Ihr jetzt etwa vom Glauben abgefallen?«

»Ihr habt recht. Ich glaube, dass die Götter unter den Menschen leben, und ich glaube, dass Usul auf einer Insel im Schönen Land gefangen ist. Deshalb lautet meine Antwort: Ja. Usul der Wissende ist dort unten.«

Neugierig beugten sich alle über den Krater, und unter den entsetzten Augen Bowbaqs warf Léti ein Steinchen in das Loch. Für den abergläubischen Riesen war das ein Frevel, der gegen die Höflichkeit verstieß und ihnen Unglück bringen würde. Fünf Schritte unter ihnen hörten sie ein leises Platschen.

»Der Krater steht unter Wasser«, sagte Grigán enttäuscht. »Vielleicht gehört er zu einer Höhle, die bis zum Fuß des Bergs hinunterreicht, aber wir werden es wohl nie erfahren.«

Verdrossen starrten sie in das Loch. Sie würden auf Usuls Wissen verzichten müssen.

Mit einem Mal bildete sich ein Wirbel. Eine Fontäne schoss aus dem Krater und spritzte sie nass. Ebenso plötzlich beruhigte sich das Wasser wieder.

»Ein Zeichen«, rief Lana aufgeregt. »Usul gibt uns ein Zeichen!«

»Dafür gibt es bestimmt eine natürliche Erklärung«, widersprach Grigán.

Yan beobachtete seine Freunde, die sich unschlüssig

um den Krater scharten, und warf dann einen Blick in das finstere Loch, das vielleicht Antworten auf all ihre Fragen bereithielt. Es war einer jener Augenblicke, in denen eine einfache Entscheidung ein ganzes Leben verändert. Er setzte die Laterne auf dem Boden ab.

»Ich gehe runter«, sagte er und zog sich die Schuhe aus.

»Bist du verrückt?«, rief Léti. »Das wirst du nicht tun! Warte wenigstens, bis es Tag wird.«

»Das geht nicht«, sagte Grigán. »Wir müssen das Schöne Land noch vor Sonnenaufgang verlassen.«

»Ich tauche nur ein paar Schritte in die Tiefe«, sagte Yan, während er seine Kleider abstreifte. »Wenn dort unten ein Gott ist, wird er mit mir sprechen. Wenn nicht, haben wir es zumindest versucht.« Yan glaubte selbst nicht an seine Worte. Er hatte entsetzliche Angst.

»Ich bin diejenige, die hinuntergehen sollte«, sagte Lana mit zitternder Stimme. »*Ich* sollte mich der Gefahr stellen.«

»Könnt Ihr schwimmen?«, fragte Yan, während er sich weiter auszog.

Die Maz schwieg. Sie war versucht zu lügen, aber das wäre dumm gewesen. Wenn sie in den Krater stieg, würde sie ertrinken.

»Ich kann schwimmen«, sagte Léti. »Ich gehe.«

»Zu spät«, sagte Yan und setzte sich auf den Rand.

»Warte«, sagte Grigán.

Er zog das solide Seil, das er Raji abgekauft hatte, aus Bowbaqs Bündel. Yan verstand sofort, was er vorhatte, und knotete sich ein Ende um die Brust. Grigán befestigte das andere Ende an einem Felsen.

Yan lächelte seinen Gefährten zu. Nur Corenn und Rey

erwiderten sein Lächeln, um ihm Mut zu machen. Die Gesichter der anderen waren besorgt.

Yan schob sich über die Kante, stemmte die Füße gegen die Felswand und packte das Seil mit den Händen.

Auf der Insel Ji hatte er eine halsbrecherische Kletterpartie unternommen, um Léti das Leben zu retten. Aber tat er es jetzt nicht aus demselben Grund?

Sein linker Fuß berührte den unterirdischen See, und er ließ sich behutsam ins Wasser gleiten. Kurz befiel ihn Angst vor einem Seeungeheuer, das ihn in die Tiefe ziehen würde, um ihn zu verschlingen.

»Das Wasser ist kalt!«, rief er nach oben, zum Licht und zu seinen Freunden, die unerreichbar schienen. »Bis gleich!«

Dann tauchte er unter.

Léti, Corenn, Grigán, Bowbaq, Rey und Lana zählten die Augenblicke bis zur Rückkehr ihres Freundes. All ihre Aufmerksamkeit war auf das dunkle Loch gerichtet, in dem Yan verschwunden war.

Die Gefährten sahen nicht, wie mehrere Paar leuchtend roter Augen sie umzingelten. Es wurden immer mehr, und sie kamen immer näher. Sie gierten nach frischem Blut.

Yan öffnete die Augen, obwohl das sinnlos war. In der Höhle war es stockfinster. Er konnte nicht einmal die eigene Hand vor Augen sehen. Er schwamm tiefer und tiefer, drückte sich von den Felswänden ab und befürchtete ständig, sich den Kopf an einem Vorsprung zu stoßen.

Das Seil störte ihn beim Schwimmen, aber es half gegen die Angst. Yan hoffte, irgendwo in der Höhle eine Luftkammer zu finden, in der Usul auf ihn wartete. Anderenfalls wusste er nicht, was er tun sollte. Ihm ging bereits die Luft aus, aber er zwang sich, immer tiefer zu tauchen.

Er schätzte, dass er sich nun zehn Schritte unter der Wasseroberfläche befand, vielleicht etwas mehr. Bislang hatte er keinen Seitengang gefunden, der möglicherweise in eine unterirdische Höhle führte. Vielleicht war er aber auch an einer Öffnung vorbeigeschwommen, ohne es zu bemerken. Ihm kam der entsetzliche Gedanke, dass er mehrmals würde tauchen müssen, um alle Wände abzutasten. Doch erst einmal wollte er bis zum Grund schwimmen.

Die Wände wurden glatter, und der Krater verengte sich. Ab und zu strich irgendetwas sanft an Yans Händen und Füßen entlang. Er hoffte, dass das die Strömung war und keine bösartigen Unterwasserlebewesen. Obwohl er kaum noch Hoffnung hatte, Usul zu finden, tauchte er tiefer und tiefer.

Er hatte das Gefühl, die bekannte Welt längst verlassen zu haben. In welcher Tiefe befand er sich jetzt? Nur dank des Seils wusste er, wo oben und unten war. Ihm wurde schwindlig vor Atemnot. Er biss die Zähne zusammen und machte einen weiteren kräftigen Schwimmzug.

Sein Gesicht stieß gegen etwas Hartes, und er paddelte wie wild mit Armen und Beinen, doch es war nur Sand. Yan tastete seine Umgebung ab, um sich zu vergewissern, dass er tatsächlich auf dem Grund angelangt war.

Er musste atmen, und zwar sofort. Yan öffnete die Augen und starrte in die Finsternis, sah aber nicht mehr als mit geschlossenen Lidern. Hastig stieß er sich vom Boden ab, um wieder nach oben zu schwimmen.

Eine tiefe, herablassende Stimme drang plötzlich in seine Gedanken ein und erfüllte ihn mit einem bislang ungekannten Grauen.

›Es wäre dumm, bis hierher herabzutauchen und dann gleich wieder die Flucht zu ergreifen‹, sprach Usul. ›Wir haben einander viel zu sagen.‹

Lana stieß einen Entsetzensschrei aus, als sie die glühenden Augen sah, die ihr aus der Finsternis entgegenstarrten. Die Erben vergaßen Yan und den Krater, denn nun schwebten sie selbst in unmittelbarer Gefahr. Fünfzig Augenpaare umzingelten sie.

»Rührt euch nicht«, flüsterte Grigán und bückte sich langsam zu der Laterne hinunter.

Behutsam entfernte er das Tuch, und Licht fiel auf die dreisteren der Biester, bevor sie in die Dunkelheit zurückwichen. Doch die Erben hatten genug gesehen. Selbst Grigán bekam eine Gänsehaut.

Die Augen gehörten zu mehr als zwei Fuß großen Ratten, die aufrecht auf den Hinterpfoten standen. Mit ihren großen Schneidezähnen, der platten Schnauze und den blutunterlaufenen Augen sahen sie aus wie Missgeburten. Sie schienen die nervöse Angewohnheit zu haben, die Krallen ihrer Vorderpfoten ein- und auszufahren. Mehrere Ratten hatten verkrüppelte Glieder, also waren sie keine Aasfresser, sondern Raubtiere.

»Was sind das für Tiere?«, fragte Lana Bowbaq flüsternd. »Sie sind riesig!«

»Ich weiß es nicht«, sagte der Riese ängstlich. »Grigán?«

»Von so großen Ratten habe ich noch nie gehört. Vielleicht stammen sie aus den Ländern des Ostens.«

»Warum warnt einen denn niemand vor diesen Biestern?«, fragte Rey anklagend.

»Vielleicht werden die Einheimischen gewarnt. Jeder Guori weiß vermutlich, wie gefährlich es ist, die Heilige Insel zu betreten«, sagte Corenn.

Grigán zog sein Krummschwert und Léti ihr Rapier. Rey hielt immer noch seine Armbrust in der Hand.

»Wir könnten versuchen, ihnen Angst zu machen«, schlug Rey vor.

»Sehen sie so aus, als wären sie leicht einzuschüchtern?«

Tatsächlich wurden die Ratten immer mutiger und näherten sich den Gefährten mit kleinen Hüpfern. Einige begannen, um das Licht der Lampe herumzutänzeln.

»Sie sind flink«, sagte Léti und schluckte.

»Und sie sehen zäh aus«, fügte Corenn düster hinzu.

Fast hätte sie gesagt: *Wenn sie angreifen, sind wir verloren.*

Selbst Bowbaq hielt es für geboten, sich mit seinem Streitkolben zu bewaffnen. Grigán gab Corenn einen Dolch, aber Lana weigerte sich, ein Messer in die Hand zu nehmen.

»Ich befehle es Euch«, sagte der Krieger. »Wenn Euch eins dieser Viecher an die Gurgel springt, werdet Ihr froh über die Waffe sein.«

Widerstrebend nahm die Maz das Messer entgegen und umklammerte den Griff unbeholfen mit beiden Händen. Die Ratten wurden immer dreister, und Lana schickte ein stilles Gebet an Eurydis. *Jeder muss eines Tages sterben*, dachte sie. *Aber so möchte ich nicht enden. Aufgefressen von diesen Bestien.*

Eine Ratte begann, grelle Pfiffe auszustoßen, und bald

taten es ihr sämtliche Artgenossen gleich. Das Geräusch ging allen durch Mark und Bein – ein Pfeifen aus fünfzig Kehlen.

»Passt auf«, sagte Grigán. »Ich habe eine Idee.«

Die Erben würden ihre Haut teuer verkaufen. Doch plötzlich zweifelte Léti an sich selbst. Sie hatte gelernt, gegen Menschen zu kämpfen, aber würde sie es auch mit wilden Tieren aufnehmen können?

»Rey«, rief Grigán. »Töte eins der Tiere in der hintersten Reihe. Wenn wir Glück haben, zerfleischen sie sich gegenseitig.«

Rey legte seine Armbrust an, ohne zu merken, dass Grigán ihn gerade zum ersten Mal geduzt hatte. Aber es war ohnehin nicht der richtige Moment, um Brüderschaft zu trinken. »Ich hoffe, sie haben keinen ausgeprägten Familiensinn«, murmelte er und schoss.

Eins der Tiere schrie vor Schmerz auf, und die Pfiffe verstummten abrupt. Die verwundete Ratte wälzte sich am Boden und fuhr mit den Krallen durch die Luft. Die anderen wandten nur den Kopf und beobachteten sie aus der Ferne. Schließlich stürzten sich zwei der Biester auf das Tier, da sie es für leichte Beute hielten. Aber die Ratte kämpfte wie ein Dämon und schlug ihre Artgenossen in die Flucht.

Die verletzte Ratte rappelte sich wieder auf und brüllte ihre Wut heraus. Der Bolzen von Reys Armbrust steckte noch immer in ihrem Bauch, und sie hatte nichts von ihrer Angriffslust eingebüßt.

Die Ratten nahmen das als Zeichen, dass ihre Opfer schwach waren, und zogen den Kreis enger.

Yan brauchte Luft. Sofort. Sein Kopf fühlte sich an, als würde er jeden Moment zerspringen. Er musste zurück an die Oberfläche, sonst würde er Wasser in die Lunge bekommen und ertrinken.

Aber Usul hatte zu ihm gesprochen. Der Gott Usul, Usul der Wissende. Daher zögerte Yan mit dem Auftauchen, und dieser kurze Moment konnte ihm zum Verhängnis werden. Vielleicht lag darin die Gefahr der Neugier: Sie führte die Menschen in den Untergang.

Plötzlich verschwand seine Atemnot. Yan schwebte in dem pechschwarzen Wasser und spürte nicht länger den Drang, an die Oberfläche zurückzukehren. Seine Füße berührten den Sand. War er ertrunken? War er schon tot? Hatte er den Verstand verloren? Vielleicht hatte er Usuls Worte in einem Unterwasserrausch gehört. Oder hatte er sich das alles nur eingebildet?

›Menschen sind so vorhersehbar‹, sagte der Gott bedauernd. ›So langweilig. Bislang hat mich niemand mit ein bisschen Originalität aufgesucht.‹

Yan öffnete den Mund, um zu antworten, und Wasser drang hinein. Er hatte vergessen, wo er sich befand. Instinktiv spuckte er aus und wunderte sich, dass kein Wasser in seine Lunge gedrungen war. Dann ging ihm auf, dass er unter Wasser atmen konnte, obwohl das allen Naturgesetzen widersprach.

›Könnt Ihr mich hören?‹, dachte er und kam sich lächerlich vor. ›Bewahrt *Ihr* mich vor dem Ertrinken?‹

›Natürlich. Hast *du* etwa die Macht dazu? Natürlich nicht. Die Welt mag mir nicht offen stehen, aber an diesem Ort herrsche ich. Deshalb musst du aufpassen, mich nicht zu verärgern.‹

Yan konnte es immer noch nicht fassen. Er sprach tat-

329

sächlich mit einem Gott. Das Gefühl war überwältigender als alles, was er je erlebt hatte. ›Wo seid Ihr?‹

›Du willst mich sehen? Meist bereuen die Menschen diesen Wunsch. Willst du mich tatsächlich sehen?‹

›Ja.‹

›Gut! Das wird amüsant.‹

Das Wasser wurde heller und heller, aber Yans Blick blieb seltsam trüb. Er fragte sich, ob Licht in die Höhle fiel oder sich einfach nur seine Wahrnehmung veränderte. Doch was spielte das schon für eine Rolle?

Die Felswände leuchteten golden, als bestünden sie aus dem Edelmetall. Wie Yan erwartet hatte, mündete der Krater tatsächlich in eine unterirdische Höhle. Sie schien den gesamten Berg auszufüllen, aber da Yan nur verschwommen sah, konnte er das nicht genau sagen. Auf der Suche nach Usul ließ er seinen Blick schweifen.

Erst dachte er, es gebe keine Lebewesen in der Höhle, aber dann sah er in der Ferne einen kleinen Fisch. Er sah sich noch einmal um, entdeckte aber sonst nichts. Yan beobachtete den Fisch, der immer näher kam, und stieß einen stummen Schrei aus, der in dem Wasser verhallte.

Der Fisch war in Wirklichkeit riesig und grauenvoll: ein zehn Schritte langer Talantenhai. Der Raubfisch schwamm auf ihn zu und wich erst im letzten Moment aus. Yan erstarrte vor Entsetzen.

›Haie leben nicht im Süßwasser!‹, rief er in Gedanken.

›Dann muss ich wohl über gewisse Kräfte verfügen‹, antwortete Usul spöttisch.

Yan zwang sich zur Ruhe. Anscheinend hatte der Gott nicht vor, ihn zu töten, jedenfalls nicht sofort.

›Ist das Eure richtige Gestalt?‹

Der Gott ließ sich Zeit mit der Antwort. ›Stellst du mir diese Frage tatsächlich?‹

›Wie meint Ihr das?‹

›Durch den Willen der Menschen bin ich Usul, der Wissende‹, sagte der Gott monoton. ›Ich kenne das Schicksal, bevor es sich erfüllt. Doch mein Wissen hat einen Preis. Wenn du Antworten willst, musst du sie dir verdienen.‹

›Wie das?‹, fragte Yan beunruhigt.

›Indem du für meine Zerstreuung sorgst. Ich leide unter der schlimmsten Langeweile, die je ein denkendes Wesen gekannt hat. Die Zeit ist mein grausamster Kerkermeister. Ich sehe, wie sich die Augenblicke und Tage aneinanderreihen, und warte darauf, dass geschieht, was ich vorhergesehen habe. Nur die Menschen, die mich aufsuchen, sorgen für ein wenig Abwechslung.‹

Jetzt zog der Haifisch Kreise um ihn. Yan vergewisserte sich verstohlen, dass der Knoten des Seils sich nicht gelockert hatte.

Usul fuhr fort: ›Nur wer sein Schicksal kennt, kann es verändern. Nur wer sein Schicksal kennt, handelt unvorhersehbar. Und das Unvorhersehbare bringt Abwechslung. Deshalb gebe ich dir auf jede deiner Fragen zwei Antworten. Die zweite verrät dir etwas über deine Zukunft.‹

›Wie kann sich die Zukunft verändern, wenn Ihr sie bereits vorhergesehen habt?‹

›Weil deine Zukunft ungewiss wird, sobald ich sie dir enthülle. Manchmal führt man ein Ereignis herbei, indem man es um jeden Preis verhindern will. Oder man verhindert es, indem man alles daransetzt, dass es geschieht. Außerdem ist mir mein eigenes Schicksal unbekannt. Ich sah deinen Besuch voraus, aber ich weiß nicht, wie er ausgehen wird. Als du zu mir kamst, legte sich ein

331

Nebelschleier über die Zukunft, über deine, über meine, über die deiner Freunde und sogar über die eines großen Teils der bekannten Welt.‹

›Und wenn ich nichts tue? Wenn ich handele, als wäre nichts geschehen, trotz Eurer Prophezeiungen?‹

›Man kann nicht *nichts* tun. Sobald du die Zukunft kennst, ändert sich dein Verhalten. Nichts tun ist auch eine Handlung.‹

Yan versuchte, Ordnung in seine Gedanken zu bringen. Er musste sich gut überlegen, welche Fragen er stellen wollte, denn er fürchtete sich vor dem Fluch des übermenschlichen Wissens, dessen Ausmaß er soeben erst begriffen hatte.

›Ich habe die Regeln verstanden‹, sagte er. ›Ich akzeptiere sie. Fangen wir an.‹

Grigán lief auf die Ratten in der ersten Reihe zu und tötete drei mit einem einzigen Schwerthieb, bevor sie sich auf ihn stürzen konnten. Daraufhin gingen ihre Artgenossen zum Angriff über.

Bowbaq beschützte Corenn und Lana mit Rundumschlägen seines Streitkolbens. Einige Ratten fielen in den Krater, und Corenn dachte mit Grauen daran, was mit Yan geschehen würde, falls die Bestien schwimmen konnten. Aber sie war selbst in zu großer Bedrängnis, um sich um ihn kümmern zu können.

Zwei Ratten sprangen Bowbaq an, bissen sich in seinem Arm fest und rissen ihm mit ihren Krallen die Haut auf. Unter Geheul pflückte er sie sich vom Körper und brach ihnen mit der bloßen Hand das Genick. Fortan ließen die Ratten ihn in Frieden, nicht aber die anderen Erben.

Grigán stand mitten in der Horde von Ratten und metzelte sie mit dem Schwert nieder. Doch im Blutrausch bissen und kratzten die Bestien selbst dann noch, wenn ihre Leiber längst entzweigeschnitten waren. Ihre Zähne drangen durch Grigáns Lederkluft, ihre Krallen bohrten sich in seinen Körper. In kürzester Zeit hatte Grigán fünfzehn Tiere getötet und sich dreißig tiefe Wunden am ganzen Körper zugezogen. Kämpfend bahnte er sich den Weg zurück zu Bowbaq.

Léti und Rey kämpften Seite an Seite und gaben sich gegenseitig Deckung. *Fester Stand*, dachte sie und versetzte einer Ratte einen Tritt. Das Tier flog in hohem Bogen durch die Luft. *Wacher Geist*, dachte sie und durchbohrte zwei Ratten, die zu nahe beieinander standen, mit einem einzigen Stoß. *Sichere Hand*, dachte sie und spießte ein Tier, das ihr an die Kehle springen wollte, mitten in der Luft auf.

Grigáns Grundsätze halfen ihr, sich nicht von der Angst lähmen zu lassen und nicht die Beherrschung zu verlieren. Nur einmal wallte Zorn in ihr auf. Ihre Schlagkraft verzehnfachte sich, doch sie wurde auch leichtsinnig. Rasch riss sie sich zusammen und kämpfte wieder ruhig, flink und mit einer Geschicklichkeit, die sie selbst überraschte.

Doch den Gefährten gelang es nicht, die Oberhand zu gewinnen. Als sie Grigán zurückweichen sah, folgte Léti ihm, und Rey schloss sich ihnen an. Die Ratten zögerten, bevor sie sich wieder zusammenrotteten und ihre Beute umzingelten.

»Warum zerfleischen sie sich nicht endlich gegenseitig?«, fragte Rey keuchend.

Wie seine Gefährten blutete er aus zahlreichen Wunden an Armen, Beinen und im Gesicht. Der Kadaver einer Ratte hing immer noch an seinem Unterschenkel. Er schüttelte sie fluchend ab und trat sie fort, in Richtung ihrer Artgenossen.

Die Bestien rochen das Blut und stürzten sich auf die Leiche. Schmatzend saugten sie toten und verwundeten Ratten gleichermaßen das Blut aus.

»Da sind noch mehr«, sagte Léti mit gebrochener Stimme.

Auch Grigán hatte die Tiere entdeckt. Bisher hatten die Gefährten gegen fünfzig Ratten gekämpft, doch nun stürmten mindestens zweihundert den Hang hinauf, angelockt vom Geruch des Bluts.

»Sie werden sich nicht mit den Kadavern begnügen«, sagte Bowbaq mit bemerkenswertem Gleichmut.

Grigán nahm die Laternen vom Boden auf und entzündete die zweite am Docht der ersten. »Versucht, Feuer zu machen«, sagte er und hob eine der toten Ratten auf. »In einem großen Kreis um euch herum.«

»Grigán, was tut Ihr?«, fragte Corenn beunruhigt.

»Ich verschaffe uns Zeit!«

Mit großen Schritten rannte er den Hang hinab, die Laterne in der einen, den Kadaver und das Krummschwert in der anderen Hand. Die Ratten rochen das Blut, als er an ihnen vorbeikam, und wandten ihm die Köpfe zu, so wie sie es bei dem Tier getan hatten, auf das Rey mit der Armbrust geschossen hatte. Zwei Ratten hefteten sich an seine Fersen, dann zehn, dann dreißig, und schließlich packte das Jagdfieber fast alle Tiere.

»Kommt zurück, Grigán! Ich flehe Euch an!«, rief Corenn mit Tränen in den Augen.

Doch der Krieger hörte sie schon nicht mehr.

›Wie lautet deine erste Frage, junger Mensch?‹

Mit klopfendem Herzen dachte Yan nach. Er wollte auf keinen Fall, dass Usul ihm etwas allzu Wichtiges über seine Zukunft verriet. Er beschloss, mit einer leichten Frage zu beginnen, um einschätzen zu können, wie gefährlich Usuls Antworten waren. Er würde dem Gott die Frage stellen, die sie auf die Heilige Insel geführt hatte.

›Wo befindet sich das Tagebuch des Maz Achem aus Ith, Maz Lanas Urgroßvater?‹

›Das ist einfach. Die Antwort wird dir nicht viel nützen, daher verrate ich dir auch nur ein belangloses Detail aus deinem Leben. Du wirst mit deiner Freundin Léti den Bund schließen.‹

Yan war wie vor den Kopf geschlagen. Verwirrende Gefühle stürmten auf ihn ein. Ein belangloses Detail? Was würde Usul ihm dann als Nächstes enthüllen? Würde er tatsächlich mit Léti den Bund schließen? Veränderte sich die Zukunft, sobald man sie kannte?

Nun begriff er, worin Usuls Fluch bestand. Am liebsten wäre er sofort wieder nach oben geschwommen, zu seinen Freunden und einer Zukunft, die im Dunkeln lag, doch die anderen verließen sich auf ihn. Usul war ihre einzige Chance, etwas herauszufinden und zu überleben – um den Preis ewiger Seelenqualen.

›Wo befindet sich Maz Achems Tagebuch?‹, wiederholte Yan und versuchte, seine Gefühle unter Kontrolle zu bringen.

›In den Geheimarchiven des Großen Tempels der Eurydis, meiner Schwester, in der Heiligen Stadt Ith. Ich könnte dir den genauen Ort nennen, aber du wirst das Tagebuch finden, wenn du dich dorthin begibst.‹

Welche Ironie des Schicksals! Lana war Hunderte Meilen gereist, um das Tagebuch zu finden, und dabei hatte es sich die ganze Zeit unter ihren Füßen befunden.

Yan wollte fragen, ob das Tagebuch den Erben bei ihrer Suche weiterhelfen würde, besann sich aber eines Besseren. Der Preis, den er für die Antworten zahlte, war einfach zu hoch, und so beschloss er, nur noch zwei Fragen zu stellen. ›Wohin führt die Pforte auf der Insel Ji?‹

›Das ist eine wichtige Frage‹, sagte der Gott zu Yans Verzweiflung. ›Da die Antwort die gesamte Menschheit betrifft, werde ich dir einen Teil deiner Zukunft enthüllen, der ebenfalls viele Menschen angeht. Aber glaube nicht, dass du damit aus dem Spiel bist: Deine Zukunft ist untrennbar mit diesem Geschehen verbunden. Dein Handeln kann es entscheidend verändern. Nur selten bin ich einem Menschen mit einem derart einflussreichen Schicksal begegnet.‹

›Und was ist das nun für eine Enthüllung?‹, fragte Yan ungeduldig, da ihn die Nähe des Hais allmählich nervös machte.

Er konnte nicht fassen, dass ein Gott eine so abstoßende Gestalt annahm, aber Usul schien jede Form der Zerstreuung recht zu sein. ›Was ihr die bekannte Welt nennt, wird bald von einem blutigen Krieg überzogen werden. Keines eurer Völker wird davon verschont bleiben. Das Matriarchat von Kaul und die gesamten Oberen Königreiche werden eine bittere Niederlage erleiden. Der Krieg bricht aus, noch bevor ein Jahr zu Ende geht.‹

›Ein Jahr! Aber … Ein Krieg gegen wen? Und warum?‹

›Ist das deine nächste Frage?‹

›Nein.‹

Das Gespräch nahm immer beängstigendere Züge an. Yan hatte große Lust, Usul dem Unheilverkünder zu widersprechen. Doch dann fiel ihm ein, wo er war, wer er war und wen er vor sich hatte.

›Und hier nun deine Antwort‹, sagte Usul. ›Hinter der Pforte befindet sich das Jal'dara oder Jal'karu, ganz wie du willst.«

›Was heißt das? Das ist zu wenig!‹

›Die Antwort ist ausreichend. Indem du dich für die Pforten interessierst, berührst du die Geheimnisse der Götter. Ein solcher Frevel missfällt uns. Ich versprach dir zu antworten, und das habe ich getan. Übertreib es nicht.‹

Das ließ Yan sich nicht zweimal sagen. Vielleicht war die Antwort tatsächlich ausreichend. Lana hatte das Jal'karu als das Land bezeichnet, in dem die Dämonen aufwuchsen. Hoffnungslosigkeit überfiel ihn.

›Ich habe noch eine letzte Frage. Doch bevor ich sie stelle, möchte ich wissen, was anschließend mit mir geschieht.‹

›Ich habe beschlossen, dich gehen zu lassen. Du warst zwar frech, aber dein Schicksal ist so eng mit dem der bekannten Welt verwoben, dass du meine Neugier geweckt hast. Ich werde dir sogar ein Geschenk machen. Nimmst du es an?‹

›Was ist es?‹

›Das wirst du erfahren, wenn es so weit ist. Nimmst du es an?‹

›Verratet Ihr mir noch mehr über meine Zukunft?‹

›Nein.‹

›Dann nehme ich es an‹, sagte Yan, ohne zu wissen, ob er die Entscheidung nicht im nächsten Augenblick bereuen würde.

Der Hai schwamm langsam auf ihn zu, wie schon mehrere Male zuvor. Doch diesmal schwamm er nicht um Yan herum. Yan musste all seine Willenskraft aufbieten, um nicht zu fliehen. Doch der Raubfisch rammte ihn nicht, sondern streifte nur Yans linken Arm mit der gesamten Länge seines Körpers.

›So. Das war es.‹

›Was habt Ihr getan?‹, fragte Yan. ›Ich spüre nichts.‹

›Ich sagte doch, dass du es erfahren wirst, wenn es so weit ist. Stell deine letzte Frage.‹

Der junge Mann nahm all seinen Mut zusammen. ›Wer hetzt uns die Züu auf den Hals?‹

›Hm! Das ist viel zu einfach. Die Antwort hilft dir sehr. Ihr Preis wird hoch sein, sehr hoch. Bist du sicher, dass ich die Frage beantworten soll?‹

›Sagt Ihr mir meinen eigenen Tod voraus?‹

›Nein! So etwas macht mir schon lange keinen Spaß mehr. Es geht um etwas anderes. Was ist?‹

›Ich möchte die Antwort hören‹, sagte Yan, und sein Herz klopfte zum Zerspringen.

›Dein Freund Grigán wird sterben, noch bevor ein Jahr vergangen ist. Wie wird die Zukunft wohl aussehen, jetzt, da du das weißt? Ich brenne darauf, es zu erfahren!‹

Yan war zutiefst erschüttert. Er bekam kaum noch mit, wie Usul ihm den Namen ihres Widersachers nannte. Die Antwort erschien ihm mit einem Mal belanglos.

Bowbaq zog den erschöpften Yan aus dem Krater. Léti, Rey, Corenn und Lana umringten ihn und warteten mit ernsten Gesichtern darauf, dass er etwas sagte. Yans Blick wanderte von dem Feuerkreis, den sie entzündet hatten, zu den Rattenleichen und den roten Augen, die hinter den schützenden Flammen in der Dunkelheit leuchteten.

»Wo ist Grigán?«, fragte er beunruhigt.

Léti brach in Tränen aus, und Lana führte Yan zu dem Krieger. Er lag auf dem Boden, und sein Körper und Gesicht waren mit tiefen Wunden übersät.

»Ist er tot?«

»Nur ohnmächtig«, antwortete Corenn mit zitternder Stimme. »Er hat sich geopfert, um uns das Leben zu retten.«

»Ich fürchte, er hat sich mit einer Krankheit angesteckt«, erklärte Rey. »Einige Ratten hatten irre Augen. An den Wunden wird er nicht sterben, aber wir müssen ihn so schnell wie möglich zu einem Heiler bringen.«

Yan nickte traurig. Wissen konnte tatsächlich ein Fluch sein.

»Hast du Usul gefunden?«, fragte Corenn.

»Ja. Unser Feind ist Saat der Ökonom.«

»Einer der Abgesandten«, rief die Ratsfrau aus. »Und er lebt immer noch …«

Yan setzte sich neben Grigán und ließ ihn nicht aus den Augen. Ihm war nicht nach Sprechen zumute, und dabei hatte er seinen Gefährten so vieles erzählen.

<u>Lesen Sie weiter in:</u>

Pierre Grimbert

DIE MAGIER
Götter der Nacht

KLEINES LEXIKON DER BEKANNTEN WELT

ALIOSS

Der Anführer. Alioss ist der Gott der Familienväter, Klanchefs und Königsgeschlechter Gritehs. Nur Männer der oberen Stände dürfen ihm dienen: Krieger, Priester, Edelmänner und Handwerker. Frauen, Bettlern und Verbrechern ist es verboten, auch nur den Namen des Allmächtigen auszusprechen.

Die Göttin Aliara erfüllt eine ähnliche Rolle für die weiblichen Einwohner Gritehs, auch wenn sie kein so hohes Ansehen genießt. In den Unteren Königreichen muss der König jedem Tempelbau seinen Segen erteilen, und kein König würde je erlauben, dass sich Frauen in einem Tempel versammeln.

ALT

Der Alt ist der größte Fluss der bekannten Welt. Er entspringt in den höchsten Bergen des Rideau, fließt durch Itharien und Romin und mündet schließlich in den Spiegelozean.

Einer goronischen Legende zufolge werden die Toten eines Tages in riesigen Geisterschiffen den Fluss heruntergefahren kommen, um sich für alles Leid zu rächen, das ihnen zu Lebzeiten angetan wurde. Hin und wieder behauptet jemand, die Vorhut dieser Armee der Finsternis gesehen zu haben. Aus diesem Grund lassen manche Häfen nach Einbruch der Dunkelheit kein Schiff mehr einlaufen.

ALTES LAND
Anderer Name des Königreichs Romin.

ALUÉN
Auch wenn sein Geburts- und Todesjahr nicht überliefert sind, geht man davon aus, dass Aluén gegen Ende des achten Eons kurz nach dem Untergang des Itharischen Reichs in Partacle herrschte.

Während sich die Itharier der Religion zuwandten, nachdem Eurydis ihnen zum zweiten Mal erschienen war, lieferten sich die befreiten Völker blutige Bürgerkriege um die Reichtümer, die die einstigen Eroberer zurückgelassen hatten. Es heißt, dass Aluén einen Schatz anhäufte, der sogar den des Kaisers von Goran übertraf.

Dieser Schatz ist jedoch spurlos verschwunden. Einer Legende zufolge soll ein Teil des Schatzes im Grab seines Besitzers versteckt sein, allerdings weiß heute niemand mehr, wo sich dieses Grab befindet. Sieben Grabstätten wurden bereits erfolglos durchsucht, aber die Schatzjäger geben die Hoffnung nicht auf.

AMARIZIER
Amarizische Priester führen ein gottesfürchtiges und frommes Leben. Die meisten bleiben bis zu ihrem Tod innerhalb der Mauern eines Gemeinschaftstempels und vollziehen die religiösen Riten. Für manche Amarizier ist es jedoch der höchste Beweis ihrer Liebe zu Gott, Ungläubige zu bekehren, und so ziehen sie durch die Lande, um ›verlorene Seelen‹ zu retten.

Amarizier lehnen Theoretiker ab, da sie es für anmaßend halten, den göttlichen Willen auszulegen.

Es gibt viele Ausprägungen des amarizischen Glaubens –

vermutlich vielleicht ebenso viele wie Dörfer der bekannten Welt. In den Oberen Königreichen wird Odrel am häufigsten verehrt.

AÒN
Fluss in den Unteren Königreichen, der in den Jezebahöhen entspringt und bei Mythr ins Feuermeer mündet. Viele große Städte der Unteren Königreiche liegen am Ufer des Aòn: La Hacque natürlich, aber auch Quesraba, Tarul und Irzas.
Es hält sich hartnäckig das Gerücht, der Unrat der Menschen ziehe in der heißen Jahreszeit Raubfische aus dem Meer an. Sie schwämmen den Fluss bis La Hacque hoch und schreckten auch nicht davor zurück, Menschen anzugreifen und zu zerfleischen. Obwohl es in der Vergangenheit tatsächlich einige Attacken von Ipovanten gab und einmal sogar den Angriff eines Dornhais, sind solche Vorfälle äußerst selten.

ARGOS
Die Argosfelsen befinden sich in den Unteren Königreichen, ganz im Osten der Jezebahöhen. Berühmt sind sie vor allem für ihr Echo, das eindrucksvollste der bekannten Welt. Zahlreiche Legenden ranken sich um diese Felsen.
Es heißt, dass Echo von Argos habe ein Gedächtnis, und wer nur stumm dastehe und geduldig abwarte, dem gäben die Felsen irgendwann die Geheimnisse preis, die ihnen im Laufe der Jahrhunderte anvertraut wurden.

ARKISCH
Wichtigste Sprache Arkariens.

AVATAR
Inkarnation oder Verkörperung einer Gottheit in einer anderen Gestalt als seiner eigentlichen.

BELLICA
Die Bellica ist eine Spinne, die im Norden der Fürstentümer heimisch ist. Ihr Biss ist für den Menschen nicht tödlich, und sie greift nur bei zwei Gelegenheiten an: wenn ihr Nest bedroht ist oder wenn sie einer Artgenossin begegnet.
Aufgrund dieser Eigenschaft eignet sich diese Spinnenart gut für Schaukämpfe. Bellica-Kämpfe sind in den Unteren Königreichen ein beliebter Zeitvertreib. Es werden regelrechte Turniere veranstaltet, und die Wetteinsätze erreichen schwindelerregende Höhen. Der Todeskampf zweier Bellica-Spinnen ist ein beeindruckendes Schauspiel. Wenn die beiden handtellergroßen Tiere aufeinander losgelassen werden, stellen sie sich zunächst auf ihre vier Hinterbeine und versuchen, die Gegnerin mit Drohgebärden einzuschüchtern: Sie bewegen ihre Kieferklauen, vollführen nervöse kleine Sprünge und klappern mit den Beißwerkzeugen.
Es ist jedoch äußerst ungewöhnlich, dass eine der Gegnerinnen zu diesem Zeitpunkt aufgibt. Als Nächstes folgt ein Kampf auf Leben und Tod, in dem sich die Spinnen ineinander verbeißen. Sie versuchen, ihre Widersacherin mit ihrem Gift zu lähmen oder sie in ein Netz einzuspinnen. Oft gewinnt die scheinbare Verliererin im letzten Moment die Oberhand. Manche Spinnen stellen sich tot, um ihre Gegnerin zu täuschen. Andere gewinnen den Kampf, obwohl sie mehrere Beine verloren haben.
Die Siegerin frisst immer den Kopf der Verliererin, und

zwar nur den Kopf. Eine Spinne, die man daran hindert, verliert ihre Angriffslust und stirbt.

BROSDA
Ein Gott, der vor allem im Matriarchat von Kaul verehrt wird. Er ist der Sohn des Xéfalis und dem Spiegelbild Echoras.
Brosda ist der Gott der Fischer. Sein Reich ist weder das Wasser noch das Land, sondern die Grenze zwischen beiden. Er ist ein neutraler Gott und wird je nach Ort und Epoche verehrt oder gefürchtet. In den Geschichten über Brosda kommen auch Seeungeheuer vor, was vor allem den Kindern gefällt.

BRUDER
Die Mitglieder der Großen Gilde bezeichnen sich gegenseitig als Brüder. Andere Verbrechergilden haben die Bezeichnung übernommen.
Manche geben ihren Mitgliedern bei Eintritt sogar einen neuen Namen und bilden regelrechte ›Familien‹.

CREVASSE
Hauptstadt Arkariens, die zum Klan des Falkens gehört. Eigentlich haben nur Bewohner des Weißen Landes Zutritt zur Stadt, Fremde sind nur in Ausnahmen erlaubt. Diejenigen, die das Glück hatten, Crevasse besuchen zu dürfen, vergleichen sie wegen ihrer Größe mit Lorelia und wegen der Schönheit ihrer Bauwerke mit Romin.
Der Legende zufolge wurde die Stadt an einem Ort errichtet, an dem sich drei Minen befinden: eine Eisen-, eine Kupfer- und eine Goldmine. Dies sei auch der Grund für den unermesslichen Reichtum des Falkenklans, aus dem

zwei Drittel der arkischen Könige stammen und der somit die Geschicke des größten Lands der bekannten Welt lenkt.

DAÏ

Die Daï ist eine kleine Schlange, die in den Unteren Königreichen vor allem in den Ausläufern der Gebirge heimisch ist. Das ausgewachsene Tier ist zwei Fuß lang und wird bis zu drei Jahre alt. Seine Hautfarbe wechselt je nach Jahreszeit von Dunkel- zu Hellgelb.

Das Gift der Daï ist nicht tödlich – jedenfalls nicht in der üblichen Dosis –, erzeugt aber eine euphorische Trance mit Halluzinationen. Die Daï beißt ihre Beute in regelmäßigen Abständen, versetzt sie so in einen Tiefschlaf und hält sie über mehrere Dekaden am Leben, ähnlich wie Spinnen.

Das Gift ist eine beliebte Droge. Die Zucht von Daï-Schlangen hat in den Unteren Königreichen eine lange Tradition. Bei einigen Stämmen gilt es als Mutprobe, sich von einer Daï beißen zu lassen, da ihr Gift nicht wieder aus dem Körper gesaugt werden kann. Aber wie alle Drogen wird sie vielen zum Verhängnis: Man hört immer wieder von Menschen, die sich freiwillig in eine Schlangengrube stürzen und dort den Tod finden.

DARN-TAN

Darn-Tan war Graf von Uliterra, einer ehemaligen lorelischen Provinz zwischen dem Herzogtum Cyr-la-Haute und dem Herzogtum Kercyan. Einst führte Uliterra aus Gründen, die in Vergessenheit geraten sind, Krieg gegen das benachbarte Fürstentum Elisere und dessen Herrscher Iryc von Verona.

Der Brauch wollte, dass der Sieger den unterlegenen Herrscher, seine Familie und sein Domizil verschonte. Doch
Darn-Tan war bekannt dafür, diese Sitte zu missachten.
Einige Jahre zuvor hatte er das Schloss von Orgerai angezündet und den Fürsten und dessen zwei Töchter an einen Balken knüpfen lassen. Darn-Tan hatte auch diesmal
nicht die Absicht, seinen Feind mit dem Leben davonkommen zu lassen, und so ersann er eine komplizierte
List. Er rechnete damit, dass Iryc von Verona ihm misstrauen und einen Hinterhalt wittern würde, und genau
dann würde seine Falle zuschnappen.
Iryc von Verona, der keine Heimtücke kannte, entging
dem Hinterhalt, indem er sich verhielt, wie Darn-Tan es
nie erwartet hätte: arglos.

DEKADE
Zehn Tage. Zeiteinheit des eurydischen Kalenders.
Die Tage einer Dekade tragen Ordnungszahlen. Der ers-
te Tag ist der Prim, der letzte der Zim. Die anderen Tage
vom zweiten bis zum neunten heißen: Des, Terz, Quart,
Quint, Sixt, Septim, Okt und Non.
Die Dekade der Erde und die des Feuers haben nur neun
Tage. Der Okt wird übersprungen, auf den Septim folgt
sogleich der Non. Die Maz haben hierfür eine religiöse
Erklärung: Der Wegfall des Okten versinnbildlicht Eury-
dis' Sieg über die acht Drachen von Xétame.

DEKANT
Zeiteinheit goronischen Ursprungs. Ein Dekant entspricht
dem Zehntel eines Tages, also ungefähr zwei Stunden und
fünfundzwanzig Minuten unserer Zeit. Der erste Dekant
beginnt mit Sonnenaufgang, wenn der zehnte Dekant des

Vortages endet. Das Ende des dritten Dekants wird als Mit-Tag bezeichnet.

Das gemeine Volk gebraucht diese Zeiteinheit im Alltag eher grob, während die Gelehrten sehr viel präziser sind. Sie richten sich nicht nur nach der Sonnenuhr, sondern berechnen mit komplizierten Formeln den genauen Zeitpunkt des Sonnenaufgangs über der Stadt Goran. Diese Methode ist auch die einzige, die es ermöglicht, in der Nacht – also vom siebten bis zum zehnten Dekant – den Wechsel der Dekanten exakt zu bestimmen.

DEZILLE
Zeiteinheit goronischen Ursprungs. Eine Dezille entspricht dem Zehntel einer Dezime, also ungefähr einer Minute und sechsundzwanzig Sekunden unserer Zeit. Gemeinhin wird es nicht für nötig gehalten, die Zeit in noch kleinere Einheiten zu unterteilen. Offiziell existieren allerdings noch Divisionen und Schläge. Eine Division misst ungefähr acht Sekunden, ein Schlag weniger als eine Sekunde.

DEZIME
Zeiteinheit goronischen Ursprungs. Eine Dezime entspricht dem Zehntel eines Dekants, also ungefähr vierzehn Minuten unserer Zeit.

DONA
Die Göttin der Händler. Sie ist die Tochter Wugs und Ivies. Der Legende nach erschuf sie das Gold, um damit ihren Körper zu bedecken und so die Schönheit ihrer Cousine Isée zu übertreffen. Anschließend schenkte sie ihre Schöpfung den Menschen, damit diejenigen, die wie sie

vom Schicksal benachteiligt wurden, mit ihrer Klugheit auftrumpfen können, die durch den Besitz des Edelmetalls versinnbildlicht wird.

Zu Donas Unglück entschied der junge Gott Hamsa, den sie zum Schiedsrichter erkoren hatte, sich jedoch abermals für Isée. Daraufhin beschloss Dona, nie mehr auf das Urteil eines Einzigen zu vertrauen. Sie nahm sich zahlreiche Liebhaber und gilt seither auch als Göttin der Sinnesfreuden.

In Lorelien gibt ein Händler, der ein gutes Geschäft abgeschlossen hat, üblicherweise einem fremden Mädchen, das in Armut lebt, ein Almosen. Dieses Geld wird ›Donas Anteil‹ genannt. Leider gerät der Brauch immer mehr in Vergessenheit, da die meisten Anhänger Donas finden, die Opfergabe, die sie an den Tempel entrichten, sei ein ausreichender Beweis ihrer Hingabe.

Kein geschäftstüchtiger Händler würde je vergessen, Dona ein Opfer zu bringen, und sei es nur, um sich die Gunst derjenigen ›Priesterinnen‹ zu sichern, die der Göttin der Sinnesfreuden besonders ergeben sind.

DORNHAI

Der Dornhai oder auch Kletterhai ist ein Raubfisch im Feuermeer, der häufig mit der Panzermuräne verwechselt wird. Die durchschnittliche Größe eines ausgewachsenen Dornhais liegt bei fünf bis sieben Schritten, aber wenn man alten ramythischen Seemännern glaubt, existieren auch Exemplare mit einer Länge von zehn Schritten oder mehr.

In den Meeren tummeln sich jedoch weit imposantere Lebewesen, und der Dornhai wird nicht wegen seiner Größe gefürchtet. Er ist berüchtigt für seinen Blutdurst und vor allem für die zahlreichen ausfahrbaren Haken, die sich zwischen seinen Schuppen am Bauch befinden. Die Haken tragen ein Gift in sich, mit dem der Dornhai seine Beute lähmt.

Außerdem benutzt der Dornhai diese Haken, um wie eine Raupe lautlos an der Außenwand von Schiffen hochzuklettern. Aus diesem Grund gilt er als der gefährlichste Raubfisch, und die Hochseefischer haben sich zahlreiche Schutzmaßnamen ausgedacht. Zum Beispiel weisen viele Schiffe einen ›Glockenkranz‹ auf, ein schlauchförmiges, mit Alteisen gefülltes Netz, das rings um den Rumpf gehängt wird. Aus Aberglauben scheuen sich Seeleute, den Namen eines Mannes auszusprechen, der einem Dornhai zum Opfer gefallen ist, bevor sie das Festland erreicht haben.

EIHER

Arkisch. Fabeltier des Weißen Landes. Der Eiher wird entweder als riesiger Reiher mit Hörnern entlang der Wirbelsäule beschrieben oder als Schildkröte, deren Speichel in der Luft zu einem Pfeil gefriert, wenn sie ihr Opfer anspuckt. Obwohl diese beiden Beschreibungen unvereinbar sind, behauptet so mancher alteingesessene Arkarier, den Eiher in einer mondlosen Nacht bei der Jagd beobachtet zu haben. Aus Höflichkeit glauben die Arkarier beide Versionen.

EMAZ

Hohepriester des Großen Tempels der Eurydis und geistliche Oberhäupter aller Gläubigen. Es gibt vierunddreißig Emaz. Der Titel wird jeweils von einem Emaz auf einen Maz übertragen.

ERJAK

Arkisch. Jemand, der die Fähigkeit besitzt, die Gedanken der Tiere zu lesen und ihnen seine eigenen zu übermitteln.

EURYDIS

Hauptgöttin der Oberen Königreiche. Itharische Moralpriester brachten die Eurydisverehrung an die entlegensten Orte der bekannten Welt.

Die Geschichte der Göttin ist seit jeher mit der Heiligen Stadt verbunden. Im sechsten Eon waren die Itharier – die damals noch nicht so hießen – nichts als ein loser Zusammenschluss ehemaliger Nomadenstämme. Sie lebten am Fuß des Blumenbergs, einem der ältesten Berge des Rideau. Dieser Bund soll das Werk eines einzigen Mannes gewesen sein. Es heißt, König Li'ut von Ith wollte ein neues, mächtiges Königreich gründen und scharte alle unabhängigen Klans westlich des Alt um sich.

Er widmete sein ganzes Leben der Erfüllung dieses Traums, doch der Bau der Stadt Ith – der Heiligen Stadt, wie sie heute genannt wird – nahm mehr Zeit in Anspruch, als ihm zur Verfügung stand. Nach seinem Tod brachen die alten Rivalitäten zwischen den Klans erneut aus. Ohne Li'uts diplomatisches Geschick war der schöne Traum zum Scheitern verurteilt.

Daraufhin soll die Göttin Eurydis dem jüngsten Sohn Li'uts erschienen sein und ihm befohlen haben, das Werk seines Vaters fortzuführen. Comelk – so war sein Name – dankte der Göttin für ihr Vertrauen, äußerte jedoch die Befürchtung, nichts gegen die Zwietracht der Stämme ausrichten zu können. Eurydis bat ihn daraufhin, alle Klanführer zusammenzurufen, und Comelk kam ihrem Wunsch nach.

Eurydis sprach zu jedem von ihnen und befahl ihnen, dem Pfad der Weisheit zu folgen. Die Klanführer lauschten ihren Worten andächtig, denn so barbarisch und großmäulig sie auch waren, ließen Aberglaube und Tradition sie die Macht der Göttin fürchten.

Als sich Eurydis zurückgezogen hatte, beratschlagten die Anführer lange und befragten die Stammesältesten und Seher. Schließlich wurden alle Streitpunkte beigelegt. Die Klanführer schworen einander ewigen Frieden und schlossen den Itharischen Bund.

Die Jahre vergingen, und Ith entwickelte sich von einer ansehnlichen zu einer wahrhaft eindrucksvollen Stadt. Zu jener Zeit konnte nur noch Romin mit der Hauptstadt des jungen Königreichs wetteifern. Die Stämme vermischten sich, und der alte Zwist geriet mehr und mehr in Vergessenheit. Itharien war auf dem besten Weg, ein Leuchtfeuer der bekannten Welt zu werden. Und so kam es auch, allerdings nicht im guten Sinne.

Trunken von der neuen Macht, die ihnen mehr oder weniger in den Schoß gefallen war, begannen die Nachfahren der alten Stämme von ihrer Überlegenheit über den Rest der bekannten Welt zu sprechen, bis es einigen in den Sinn kam, dies auch beweisen zu wollen. Zunächst beschränkten sich die Itharier auf kleinere Überfälle, doch schon bald folgten Scharmützel an den Grenzen und schließlich regelrechte Eroberungsfeldzüge, die immer blutiger wurden.

Gegen Ende des achten Eons herrschte Itharien über das gesamte Gebiet zwischen dem Rideau im Osten, der Velanese im Westen, dem Mittenmeer im Süden und der Stadt Crek im Norden. Die Itharier waren grausame Eroberer: Sie plünderten, brandschatzten, verwüsteten ganze Landstriche und metzelten Tausende dahin.

Eines Tages, als die Heerführer wieder einmal zusammenkamen, um eine Invasion Thalitts zu planen, erschien Eurydis zum zweiten Mal.

Es heißt, sie habe die Gestalt eines zwölfjährigen Mädchens angenommen, und so wird sie auch heute meist dargestellt. Dennoch glaubten einige der gestandenen Feldherren vor Angst zu sterben, so groß war der Zorn der Göttin.

Sie sprach kein Wort, sondern begnügte sich damit, jedem Heerführer des itharischen Reichs – denn so nannte man es inzwischen – in die Augen zu sehen.

Der Blick war ihnen Warnung genug. Sie gaben alle Angriffspläne auf und befahlen ihren Kriegern, die Waffen niederzulegen und sich aus den eroberten Gebieten zurückzuziehen. Die Heerführer nahmen es auf sich, das itharische Denken und Handeln tiefgreifend zu verändern.

Eine Generation später hatte sich das gesamte itharische Volk der Religion zugewandt. In der nächsten Zeit erfuhren sie großes Unglück, da sich die von ihnen unterjochten Völker – wie das junge goronische Volk – nun ihrerseits als Henker aufführten. Das itharische Reich musste immer mehr Gebiete abtreten, bis es nur noch sein ursprüngliches Territorium umfasste: die Umgebung der Stadt Ith und den Hafen von Maz Nen.

Im Laufe der Jahre begannen die Itharier mit einer anderen Art der Eroberung, die eher dem Willen der Göttin entsprach: Die Maz zogen durch die bekannte Welt und bis an die entlegensten Orte, um Eurydis' Moral zu verkünden. Dies nützte auch den weniger entwickelten Völkern, denn die Itharer brachten ihnen nicht nur die Religion, sondern auch Errungenschaften wie Kalender,

Schrift, Kunst und Technik, die sie sich bei ihren Eroberungszügen angeeignet hatten.

Manche Theoretiker prophezeien, dass die Göttin bald ein drittes Mal erscheinen wird. Natürlich wird sie das irgendwann tun, da sie ja bereits zweimal erschienen ist. Die wichtigste Frage, die die Itharier sich stellen, lautet: Welchen Weg werden wir als Nächstes einschlagen?

EZOMINE

Ezomine sind Steine, die Licht ausstrahlen. Sie sehen aus wie gemeine Quarze, und ihre Kraft wird erst im Dunkeln sichtbar.

Die Stärke des Lichts ist unterschiedlich. Manche behaupten, Steine gesehen zu haben, deren Licht fünfzig Schritte weit reiche. Doch die meisten Ezomine leuchten nicht einmal so hell wie eine gewöhnliche Kerze.

Wenn der Stein auseinanderbricht, verliert er seine Kraft. Seit Eonen studieren die Gelehrten das Geheimnis der Ezomine, aber keine der Theorien, die sie über den Ursprung der rätselhaften Kraft entwickelt haben, konnte bislang bewiesen werden.

Unter Sammlern, Abenteurern und Schatzjägern sind die Steine sehr begehrt.

FRUGIS

Das Frugis ist ein Seil mit drei Enden, dessen Name auf den legendären König und Magier zurückgeht, der drei Eonen, bevor das Friedensabkommen der Fürstentümer geschlossen wurde, in Lineh herrschte. Das Seil ist auf verschiedene Arten beschrieben worden. Die gängigste lautet wie folgt: Man habe drei Seile genommen, jedes von ihnen zu einem V gelegt und die Spitzen aneinandergelegt.

Dann habe man die Hälften zusammengeflochten und so ein kräftiges Tau mit drei gleich langen Enden erhalten. Die Angaben zur Länge der Enden schwanken zwischen sechs und neunundneunzig Schritten. Das Frugis-Seil soll die geheimnisvolle Macht besitzen, denjenigen, der eines seiner Enden hochklettert, an jeden Ort zu bringen, an dem eins der anderen Enden hängt. Sollte es dieses Seil jedoch tatsächlich geben, wüsste heute niemand mehr, wie man es gebraucht.

GESCHWÄTZIGE MUSCHEL
Zu Zeiten der Zwei Reiche verbreiteten Romische Seeleute die Geschichte dieses kuriosen Gegenstands. Heutzutage hört man eher Spaßvögel von ihr sprechen als echte Schatzjäger. Angeblich handelt es sich um eine Gironenmuschel, in die einst ein Dämon die Stimme einer Frau einsperrte, die allzu schwatzhaft war. Doch selbst dieser Fluch brachte die Arme nicht zum Verstummen, und man sagt, dass jeder, der die Muschel in die Hände bekommt, sie so schnell wie möglich wieder loswerden will, da das unaufhörliche Geschwätz unerträglich ist.

GISLE
Grenzfluss zwischen dem Matriarchat von Kaul und dem Königreich Lorelien.

GILDE DER DREI SCHRITTE
Zusammenschluss der Prostituierten Lorelias.
Früher durften die Freudenmädchen ihrem ›Geschäft‹ nur in der sogenannten Unterstadt nachgehen. Allerdings gab es so viele von ihnen, dass es häufig zu Streit und sogar Handgreiflichkeiten kam. Deshalb gingen die Zuhälter

irgendwann dazu über, jeder Frau ein Stück Straße zuzuweisen, das genau drei Schritte maß.

Manche Zuhälter haben diesen Brauch beibehalten, obwohl die meisten Prostituierten heutzutage im Hafenviertel zu finden sind, das sehr viel größer ist.

GROSSE GILDE

Zusammenschluss der meisten Verbrecherbanden der Oberen Königreiche. Die Große Gilde hat keine feste Ordnung oder Hierarchie, sondern ist im Grunde eine Übereinkunft der Banden, einander keine Gebiete und Betätigungsfelder streitig zu machen, derart, wie sie auch die Gilden eines Königreichs oder einer Stadt schließen. Trotz häufiger Streitigkeiten gelingt es den Banden manchmal, gemeinsame Operationen durchzuführen, vor allem beim grenzüberschreitenden Schmuggel.

Offiziell lässt die Gilde die Finger von Meuchelmorden. Ihre Spezialität sind Erpressung, Entführung, Betrug, Schmuggel und natürlich sämtliche Formen von Raub und Diebstahl. Trotzdem fällt auf, dass den Mitgliedern neuer Banden, die sich nicht an die Übereinkunft halten, ein recht kurzes Leben beschieden ist …

GROSSES HAUS

Sitz der Regierung des Matriarchats von Kaul. Hier halten die Mütter ihre Ratsversammlungen ab, und hier haben sie ihre privaten Gemächer und Studierzimmer. Alle Einwohner Kauls können in das Große Haus kommen und ihre Beschwerden vortragen. Fünfzehn Personen halten sich von morgens bis abends bereit, um sie zu empfangen. Mehrmals im Jahr stehen die Arbeits- und Versammlungssäle des Großen Hauses allen Neugierigen offen.

GROSSTERRA
Hauptstadt und größte Insel des Schönen Landes, einer
Inselgruppe im romischen Meer.

HATI
Heiliger Dolch der Züu. Der vollständige Name, wie man
ihn in alten Schriften findet, lautet ›Zuïaorn'hati‹, wört-
lich übersetzt ›eine Wimper Zuïas‹.
Den Hati bekommt ein Novize von einem Judikator
überreicht, nachdem er seine erste Mission erfüllt hat,
üblicherweise mit bloßen Händen. Dadurch wird er in
den Kreis der Boten Zuïas aufgenommen und erhält das
Recht, über Leben und Tod seiner weniger glücklichen
Landsleute zu richten.

HELANIEN
Eine der fünf Provinzen des Königreichs Romin. Ihre
Hauptstadt ist Manive, ihr Wappenbild die Rose von
Manive.

HEILIGE STADT
Anderer Name Iths, der Hauptstadt des Königreichs Itharien. Häufig bezeichnet der Name auch nur das religiöse Viertel, eine Enklave mit einer eigenen Festungsmauer, eigenen Gesetzen und eigenen Bürgern – eine Stadt in
der Stadt.

ITHARISCHE WÜRFELSPIELE
Diese Spiele sind in der gesamten bekannten Welt ver-
breitet. Ihr Ursprung ist ungewiss. Sicher ist allerdings,
dass sie sich im siebten und achten Eon mit den Erobe-
rungsfeldzügen der itharischen Armee ausbreiteten und

rasch von allen besiegten Völkern übernommen wurden. Der itharische Würfel hat sechs Seiten. Auf vieren ist je ein Element abgebildet: Wasser, Feuer, Erde und Wind. Jeweils eins dieser Elemente erscheint auch auf der fünften und sechsten Seite. Folglich gibt es vier Sorten von Würfeln: einen weißen für den Wind, einen roten für das Feuer, einen grünen für die Erde und einen blauen für das Wasser.

Wie viele Würfel für ein Spiel benutzt werden, hängt von den Regeln ab und wird zwischen den Spielern ausgehandelt. Im Normalfall reichen vier Würfel aus – ein Soldat –, doch es gibt auch Spiele, die mit zwanzig oder mehr Würfeln gespielt werden.

Stern, Prophet, Kaiser, Zwei Brüder und Gejac sind die bekanntesten, wenn auch längst nicht alle itharischen Würfelspiele.

JAHRMARKT (LORELISCHER)

Der Jahrmarkt ist eine der ältesten lorelischen Traditionen. Vom Tag des Händlers bis zum Tag des Kupferstechers in der zehnten Dekade entfallen jegliche Steuern auf die Ein- und Ausfuhr von Waren – solange ihr Handel nicht gegen die Gesetze des Königreichs verstößt. Die meisten Gelegenheitsverkäufer, Handwerker, Fremde und Kuriositätenhändler bieten ihre Waren zu dieser Zeit feil.

Der Jahrmarkt zieht eine Menge Menschen an, von denen ein Drittel gar nichts kaufen will, sondern nur der zahlreichen Attraktionen wegen kommt: Straßentheater, Spiele, Bankette und vieles andere. Manche dieser Vergnügungen werden vom König spendiert, der damit sein Ansehen verbessern will.

Für die königliche Schatzkammer ist der Jahrmarkt dennoch einträglich, da jeder, der einen Stand eröffnen will, einen Obolus entrichten muss. Die Kontrollen sind streng, und Verstöße werden mit der sofortigen Beschlagnahmung sämtlicher Waren geahndet.

Der Jahrmarkt findet auch in anderen großen Städten Loreliens statt: Benelia, Lermian und Le Pont. Er hat dort eine gewisse lokale Bedeutung, ist aber nicht mit dem der Hauptstadt vergleichbar.

JAHRZEHNT
Zehn Jahre.

JELENIS
Lorelisch. Die Jelenis sind Soldaten der ältesten Leibwache Loreliens. Sie sind vor allem berühmt dafür, König Kurdalene im sechsten Eon beschützt zu haben.

Die Jelenis sind auch die königlichen Hundeführer. Ihnen gehören über sechzig weiße Doggen, obwohl diese Rasse wegen ihrer Aggressivität nahezu ausgerottet ist. Jedes Tier ist mehr als vierhundert Terzen wert und der Stolz des jeweiligen Königs.

Es heißt, es brauche mindestens fünf erfahrene Krieger, um einen Jelenis und seinen Hund zu besiegen.

JERUSNIEN
Eine der fünf Provinzen des Königreichs Romin. Ihre Hauptstadt ist Jerus, ihr Wappenbild das Kreuz von Jerus.

JEZ
Einwohner des Sultanats von Jezeba.

JEZAC
Wichtigste Sprache des Sultanats von Jezeba.

JUDIKATOR
Religiöser Führer der Boten von Zuïa.

JUNEISCH
In Junin und den meisten anderen Fürstentümern ge-
sprochene Sprache. Das Hochjuneische wird nur noch
in offiziellen Schriften, im Handel und in der Literatur
verwendet, während sich die Sprache der einfachen Leute, die einst eine Mundart war, im Laufe der Zeit von ihrem Ursprung entfernt hat und heute eine eigene Sprache darstellt.

KALENDER
In den Oberen Königreichen gilt der itharische Kalender.
Er ist in 338 Tage, 34 Dekaden und 4 Jahreszeiten un-
terteilt. Das Jahr beginnt am Tag des Wassers, dem Früh-
lingsanfang. Zwei Dekaden bestehen nur aus neun statt
aus zehn Tagen: Die Dekade vor dem Tag der Erde und
die vor dem Tag des Feuers. Der Tag beginnt mit Sonnenaufgang.
Jeder Tag und jede Dekade trägt einen bestimmten Namen, der ursprünglich religiöser Herkunft war und mit
der Verehrung der Göttin Eurydis zusammenhing, deren Botschaft von Moralpriestern bis in die entlegensten
Winkel der bekannten Welt getragen wurde. Mit der Zeit
bildeten sich an verschiedenen Orten regionale Beson-
derheiten heraus. So heißt der Tag des Hundes, der im
Großen Kaiserreich Goran keine besondere Bedeutung
hat, in der Umgebung von Tolenks Tag des Wolfes und ist

einer der höchsten Feiertage. Die Dekade des Jahrmarkts, die mit dem Tag des Händlers beginnt, ist in Lorelien von größter Wichtigkeit, in Memissien aber belanglos.

Kaum jemand kennt sämtliche Tage des Kalenders auswendig oder weiß um ihre Bedeutung für die Eurydisverehrung – abgesehen von den Priestern natürlich. Für die Einwohner der Oberen Königreiche ist der Kalender so selbstverständlich wie Sonnenauf- und -untergang. Die meisten wissen nicht einmal, dass er religiösen Ursprungs ist. Es gibt noch andere Kalender in der bekannten Welt, die auf königlichen Erlässen, nicht-eurydischen Religionen oder ganz einfach Stammestraditionen beruhen. Viele orientieren sich an den Mondphasen, wie zum Beispiel der alte romische Kalender, der aus 13 Zyklen zu je 26 Tagen besteht.

KAULANER
Bewohner des Matriarchats von Kaul.

KAULI
Wichtigste Sprache des Matriarchats von Kaul.

KLEINE KÖNIGREICHE
Anderer Name der Fürstentümer.

KONZIL
Versammlung der arkischen Klanchefs.

KURDALENE
Kurdalene war ein lorelischer König, der in die Geschichte einging, weil er gegen die Züu kämpfte. Damals übten die Anhänger der Rachegöttin mit Drohungen, Erpressungen

und Morden einen solchen Einfluss auf die Edelleute und Bürger Loreliens aus, dass der König keine Entscheidung treffen konnte, ohne sie vorher von den Mördern im roten Gewand absegnen zu lassen.

Irgendwann riss Kurdalene der Geduldsfaden, und von jenem Tag an tat er alles, um die Religion auszurotten – zumindest in Lorelia. Er überlebte fast zwei Jahre, indem er sich mit einigen ihm treu ergebenen Wachen in einem Flügel seines Palastes verbarrikadierte. Schließlich gelang es den Züu, ihn zu ermorden.

LA HACQUE

Der Legende zufolge wurde die Handelsstadt der Unteren Königreiche von einem lorelischen Edelmann gegründet. Wahrscheinlicher ist jedoch, dass eine Gruppe reicher Reeder am Ufer des Aòn ein Kontor errichteten, wodurch sich ein bereits bestehendes Dorf entwickelte. Jedenfalls finden sich in der Stadt, die oft als die schönste der Unteren Königreiche bezeichnet wird, zahlreiche Gebäude mit lorelischer Architektur. Auch einige Straßen erinnern an die König-Kurdalene-Straße oder an die Bellouvire-Allee in Lorelia.

La Hacque war lange die einzige Stadt, die von den Stammeskriegen verschont blieb, die diesen Teil der Welt heimsuchten. Im Jahre 878 wurde sie von Yussa-Söldnern im Dienste Alebs des Einäugigen erobert, dem König von Griteh und Quesraba. Seither gibt es südlich der Louvelle keine freie Stadt mehr.

LEEM (DIE GLOCKEN VON)

In Leem kam es einst zu einem derartigen Anstieg der Verbrechen, dass man den Eindruck hatte, die Stadt sei in fester Hand von Dieben, Plünderern, Brandstiftern, Mördern und anderen finsteren Gesellen. Vergeblich verdoppelten und verdreifachten die Nachtwächter die Anzahl ihrer Runden; die Schurken waren einfach zu gut organisiert.

Daraufhin hatte der damalige Bürgermeister die Idee, an den Häusern der Honoratioren Glocken anbringen zu lassen. Wenn sich ein Würdenträger bedroht fühlte oder Zeuge eines Verbrechens wurde, läutete er die Glocke, um den Nachtwächter herbeizurufen. Meist war dieser jedoch nicht schnell genug, da die Übeltäter schon beim ersten Glockenschlag die Flucht ergriffen. Dennoch besserte sich die Lage etwas.

Die gemeinen Bürger folgten dem Beispiel, und bald hatte jeder Handwerker und Händler eine Glocke an seiner Werkstatt oder seinem Laden angebracht. Nach einigen Jahren gab es in Leem so viele Glocken, dass kaum noch Verbrechen verübt wurden.

Allerdings nahmen die Schurken Rache, indem sie jedes Haus mit einer Glocke anzündeten.

Heutzutage hängen immer noch an über sechshundert Häusern Leems Glocken, die jedoch nur noch selten geläutet werden, hauptsächlich zu Festtagen.

LERMIAN (DIE KÖNIGE VON)

Vor fünf Jahrhunderten war Lermian die Hauptstadt eines blühenden Königreichs, das dem aufstrebenden Großen Kaiserreich Goran oder dem expandierenden Lorelien in nichts nachstand. Die königliche Familie saß seit elf Generationen auf dem Thron, und die Dynastie drohte nicht auszusterben, da König Oroselem und seine Frau Federis drei Söhne und zwei Töchter hatten.

Lermian hatte romische Invasionen, die itharische Herrschaft und goronische Expansionsgelüste ohne größeren
Schaden überstanden. Auch allen Einflussversuchen Bledevons trotzte das Königreich tapfer. Der lorelische König
wollte Lermian annektieren, da es wie eine Insel mitten
in seinem Reich lag. Doch es war nicht Bledevons Art, die
Stadt, die er als Bollwerk gegen Goran brauchte, von seiner Armee stürmen zu lassen. Oroselem wusste das nur
zu gut und schmetterte belustigt alle Einschüchterungs-
versuche, Versprechen und Intrigen des lorelischen Königs ab.

Lermian hätte eine der einflussreichsten Städte der Oberen
Königreiche werden können – mehr noch, als sie es heute
ist –, wenn seine Herrscher nicht ein grausames Schicksal
ereilt hätte. Oroselem starb an einer Lebensmittelvergif-
tung, nachdem er etwas Verdorbenes gegessen hatte. Sein
ältester Sohn saß ganze sechs Tage auf dem Thron, bevor
er von der Burgmauer stürzte und seinen Verletzungen erlag. Der mittlere Sohn regierte etwas mehr als acht Dekaden, bis er plötzlich spurlos verschwand. Da der jüngste
Sohn noch zu jung war, um den Thron zu besteigen, wurde der Prinzgemahl als Regent eingesetzt, doch er musste
nach einem Jahr abdanken, weil er infolge eines Reitun-
falls den Verstand verloren hatte. Der Gatte der zweiten
Prinzessin verzichtete auf die Ehre, die Geschicke des Königreichs zu lenken, und ging mit seiner Frau ins Exil. Königin Federis bat daraufhin ihre Ratgeber, einen Regenten
aus ihrer Mitte zu bestimmen. Ein einziger Ratgeber stellte sich zur Wahl, doch er wurde wenige Tage später in der
Stadt von einer Räuberbande niedergestochen.

Niemand wollte nun mehr die Regentschaft übernehmen.
Die Königin, die sich selbst dazu nicht in der Lage sah,

akzeptierte schließlich ein von Bledevon vorgeschlagenes Abkommen. Lermian wurde ein Herzogtum Loreliens, und das Königreich versprach der Stadt im Gegenzug Schutz durch seine Armee.

Der Fluch, der auf Oroselems Dynastie gelastet hatte, schien aufgehoben. Königin Frederis und ihr jüngster Sohn erreichten beide ein hohes Alter.

Böse Zungen munkelten etwas von einer Mordserie und verdächtigten sogar König Bledevon. Doch der lorelische Hoftheoretiker zerstreute alle Zweifel, indem er bewies, dass es der Wille der Götter gewesen sei, beide Königreiche unter einer Krone zu vereinen.

Von diesen tragischen Geschehnissen rührt die volkstümliche Wendung her ›so tot wie die Könige von Lermian sein‹.

LOUVELLE
Grenzfluss zwischen den Fürstentümern und den Unteren Königreichen.

LUREEISCHER GESANG
Im Altitharischen bedeutete ›Lur‹ Späher. Lurée ist aber auch ein beliebter Gott. Übersetzt heißt sein Name ›der Wächter‹. Lurée wacht vor allem über Neugeborene, aber auch über glückliche Familien. Auf diesen beiden Tatsachen beruht vermutlich der Brauch des lureeischen Gesangs.

Es heißt, solange der Gesang irgendwo auf der Welt erklinge, bringe er all jenen Glück, die irgendwann in ihrem Leben eine Strophe gesungen hätten. In Ith wird der Gesang nie unterbrochen: Zahlreiche Freiwillige stehen Tag und Nacht Schlange, um eine der fünf Stimmen im Chor zu übernehmen. Die wenigsten kommen aus Selbstlosigkeit, aber alle erfüllen ihre Aufgabe gewissenhaft, wenn sie an der Reihe sind.

Der Kult des Lurée ist wie die Eurydisverehrung eine Moralreligion, wie der Liedtext eindeutig zeigt. Im Verlauf der Jahrhunderte haben die lureeischen Maz mehr als dreißig Strophen zu den ursprünglichen siebzehn hinzugefügt. In ihnen werden Nächstenliebe, Freundlichkeit, Treue, Bescheidenheit und andere Tugenden gepriesen. Dahinter verbirgt sich die Überzeugung, niemand könne einen Text laut aufsagen, ohne von ihm beeinflusst zu werden: Aus einem Samenkorn im Wind kann ein Baum entstehen ...

LUS'AN

Zü. Mystischer Ort der Zuïa-Religion, an dem die Boten nach ihrem Tod von der Göttin empfangen werden. Sie finden dort ewiges Glück und gehen Zuïa bei ihrem Großen Werk zur Hand.

Lus'an ist auch der Name einer kleinen Provinz auf der Heimatinsel der Züu. Dort leben die Judikatoren und ihre Sklaven, Fremden ist der Zutritt verboten. Die wenigen Abenteurer, die es wagten, die Insel zu betreten, sind nie zurückgekehrt.

In den Mooren Lus'ans sind die Geister der untauglichen Boten gefangen und derjenigen, die die Göttin verraten haben. Sie irren dort für alle Ewigkeit in unermesslicher Schwermut umher.

LUSEND RAMA

Der hoch zu Pferd Sitzende. Gott der Reiter und Beschützer aller Nomaden und Boten. Er wird vor allem in den

Unteren Königreichen verehrt. Außerdem ist er der Hüter der Stammesgesetze. Sein Urteil wird ebenso gefürchtet wie sein Ehrgefühl bewundert.

Künstler stellen ihn meist auf dem Rücken eines schwarzen Hengsts mit blinden Augen dar. So wird er in der Chronik des Pferdekönigs beim Kampf gegen die zwei Riesen von Irimis beschrieben. Manchmal wird er auch in der Gestalt eines Zentauren gemalt. Dieses Bild stammt aus der Taspriá, der ältesten religiösen Schrift der Unteren Königreiche.

MAÏOK
Arkisch. Mutter.

MARGOLIN
Nagetier von mittlerer Größe. Ausgewachsen kann es bis zu zwei Fuß lang werden. Es gibt mehrere Unterarten: das Kupfermargolin, das Plärrmargolin, das Fressmargolin und andere.

Margoline sind vor allem im Süden und in der Mitte der Oberen Königreiche heimisch und leben in Wiesen, im Wald oder am Ufer von Flüssen. Wegen ihrer hohen Vermehrungsrate, ihrer Bösartigkeit und der Ungenießbarkeit ihres Fleischs gelten sie als Schädlinge. Ihr Fell, aus dem die Handwerker Pelze, Lederbeutel und Kleider herstellen, ist jedoch sehr begehrt.

MASKE
In Itharien ist es üblich, eine Maske zu tragen. Obwohl die Itharier aus religiösen Gründen ansonsten eher schlichte Kleidung bevorzugen, ist die Maske eine Art Statussymbol.

Die Maske ist keineswegs Pflicht, und von zehn Ithariern, denen man an einem Tag begegnet, tragen sie vielleicht nur vier. Dennoch gibt fast jeder Bewohner der Heiligen Stadt an, irgendwann in seinem Leben die Maske getragen zu haben oder sie im Alter tragen zu wollen.

Die Erklärung für diesen religiösen Brauch verliert sich in den Tiefen der Vergangenheit. Schon die Ureinwohner der Gegend, die Vorfahren der heutigen Itharier, trugen zu gewissen Anlässen Masken.

Die eurydischen Priester übernahmen die Tradition, weil sie darin ein hervorragendes Mittel sahen, die dritte Tugend der Weisen Eurydis umzusetzen: Toleranz. Das Tragen der Maske ebnet alle Unterschiede ein und stellt die unter einem glücklichen Stern Geborenen mit den weniger Begünstigten auf eine Stufe. Obwohl dieser Gedanke umstritten ist, tragen die Itharier weiterhin ihre Masken.

MAZ

Ehrentitel vor allem in der Eurydisverehrung. Andere Religionen haben ihn übernommen.

Mit einer Ausnahme kann der Titel nur von einem Maz auf einen seiner Novizen übertragen werden, wenn dieser ihn sich durch seine Hingabe verdient. Der Große Tempel muss die Übertragung absegnen. Sie kann sofort in Kraft treten oder erst beim Tod des Maz, je nach Abmachung. Es ist einem Maz streng verboten, den Titel einem Mitglied seiner Familie zu vermachen.

Allerdings kann der Titel einem Novizen auch außer der Reihe verliehen werden, um ihm für ein besonderes Verdienst zu danken. Häufig wird der Titel posthum als Ausdruck der Dankbarkeit verliehen, wenn jemand sein ganzes Leben der Eurydisverehrung geweiht hat, und in diesem Fall kann er natürlich nicht weitergereicht werden. Eine solche Auszeichnung kann nur ein Emaz vergeben.

Die Rechte und Pflichten eines Maz sind nicht festgelegt und hängen von der persönlichen ›Laufbahn‹ ab. Manche bekleiden wichtige Ämter in den Tempeln, andere unterrichten nur hin und wieder einige Novizen, und wieder andere treten nie einen Dienst an.

Niemand kennt die Anzahl der lebenden Maz, abgesehen von den Archivaren des Großen Tempels, die ihre Liste ständig auf dem neuesten Stand halten. Viele Priester außerhalb Ithariens nennen sich unrechtmäßig Maz, was die Schätzungen nicht gerade erleichtert. Der Legende zufolge gab es ursprünglich 338 Maz, so viele, wie ein Jahr Tage hat, und 34 Emaz, nach der Anzahl der Dekaden.

MÈCHE
Kleiner Fluss im Matriarchat von Kaul. Die Hauptstadt Kaul liegt an seinem Ufer. Zufluss der Gisle.

MEMISSIEN
Eine der fünf Provinzen des Königreichs Romin. Ihre Hauptstadt ist Jidée, ihr Wappenbild ein großer Platinschmetterling.

MERBAL
Merbal war einst der Anführer einer legendären Räuberbande, die für ihre Grausamkeit und Barbarei berüchtigt war. Heute fällt es schwer, bei den Schauergeschichten, die über ihn kursieren, zwischen Wahrheit und Lüge zu unterscheiden. Es gilt jedoch als sicher, dass Merbal die

grausame Angewohnheit hatte, von jedem seiner Opfer einen Becher Blut zu trinken.

Der Glaube einer Sekte namens ›die Vampire von Jidée‹ beruht auf dieser Legende.

MISHRA

Die Verehrung Mishras ist mindestens so alt wie der Große Sohonische Bogen. Mishra war die Hauptgöttin der Goroner, bevor die itharische Armee im achten Eon die Stadt Goran einnahm. Nach der Befreiung, als die Itharier die Waffen niederlegten und sich der Religion zuwandten, wurde die Verehrung Mishras wieder populär. Aus der Stadt Goran ging erst das Königrreich Goran und schließlich das Große Kaiserreich Goran hervor, und die Religion breitete sich im Land aus.

Mishra ist die Göttin der Gerechtigkeit und der Freiheit. Ein jeder hat das Recht, sie anzurufen. So kam es vor, dass Völker, die vom Großen Kaiserreich Goron besiegt worden waren, die Göttin ihrer Eroberer um Hilfe anflehten.

Sie ist mit keiner bekannten Gottheit verwandt. Manche Theoretiker behaupten, sie sei die Schwester Hamsas. Zu Mishras Ehren wurden nur wenige Tempel gebaut – eine Ausnahme ist der prachtvolle Palast der Freiheit in Goran. Viele Gläubige verehren Miniaturen der Göttin oder eines Bären, ihres Sinnbilds.

MIT-TAG

Höchststand der Sonne, in unserer Welt 12 Uhr. Allgemein wird das Ende des dritten Dekants als Mit-Tag bezeichnet.

MOÄL
Der Moäl ist ein Baum, der nur in den Wäldern der Kleinen Königreiche wächst. Alle Versuche, ihn anderswo anzupflanzen, scheiterten, was die fähigsten Botaniker vor ein Rätsel stellt.
Der Moäl ähnelt der weit verbreiteten Grule sehr, und es fällt häufig schwer, sie auseinanderzuhalten. Der Unterschied ist eigentlich nur zu Beginn der Jahreszeit des Wassers sichtbar, wenn die Zweige des Moäls mehrere Tage lang blassgrüne Blüten austreiben.
Es heißt, wenn man beim Vollmond eine Goldmünze unter einen Moäl legt und nur lange genug zum Nachtgestirn hinaufsieht, erscheint der Kobold, der in dem Baum haust. Wenn ihm der Glanz der Münze gefällt, tauscht er sie gegen einen Wunsch ein.
Selbst diejenigen, die das für einen Aberglauben halten, sind überzeugt, dass es Unglück bringt, den Zweig eines Moäls abzubrechen.

MONARCH
Goldmünze im Königreich Romin.

MONDKÖNIGIN
Kleine Muschel mit glatter Oberfläche und nahezu runder Form, die wegen ihrer Seltenheit äußerst kostbar ist. Es gibt drei Sorten von Mondköniginnen: eine weiße, die am häufigsten vorkommt, eine blaue, die schon weniger gängig ist, und schließlich eine gefleckte, die äußerst selten ist. Eine Zeit lang dienten die blauen und gefleckten Mondmuscheln in einigen entlegenen Orten des Matriarchats von Kaul als Währung, und bei manchen alten Leuten kann man noch heute mit ihnen bezahlen. Die

Muschel ist auf alle Münzen geprägt, die von der Schatzkammer des Matriarchats ausgegeben werden. Nach ihr
ist auch die offizielle Währung benannt: die Königin. Es
gibt Münzen zu einer, drei, zehn, dreißig und hundert Kö-
niginnen. Die Hundert-Königinnen-Münzen sind etwa so
groß wie eine Hand und dienen nicht als Zahlungsmittel. Sie fungieren lediglich als Garantie bei Transaktionen
zwischen dem Matriarchat und seinen Nachbarn.

MORALIST
Die Moralpriester stützen sich auf religiöse Schriften und
Überlieferungen, um die moralischen Werte zu verbrei-
ten, die gemeinhin als die wichtigsten gelten: Mitgefühl,
Toleranz, Wissen, Aufrichtigkeit, Achtung, Gerechtigkeit,
usw.
Häufig sind Moralpriester Lehrer oder Philosophen, die
sich aus Bescheidenheit darauf beschränken, eine kleine
Gruppe von Schülern zu unterrichten. Die wichtigste Mo-
ralreligion ist die Eurydisverehrung.

MORGENLAND
Bezeichnung für die Länder östlich des Rideau.

NAMEN
Die Bedeutung der Namen hängt natürlich vom Geburts-
land ab. In Kaul, Romin oder Goran werden seit Jahrhunderten einfach immer dieselben Namen weitergegeben,
und niemand macht sich großartig Gedanken über ihre
Herkunft. Doch das gilt nicht für alle Völker der bekannten Welt.
In Itharien ist es üblich, ein Neugeborenes auf das erste Wort zu taufen, das es spricht. Da jedes Lallen als

Wort gilt, das die Menschen zwar nicht verstehen, für die Götter aber von Bedeutung ist, sind die gängigsten itharischen Namen Nen, Rol, Aga und ähnliche Ein- und Zweisilber. Die Interpretation bleibt den Eltern überlassen, und es ist auch möglich, mehrere Silben aneinanderzureihen. Itharische Namen sind meist kurz und leicht auszusprechen.

Arkische Namen werden nicht endgültig vergeben. Im Verlauf seines Lebens nimmt ein Arkarier verschiedene Namen an. So heißen die meisten Neugeborenen Gassan (Säugling) oder Gassinuë (Winzling). Arkische Eltern suchen sehr früh nach der Besonderheit ihres Kindes und benennen es entsprechend, bis ein Namenswechsel geboten ist. So bedeutet Prad ›der Neugierige‹, Iulane ›das junge Mädchen‹, Ispen ›die Liebreizende‹, Bowbaq ›der Riese‹, usw. Jeder gibt sich Mühe, sich keinen Namen wie ›der Grausame‹, ›der Geizhals‹, ›der Untreue‹ oder andere Beleidigungen einzuhandeln. Selbstverständlich verbietet es die Höflichkeit der Arkarier, jemanden nach einem körperlichen Makel zu benennen, doch bei Feindschaften wird dieser Grundsatz gern einmal vergessen.

Die Züü, die der Rachegöttin dienen, nehmen am Ende ihres Noviziats einen neuen Namen an. Als Zeichen ihrer Unterwerfung unter Zuïa wählen sie einen Namen mit dem Anfangsbuchstaben ›Z‹, der ihnen zugleich Macht über das gemeine Volk der Züü verleiht.

NIAB

Kauli. Der Niab ist ein Tiefseefisch, der nur nachts an die Oberfläche kommt. Die kaulanischen Fischer spannen ein großes dunkles Tuch kurz über der Wasseroberfläche zwischen mehrere Schiffe, um ihn zu täuschen. Dann müs-

sen sie die Fische nur noch einsammeln, weil sie in eine
Art Dämmerzustand verfallen. Als ›Niab‹ bezeichnet man
auch jemanden, der allzu leichtgläubig und arglos ist.

OBERE KÖNIGREICHE

Streng genommen sind damit das Königreich Lorelien,
das Große Kaiserreich Goran und das Königreich Ithari-
en gemeint, manchmal auch noch das Königreich Romin.
In den Unteren Königreichen zählt man jedoch alle Länder nördlich des Mittenmeers dazu, also auch das Matriarchat von Kaul und Arkarien.

ODREL

Odrel ist ein Gott, der vor allem in den Oberen Königreichen verehrt wird. Odrel soll der zweite Sohn Echoras
und Olibars sein.

Ein fleißiger Priester sammelte einst mehr als fünfhun-
dertfünfzig Geschichten über den traurigen Gott, wie Odrel manchmal genannt wird. Die bekannteste ist die Geschichte der tragischen Liebe Odrels zu einer Schäferin,
die mit dem Tod der Menschenfrau und ihrer drei Kinder
endet. Als Odrel seiner Geliebten in den Tod folgen will,
muss er qualvoll erfahren, dass dies als Einziges auf der
Welt nicht in seiner Macht steht.

Der Priester fasst die Ergebnisse seiner Forschungen wie
folgt zusammen: »Niemand hat so viel Unglück erfahren
wie Odrel. Aus diesem Grund wenden sich all jene an
ihn, die ein Unheil oder einen Schicksalsschlag erlitten
haben, die von Trauer, Reue oder bösen Erinnerungen ge-
quält werden, die in Ungnade gefallen sind oder in Armut
leben, die Ungerechtigkeiten, Verzweiflung oder andere
Prüfungen des Lebens durchstehen müssen. Er ist der ein-

zige Gott, der sie versteht und ihnen Trost spenden kann, da er selbst Mitleid erregt.«

PAÏOK
Arkisch. Vater.

PHRIAS
Der Verfolger. Phrias ist ein Gott, der durch böse Gedanken und finstere Gebete der Menschen beschworen wird. Er macht, dass ein Seil reißt, ein Hund zubeißt, das Feuer aus dem Kamin springt oder der Boden plötzlich rutschig wird. Dieser Dämon nährt sich vom Hass und erfüllt die schwärzesten Wünsche.

ROMISCHES ALPHABET
Das romische Alphabet ist das komplizierteste Alphabet der bekannten Welt, das noch in Gebrauch ist. Es besteht aus einunddreißig Buchstaben, von denen siebzehn einen Akzent tragen können. Diese achtundvierzig möglichen Buchstaben geben jedoch noch keine Laute wieder. Erst aus der Kombination von zwei, drei oder vier Buchstaben entstehen Silben. Die Schreibweise jeder Silbe hängt wiederum davon ab, welche Silben ihr vorausgehen und auf sie folgen.
Selbst die Rominer benutzen im Alltag eine vereinfachte Version. Das ursprüngliche Alphabet wird nur noch für offizielle Schriften verwendet. Musiker nutzen es außerdem für Gesangspartituren, da seine Variationsmöglichkeiten es erlauben, jede noch so kleine Stimmmodulation zu notieren.
Gelehrte aus allen Königreichen studieren das romische Alphabet wegen seines streng mathematischen Aufbaus.

PRESDANIEN
Eine der fünf Provinzen des Königreichs Romin. Ihre Hauptstadt ist Mestebien, ihr Wappenbild ein Gyolendelphin.

RAMGRITH
Bewohner des Königreichs Griteh. Wichtigste Sprache dieses Königreichs.

RAT DER MÜTTER
Oberste Versammlung und Regierung des Matriarchats von Kaul.
Jedes Dorf hat einen solchen Rat, deren Vorsitz die Dorfmutter innehat, während die Dorfälteste als ihre Beraterin dient.

RIDEAU
Der Rideau ist ein Gebirge, das im Westen an das Große Kaiserreich Goran und das Königreich Itharien und im Osten an das Morgenland grenzt.

ROCHANE
Fluss, der in den Nebelbergen entspringt und in das romische Meer mündet. Er fließt durch die romischen Provinzen Helanien und Presdanien. An seinen Ufern liegen zwei der größten Städte des Alten Landes: Mestebien und Trois-Rives.

ROMERIJ
Legendäre Stadt, auf dessen Ruinen Romin gebaut ist.

SCHIEBEN

Schieben ist ein Spiel mit großem Körpereinsatz, das vor allem im Alten Land und im Norden der Fürstentümer populär ist. Zwei Gegner stellen sich jeweils auf ein Bein, legen die Handflächen aneinander und verschränken die Finger. Derjenige, der als Erster das zweite Bein auf den Boden stellen muss, hat verloren. Die Hände müssen sich die ganze Zeit berühren. Wie der Name schon sagt, ist es die beste Taktik, mit aller Kraft zu schieben.

SEMILIA

Unabhängiges Fürstentum, das unter dem Schutz Loreliens steht.

TAL DER KRIEGER

Landstreifen zwischen den nördlichen Ausläufern des Rideau und dem Spiegelozean. Sowohl das Große Kaiserreich Goran als auch das Königreich Thalitt erheben Anspruch auf das Gebiet. Seit Jahrhunderten liefern sie sich im Tal der Krieger erbitterte Gefechte.

TERZ

Die Terz ist die offizielle Währung Loreliens. Es gibt Silberterzen – das gängigste Zahlungsmittel – und Goldterzen, auf die das Konterfei des Königs geprägt ist.
Die lorelischen Goldterzen sind berühmt für den hohen Goldgehalt ihrer Legierung.
Die Untereinheit der Terz ist der Tick. Eine Silberterz ist zwölf Tick wert.
Der Wert einer Goldterz hängt vom jeweiligen Geldwechsler ab, liegt aber bei mindestens fünfundzwanzig Silberterzen.

THEORETIKER
Priesterkaste, die sämtlichen Göttern dient, selten auch
nur einigen oder gar einem einzigen Gott. Die Theoretiker versuchen, aus den göttlichen Zeichen den Willen
der Allmächtigen herauszulesen. In den Tempeln genießen sie kein hohes Ansehen, aber an den Höfen der Könige und Fürsten sind sie sehr gefragt. Häufig sind sie auch
Astrologen und Ratgeber.
Der bekannteste Theoretiker war Jéron der Zarte, der die
Einwohner Romins vor dem Ertrinken rettete, obwohl der
König seiner Prophezeiung keinen Glauben schenkte.

UBESE
Fluss, der in den Jezebahöhen entspringt und durch die
Kleinen Königreiche fließt. Bis zum Abschluss des ersten
Friedensabkommens kämpften die Fürstentümer lange
Zeit um die Vorherrschaft über die Ubese.
Die Ubese ist ein breiter, gemächlich dahinfließender
Strom und bildet in der Ebene von Junin einen See. Ein
bewachtes Wehr am Südeingang des Sees schützt die
Hauptstadt der Fürstentümer vor einem Angriff der Un-
teren Königreiche auf dem Wasserweg.

UNTERE KÖNIGREICHE
Bezeichnung für die Länder südlich der Louvelle. Oft werden jedoch auch die Fürstentümer hinzugezählt.

URAE
Fluss, der in den Brantacken entspringt und ins romische
Meer mündet. Die romische Pronvinz Uranien ist nach
ihm benannt. Romin, die Hauptstadt des Alten Landes,
liegt an seinem Ufer.

Die Urae genießt den traurigen Ruf, der dreckigste Fluss der bekannten Welt zu sein. Man sagt, in seinem schlammigen Grund verberge sich ein größerer Schatz als der des Kaisers von Goran. Aber das ist sicher nur ein Bild, um das Ausmaß der Verschmutzung zu beschreiben. Dennoch hält sich das Gerücht hartnäckig, da immer wieder Flussschiffer zu plötzlichem Reichtum gelangen und über die Herkunft des Geldes schweigen.

URANIEN
Eine der fünf Provinzen des Königreichs Romin. Ihre Hauptstadt ist Romin, ihr Wappenbild der Kronenadler aus den Nebelbergen.

VELANESE
Lorelischer Fluss. An seiner Quelle liegt die Stadt Le Pont.

DIE WEISE
Die Göttin Eurydis wird auch ›die Weise‹ genannt.

WEISSES LAND
Anderer Name für das Königreich Arkarien.

YÉRIM-INSELN
Die Inselgruppe Yérim besteht nur noch aus zwei Inseln: Yérim selbst und der Insel Nérim. Zwei kleinere Inseln sind beim Ausbruch des Yalma – des größten Vulkans der Inselgruppe – im Meer versunken. Eine fünfte Insel erhob sich aus den Fluten, verschmolz mit Yérim und gab der Hauptinsel ihre heutige Form.
Der Vulkanausbruch geht auf das Jahr 552 zurück. Zwei

Jahrhunderte zuvor hatte das Große Kaiserreich die Inselgruppe besiedeln lassen, ohne auf Widerstand zu stoßen,
da kein anderes Königreich Anspruch auf diesen trostlosen Fleck Erde erhob. Kaiser Uborre, der die Besiedlung
befohlen hatte, wollte von Yérim aus die Unteren Königreiche angreifen, verwarf die Idee aber wieder, als sich
herausstellte, dass es zu kostspielig war, den Hafen und
das Fort zu unterhalten, die eilig auf Yérim errichtet worden waren.

Zurück blieben nur eine kleine Garnison und eine Flotte von zehn Galeerenschiffen. Die unfähigsten Soldaten
wurden nach Yérim versetzt und unter den Befehl von un-
fähigen Offizieren gestellt. Bald wurde das Fort zum Gefängnis umgebaut, und immer mehr Verurteilte wurden
ohne Hoffnung auf Rückkehr nach Yérim verschifft. Die
Ausgestoßenen der goronischen Gesellschaft – Gefangene wie Aufseher – sollen das Wappenbild Yérims entwor-
fen haben: ein schwarzes Stirnband, das Symbol der Verschwörer und Feinde des Kaisers.

Als im Jahre 552 der Vulkan ausbrach, nutzten die drei-
tausend Gefangenen die Gelegenheit zur Revolte. Die
Hälfte der auf Yérim stationierten Soldaten schloss sich
ihnen an. Die Gefechte waren rasch beendet, doch bald
brachen Kämpfe zwischen den verschiedenen Rädelsfüh-
rern aus. Inmitten der Unruhen entdeckten die einstigen
Gefangenen das reiche Kupfervorkommen der Insel, das
bei einem Vulkanausbruch an die Oberfläche gekommen
war.

Anstatt von der Insel zu fliehen, beschlossen die Goroner, die Galeeren, die bei der Revolte verschont worden
waren, zur Verschiffung des Erzes zu nutzen. So brachten
sie Yérim endgültig in ihre Gewalt. Die Bewohner fürch-

teten einen Gegenangriff Gorans, doch bald stellte sich heraus, dass sich das Große Kaiserreich wenig um den Verlust scherte und nicht noch mehr Kriegsschiffe verlieren wollte.

Als die Kupferminen erschöpft waren, sattelten die Yérimer um und wurden Piraten, Söldner und Schmuggler. Drei Jahrhunderte später wird die Insel immer noch ›Gorans Gefängnis‹ genannt und gilt nach wie vor als äußerst gefährlich.

DER AUTOR DANKT ...

Christophe »Jet« Vasseur, weil er die Karte der imaginären Welt zeichnete und mehreren Figuren ihren Namen gab.

Laurent Vitout, weil er das Manuskript gründlich und gewissenhaft Korrektur las.

Claire, die stets die erste Leserin und beste Kritikerin meiner Texte ist.

Stéphane und den Kriegern des Mnémos-Klans für ihre Geduld, Unterstützung und Ermutigung.

Und schließlich all den Lesern, Eltern, Freunden oder Fremden, die bereit waren, an meine Welt zu glauben. Sie gehört Euch!

Christoph Hardebusch

Der Shootingstar der deutschen Fantasy

Mit seinen grandiosen epischen Fantasy-Bestsellern prägt der junge Erfolgsautor die neue Generation der Fantasy.

»Ein Fantasy-Spektakel!« **Bild am Sonntag**

Die Trolle
978-3-453-53237-3

Sturmwelten
978-3-453-52385-2

Die Schlacht der Trolle
978-3-453-53279-0

978-3-453-53237-3

978-3-453-52385-2

HEYNE ‹